Knaur.

Knaur.

Im Knaur Taschenbuch Verlag ist von der Autorin bereits erschienen:
Tränen am Oubangui

Über die Autorin:
Cornelia Canady, geboren 1942 in Berlin, arbeitete lange als Cutterin und Naturfilmarchivarin am Max-Planck-Institut für Verhaltensforschung, bevor sie für über zehn Jahre in die Zentralafrikanische Republik übersiedelte. Dort engagierte sie sich für die Erhaltung des Urwaldes, den Lebensraum der letzten Pygmäenstämme. Heute wohnt die Erfolgsautorin von *Tränen am Oubangui* und *Die Gottesanbeterin* in München – doch wie ihre Heldinnen zieht es auch sie immer wieder nach Afrika zurück.

Cornelia Canady

Ruf des Abendwindes

Roman

Knaur Taschenbuch Verlag

Besuchen Sie uns im Internet:
www.knaur.de

Originalausgabe Juli 2005

Umschlaggestaltung: ZERO Werbeagentur, München
Umschlagabbildung: ZEFA, Düsseldorf/Masterfile
Satz: Ventura Publisher im Verlag
Druck und Bindung: Clausen & Bosse, Leck
Printed in Germany
ISBN 3-426-62832-5

2 4 5 3 1

Meiner geliebten Mutter gewidmet

Du sollst wissen, dass du mein Herz berührt hast.
Ich glaube an das Herz, es hat immer Recht.

Henry Miller an Hoki Tokuda

Inhalt

Abschied von Maria

Allmählich fügten sich verschwommene Konturen zu einem Bild zusammen: Ein rundes Gesicht unter einer weißen Haube schwebte über mir und musterte mich mit einem eingefrorenen Lächeln. Ich nahm Geräusche wahr, Stimmen, ein unerträgliches Rauschen. Plötzlich schlug mich jemand flach auf die Wangen.

»Frau von Laue ... aufwachen!«

Ich zuckte zusammen. Ich lag in einem Bett mit Gittergestell, in einem weiß gekälkten, karg möblierten Zimmer, und die schwach nach Medizin und Mittagessen riechende Frau war mir fremd. Beunruhigt fragte ich sie: »Was ist denn los?«, und dabei schnürte eine böse Ahnung mir die Kehle zu.

Die Frau im hellen Kittel beugte sich zu mir herunter und richtete etwas an meinem Arm, sodass ein stechender Schmerz ihn durchfuhr. So stechend wie der Schmerz kamen meine Erinnerungen zurück. Mein Baby, Maria, ungeborene Tochter meiner großen Liebe! Unwillkürlich tastete ich über meinen Bauch, den ich prall und rund in

Erinnerung hatte. Was ich spürte, war ein flacher, eingefallener Ballon, in dem es zog und wie Feuer brannte.
»Mariaaaaa! Wo ist mein Baby?«, schrie ich die Schwester an. »Wo ist mein Baby?« Ich krallte mich in ihren Arm.
»Ist ja gut, Frau von Laue.« Sanft entzog sie sich meiner Umklammerung. »Sie hatten einen Autounfall.«
»Was habt ihr mit meiner Tochter gemacht? Wo habt ihr sie hingebracht?«, schrie ich.
»Sie haben Ihre Tochter verloren. Das ist sehr, sehr traurig, aber Sie werden darüber hinwegkommen. Bei allem Unglück hatten Sie einen Schutzengel. Sie haben innere Verletzungen, die bald wieder ausheilen werden, Sie können weitere Kinder bekommen.«
»Das ist nicht wahr!«, wehrte ich verzweifelt ab und grub meine Hände ins Gesicht, bis es schmerzte. »Wo ist mein Baby?«, wiederholte ich böse und eindringlich. Ich hasste diese Person, die mich einzulullen versuchte. Suchend sah ich mich im Zimmer um nach Hinweisen auf Maria. Aber da war nichts.
»Ihr habt sie umgebracht!«, rief ich verzweifelt.
Und dann schrie ich. Als die Schwester mich in die Arme nehmen wollte, stieß ich sie so grob zurück, dass sie taumelte. In der Tür erschien ein Mann in weißem Kittel.
»Ich habe es ihr gerade erklärt«, entschuldigte sich die Schwester.
»Schon gut, Schwester Erika, lassen Sie uns bitte einen Moment allein!« Der Mann hatte eine beruhigende Stimme. Er sah mich besorgt an und berührte sacht meine Schulter. »Ich bin Ihr Arzt, Frau von Laue. Leider gab es

keine Rettung mehr für Ihre kleine Tochter, wir haben alles versucht. Es ist sehr schnell gegangen, sie musste sich nicht quälen!«
Während er tröstend meine Hand hielt, zerbrach ich in tausend Stücke.
»Wir hatten Glück, dass wir Sie durchgebracht haben! Sie haben einen Milzriss und starke innere Blutungen.« Der Arzt fühlte meinen Puls. Dann verschwand er.
Ich war wie betäubt. Eine gütige Wolke umhüllte meine Seele. Ich wollte nur noch sterben, wollte zu meinem Kind, das so plötzlich aus meinem Bauch gerissen worden war. Maria! Plötzlich sah ich sie ganz deutlich vor mir. Sie sah mich liebevoll an und breitete ihre Ärmchen nach mir aus. Ihr Blick war ganz aufmerksam, und sie verstand jedes Wort, als ich anfing, mit ihr zu sprechen.
Meine schöne, kleine Tochter, weißt du noch, was wir alles vorhatten? Wir wollten zusammen nach Afrika zurück, in das Land des trockenen Harmattan-Windes und des geheimnisvollen Oubangui-Flusses, in das Land, das mein Zuhause ist und das auch deines werden sollte. Vielleicht bist du jetzt schon dort.
Vielleicht bestaunst du schon die Vielfalt der Blüten und der Früchte, der Tiere. Siehst du deinen Vater? Tahim, meine große Liebe … Icham heißt er noch, das heißt Josef auf Arabisch, deshalb nenn ich dich Maria, weil ihr zusammengehört, so wie auch ich zu ihm und dir gehöre! Aber das habe ich dir ja schon erzählt. Du weißt ja schon so vieles von deinem Vater, und er weiß nichts von dir – nicht, dass du schon die Hitze Afrikas kennst und auch die

Krankheiten, dass du schon Malaria hattest, dass du die Angst vor dem großen Urwald kennst und auch den Gesang der Pygmäen, wenn sie von der Jagd zurückkommen, den Schrei des Kronenadlers und das heisere Bellen der Gorillas …

Er weiß nur, dass du unser größter Wunsch warst, der sich formte aus Schweißperlen, Spermien und Seufzern leidenschaftlicher Umarmungen, als wir uns im Dschungelhaus am Oubangui liebten. Wie ähnlich du ihm siehst, meine kleine Tochter. Du hast seine samtige, olivfarbene Haut, seinen sinnlichen Mund mit den festen Lippen, die bei jedem Kuss so weich und verzehrend wurden. Noch kann ich nicht erkennen, ob du meine grün schillernden Augen hast oder seine schwarzen, voll orientalischer Unergründbarkeit.

Erinnerst du dich, wie wir nach Europa zurückmussten, weil meine Zeit in Afrika abgelaufen war, und in der kleinen Wohnung in München landeten? Oft habe ich dir afrikanische Musik vorgespielt. Du hast sie genauso geliebt wie ich, du hast gestrampelt zu dem Zouk: *On entre OK … on sort KO* oder Francos Rumba aus Zaïre: *Mpata Ezangi … ma femme et son chauffeur* … und zusammen sind wir herumgewirbelt, sodass ich dich mit beiden Händen umschlingen musste, damit mein dicker Bauch nicht allein davonflöge.

Weißt du noch, wie wir tief im Dschungel nach einer erfolgreichen Antilopenjagd mit meinen kleinen Pygmäenfreunden im Lager zusammensaßen, die am Feuer ihre Kinder wiegten? Da warst du acht Wochen alt. Reihum

wurden Märchen erzählt, zum Beispiel vom Mango- und dem Zitronenbäumchen: *Mángò – ndímò.wà.kpôkpô*. Das ging so:
Der Wind blies eines Tages so stark, dass er alles aufwirbelte und mit sich nahm. Dabei war auch ein kleiner Samen des Zitronenbaumes. Weil der Wind von weither kam und abends müde war, legte er alles ab, und das Körnchen fiel genau unter einen Mangobaum. Als dies der Mangobaum sah, war er nicht zufrieden und wollte, dass der Samen wieder verschwände. Aber der blieb und wuchs.
Die Trockenzeit kam und aus dem Samen wuchs ein kleines Bäumchen. Dann kam die Regenzeit, und damit kamen auch die Raupen. Sie fraßen den kleinen Zitronenbaum fast kahl. Da rief er verzweifelt nach dem Chef der Raupen und beklagte sich, dass sie doch besser den großen Mangobaum fressen sollten, weil er böse mit ihm war. So zogen die Raupen in den großen Mangobaum und begannen ihn zu fressen.
Eines Tages kam der Wind zurück und blies so stark wie nie. Der große Mangobaum, der schon oft unter dem Wind gelitten hatte, konnte ihm nicht wie früher widerstehen, denn er war von den Raupen ziemlich zerstört. Noch einmal blies der mächtige Wind, und da zerbrach der Mangobaum und stürzte zu Boden. Er fiel auf den kleinen Zitronenbaum unter ihm und alle beide waren verloren.
Mich machte die Geschichte damals sehr traurig, obwohl sie ja nur ein Gleichnis war, ein altes Märchen der Waldmenschen, das der weise Pygmäenhäuptling Majeke

seinen Enkelkindern erzählte. Verluste machten mich immer traurig.
Ahnte ich damals, dass auch wir uns trennen müssten, meine geliebte Tochter? Wo blieb meine Liebe nun, die doch so groß war? Wo konnte ich sie leben? Meine Liebe zu dir, zu Tahim, zu Afrika? Wie sollte ich leben ohne dich, mein Kind? Hatte mir doch die Trennung von deinem Vater bereits das Herz zerrissen.
Welch unsägliches Glück hattest du mir geschenkt, geliebte Tochter, als du langsam in mir wuchst, welch ungeheurer Trost inmitten meiner Verzweiflung darüber, dass ich Afrika verlassen, mich von Tahim trennen musste. Nie würde ich diese Verzweiflung vergessen, als ich meine Holzkisten packte und dann vom Flugzeug aus wie ein Schlosshund heulend ein letztes Mal auf die Zentralafrikanische Republik hinuntersah – und nie das Glück, das ich gleichwohl durch dich erfuhr. Du wurdest zu meiner einzigen Hoffnung, für dich lohnte es sich zu leben. Ich wollte dir die Augen öffnen für die Schönheiten der Welt und dir Kraft geben für dein kleines Leben.

Der Flug der Amsel

In Ollis schöner Altbauwohnung erholte ich mich langsam von den Strapazen. Allmählich heilten die körperlichen Wunden. Was nicht heilte, war die Wunde meines Verlustes. Immer wieder drehten sich meine Gedanken im Kreis, jeden Morgen wachte ich schweißgebadet aus Albträumen auf. Mami half mir sehr in dieser Zeit. Aufmerksam und feinfühlig war sie immer für mich da. Dabei litt sie darunter, dass ich mich abgekapselt hatte und sie kaum besuchte, obwohl sie in der Nähe wohnte. Ich aber wollte allein sein.

Erstaunlicherweise war Ngonga, mein kleines Nilpferd, ein großer Trost. Dieses hübsche Hippo aus Acajou-Holz, stolz aufgerichtet, schmuck im geschnitzten Anzug und fest auf beiden Hinterfüßen stehend, hatte ich vor fünf Jahren auf dem Markt in Bangui erstanden, und seither war es mein ständiger Begleiter. Seinen Namen hatte es von meinen Pygmäenfreunden, Majeke und seiner kleinen Tochter Esakola, erhalten. »Ngonga« bedeutet in ihrer Sprache, dem Aka-Dialekt, »Nilpferd«, und es hatte sich unzählige Male als geradezu magischer Glücksbringer erwiesen. Einmal hatte Ngonga sogar für einen rettenden großen Regen gesorgt, der die trockenen Bachläufe endlich wieder füllte, Fische hineinzauberte und die Jagd am nächsten Tag zu einem großen Erfolg machte. Auch jetzt wirkte er beruhigend auf mich. Er stellte die einzige Verbindung zu meiner glücklichen Zeit in Afrika dar, zu dem Menschen, der die eine große Liebe meines Lebens war.

Zum Glück wurde ich von meinem Kummer durch die Notwendigkeit abgelenkt, mir eine Arbeit zu suchen. Mein eigenwilliger Lebensstil machte es mir nicht gerade leicht, etwas Passendes zu finden. Ich hatte kleinbürgerliches Spießertum immer schon gehasst und neigte dazu, mit allem zu brechen, was mir öfter als zweimal gegen den Strich ging, wozu auch meine zwei weit zurückliegenden Ehen gehörten.

Bei meiner Arbeitssuche zeigte sich, dass ich mit meinen 37 Jahren und einem nicht sehr geradlinigen Lebenslauf gar nicht so leicht zu vermitteln war. Dabei hatte ich keine hohen Ansprüche. Ich hätte sogar einen Job als Nachtportier angenommen. Immerhin sprach ich drei Sprachen fließend. Irgendwas musste sich doch finden lassen. Meine Geldvorräte neigten sich dem Ende zu und ich brauchte dringend eine eigene Wohnung. Olli würde bald von einem Auslandsaufenthalt zurückkommen. Spätestens dann musste ich umziehen, denn ich brauchte Ruhe. Außerdem hätte ich es nicht ertragen, ständig seiner kleinen Tochter zu begegnen.

Frustriert beschloss ich, mein letztes Geld in ein Flugticket nach Moskau zu investieren, wo ich meinem Vater einen Besuch abstatten wollte. Seit ich vor fast sechs Monaten aus Afrika zurückgekommen war, hatte ich abgesehen von einem Brief keinen Kontakt mehr zu ihm, und er fehlte mir sehr. Von ihm hatte ich meinen Wagemut geerbt, er hatte mir immer vorgelebt, dass alles möglich ist, wenn man es will. Mein Vater war ein Mensch, der jeden Tag intensiv erlebte und mit seiner Spontaneität andere Menschen an den Rand der Verzweiflung trieb. Er machte, was er wollte, und erreichte tatsächlich alles, wenn nicht mit Humor, dann mit seinem Charme. Er hatte sein Leben immer so gelebt, ob in Armut, Reichtum, Einsamkeit oder in vier Ehen mit neun Kindern. Oh, wie sehnte ich mich danach, in seine wunderschönen, spöttischen grünen Augen zu sehen, in sein strenges, dunkles Gesicht mit dem südamerikanischen Flair.
Zuvor hatte ich noch ein Vorstellungsgespräch. Zwei langweilige Typen in grauen Anzügen hielten mich für überqualifiziert und zögerten, mir eine Stelle anzubieten, aber ich konnte sie überzeugen, dass sie genau das Richtige für mich war. Bei allem Kummer hatte ich mein verführerisches Lächeln noch nicht verlernt. Und so erhielt auch ich, ganz der Vater, was ich mir wünschte.
Mit einem riesigen Sonnenblumenstrauß und einer Flasche Schampus tauchte ich bei Mami auf, um mit ihr meinen Erfolg zu feiern. Dünn war sie geworden, zart und zerbrechlich. Ich gab ihr einen zärtlichen Kuss auf die Wange. Der vertraute Geruch nach Bratwurst und Zigaretten

in ihrer behaglichen Küche brachte etwas Verlässliches in mein unstetes Zigeunerleben. Das tat mir unendlich gut und dankbar lächelte ich Mami zu.
»Ich habe einen Job.«
»Na, siehst du, meine Liebe, es geht wieder aufwärts! Du bist jung und musst weiterkommen!«
Wir stießen an und dann umarmte ich sie zärtlich. Tränen liefen mir über die Wangen, während wir uns schweigend umschlungen hielten. Sie schaukelte mich sanft hin und her und gab mir den Trost, den nur eine Mutter geben kann.
Dabei brauchte sie ihn selbst, denn sie war, obwohl sie dies nicht zeigte, sehr krank. Sie hatte Darmkrebs, und die breitflächigen, lilafarbenen Flecken an den Beinen waren Raucherbeinsymptome. Trotzdem qualmte sie wie ein Schlot und brachte mich damit zur Verzweiflung. Immer wieder ermahnte ich sie, damit aufzuhören und mehr zu essen, natürlich ohne Erfolg.
Während wir gemütlich beisammensaßen, rief mein Bruder Thomas an. Er wohnte im Ruhrgebiet, und ich sah ihn nicht oft. Freudig überrascht erfuhr ich, dass er in München war, ebenso wie mein in Hamburg lebender Bruder. Beide Brüder gemeinsam unterwegs, und auch noch zusammen in München, war sonderbar. Ja, sonderbar. Hätte ich gewusst, mit welcher Botschaft sie wenig später in Mamis Wohnung auftauchten, wäre ich ihnen nicht so froh entgegengelaufen. Beim Anblick ihrer bedrückten Gesichter erstarb mein Lachen.
»Du musst stark sein, Schwesterherz. Manchmal kommt

alles auf einmal!«, sagte Thomas leise und mit Tränen in den Augen, während er mich in seinen Armen festhielt. Ich wollte nichts hören – und wusste es doch schon, bevor er es mir sagte: Vater war gestorben.

Hörte das Leid nie mehr auf? Wie viel konnte ein Mensch ertragen und woran ging er zu Grunde, wenn er es nicht mehr schaffte? In der folgenden Zeit erlebte ich meinen Schmerz in immer neuen Wellen, die mich erfassten und in abgrundtiefe Verzweiflung rissen. Warum das ganze Unglück? Hatte es mit mir zu tun, dass meine Liebsten mich für immer verließen? Was haftete mir an, dass der Tod diejenigen traf, die mir am nächsten waren? Ständig quälten mich Fragen. Was wäre gewesen, wenn ...? Ich war tief in eine Innenwelt abgetaucht und nahm wenig wahr von dem, was um mich herum passierte.

Als ich eines Tages die kräftige Oktobersonne auf mir spürte, erwachte ich zu neuem Leben. Kraft stieg in mir auf und die Gier, aus dem Unglück emporzutauchen. Beschwörend drückte ich Ngonga an mich und gab ihm einen Kuss auf die Nase. »Du weißt, was zu tun ist, *mon cher fétiche. Aide-moi!*«

Ich reinigte die Wohnung, und dann nahm ich ein Bad, um den Reinigungsprozess an mir fortzusetzen. Dabei stiegen mir Erinnerungen an meine Kindheit, an meinen Vater und seine Beerdigung empor, die ich erstmals mit Wehmut ertragen konnte. Die Pastorin hatte eine wunderbare Rede unter einer hellgrün zitternden Birke gehalten, und beim letzten Amen flog laut trällernd eine Amsel aus den Zweigen in die untergehende Abendsonne. Ich war nach wie vor fest davon überzeugt, dass sie die Seele meines Vaters stahl, als diese auf dem Weg in den ewigen Frieden war, und mit ihr davonflog. So würde mein geliebter Vater in meiner Nähe bleiben, Amseln gab es schließlich überall, und ich würde ihn eines Tages wiedersehen. Nicht als Schatten der Verstorbenen wie bei Sartre … er würde mit seinem Charisma und seiner Unverfrorenheit in mir weiterleben! Das hatte ich ihm in jenem Augenblick versprochen.

Mein rituelles Reinigungsbad war der erste wichtige Schritt in ein neues Leben. Als ich in den Spiegel sah, nahm ich Anzeichen meiner früheren Schönheit wahr. Für wen aber wollte ich schon schön sein, wenn nicht für Tahim, meine große Liebe in Afrika, in Bangui? Eine neue konnte es nach dieser nicht geben, nicht in dieser Intensität und Leidenschaft, und etwas anderes wollte ich nicht. Mein Blick glitt an meinem Körper hinunter, der sich nach einer zärtlichen Umarmung und heftiger Liebe sehnte, fiel automatisch auf meinen Bauch, der wieder straff und flach war, und schon trieb es mir die Tränen in die Augen. Würde ich denn nie vergessen können? Tahim, Afrika, Maria, Vater! Verluste, die mir so wehtaten, dass ich jede Sekunde hätte schreien können … Ich musste da durch, irgendwie …

Vier Stadtmusikanten aus Afrika

Zeppelinstraße hieß meine neue Heimat, wo ich ein schönes Appartement mit Terrasse und Blick über die glitzernde Isar am Deutschen Museum gefunden hatte. »Yeahhhh!«, rief ich Ngonga zu und stellte ihn auf das Fensterbrett, damit er den schönen Ausblick aus unserer Wohnung genießen konnte.
»Yippiehhh!«, schrie ich ihm noch einmal zu, damit er es auch wirklich hörte, bei so einem Holztier wusste man schließlich nie. Ganz offensichtlich hatte er bei unserer letzten Wohnungsbesichtigung als Glücksbringer ganze Arbeit geleistet. Und nicht nur als Wohnungsbeschaffer. Denn neuerdings gab es einen Mann in meinem Leben, Veit, wenn auch nur als Internetbekanntschaft.
Inzwischen waren auch meine fünf riesigen Überseekisten von der Zentralafrikanischen Republik nach Deutschland gelangt, und ich wühlte darin nach afrikanischen Kleinodien. Voll wehmütiger Freude umgab ich mich mit exotischen Düften. Tausend Erinnerungen stiegen in mir auf, als ich Kiste um Kiste begutachtete.

So erhielt Ngonga einige Gefährten: Elefant Duli, aus einem großen Stück Sapelliholz handgeschnitzt; Ngúâ, das knuffig-eckige Waldschwein aus dem Lobaye-Gebiet, und schließlich noch Línzí, Hüterin des Schatzes und des Hauses, die kleine bunte Tonschlange. Diese vier afrikanischen Mitglieder unserer Reisegemeinde, unzertrennlich wie die Bremer Stadtmusikanten, trugen Pygmäennamen. Meine kleinen Pygmäenfreunde hatten sie mir verraten, und ich hatte sie nicht vergessen. Nun standen die Tiere auf einem Münchner Fensterbrett und starrten gebannt hinaus. Was würden sie hier wohl erleben?

Mehr wollte ich aus meinen Kisten nicht auspacken, ich war noch nicht bereit, allzu viel Afrika und damit schmerzende Erinnerungen zuzulassen. Lediglich den schönen Stoff in den warmen Farben der Savanne zog ich heraus. Der passte wunderbar auf mein neues Bett, das ich mir in Einzelteilen hatte liefern lassen und mühsam zusammengebaut hatte. Und dann erlaubte ich noch dem kleinen Intarsientisch, den ich in Bangui selbst gebaut hatte, mitsamt den dazugehörigen Bischofsstühlen, meinem Zimmer eine exotische Behaglichkeit zu verleihen.

Mein zuverlässiger Freund Olli brachte mir weitere Möbel und Geschirr. »Damit du wenigstens das Nötigste hast und mein Keller endlich leer wird!«

Auch als Endfünfziger sah er fantastisch aus und strahlte eine Kombination aus südländischem Charme und bayrischer Ruhe aus. Ich kannte alle seine Wehs und Achs, das letzte namens Hildegun, und er kannte alle meine Höhen und Tiefen.

»Da in der Tüte sind ein paar Scheiben Lachs, Baguette und eine Flasche Taittinger, damit deine neue Wohnung stilvoll eingeweiht wird!« Sein Lächeln wurde noch breiter. »Besteck, Servietten und Klopapier sind natürlich auch dabei. An solche gewöhnlichen Dinge hast du sicherlich nicht gedacht …«

Ich umarmte Olli liebevoll. »Du bist ein echter Schatz. Ich vergess dir das nie! Ohne deine Wohnung wäre ich noch verlorener gewesen, als ich schon war. Komm, lass uns feiern.«

Schon knallte der Korken einer gut geschüttelten Champagnerflasche auf dem Balkon, und es schäumte wild über Gläser, Balustrade und Bürgersteig. »Auf das, was wir lieben!«

Mir wurden wieder die Augen feucht. Auf das, was wir lieben … Ich hatte es nicht in der Gewalt. Die Trauer sprang mich an wie ein hungriger Hund. Olli nahm mich in die Arme und drückte mich stumm an sich. Er hielt mich lange fest und verabschiedete sich erst von mir, als es mir wieder besser ging.

Ich holte Ngonga von der Fensterbank. Gemeinsam sahen wir auf das gegenüberliegende, geheimnisvoll glitzernde Wasser der Isar und leerten den restlichen Taittinger. Wie aus einer anderen Welt schrillte das Telefon.

»Ja, hallo?«, brüllte ich erschrocken ins falsche Ende.

Veit aus der Schweiz war am Telefon, meine Internetbekanntschaft, mit der ich wunderbare Mails ausgetauscht hatte. Wir hatten die gleichen Gedanken, Sehnsüchte und Wünsche, präzise analysiert, in treffende Worte gefasst, teilweise sogar in Gedichte ... Seine Briefe waren mir unter die Haut gegangen, und ich dachte immer mehr an ihn als Mann, soweit das möglich war bei meiner Sehnsucht nach Tahim. Begierig nahm ich seine tiefe, warme Stimme in schweizerischem Singsang auf, denn wir hörten uns zum ersten Mal.

»Du hast eine wunderbare Stimme, ganz mädchenhaft und trotzdem sehr aufregend, Julia!« Das tat mir unendlich gut und ich musste lächeln.

»Du gefällst mir auch, schön, dass wir uns endlich mal hören. Wo bist du jetzt?«

»Noch in Idaho. Aber ich komme demnächst nach Europa, liebe Julia. Wollen wir uns nicht treffen, was meinst du?«

Eine tiefe Freude erfasste mich. Konnte es möglich sein, dass ein anderer Mann als Tahim mich interessierte?

»Gute Idee! Ich bin gespannt auf dich, Veit, in Fleisch und Blut.«

Mehr fiel mir nicht ein. Ich hätte ihm noch vieles sagen wollen, aber am Telefon war das schwieriger als per Mail. Übers Internet konnte man sehr offen seine persönlichsten Gedanken mitteilen und trotzdem in sicherer Anonymität bleiben. Außerdem war mir plötzlich klar, dass ich doch nur einen liebte und ewig lieben würde. Großer Gott, armer Veit!

»Ich möchte dich so gern bald kennen lernen! Falls das auf Gegenseitigkeit beruht, fliege ich über München, und dann sehen wir weiter, okay?«

Leiser Aufruhr erhob sich in mir. Es war schön, dass sich

jemand wieder ernsthaft für mich interessierte, wo ich mich doch so unattraktiv und überflüssig fühlte. Und dieser Mensch übernahm Entscheidungen. Das war mir völlig fremd geworden.

»Gut, Veit, ich freue mich sehr! Es wird echt spannend werden!«

Ein tiefes Lachen am anderen Ende des Hörers und des Großen Teichs wärmte mein Herz. »Das kannst du laut sagen, liebe Julia.«

Himmelfahrt fand später statt

So schnell kommt er also wieder, der Tod, und wird zum quälenden Gast. Ich erhielt den Anruf einer Krankenhausärztin: »Ihrer Mutter geht es sehr schlecht, sie wird das Wochenende wohl nicht überleben.« Ich kannte ja inzwischen den leidvollen Ablauf des Sterbens und Abschiednehmens, aber trotz wiederkehrender Übung konnte und wollte ich mich nicht daran gewöhnen.

Mit Blumen, Pralinen, Obst, Säften, aufheiternden Büchern, Vitaminen und sogar obskuren Homöopathika raste ich zum Krankenhaus und ertappte mich unterwegs bei dem Gedanken, wie es nach Mamis Tod weitergehen würde. Wie wollte sie beerdigt werden? Nichts wusste ich darüber. Ich hatte diese so wichtige Frage immer verdrängt, hatte es obszön gefunden, mit ihr darüber zu sprechen.

Und so war ich völlig überrumpelt, als es nun soweit war. Von der Ärztin erfuhr ich, dass Mami Metastasen hatte, zusätzlichen Lungen- und Leberkrebs. »Na ja, Sie wissen ja, wie das ist.«

Nein, verdammt, ich wusste durchaus nicht, »wie das ist«, die Schmerzen, die Angst, der nahende Tod. Ich war wie gelähmt. Der Schrecken im Krankenzimmer, wo sie in einem Mief aus Urin, Kot und Kaffee fast zum Skelett zusammengeschrumpft lag, mit gelblich-starren, an gefrorene Hühnerkrallen erinnernden Händen. Nichts mehr von meiner süßen Mami, nichts von dem lebhaften und schönen Menschen, der mich so lange begleitet hatte.
»Wenn du wüsstest, wie hässlich du aussehen kannst mit den großen Ohren, würdest du sofort aufwachen und nach Spiegel und Bürste greifen!«, flüsterte ich ihr ins Ohr und zog ganz sanft daran. Die blutroten Lippen, die sich schief und dünn wie eine frische Narbe in der fahlen Haut abzeichneten, verzogen sich auf einmal und ein zaghaftes Lachen huschte über Mamis Gesicht. Glücklich küsste ich die blasse Stirn, immer und immer wieder, bis sich die Falten glätteten und einem weichen Ausdruck Platz machten.
Die folgenden Stunden waren eine Qual. Sie bäumte sich auf, stöhnte und schrie, ein verzweifelter Kampf gegen den Tod. Ich versuchte sie zu beruhigen, streichelte sie, redete ihr zu, hielt zärtlich ihre Hände. Sie beruhigte sich etwas, aber die Krämpfe kamen in immer kürzeren Abständen. Ich bat die Schwestern häufiger um Morphium, sodass sie alle vier Stunden eine neue Spritze erhielt.
Während ich Stunde um Stunde an ihrem Bett wachte und ihren Kampf miterlebte, nahm ich traurig Abschied. Ich quälte mich mit Selbstvorwürfen. So vieles hatte ich versäumt, meiner Mutter zu sagen und zu geben. Und nun

war es zu spät. Ich fühlte mich plötzlich uralt. Manchmal regte Mami sich und öffnete blicklos die Augen, doch ihr Kampf war zäh und dauerte an. Und so beschloss ich, Mamis Freundin Meike zu benachrichtigen. Vielleicht konnte sie noch rechtzeitig hier sein, um Abschied zu nehmen.

Am nächsten Tag stand die alte Dame vor meiner Tür, sehr süß und fraulich und ordentlich, mit kleinem Fuchskragen am blauen Schneiderkostüm und passenden Pumps. Sie hatte die lange Reise von Rügen sofort angetreten. Traurig flogen wir uns in die Arme. Es tat so gut, dass sie da war. Jetzt erst merkte ich, dass ich keine Kraft mehr hatte, und brach zusammen. Ich weinte an Meikes Brust wie erst einmal in meinem Leben zuvor, als Tahim mir mit eiskalter Miene eröffnete, dass es keinen Sinn mehr hätte mit uns, und mich nach Europa zurückgeschickt hatte. Ich schrie meinen Schmerz hinaus, bis ich völlig erschöpft war.

Meike blieb eine Woche, in der sie nicht nur Tag für Tag stundenlang an Mamis Bett saß und sich von ihrer Freundin verabschiedete, sondern auch die nötigen praktischen Dinge in die Hand nahm. Sie sprach mit einem Bestatter und kümmerte sich auch um die Wohnungsauflösung. Mir ging das zu weit. Ich empfand es als Verrat, Mamis Wohnung aufzulösen, während sie noch im Krankenhaus um ihr Leben kämpfte. Meike überzeugte mich, dass ich für diese Dinge keine Zeit mehr haben würde, wenn ich erst meine neue Arbeitsstelle angetreten hätte, und so räumten wir einen Großteil der Wohnung leer.

Mit Mami ging es zu Ende. Sie kämpfte um ihr Leben, gegen Erstickungsanfälle, gegen Schmerzen. Stundenlang saß ich bei ihr, hielt sie fest und redete leise auf sie ein. Sie beruhigte sich zwischendurch, doch die Anfälle kamen häufiger. Sie bekam nun alle zwei Stunden Morphium. Doch dann geschah etwas Merkwürdiges: Mami erholte sich zusehends, was den Ärzten ein Rätsel war und auch mich zutiefst verwirrte. Ich besann mich auf meine afrikanischen Erfahrungen: Alles hat seine Stunde, alles seine Zeit …

Drei Tage nach der nicht stattgefundenen Himmelfahrt brachte ich Mami auf Anraten der Ärzte auf einer Trage in ihre Wohnung zurück. Ihren entgeisterten Blick, als sie die halb leeren Zimmer sah, sollte ich nie vergessen. Stotternd suchte ich nach einer Erklärung, aber sie winkte ab.

»Ich weiß, meine Kleene«, beschwichtigte sie mich mit schwacher Stimme, »Meike hat dir gut geholfen!«

Doch trotz dieser Peinlichkeit war ich froh, dass sie noch einmal zu Hause war. Plötzlich lächelte Mami und sagte etwas Unverständliches. Ich blickte sie fragend an, sie wiederholte, aber ich kapierte immer noch nicht. Da wurde sie ungeduldig und spuckte verärgert ein einziges Wort aus: »Bier!«

Ich musste lachen und beeilte mich, ihren Wunsch zu erfüllen. Gemeinsam süffelten wir das Bier in kleinen Schlucken, während ich sanft ihren knochendürren Körper massierte.

Schließlich schlief Mami mit entspannten Zügen ein und

ich saß noch lange bei ihr. Auch mich erfüllte Ruhe, ich erinnerte mich an unsere gemeinsamen Abenteuer und Erlebnisse und küsste sie sacht zum Abschied.
In dieser Nacht starb Mami in Frieden.

Ein Phantom aus dem Internet

Weihnachten und die ersten Januarwochen waren trostlos, trotzdem bemühte ich mich um Normalität. Täglich saß ich in einem feschen taubenblauen Kostüm in der kleinen, sterilen Empfangsloge des Patentamtes und gab freundlich Auskunft in allen möglichen Sprachen. Dieser Job war öde, deckte aber meine finanziellen Bedürfnisse und ich war alles in allem dankbar.

Schlimm waren die Abende und Nächte. Tahim konnte ich nicht vergessen, obwohl ich es ehrlich versuchte. Schließlich hielt ich es nicht mehr aus, griff spontan zum Hörer und wählte die mir immer noch wohl bekannte Nummer. Mein Herz übertönte dröhnend das Freizeichen, dann vernahm ich die Stimme des Geliebten am anderen Ende der Welt, in Afrika. Schlagartig hatte ich alle Kessheit verloren.

»Allô?« Seine Stimme klang so unpersönlich, dass mir nur ein zaghaftes *»Salut, Tahim«* gelang.

»Ah, Julia ...«, kam es zögernd zurück. Schwang nicht auch Freude in seiner Stimme?

»Tu vas bien?«, fragte ich leise weiter und hoffte insgeheim, die wunderbarsten Dinge zu hören.
Stattdessen hörte ich ein neutrales: *»Oui, ça va très bien, merci!«*
»Ich kann dich nicht vergessen, Tahim«, platzte ich heraus.
Es war mir egal, wie er das fand. Ich konnte nicht anders, er sollte wissen, wie sehr er mir fehlte. Ich wollte ihm alles erzählen, von den Tränen der Sehnsucht in der Nacht, von meiner verdammten Einsamkeit, dass unser Kind gestorben war und ich die wichtigsten Menschen meines Lebens verloren hatte. »Ich würde dich so gerne wiedersehen. Meinst du nicht, wir könnten es noch mal versuchen und uns treffen, vielleicht in Paris?«
Am anderen Ende blieb es still. Bis auf das leichte Pfeifen in der Leitung eines Interkontinentalgespräches war nichts zu hören und ich biss mir ungeduldig auf die Lippe. Dann aber kam es umso heftiger:
»Julia, wenn eine Tür zugeschlagen ist, ist sie zu. Aber lass uns gute Freunde bleiben.«
Genau das wollte ich hören, konstatierte ich verbiestert. Es schien, dass Afrika nun vollends hinter dem Horizont versank. Wann würde ich das endlich begreifen? Könnte ich doch loslassen, Afrika, Tahim.
Dieses Gespräch war ein herber Rückschlag. Ich wurde immer melancholischer, verbrachte meine Wochenenden mit Selbstzweifeln und Trauer. Ich lag auf meinem schönen Brokatbett und weinte, inmitten von Kerzenschein und südöstlichen Düften, die mich an meinen Liebsten

erinnerten. Nach wie vor löste er in mir die stärksten Gefühle aus. Bei ihm hatte ich Liebe, Sicherheit und Geborgenheit gefunden, etwas, das ich in meinem unsteten Leben vermisste.

Oft stand ich auch auf dem Balkon zwischen nordischer Zwergthuja und bayrischem Margeritenstrauch und blickte sehnsüchtig den Wolken nach, in Richtung Bangui. Unwillkürlich kam mir dabei der Schimpansen-Lockruf in den Sinn. Er fing traurig leise an und steigerte sich in kürzer werdenden Intervallen zu lauten hohen Rufen: »Uuuuhhh-uuuuhhh-uuuhh-uuhhh-uhhhhh-uhhhhhhh …« Oft hatte ich im Urwald diese Laute gehört und so lange nachgeahmt, bis die Affenfamilie nicht mehr floh, sondern interessiert hocken blieb. Damals hatte ich mich glücklich gefühlt, eingeschlossen in den Lauf der Natur. Hier jedoch, in der Münchner Au, sprangen nach meinem traurig-sehnsüchtigen Lockruf die Nachbarfenster auf, ein Mann sah ängstlich herüber, und ein knutschendes Pärchen an der Litfasssäule erstarrte zu Stein. Na ja, am Schluss werden die Schimpansenrufe mit weit geblähtem Brustkorb und ordentlichem Luftvolumen ausgestoßen und erreichen eine beträchtliche Lautstärke und Tragweite …

Konnte diese offenbar unerfüllbare Sehnsucht nicht endlich aufhören und eine neue beginnen? Gab es nicht verdammt noch mal auch andere Männer, die mich wieder zum Leben erwecken konnten? Veit? Unser geplantes Rendezvous hatte ich nach Mamis akuter Erkrankung abgesagt. Aber allmählich hatte ich wieder Lust, ins Netz zu gehen, und tatsächlich erhielt ich zwei Mails von ihm, die mich fesselten.

In den nächsten Tagen und Wochen intensivierte sich die Mail-Freundschaft zwischen mir und dem Schweizer Banker, der mit seiner Ausdrucksweise und seinem humorvollen Charme mein Herz berührte. Zum ersten Mal seit langer Zeit konnte ich wieder einem Mann meine Gefühle mitteilen. Schließlich tauschten wir Fotos aus und verabredeten ein persönliches Treffen in München.

Sein Foto zeigte verheißungsvoll einen großen, sympathischen Jungen mit erstauntem, neugierigem Ausdruck in blauen Augen. Obwohl ich ja mehr auf orientalische Prinzen stand, hatte ich mich ein bisschen in ihn verliebt. Vor unserem Treffen war ich aufgeregt wie ein durchgeknalltes Frettchen. Ich machte mich schön zurecht und kaufte mir zur Ermunterung noch ein paar Ohrringe, Beduinenschmuck mit Türkisen, auffällig und sehr eigenwillig. Sie sollten als gutes Omen mein erstes Date begleiten, und als ich sie anlegte, klopfte mein Puls so stark unter den Ohren, dass der Schmuck in leichten Schwingungen auf und ab wippte.

Kurz vor dem Treffen klingelte mein Handy. »Hallo, liebe Julia«, hörte ich seine Stimme wunderbar und sinnlich an meinem Ohr, »ich bin bereits am Viktualienmarkt und finde unser Lokal nicht!«

Ich musste lächeln über den lustigen knackigen Schweizer Akzent. »Kein Problem, lieber Veit, ich bin praktisch hinter dir und fange dich sofort ein! *A tout de suite!*«

Ich war tatsächlich sehr aufgeregt und freute mich wahnsinnig, dass so etwas wieder möglich war, während ich den bunten Markt durchquerte. Zwischen all den Menschen fiel mir eine sportliche Gestalt auf, die sich schlank und biegsam nach Frauen umdrehte. Das musste Veit sein. Hinter ihm angekommen, legte ich die Hand sanft auf seine Schulter. »Veit? *Der* Veit?«

Langsam drehte sich der Mann um. Ich erkannte eine leichte Ähnlichkeit mit dem Foto, aber dieser Mann hier sah verbittert aus mit seinem schmalen zusammengekniffenen Mund und den misstrauisch blickenden Augen, so dass ich enttäuscht war. Er sah mich durchdringend und erstaunt an.

»Ja! Veit! Und du bist Julia!«

Kein Lächeln huschte über sein Gesicht, nichts Verbindliches. Im Gegenteil, er wandte sich starr von mir ab, als wäre ich der Teufel persönlich! Dabei war ich unauffällig, hatte mir nicht einmal die Lippen geschminkt. Ehrlich gesagt, sah ich heute zum ersten Mal seit langer Zeit verdammt gut aus, das wusste ich. Und die Ohrringe konnten es doch nicht sein …

»Die Fahrt von Zürich war nicht zu anstrengend?«, fragte ich blöd. Ich brauchte etwas Zeit, um meine Ernüchterung zu verbergen.

»Nein, ganz moderat.« Die warme Stimme und der lustige Akzent passten so gar nicht zu den zusammengekniffenen Lippen. »Ich habe ein paar Geschenke für dich im Auto. Dass wir das nicht vergessen!« Sein winziges Lächeln schaffte es nicht über die Mundwinkel hinaus, während er offenbar bereits die Heimfahrt avisierte.

Und ich hatte morgens das Bett frisch bezogen und die Küche aufgeräumt, Lachs nachgekauft und eine Flasche Champagner in den Kühlschrank gelegt, vorsichtshalber … Na ja, ich versuchte mir lächelnd einzureden, dass mich schwierige Situationen und unnahbare Männer immer schon gereizt hatten, und so versuchte ich das Beste aus der Situation zu machen.

Veit blickte befremdet auf meine spitzen Schuhe. »Kannst du darin laufen?«, fragte er skeptisch.

Kurzum, wir kamen aus dem Bereich merkwürdigen Smalltalks nicht heraus, und auch als wir im Bistro waren, verlief die Unterhaltung seltsam. Er sprach von seinem Haus, seinen Kindern, und dass er niemand Fremden in seinem Bad mochte … Verzweifelt suchte ich zwischen den Zeilen nach der Zartheit, die seine Mails charakterisierten. Aber da war nichts. Als wir beim Thema Haustiere angelangt waren und Veit bemerkte, Papageien seien doch wohl gefährlich, reichte es mir. Ich griff nach meiner Jacke und stand auf.

»Das ganze Leben ist gefährlich!« Mit diesen Worten umarmte ich den erstaunten Veit, gab ihm einen sanften Kuss auf die schlaffe Wange und verließ eilig das Lokal.

Puhhhhhh! Meine Schritte wurden schneller, als ich über den Viktualienmarkt lief. An einem nach Nelken und Zimt duftenden Glühweinstand schloss ich die misslungene Erfahrung, ein Phantom per Internet einzufangen, ab. Nach dem ersten Glas musste ich schon lachen, und es schüttelte mich bei der Vorstellung, dass mein Treffen mit Veit anders ausgegangen wäre. Ich wollte nicht schon wieder in einer rosa Schmetterlingswolke gefangen sein und meine traurig erkämpfte Freiheit und Selbstständigkeit gegen demütigendes Warten am Telefon eintauschen, auf kleine Zeichen der Liebe hoffen und Geld verpulvern für Faltencreme, Parfüm, Lachs, Ohrringe und neue Handtücher!

Froh begann ich die winterliche Atmosphäre zu genießen. Der Markt bekam in der aufziehenden frostigen Dämmerung etwas Heimeliges. Bunte Lichter gingen an, verfrorene rote Nasen blickten aus grauen Schals hervor, der Atem der Verkäufer an den Gemüseständen dampfte über Orangen, roten Äpfeln und Krisselkohl. Morgen würde der Fasching beginnen und dann wäre Veit schon Vergangenheit. Aber heute war noch nicht vorbei, denn wie sich herausstellen sollte, hatte Ngonga seine afrikanischen Zauberkräfte voll eingesetzt …

Der Duft des Frangipani-Baumes

Auf dem Weg nach Hause wünschte ich mir, dass sich mein Leben ändern würde. So machte es nicht allzu viel Freude, obwohl ich mir Mühe gab, aber meine Ansprüche, die nicht nur materieller Art waren, wurden nicht erfüllt. Mein Misserfolg mit Veit zeigte, dass es für Tahim keinen Ersatz gab, und meine Sehnsucht nach Afrika hatte nicht nachgelassen. Wann immer ich Fotos, Briefe oder andere Erinnerungsstücke ansah, schnürte mir Trauer die Kehle zu.

Täglich träumte ich mich nach Afrika zurück und nahm dabei den Duft der sattrosa blühenden Frangipani-Bäume wahr, spürte die dumpfe, feuchte Hitze, sah das vertraute Bangui und den geheimnisvollen Urwald vor mir und spürte Tahim … Gab es keinen Afrika-Memoriam-Verein, der einen Vorstand suchte? Ein Anti-Irgendwas-Projekt mit Neigung zu Eingriffen?

Und dann überfielen mich aus heiterem Himmel Erinnerungen und Bilder an die große Liebe meines Lebens: Tahim in all seiner exotischen Attraktion. Seine geheimnisvollen, dunklen Augen, die mich stets in orientalische Fantasien entführten: zu bunten Diwanen, auf denen wir uns stürmisch liebten; zu endlosem Wüstensand, durch den er mit mir auf einem Rappen zu einer fernen Oase galoppierte, irgendwo in seiner syrischen Heimat. Vor mir erschienen seine markanten Gesichtszüge, seine warme, olivfarbene Haut, die ich zentimeterweise mit Zärtlichkeiten bedeckte, seine festen männlichen Hände, die mich hielten, wenn ich verzagt war. Verzagt war ich häufiger gewesen, etwa wenn er nicht begriff, dass mich sein Geld nicht interessierte und ich nur seine Liebe wollte. Das begann gleich am Tag unserer ersten Begegnung, den ich plötzlich wie in einem Film wieder an mir vorbeiziehen sah.

Damals begoss ich gerade die wohl überstandene Rückkehr meiner ersten Expedition in den Regenwald. Der deutsche Botschafter Hans Schnell hatte mich an diesem Abend auf einen Drink in die schummrige Kneipe »Chez Marianne« eingeladen, in der sich obskure Gestalten aus allen Schichten der Geschäftswelt von Bangui einfanden. Herr Schnell hatte dünne blonde Haare und sah sehr deutsch aus. Er erinnerte an Schrebergarten und Butterbrote und liebte Sätze wie »Es geht hier ums Prinzip!« Er gehörte zu den Typen, die stolz darauf waren, den Plural von Cappuccino zu kennen … und er war bereits zu 77 Prozent mit edlen Tropfen abgefüllt, als er mich über die örtlichen Gefahren informierte:

»Afrika ist in jeder Beziehung ein heißes Pflaster, Julia. Die Menschen hier glauben, mit Geld alles kaufen zu können.

Neulich wollte der nigerianische Außenminister die deutsche Botschaft kaufen!« Er bellte los vor Freude, schlug sich begeistert auf die Schenkel und fuhr dann leutselig fort: »... und die meisten erreichen es auch!«

Plötzlich hielt er inne und blickte gebannt zum Eingang, wo in diesem Moment ein mittelgroßer, orientalisch anmutender Mann mit sehr männlichen, scharf geschnittenen Gesichtszügen erschien, der mit durchdringendem Blick die Anwesenden musterte, als wäre er auf Beutezug ...

Andächtig kommentierte Schnell den Neuankömmling: »Dieser Mann da ist der Reichtum schlechthin. Monsieur Tahim Sadar, ein Syrer, der seit 40 Jahren hier im Land ist. Was er anfasst, wird zu klingender Münze.« Er neigte sich dicht zu mir und sprach leise und eindringlich auf mein rechtes Auge ein, so als ob ich dort besser hörte. Stattdessen wurde ich fast blind von seiner Alkoholfahne. »Was er haben will, kauft er einfach!«

Mein Gelächter zerstörte den Bann seiner geraunten Botschaft. »Aber Herr Schnell! Ich glaube nicht, dass alles käuflich ist. Ich lasse gerne meine ›Steinesammlung‹ von ihm anfassen, damit sie reichlich klingelt, aber meine Liebe könnte er mit seiner Einstellung nicht kaufen!«

Fasziniert beobachtete ich, wie Monsieur Sadar zielstrebig auf mich zukam, während er auf Huldigungen von dunkelhäutigen wie weißen Anwesenden mit freundlichem Grüßen reagierte. Trotz seiner kommunikativen Gesten schien er mir eindeutig auf der Jagd: Er hatte Hunger, dieser Raubvogel. Aber ich sah auch andere Zeichen in seinem Blick: Melancholie und Sehnsucht. Dieser Mann war ein einsamer Jäger, was mich ungeheuer anzog. Und plötzlich stand er vor mir, raubte mir fast den Atem, als er mir so charmant wie unverschämt in die Augen sah. Meine Haut begann zu glühen und ich glaubte, leises Knistern zu hören.

Das war der Beginn unserer großen Liebe. Tahim wurde mein Wetter, meine Tageszeit und mein täglicher Sonntagmorgen. Und Afrika wurde mein neuer Alltag. Wir waren so glücklich, dass wir Tag und Stunde vergaßen und bald zum Tagesgespräch Banguis wurden: der unbeugsame, unnahbare Millionär, der plötzlich alles stehen und liegen ließ für die schöne deutsche Lady. Seine Sehnsucht nach Zärtlichkeit und Liebe konnte ich auf viele Weisen stillen, aber mein Wunsch nach Unabhängigkeit von seinem Reichtum blieb unbeachtet. Was immer ich haben wollte, war bereits bezahlt oder wurde mir von Tahim geschenkt. Das engte mich stark ein, und es war ein mühsamer Weg, ihm begreiflich zu machen, wie wichtig mir meine Unabhängigkeit war.

Diese Liebe und meine neue Heimat in Afrika waren für mich das größte Glück, das mir je im Leben widerfuhr. So schön, wie es begann, so fürchterlich und sinnlos war das Ende. Tahims Eifersucht wuchs auf fruchtbarem orientalischen Boden. Er begegnete jedem Mann in meiner Umgebung mit grenzenlosem Misstrauen. Eines Tages brachte mich ein Verwalter vom Jagdlager der Pygmäen aus dem Dschungel zurück, da ich unter Malariaanfällen litt. Tahim entwickelte eine rasende Eifersucht auf den Mann, der mir doch nur freundlich geholfen hatte, und es kam zum endgültigen Bruch. Trotz all meiner verzweifelten Versuche, unsere Liebe zu retten, blieb Tahim hart. Er löste sich von mir und wollte sogar, dass ich nach Europa zurückginge.

Ich blieb noch einige Wochen und hoffte inständig, dass es noch eine Chance für uns gäbe, um die ich heftig kämpfte. Denn ohne Tahim und jenseits von Afrika erschien mir mein Leben sinnlos. Und so war es ja auch gekommen. Seit ich wieder in Europa war, seit ich meine Tochter und dann noch die Eltern verloren hatte, empfand ich mein Leben als sinnlos.

Die Erinnerungen trieben mir die Tränen in die Augen, und ich fragte mich, wie ich je wieder glücklich werden könnte, nachdem ich das eine große Glück gefunden und verloren hatte. Konnte ein solches Glück ein zweites Mal auftauchen? Würde ich – gegen jede Wahrscheinlichkeit – doch noch mal nach Afrika kommen? Vielleicht käme es ja eines Tages, das ersehnte Telegramm, das mich zurückholen würde: *»Chérie, je t'aime toujours. Reviens! Tahim.«*

Plötzlich klopfte mein Puls laut in den Ohren, im ganzen Kopf pulsierte es heftig, und auf einmal war ich sicher, dass etwas geschehen würde. Irgendetwas rührte sich und wartete auf mich! Übermütig rief ich laut: *»Oui! J'arrive!«*, und lief schneller.

Ein vorbeiradelnder junger Mann drehte sich grinsend zu mir um und rief: »Okay! Bis später, Süße.«

Der Brief

Zu Hause angekommen, öffnete ich – eilig, hellseherisch – den Briefkasten. Ein Brief des World Wildlife Fund in Frankfurt fiel mir entgegen, und ich ahnte: Dies war die Wende. Ging endlich mein Wunsch nach Veränderung, nach einer neuen Zukunft in Erfüllung? Ich drehte den Brief in den Händen und wollte ihn vor lauter Vorfreude nicht öffnen. Ich raste in meine Wohnung, schleuderte meinen Mantel in eine Ecke und stellte Ngonga in die Mitte des orientalischen Messingtisches.

»Du hast dich also auch gelangweilt!« Übermütig gab ich ihm einen Kuss auf das dicke Holzmaul, schenkte mir ein Glas Pastis ein, ohne Wasser, nur mit einem Stück Eis, und nahm einen königlichen Schluck, der mir brennend die Kehle hinablief. Dann setzte ich mich in den Sessel und schaute erwartungsvoll den Brief an: Er sollte sich jetzt vorlesen! Ich wollte meine Vorfreude genießen, mich in freudiger Geduld üben und zählte bis 22. Dann hielt ich es nicht länger aus und riss das Kuvert auf, wobei mir das Blut in den Halsadern pochte.

Sehr geehrte Frau von Laue,
in der Hoffnung, dass es Ihnen gut geht, wende ich mich mit einem großen Anliegen an Sie. Ich glaube, dass Sie mit Ihrem Organisationstalent, Ihrer Durchsetzungskraft und den Beziehungen zu Ihren einflussreichen zentralafrikanischen Freunden genau die richtige Ansprechpartnerin sind.
Es ist ja nun fast drei Jahre her, dass wir uns in Bangui getroffen haben, und mit Begeisterung erinnere ich mich an unsere lebhaften Gespräche über Ihre vielen hochinteressanten Expeditionen 1980 zu den Pygmäen, die ja zu dieser Zeit noch auf Steinzeitstufe lebten. Ihr Engagement für den Erhalt des Regenwaldes hat mich sehr beeindruckt. Sie wollten damals ein Areal pachten, um den Wald vor Raubbau und illegalem Einschlag der Holzgesellschaften zu schützen und Ihren Pygmäenfreunden so ein unantastbares Gebiet zu sichern. Das bewunderten wir sehr, zumal Sie Ihre Unternehmung im Alleingang durchführen wollten. Umso mehr bedauerten wir natürlich, dass Ihnen Monsieur Tahim Sadar als der größte Holzkonzernbesitzer bei dem Landerwerb zuvorkam.
Lassen Sie mich also zur Sache kommen: Als Leiter des Fachbereichs »Tropische Wälder« sehe ich mich nun in der Lage, Ihnen Ihrem früheren Engagement in der Zentralafrikanischen Republik entsprechend folgendes Angebot zu unterbreiten:
Bei der Erweiterung unseres neuen Trinationalen Schutzparks »Dzanga-Sangha« im Länderdreieck ZAR (der Bayanga-Region), Kamerun und Kongo ergibt sich die Gelegenheit, ein naturnahes Touristenprojekt einzurichten. Mit den

Einnahmen durch den Besuch des Nationalparks könnten die laufenden Projektkosten gedeckt werden (Gehälter für 40 Ranger, die den Park vor Wilderern schützen, Waffen, Wagen usw. wie auch die langfristige Pacht des Nationalparks).
Wir würden uns freuen, wenn Sie an diesem Projekt Interesse hätten und den Wiederaufbau der Lodges und deren Leitung übernehmen könnten. Damit gelänge uns sicherlich eine Neubelebung des zentralafrikanischen Öko-Tourismus. Finanziell und werbetechnisch würde Ihnen ein Reiseunternehmer aus Nürnberg, Herr Würstel, zur Seite stehen, der sehr an einer Zusammenarbeit mit Ihnen interessiert ist. Ihnen würde es obliegen, einen nationalen Geschäftsmann beizubringen.
Als touristische Attraktionen ließen sich im Nationalpark folgende Programme ausbauen:
Pygmäenprogramme: Jagd, Heilpflanzenkunde usw.
Bitte nehmen Sie baldmöglichst Kontakt auf mit … usw. …

Ich hatte während des Lesens die Luft angehalten und ließ sie nun mit einem Pfiff hinaus. *»Mon Dieu!«*
Vor Freude tanzte ich durchs Zimmer, drückte Ngonga an mich und zusammen wirbelten wir über das Parkett. Das Leben war schön, mannomannomann, wunderbar, und ich hatte es mir verdient, voll verdient.
Ohne lange zu fackeln, würde ich mitten hineinspringen in diese Chance, die mir all das bot, was ich mir seit meiner Kindheit erträumte: Seit ich zurückdenken konnte, war es mein frühester Traum, Urwaldforscherin zu wer-

den. Dreißig Jahre später sollte der Traum nun Wirklichkeit werden.
Endlich konnte ich die Erfahrungen von immerhin sieben Jahren umsetzen, die ich bei meinem ersten Afrikaaufenthalt gemacht hatte: Ich hatte den Urwald kennen gelernt, Pygmäen, Elefanten, Schlangen, Raubtiere und auch Höllenangst. Zwar war ich keine Forscherin im Sinne von Studium und Feldforschung, aber ich hatte meine ganz eigene Forschung betrieben und sie als Fotografin in meinen Bildbänden festgehalten. Ich hatte diverse Expeditionen zu den Aka-Pygmäen gemacht, hatte Ängste und Freude im Urwald erlebt und allmählich das Vertrauen und die Freundschaft der Urwaldmenschen gewonnen.
Meine Gedanken kehrten zurück zu Ibengy Mbounsola, dem Jagdlager meiner kleinen Freunde, das tief im unzugänglichen innersten Regenwald lag. Hier war ich von ihnen vielen exotischen Prüfungen unterzogen und schließlich in ihre Gemeinschaft aufgenommen worden. Gemeinsam verfolgten wir skrupellose Wilderer auf Elefantenjagd und räucherten sie schließlich aus. In den mineralhaltigen Bais hatten wir manchmal bis zu 60 Elefantenfamilien beobachtet, die Njokou, wie die Pygmäen ihre hoch geehrten Waldelefanten nannten, und die eleganten, weiß gestreiften, fast ausgerotteten Sitatunga-Antilopen, die Mbliyas. Wir waren von Rotbüffeln gejagt worden, bis auf die Bäume, und mit der Armbrust auf Affenjagd gegangen. Wir hatten in selbst angelegten Kanälen Welsen und anderen Fischen aufgelauert. Im Laufe

der Jahre waren wir Freunde geworden und die kleinen Waldmenschen hatten mir ihr Wissen über die Schätze des Regenwaldes geschenkt.
Außerdem brachten sie mich dem eigentlichen Sinn des Lebens wieder nahe: die Natur zu achten, den gegenwärtigen Tag zu leben, die Familie zu respektieren und Traditionen einzuhalten. Ich schätzte die Lebensart der Pygmäen, denn der elementare Sinn des Lebens entsprach meinem Wesen. Ich ehrte ihren weisen Waldgott Zèngi, der ihnen stets mit Rat zur Seite stand, und ebenso die Geister, die Menschen unsichtbar machen konnten, gute Jagd versprachen, Kinder schützten, Tiere verkörperten … und so war ich schließlich initiiert worden.
Dabei wurden mir mit einem Bambusmesser glücksbringende Zeichen tief in die Haut der Oberarme geschnitten und die Wunden anschließend mit frischer Asche bestäubt. Im Laufe der Zeit entwickelten sie sich zu schwulstigen Narben. Ich erlebte Geburten und Todesfälle, lernte den Aka-Dialekt, hörte den Märchenerzählern zu und lernte die Tänze. Die Pygmäen – knapp 1,45 Meter groß – lachten sich halb tot, wenn ich – zirka 1,70 Meter –, die »große weiße Mama Tschulia«, begeistert neben ihnen mit breiten Füßen und wackelndem Po im Sand herumfegte. Ich war verliebt in ihren schwarzen Humor, der noch krasser war als meiner.
Einmal kamen meine Freunde Mungo, Maseke und Bosso von einer langen Jagd zurück, bei der sie in die Nähe einer Bantusiedlung gekommen waren. Unterwegs hatten sie ein buntes Tuch gefunden, offensichtlich ein Halstuch,

und brachten es triumphierend mit ins Lager. Mungo sagte schmunzelnd, mit einem verstohlenen Seitenblick zu mir: »Der Rest von einem neuen Besucher.«
Ja, ich war glücklich, während ich an all dies dachte. Ich konnte wieder nach Hause, endlich!

Dem Brief lag sogar ein Vertrag bei. Ich versuchte mit kühlem Kopf alle Konsequenzen zu durchdenken und schrieb sofort alles auf, was zu erledigen war. Dabei nahm ich mit einem Blick aus dem Fenster auf fünf der schönsten Kirchen Münchens, die seit ein paar Monaten mir gehörten, bereits Abschied. Bei meiner Planung ging ich zielstrebig und effizient vor, und bald hatte mein Projekt klare Formen angenommen. Was noch unklar war, würde sich fügen.
Zu den ungeklärten Dingen gehörte Tahims Meinung zu meiner Rückkehr. Keineswegs durfte ich ihn mit meinem plötzlichen Auftauchen in Bangui überrumpeln. Er sollte wissen, dass ich ihn immer noch in mein Leben einbezog. Außerdem brauchte ich seinen Rat und seinen Schutz. Als allein stehende Frau in Afrika war man auf Freunde und Beschützer angewiesen, oder man ging in jener ausgeprägten Macho-Männerwelt unter, wurde übergangen, schließlich als Außenseiter der Gesellschaft verachtet und dann vergessen.
Ich musste Tahim noch mal anrufen. Sicherheitshalber erklärte ich erst dem Spiegel, was ich ihm am Telefon erzählen wollte, unterstrich mein Anliegen mit lebhaften Gesten und verbesserte immer wieder mein Französisch. Schließ-

lich schminkte ich mich und fuhr mir durch die Haare. Ja, das sah gut aus, was mir da mit grünen Augen und schwarzen Haaren aufgeregt entgegenstrahlte. Noch ein paar duftende Tropfen von meinem afrikanischen Duft »Mille« aus dem Kühlschrank, wo er die dürren Monate seit meiner Abreise aus Bangui überlebt hatte, und endlich fühlte ich mich gewappnet.

Wieder raste mein Herz. Was würde er sagen, würde er guter Stimmung sein, war er überhaupt da? Es klingelte von weither. Ich sah den Mann meines Lebens vor mir, einige tausend Kilometer entfernt, bei 42 Grad im Schatten. Kein Wunder, dass mir heiß wurde, ich knöpfte den Pulli auf.

»Bonjour, ici Sadar!« Mir wurden die Knie weich, und die Stimme versagte, als ich Tahim hörte. Ich presste das Ohr ganz dicht an den Hörer und räusperte mich. *»Salut Tahim, comment ça va?«,* begann ich banal. Unsere Stimmen überschnitten sich mit dem Echo.

»Merci, Julia, grâce à Dieu!«

Wieder nahm mir seine tiefe, etwas herrische Stimme fast den Mut, aber ich musste da durch, und zwar schnell, bevor er das Gespräch abschnitt. »Ich möchte gern deine Meinung hören in einer wichtigen Angelegenheit.«

Es kam keine Antwort. Mir wurde noch heißer, und wie in Trance zog ich mir das T-Shirt über den Kopf.

»Alors, ich habe ein Angebot, nach Bayanga zu kommen, um dort die Lodges im Urwald zu übernehmen. Das ist immerhin ein ganz einzigartiges Naturschutzgebiet und das drittgrößte der Erde. Es gehört noch zum gewaltigen

Kongo-Becken, wo der Sangha River vorbeifließt. Das wäre doch eine tolle Sache für die RCA. Was denkst du?« Dabei hatte ich mir den BH aufgehakt und nestelte nun nervös an den Trägern.

»Hier neue Geschäfte anzufangen ist schwer. Wir hatten inzwischen Aufstände im Land, wie du ja vielleicht gehört hast«, kam es zögernd vom anderen Ende. Tahim machte nie spontane Zu- oder Absagen. Außerdem war er in vielen Dingen von einem orientalischen Fatalismus, der in völligem Gegensatz zu meiner Spontaneität stand und mich früher häufig zur Verzweiflung getrieben hatte.

»Ja, aber es ist die einzige Chance, den großen Nationalpark mit Tourismuseinnahmen zu unterstützen. Wirst du mir helfen? Bitte, Tahim, ich brauche deine Freundschaft! Und vielleicht kannst du ja mit einsteigen ... Sie wollen einen nationalen Teilhaber. Es würde ja reichen, wenn du ehrenhalber dabei bist!« Beschwörend starrte ich das Telefon an, während ich eine Haarsträhne so fest zwirbelte, dass es schmerzte. In der folgenden Pause stand ich Ängste aus. Wenn er dagegen war und ich trotzdem fahren würde, hätte ich den schwierigsten Stand meines Lebens.

»*Bon, on verra!* Wann willst du kommen?«

Ich stieß einen Stoßseufzer aus und schleuderte triumphierend meinen BH weit von mir. »*Merci, Tahim, merci. T'es génial et je t'adore*. Ich werde in spätestens zwei Wochen in Bangui sein. Bis dahin faxe ich dir noch Genaueres.« Langsam versagte meine Stimme und fast flüsternd hauchte ich: »*Merci, Tahim, et à très bientôt! Je t'embrasse ...*«

Damit war der Slip gefallen, während ich mir die Lippen

blutig biss, um nicht zu sagen, wie sehr ich ihn liebte, wie groß meine Sehnsucht nach ihm war.
»A bientôt, Julia, je t'embrasse!«
Klick, es wurde aufgelegt, Ende! Und ich stand nackt im Zimmer, den Telefonhörer wie ein heiliges Relikt unserer Beziehung in den Händen.
Jaaaaaa!! Dann legte ich Offenbach auf, und tanzend sang ich lauthals mit Bocelli die sehnsuchtsvolle Barkarole:

Le temps fuit et sans retour
Emporte nos tendresses
Loin de cet heureux séjour;
Le temps fuit sans retour.
Zéphyrs embrassés,
Versez-nous vos caresses;
Zéphyrs embrassés,
Donnez-nous vos baisers.
Ah!

Meine Stimme schwankte, vor Lachen, vor Weinen, als ich den traurigen, verheißungsvollen Text weitersang, von der fliehenden Zeit, die unsere Zärtlichkeiten fortträgt, fern der glücklichen Tage, der schönen Liebesnacht, süßer als der Tag, oh, Lächeln unserer Träume … Nacht der Liebe.

Belle nuit, ô nuit d'amour,
Sourie à nos ivresses;
Nuit plus douce que le jour,

O belle nuit d'amour!
Ah, sourie à nos ivresses,
Nuit d'amour, ô nuit d'amour!
Ah!
Aaaahhhhhhhh!

Dabei sammelte ich meine Wäsche ein. Nur ein paar Worte von Tahim hatten noch gefehlt, und der natürlichste Striptease meines Lebens wäre vom spontansten Orgasmus gekrönt worden! Aber Schluss damit! Erst mal sollte ich jetzt Geschäftsfrau sein, dann eine Abenteurerin, dann erst eine Frau. Sonst würde es nie was mit meinem neuen Leben.

Unternehmungslustig nahm ich alles Nötige in Angriff, bereitete die Untervermietung meiner Wohnung vor und machte mich, aufgekratzt wie ein warmer Frühlingsacker, auf den Weg zu meinem zweiten Wohnzimmer auf dem Viktualienmarkt, dem »Poseidon«. Bei einem Schluck Burgunderwein begrüßte ich ein paar Stammgäste, die für mich viel mehr waren: Mitwisser intimer Beichten, Verschwörer politischer Empörungen und einfach Freunde, die den kleinen Sehnsüchten die Stange hielten. Schließlich hatten sie alle ein Recht darauf, mit mir das Ende meines jetzigen Münchner Lebensabschnitts zu feiern, und es wurde ein wehmütiger Abschied, der allerdings auch eine bittere Pille enthielt.

Meine Freundin Bettie, die mich seit langem kannte, war mit meinen Plänen nicht einverstanden: »Auch wenn du mich für verrückt hältst, ich finde deine Entscheidung

falsch. Ich weiß, es hat wenig Sinn, dass ich versuche, dir etwas auszureden. Aber zurück nach Afrika zu gehen, zu Tahim, ist falsch. Du wirst dort vor die Hunde gehen, unnötig alte Wunden aufreißen. Tu es nicht, Julia.«
Ich war fast erschüttert, dass sie meine Riesenfreude nicht teilte, und eine Weile saßen wir verstimmt beisammen. Hatte sie Recht, oder gönnte sie mir meine Freude nicht?
»Julia geht wieder nach Afrika!«, schallte es durch den Raum, und alle Freunde diskutierten heftig über meine Entscheidung.
Bettie aber stand auf und sagte nur: »Meine Liebe, du wolltest meine Meinung, die hast du bekommen. Aber du wirst einen Teufel darauf geben, du wirst natürlich trotzdem fahren, sonst wärest du nicht meine Freundin Julia!«
Damit gab sie mir einen dicken Kuss, den ich erwiderte. Die Gäste um uns herum klatschten Beifall, und ich bekam vor Rührung feuchte Augen.
»Ach, Bettie«, flüsterte ich, »ich kann doch nur gewinnen, das eine oder das andere, vielleicht sogar beides.«
Von Olli bekam ich Unterstützung. »Das Bestechende an Julia ist, sie schafft es. Immer wieder …«
»Na ja, ich glaube eben an den Sinn jeder Strecke einer Reise«, lautete mein Kommentar dazu.
Und in lautstarkem Chor zitierten wir gemeinsam meinen Leitspruch:

»Die Gabe, seines Glückes Schmied zu sein,
Hat nur der Bauer, nicht das Schwein.«

Und nach genau diesem Motto versuchte ich in den nächsten Tagen einen Kredit zu bekommen, den ich für den Start meines Afrika-Unternehmens brauchte. Ohne Reserven war es fast aussichtslos. Aber als ich bei der dritten Bank einen Termin vereinbarte, erklang in meinem Kopf eine bekannte Stimme: »Mach was draus, liebe Julia.«
»Ngonga, bist du das?«
»Oui! C'est moi, ton fétiche!«, erklang es aus dem breiten Hippo-Maul meines Glücksbringers.
Und siehe da, afrikanische Kräfte überzeugten die deutschen Bankfritzen, und ich bekam meinen Kredit. Nun musste ich nur noch was Gutes daraus machen, immerhin hatte ich jetzt einen ordentlichen Berg Schulden.

Rückkehr nach Afrika

Als am 17. März nachts um halb drei mein Wecker klingelte, überkam mich ein merkwürdiges Gefühl, begleitet von heftigem Pulsschlag: Es war der Impuls zur Flucht, einer ganz normalen Flucht vor meinem ganz normalen Wahnsinn ... Wenn ich nun nicht flöge? Ich hätte weniger Schulden und weniger Ängste, dass irgendjemand irgendwann noch nein sagen könnte. Wenn ich nun einfach liegen bliebe? Zaudernd drückte ich mich tiefer in das weiche Kissen. Noch könnte ich meine Entscheidungen für ein neues, riskantes Leben rückgängig machen und ein geregeltes Leben in Deutschland führen.

Doch – und jetzt sprang ich aus den Federn – genau diesen immer gleichen, überschaubaren Alltag wollte ich nicht! Ich hatte mich bereits gehäutet und mir fest vorgenommen, alle Altlasten und Dramen hinter mir zu lassen. Keine Sekunde wollte ich mehr verschwenden. Es galt, endlich das Glück zu packen.

Ich zog mich an, kontrollierte noch mal mein Gepäck und bestellte ein Taxi. Ein letztes Mal sah ich mich in meiner kleinen Wohnung um, deren Weitervermietung Bettie übernehmen wollte, und nahm Abschied von den chinesischen Körben, Mamis Sekretär, italienischem Geschirr und alten Landschaftsbildern. Da hörte ich plötzlich leise, aber deutlich Chor und Orchester ... *La Paloma.* Ganz sicher kam die Musik nicht aus meinem Radio oder vom Nachbarn! Kukurukukuuuuhh, Paloma. Das kannte ich doch! Das letzte Mal hatte ich den Refrain vor rund fünf Jahren im Urwald gehört! Auch mit Orchester und Chor!

»Ja doch, ich komme schon!«, antwortete ich auf den inneren Ruf.

Eilig packte ich meine übrige Reisegesellschaft auf dem Handtrolley zusammen: Ngonga rollte ich in ein Taschentuch und schützte seine kleinen, spitzen Ohren, Ngúâ kam ins Portemonnaie und Línzí, die kleine Viper, fand eine Nische in der Kosmetiktasche. Schwer hingen Taschen und Koffer an meinen Seiten, als ich sorgfältig die Haustür hinter meinem geregelten Leben verschloss. Ja doch, ich kam!

Abflughalle München, dann Paris, dann die fast helle Nacht über dem Atlasgebirge, das in schimmerndes Gold und morgendliches Lila gehüllt seine unvergänglichen Gipfel und klaffenden Schluchten zeigte. Der Anflug auf N'Djamena in die aufgehende Sonne über dem afrikanischen Kontinent. Der Anblick kroch mir so tief unter die Haut, dass sich meine Haarwurzeln zu einem vibrierenden Pelz zusammenzogen und Gänsehaut mir die Arme

hochschlich. Mein Wiedersehen würde göttlich sein, alles würde ich erreichen können nach diesen schönen Augenblicken. Wie könnte ich je wieder verzagen!
Wie immer setzte die Maschine holprig auf der Piste im Tschad auf, und fast im gleichen Augenblick schnellte die Temperatur im Flieger auf mindestens 35 Grad und stieg noch weiter an. Mir war alles recht, sogar die dicke schwarze Lady, die einen gelb-roten Boubou, das lange Kleid der Afrikanerinnen, um ihren wogenden Busen und die dicken gespreizten Schenkel gewickelt hatte und sich mit Parfüm einsprühte, sodass ich vorübergehend in Nebel getaucht war.
»Ça va?«, fragte sie in dem breiten Französisch der Afrikaner und schenkte mir ein freundliches Lächeln, das perlweiße Zähne im tiefrot geschminkten Mund entblößte.
»Oui, madame, tout va très, très bien!«
Ich lächelte zurück, während sie den restlichen Rotwein trank und ihre Sachen zusammenpackte, sodass ich nun gänzlich unter Chiffontüchern, einer rosa Strickjacke, einer großen, geplatzten Printemps-Geschenketüte und einer alten, prall mit Cremes, Lockenwicklern und einer Spielzeugeisenbahn gefüllten Ledertasche begraben wurde. Mir war alles recht …
Noch mal umsteigen. Mit jeder Flugmeile, die mich Bangui näher brachte, klopfte mein Herz lauter. Beschwörend streichelte ich Ngonga: Lass es bitte gut werden! Und wie damals sah ich aus dem Fenster, erinnerte mich daran, wie Tahims blaue Limousine in rasender Geschwindigkeit über das Rollfeld fuhr und meinen Blicken entschwand;

hörte seine letzten Worte: »Ich habe mir noch etwas überlegt.« Ich hatte nie erfahren, was das war und ob mein Schicksal einen anderen Verlauf genommen hätte, wäre er rechtzeitig zurückgekommen, bevor mein Flieger abhob.

Ich sah Tahim vor mir, seine unergründlichen dunklen Augen, die mich mit orientalischer Melancholie anblickten. *Mon amour,* so stark wie mein Leben, so stark war meine Liebe zu dir, nichts könnte sie je zum Erlöschen bringen, und sie würde sich erfüllen, irgendwann ...

Der Urwald tat sich unter mir auf, die früheren Trassen hatten sich inzwischen in einen breiten, hellen Kahlschlag verwandelt. Das satte tiefe Grün des Primärwaldes war in dem blassen Teppich nur noch selten zu sehen. Ein trauriges Bild, das ich lange vorausgesagt hatte und das niemand wahrhaben wollte. Ich hörte noch die Worte von Laurence, meinem besten Freund in Bangui: »Aber Julia, deine Sorge ist völlig unbegründet, hier wächst alles wieder nach!«

Nichts wuchs nach, das war klar, denn jahrhundertealter Regenwald mit all seinen Tieren und den zahllosen Wundern der Natur konnte, wenn die Menschen ihn nicht in Frieden ließen, weder sein Gleichgewicht erhalten noch sich in kurzer Zeit von deren Sünden regenerieren. Trauer mischte sich wieder in mein Glück. Wir lebten doch in engster Abhängigkeit von der Natur!

Der Anflug auf Bangui begann. Der Oubangui schlängelte sich träge glitzernd durch die Stadt. Ich sah die ärmlichen Baracken am Flughafenviertel, die Rollbahn mit ihren

schwarzen Gummispuren, dann die aufstiebenden Nashornvögel. Gepäck rutschte durch den Gang. Bangui-Mpoko, Heimat.
Als ich unter der fahlen Sonne, die sogar schon am frühen Morgen sengend war, die Gangway hinunterschritt, erinnerte ich mich schmerzlich, mit welcher Verzweiflung ich vor fast zwei Jahren die gleiche Strecke in anderer Richtung zurückgelegt und dieses Land verlassen hatte. Mit diesem Abschied war eine düstere Zeit für mich angebrochen.
Der Schwarm der glücksbringenden Nashornvögel ließ sich in den hohen gelben Grasbüscheln nieder, und die sechs verdorrten Palmen fächerten trist gen Osten. Das hässliche Flughafengebäude, flachbrüstig und bröselig, versprach nur wenig Kühlung gegen die sengende Hitze, geschweige denn Linderung gegen die fast 87 Prozent Luftfeuchtigkeit. Die rosaroten Träume, die ich aus meiner alten Heimat Afrika mitgenommen hatte, lösten sich hier plötzlich in graue Wirklichkeit auf und ich nahm – live – ein stinknormales, ziemlich verrottetes Bangui in seiner kaputten Umgebung wahr. Aber ich wollte dieser Stimmung nicht nachgeben, ich würde mein Afrika wiederfinden, das war sicher!
Bunt gekleidete Menschen auf der Zuschauerempore freuten sich, winkten unter lauten Rufen Verwandten oder Freunden zu, und schon stand ich inmitten eines abenteuerlichen Stroms an Reisenden vor den drei Abfertigungsschaltern. Englische, französische und Sango-Sprachfetzen vermischten sich. Um mich herum beobach-

tete ich freudige Gesten, Männer in Khaki-Uniformen und Frauen in bunten Boubous.
Erwartungsvoll musterte ich die Menschengruppe in der Halle hinter der Absperrung. Unter den vielen schwarzen und wenigen weißen Gesichtern erkannte ich einige und freute mich, wir winkten uns zu. Es tat verdammt gut, hier bekannte Gesichter wiederzusehen.
Ich suchte weiter, hoffnungsvoll, obwohl mir meine innere Stimme sagte, es sei umsonst. Tahim würde nicht da sein! Ich versuchte meine Enttäuschung zu beherrschen, doch gelang es mir nicht so recht; noch dazu drängte sich gerade dicht neben mir eine junge weiße Frau mit einem süßen olivhäutigen Baby auf dem Arm vorbei. Es hätte Maria sein können, das gleiche Alter, und meine Tochter hätte sicher die gleiche Hautfarbe …
»*Julia, ce n'est pas vrai!*«, rief plötzlich eine tiefe Frauenstimme neben mir und riss mich aus meinen trüben Gedanken. Schon wurde ich herumgewirbelt und landete in den Armen von Félicité, meiner alten Freundin. Sie war wunderschön in ihrer dunklen Sanftheit mit den ausgefallenen, zuluartig hochgesteckten Zöpfchen, die sicher in stundenlanger Feinarbeit von ihren Cousinen gefertigt worden waren. In dem orangegold glitzernden langen Kaftan sah sie umwerfend aus!
»*T'es belle comme la reine de Saba*«, begrüßte ich sie bewegt, und dann kreischten wir vor Freude, sodass die Zöllner aufmerksam wurden. Genau das wollte ich eigentlich vermeiden.
»*Et toi, chérie, tu reviens?*« Tausend Fragen standen in ihren

großen dunklen Augen. Ihre erotischen, fast violetten, innen hellrosafarbenen Lippen blieben erwartungsvoll geöffnet. Die pralle dunkle Haut glänzte – diese Sinnlichkeit, gelebt und offenbart wie hier, das hatte ich besonders vermisst …

»Oui, chérie, je suis revenue!«, bestätigte ich mit einer Selbstverständlichkeit, die keine Fragen offen ließ, und meine Freundin erwiderte mit dem Langmut einer afrikanischen Mama und weisem Nicken:

»C'est bon!«

Wir küssten uns herzlich nach hiesiger Sitte, zweimal rechts, zweimal links und noch zweimal rechts.

»Wo ist Tahim?« Sie schob mich ein wenig von sich weg, damit sie mir besser in die Augen sehen konnte. Doch als ich sie beschämt niederschlug, winkte sie beruhigend ab. *»Ça va s'arranger, ma chère Julia!* Es kommt alles in Ordnung.«

Da lärmten auch schon die Kofferträger in der Menge und bahnten sich einen Weg zu mir. »Madame Sadar, wir nehmen Ihr Gepäck.« Und schon hatten sie mein Ticket geschnappt. Gott sei Dank war Jérôme dabei, ein alter Kumpel aus früherer Zeit. Zu ihm hatte ich – im Gegensatz zu den anderen dunklen Gestalten – Vertrauen.

»Dieser Idiot von Tahim!«, fuhr Félicité unbeeindruckt fort. »Fast jeder hier in Bangui kennt dich und weiß, dass du diesen Mann liebst. Du bist schön. Was will er denn noch?« Mit einer eleganten Geste winkte sie ab und schob sich unwirsch den Boubou über die Schulter.

Plötzlich standen neben mir Mallo, Tahims dicker Chauffeur in seinem viel zu engen Sonntagsanzug, und Jacki, portugiesisches Faktotum, das für Tahims Familie sein Leben geben würde.

»*Madame Julia!*« Beide strahlten über das ganze Gesicht und streckten mir die dunklen Hände zur Begrüßung entgegen. »*Le patron nous a envoyés!*«

Und da jubelte ich innerlich, endlich beschützt und willkommen. Er hatte also an mich gedacht.

Ich verabschiedete mich von Félicité, versprach, mich am Wochenende zu melden, und schob dann Mallo zum langen Zolltisch. »*Vite, Mallo, la valise!*« Gerade sah ich, wie mein Gepäck dort unter lauten Rufen von einer Horde aus inzwischen mindestens 15 Kofferträgern aufgeteilt werden sollte. Alle witterten ihre große Chance, denn inzwischen hatte sich herumgesprochen, dass ich die Frau des Patron Sadar war, des reichsten und mächtigsten Mannes des Landes. Dass meine Beziehung zu ihm der Vergangenheit angehörte, interessierte hier offensichtlich niemanden.

»*Nzonî! Mû na mbî âsandûku nî!*«, hörte ich die strenge Stimme von Félicité.

Und wie von Zauberhand berührt, beruhigte sich die zerlumpte Meute der Träger. Sie hatte den armen Mallo schon dermaßen in die Zange genommen, dass er schwitzend und fluchend hilflos zwischen ihnen herumpaddelte. Der Streit legte sich, und die Koffer wurden dem muskulösen Jacki ausgehändigt. Ich gab dem Ältesten 3000 CFA, umgerechnet 4,50 Euro, was eine Menge Geld war, und forderte ihn auf, mit den anderen zu teilen.

Dann winkte ich dankend Félicité zu, die gerade auf Sango eine gut gekleidete schwarze Reisegruppe begrüßte. Dass sie für den Präsidenten Patassé arbeitete, wusste jeder, und so erntete sie nicht nur aufgrund ihrer bescheidenen, wenngleich klaren und bestimmten Art überall Respekt. Sango sprach ich leider kaum, obwohl diese Umgangssprache leicht zu lernen war und mit nur 360 Vokabeln aus einem Gemisch aus Bantu, Banda und einigen französischen Brocken bestand.
Endlich saß ich nass geschwitzt, doch glücklich und aufgeregt neben Mallo im Rover, und schon ging es los. Fast wie in früheren Zeiten, dachte ich mit leichter Wehmut. Und dann stieg in mir, ungefragt und ohne der pragmatischen Stimme in mir Gehör zu schenken, mein allgegenwärtiger Optimismus empor und sagte mir, dass es wieder wie früher werden würde. Hätte ich diesen Optimismus scheibchenweise verkaufen können, ich wäre steinreich geworden, denn er war unerschöpflich. Dabei wusste ich nicht einmal, wo ich wohnen sollte!

Bangui, sagt die Liebe

»Mallo, ich bin sehr glücklich, wieder hier zu sein. Wie geht es euch, deiner Familie und den Kindern? Deiner schönen Frau?«, fragte ich meinen Freund und Vertrauten früherer Zeiten, während ich gierig die an mir vorbeiziehenden Bilder und fruchtig-süßlichen wie herben Düfte von Bangui in mich aufnahm. Zu lange hatte ich dies alles entbehren müssen, und sollte meine Reise hier und jetzt enden, ich wäre glücklich, so glücklich wie schon lange nicht mehr.

»Ach, Madame, seit dem letzten großen Aufstand … Er fing genau eine Woche an, nachdem Sie nach Hause geflogen waren …«

Ich zuckte zusammen. *Nach Hause!*

»Mallo, wie kannst du so einen Unsinn reden. Hast du vergessen, dass ich hier zu Hause bin?«, unterbrach ich ihn.

Er nickte mir freundlich zu und fuhr fort: »… da ging der große Aufstand los, an dem wir noch bis heute leiden. Meine Cousins sind auf offener Straße erschossen worden, als sie nach der Arbeit zu ihren Familien wollten. Es war für uns alle sehr schlimm!«

Wir fuhren gerade durch das Cartier Fou, wo kein Stein mehr auf dem anderen stand. Hütten waren eingestürzt, Häuser verkohlt und die Menschen starrten desinteressiert vor sich hin. Dieser Anblick war die Bestätigung von Mallos Bericht. Welche Schrecken mussten sich hier ereignet haben! Das Cartier Fou, das »verrückte Viertel«, hatte ich als das schwärzeste und aggressivste Viertel in Bangui in Erinnerung. Hier waren Leben und Tod eng beieinander, immer begleitet von allgegenwärtiger, lauter Zouk-Musik aus Ghettoblastern. Zwischen den fantasievoll zusammengebauten Baracken hatten sich regelmäßig kriminelle, geile, ausgelassene Szenen abgespielt, es war ein armes Viertel gewesen, aber immer quirlig.

Es kam noch schlimmer. Wir fuhren über Straßen, die aufgerissenen Schotterhaufen glichen und mit ihren unpassierbaren Kratern zu lebensgefährlichen Slalomfahrten zwangen. Wir gelangten zum Markt, den die Leute *Kilomètre Cinq* oder kurz *5 kilos* nannten, da er sich über fünf Kilometer hinzog. Wie die meisten afrikanischen Märkte zeichnete er sich durch bunte Vielfalt aus. Alles, was man in Europa fortwerfen, heimlich vergraben oder schnellstens verschenken würde, lag hier in der glühenden Sonne zum Verkauf: alte Tabletten, Salben, milchige Tinkturen, abgemagerte, verletzte Hühner, blutige Hammelköpfe mit milchig verdrehten Augen, rote und blonde Haarteile, Gebisse, Brillen in riesigen Bergen, die viele schwarze Hände zerwühlten. Manches stank zum Erbarmen, wie die aufgehängten Meerkatzen, die leblos an dünner Schnur im leichten Wind schaukelten, Berge schwarz geräucherter Raupen, dicht neben den Dreckpfützen der staubigen und lebhaft befahrenen Schotterstraße …

Die kleine Regenzeit, die auch Mangoregen genannt wurde, da sie die Mangoblüte vorantrieb, hatte bereits eingesetzt, und so waren die Straßen voller Schlammlöcher und die normalerweise grünen Straßenbüsche von einer grauen Dreckschicht bedeckt. Hinter einer Kurve erkannte ich endlich auch ein wenig von dem anderen, dem Schönen, Geilen, Bunten und Duftenden, wieder. Hier wurden die Früchte der so üppigen Natur zum Kauf angeboten: Ananas, Mandarinen, Koresole, Bananen in allen Größen und Farben, Mangos, frische Gemüse und Kräuter, saftige knallrote Tomaten neben grellgrünem Basilikum, Gurken, Bohnen, geröstete Maiskolben, rote und gelbe Gewürzberge … Ich entdeckte das teuflische *piment rouge et jaune,* das hier zu jedem afrikanischen Gericht gehörte, in runden, blank gescheuerten Blechschüsseln, liebevoll nebeneinander aufgestapelt, immer fünf Stück zusammengeschnürt. Auf dem Münchener Viktualienmarkt hatte ich ein Heidengeld dafür bezahlt. Wunderschön gemusterte Stoffe hingen in ein oder zwei Meter breiten Bahnen aus und zeigten Papageien in allen Farben, Strelizienblüten, sogar Präsidentenköpfe und die Mutter Maria.

»Der Patron ist älter geworden!« Mallo lachte zu mir herüber, dass die weißen Zähne in seinem gutmütigen runden Gesicht aufblitzten.

»Das sind wir alle.« Ich lächelte ihn an und betrachtete

belustigt seine kleinen nilpferdähnlichen Nackenrollen, die sich wie ein Teil des graubraunen Anzugs über den schmalen Kragen rollten.
Ich versuchte mich von der beklemmenden Tatsache abzulenken, dass mich nur noch Minuten vom schicksalhaften Wiedersehen mit Tahim trennten, und betrachtete die Umgebung. Gerade bogen wir in die Avenue Boganda ein, die ehemalige Prachtstraße Banguis. Früher war sie gesäumt von üppigen rot blühenden Flamboyant-Bäumen, eleganten Villen, gepflegten Grünanlagen und mächtigen Geschäftsgebäuden. In der Mitte befand sich eine sechsspurige Avenue, wo Kaiser Bokassa 1977 mit Glanz und Gloria Paraden abgehalten hatte, doch nun bot sie ein Bild des Grauens.
Eine zerschossene Stadt tat sich in lähmender Traurigkeit vor mir auf. Mauern waren aufgerissen, die Villen dahinter eingestürzt. Ich erkannte verwüstete Grundstücke und ausgebrannte Baracken. Die großen Gebäude offenbarten heftige Granateinschüsse. Sämtliche Fensterscheiben waren bis in die obersten Etagen zersplittert, und Gardinen wehten wie Totenhemden durch die Rahmen. An der Place de la République hatte fast jedes Geschäft Einschüsse oder war mit Brandmalen verunstaltet. Türen waren mit großen Brettern oder Eisenstangen verrammelt, die Fenster einfach zugemauert. Umgestürzte Bäume mit verwelktem Laub verstärkten den morbiden Eindruck einer ausgebluteten Stadt. Was für ein fürchterliches, ernüchterndes Bild!
Obwohl der letzte Putsch schon viele Monate zurücklag,

sah es hier aus, als wäre er gestern erst gewesen. Sogar die Kinderbanden schienen verändert, nicht mehr so lebhaft und aggressiv wie früher; noch verdreckter und zerlumpter als zuvor. Lustlos und ausgemergelt hingen sie an einem Maschendraht und verfolgten mit stumpfem Blick das dürftige Straßengeschehen. Es gab kaum etwas Traurigeres als unglückliche Kinder, und ich kam mir schäbig vor, als ich in ihre großen, vorwurfsvollen Augen sah und auf die verhungerten kleinen Körper, während ich satt und zufrieden in einem dicken Auto mit Chauffeur an ihnen vorbeifuhr.

»Mallo, arrête!« Ich bat Mallo anzuhalten und holte einen 5000-CFA-Schein hervor. »Frag sie, wer der Anführer ist!«

Mallo beugte sich aus dem Fenster und rief: *»Ìrí tì mo zo wa?«*

Der dreckigste Knirps mit einem spitzbübischen Gesicht und einer frischen Narbe über die ganze Stirn rannte vor und die Meute folgte grölend. *»Irìtì mbì Paul!«*

Mallo gab ihm den Schein. *»Gä hio è gue fadèsô!«*

Paul sah dankbar zu mir herüber und ich winkte ihm zu.

»Balaô, ami! Mallo, sag ihm noch, dass er auf mich aufpassen soll, wenn ich in der Stadt bin, okay?«

Mallo grinste und übersetzte es dem Burschen. Der nickte mir verschwörerisch zu und hob die schmutzige Faust zur Bestätigung. Schon war er von den anderen kleinen Banditen umringt. Da würde es jetzt rund gehen und ich fühlte mich ein kleines bisschen besser. Ich würde mich dieser Kinderbande annehmen und sie irgendwie beschäftigen, sodass sie von der Straße kämen und zu essen hätten.

Manche von ihnen verkauften sich für ein paar lausige Sous an Marktfrauen, oder sie stahlen unter Lebensgefahr Lebensmittel aus den von scharfen Hunden bewachten Lagerhallen. Ihr Nachtlager war der Rinnstein, auch in der Regenzeit.

Mallo unterbrach meine trüben Gedanken. »Hier ist tagelang geplündert worden, die beschädigten Waren von ›Dias Frères‹ lagen überall auf den Straßen herum. Alle haben sich um die Beute geschlagen!«, bemerkte er leise und deutete auf den verbrannten Supermarkt der portugiesischen Brüder.

Mir lief es kalt den Rücken hinunter. *»Mon Dieu, Mallo! Quelle horreur!* Wie müsst ihr gelitten haben!«

Leise und eindringlich entgegnete er: *»Mais madame, ce n'est pas encore fini!«*

Noch nicht zu Ende? Ich hoffte sehr, dass der Krieg nicht wieder ausbrach, weniger, weil ich Angst hatte, sondern weil er nicht in meine Vorstellung von diesem schönen Land passte. Trotz der Ruinen und trostlosen Straßen war ich sicher, dass »mein« Afrika da war, dass es sich irgendwo hinter den zerschossenen Häusern versteckte, in der von brennender Sonne beschienenen Erde, im satten Grün des Dschungels, in der Fröhlichkeit der Menschen, ihren wunderschönen Körpern, dem herausfordernden Kopfputz afrikanischer Frauen, ihren farbenprächtigen Boubous, den unerschöpflichen Meeren aus Blüten aller Farben, den sinnlichsten süßen Düften und dem allgegenwärtigen kecken Kinderlachen sowie dem unweigerlich folgenden Gezeter der Mütter.

Inch Allah

Knirschend fuhren wir auf den sandigen Platz vor den flachen Bürogebäuden, einem lang gezogenen Gebäudekomplex, dessen schlichte Bescheidenheit auch auf den zweiten Blick nicht erkennen ließ, dass hier alle politischen und landeswichtigen Fäden des Patron Sadar zusammenliefen. Hier war die Zeit stehen geblieben, und ich hatte das beruhigende Gefühl, dass die Gegenwart lückenlos an die Vergangenheit anknüpfte und ich mit ihr. Eine Strophe aus einem Gedicht von Hebbel ging mir durch den Kopf:

Die Nachtigall, sie war entfernt,
Der Frühling lockt sie wieder;
Was Neues hat sie nicht gelernt,
Singt alte, liebe Lieder …

Als hätte sie sich nie bewegt, stand da die gleiche blaue Limousine, die in meiner Erinnerung unauslöschlich mit Tahim verknüpft war. Daneben parkte, von rotem Sand der Savanne bedeckt, der Rover für die Besuche in seinen Holzkonzessionen und Schreinereien am Rande des Urwalds im Lobaye-Gebiet. Unverändert befand sich die Bank an dem einzigen Schattenplatz vor der weißen Mauer, und darauf döste Muhamed, derselbe Sentinel (wie man die Wachleute hier nannte), der anscheinend noch an derselben Djeleba nähte wie damals. Lächelnd kletterte ich aus dem Pickup und legte das Gewand, das ihm aus der Hand geglitten war, auf die Lehne der Bank.

»Bala mo mîngi!«, schrie der Chauffeur herüber, und der Wächter schreckte auf und blinzelte mich aus verschlafenen Augen an. Dann verklärte sich sein Gesicht und freudig sprang er auf.

»Salam alaikum.« Er strahlte mich an und drückte mir die Hand. Ich war gerührt und stolz, dass ich hier noch gegenwärtig und geachtet war.

»Alaikum salam, Muhamed«, antwortete ich lachend und mein Blick wanderte zum Ende des Gebäudes. Dort drüben verbarg sich hinter der zugezogenen Gardine des letzten Fensters das Reich des großen Manitus. Mir wurde plötzlich schlecht. Es war soweit. Er fand statt, der Moment aller königlichen Momente. Mein Wiedersehen mit Tahim hatte ich mir seit Monaten täglich vorgestellt, wenn auch unter anderen Vorzeichen. Nun zögerte ich diesen Moment hinaus.

Im Vorzimmer begrüßte ich Martine, Tahims französische Sekretärin, die mit altjüngferlichem Charme und in aufopfernder Treue zu ihm hielt.

»Mais Julia, quel plaisir!« Sie drückte mich an ihren vollen

Busen, als wäre ich nie fort gewesen, und schielte dann zur dicken, lederbeschlagenen Tür. *»Il est là!«*

»Merci, Martine, à tout à l'heure!« Nun konnte ich es nicht mehr abwarten. Eilig löste ich mich von ihr, atmete tief ein und öffnete die schwere Tür zum Heiligtum.

Mein Blick fiel auf die geliebte Gestalt, die am Schreibtisch saß, und plötzlich überwältigte mich die Erinnerung an unsere Leidenschaft.

Ich bekam weiche Knie beim Anblick der exotisch dunklen Schönheit von Tahims Gesicht, das sich mir zuwandte. Seine kräftige Gestalt im blütenweißen, kurzärmeligen Hemd, das seine muskulösen Arme freigab; die nackten schönen Füße, die aus der dunklen Hose hervorsahen und in luftigen Sandalen steckten – plötzlich spürte ich das Streicheln seiner Hände auf meiner Haut, die starken Arme, die mich hielten …

Doch meine Fantasie und die Wirklichkeit waren zwei Paar Stiefel. Er begrüßte mich mit einem kühlen »Ahhh!«, als wäre ich gerade von einem Einkaufsbummel zurückgekommen, und wandte sich wieder seinen Papieren zu. Innerhalb einer Sekunde verwandelte sich meine lodernde Leidenschaft in eine Eissäule.

Ich zwang mich, mir nichts anmerken zu lassen. Langsam ging ich auf ihn zu und legte leicht meinen Arm auf seine breite Schulter. Noch vor einem Moment hätte ich alles darum gegen, seinen Hals zärtlich zu streicheln und zu küssen. Aber nun spürte ich einen Abstand zwischen uns, der größer war als die Entfernung zwischen München und Bangui.

»Schön, dich wiederzusehen, Tahim. Geht es dir gut?«, begrüßte ich ihn geschäftsmäßig.
»Oui, oui, oui! Ça va!« Der Seitenblick, der mich aus seinen dunklen Augen traf, durchbohrte mich wie eine heiße Nadel. »War der Flug angenehm?«, erkundigte er sich unverbindlich und blickte wieder in seine Papiere.
»Ja, danke!«
Wie aus Versehen streichelte ich ihm flüchtig über den Nacken, ich konnte nicht anders. Zärtlich sah ich auf seine dunklen Locken, die nun von grauen Strähnen durchzogen und an den Schläfen weiß geworden waren. Die buschigen Augenbrauen glänzten immer noch kohlrabenschwarz über den halb geschlossenen Augenlidern. Die kühne Nase stand wie ein syrisches Wahrzeichen über den sinnlichen Lippen.
Tahim sah mich zum ersten Mal genauer an und betrachtete mich von Kopf bis Fuß. Erinnerte er sich ebenfalls an unsere heißen Nächte, an die Liebe, die ja doch ewig halten sollte? Begehrte er mich noch? Seinen Augen war nicht die geringste Regung zu entnehmen, und ich wurde unsicher. Er hatte wirklich mit mir abgeschlossen, oder? Er hatte eine neue Frau – das fiel mir jetzt wie Schuppen von den Augen –, und keiner hatte gewagt, es mir mitzuteilen! Das musste es sein.
Ich schwankte bei dieser Vorstellung. Am liebsten hätte ich die Flucht ergriffen.
Nun zeigte Tahim doch eine menschliche Regung, als er mitfühlend sagte: »Der Tod deiner Mutter tut mir sehr Leid und ich wünsche dir viel Kraft. Ich mochte Susanne

sehr. Sie war eine gute, sehr fröhliche Dame.« Er meinte es offensichtlich ernst, als er seinen Erinnerungen an Mamis Besuch in Bangui nachhing.

»Weißt du noch, wie wir zusammen in das Lobaye-Gebiet fuhren und sie dort am Rande vom Urwald mit den Pygmäen tanzte?« Ich musste lächeln. Mami hatte sich die blonden Haare aus dem Gesicht gestrichen, sich dann händeklatschend in den Kreis der Pygmäen eingereiht und entschlossen im Boogie-Schritt mitgetanzt.

Tahim lachte. »Ja, deine Mutter war eine mutige, eine besondere Frau!«

Dann räusperte er sich geschäftig. Offensichtlich wollte er keine weiteren Gefühle aufkommen lassen, und so teilte er mir förmlich mit: »Bahia hat das kleine Haus meiner Mutter hergerichtet. Da kannst du erst mal bleiben.« Ein abschließendes Hüsteln, das ich nur zu gut kannte, signalisierte mir das Ende der Audienz.

Ich merkte, wie meine alte Irritation über seinen Machismo wieder wach wurde. Der unterschiedliche kulturelle Hintergrund hatte immer schon zwischen uns gestanden. Er war es gewohnt, dass der Mann entschied und die Frau diente und gehorchte. Meine Selbstständigkeit hatte ihn fasziniert, aber letztlich war es ihm nicht gelungen, sie zu akzeptieren. Letztlich war unsere Liebe an diesem Grundkonflikt gescheitert.

Ironisch lächelnd erhob ich mich. *»Merci, patron!«*

Dann zog ich mich schnell zurück. Ich musste irgendwo meiner Enttäuschung freien Lauf lassen, das ernüchternde Gefühl verarbeiten, dass ich offensichtlich nicht so willkommen war, wie ich gehofft hatte. Ich bat Mallo, mich zum Haus zu fahren, das für mich vorbereitet war.

»Le patron habite là aussi«, erklärte Mallo mir bei unserer Ankunft dort, während er mein Gepäck aus dem Pickup hievte und in den Schatten des Hauses stellte, das Bougainvillea-Blüten bedeckten.

Vom Garten wehten mich Koriander und starker Minzegeruch an, und der gelb blühende Frangipani-Baum verströmte eine betörende Süße. Es war wunderschön hier. Mallo deutete auf das Nachbarhaus im selben Garten, wo zwischen kargen, hohen Kakteen ein flacher, seelenloser Bau mit Blechdach, vergitterten Fenstern und dicker Eisentür stand. Kaum zehn Meter von meinem Haus entfernt sollte der Mann wohnen, der sich wieder völlig in meinen Gedanken eingenistet hatte?

»Was? Tahim wohnt hier?« Verständnislos betrachtete ich das öde Haus unseres Freundes Jacko, vor dessen Eingang eine verrottete Hollywoodschaukel ohne Dach, ein schiefer Tisch und leere Blumenschalen auf vergangene bessere Zeiten hindeuteten.

»Ja, seit dem Aufstand lebt der Patron mit seinem Bruder Diki, Monsieur Jacko und Monsieur Serge hier unten. In der großen Villa in Ngaraba war es für ihn allein zu gefährlich.«

»War er denn immer allein?«, fragte ich beiläufig, aber mit eindeutigen Hintergedanken.

»Ja, immer nur mit Diki!«, antwortete Mallo knapp und stieg wieder ins Auto.

»Aber Mallo!« Ich legte schnell eine Hand auf seinen Arm,

damit er nicht wegführe. Ungläubig fragte ich: »Keine Frau?«

»Nein, Madame! Da war nie jemand!«, antwortete Mallo ernst.

In mir stieg ein Gefühl der Erleichterung und Genugtuung auf. Wenigstens hatte keine andere meinen Platz eingenommen.

Bevor sich diese angenehme Gewissheit in mir ausbreiten konnte, kam Billeba vor Freude laut lachend und gefolgt von einer kläffenden Hundemeute aus dem anderen Haus gelaufen und rief mir schon von weitem sein *»Madaaaaadame!«* entgegen, mit dem er mich immer begrüßt hatte. Gerührt nahm er meine Hände zwischen seine faltigen, harten Finger und schüttelte sie ausgiebig, wobei er sich tief bückte. *»Que Dieu vous protège!«* Dabei rollten ihm Tränen der Freude über die ausgemergelten schwarzen Wangen.

Auch ich war gerührt über das Wiedersehen mit meinem guten alten Freund Billeba. Wie oft hatte er mir geholfen und das Leben mit seiner Fürsorge und den nützlichen Ratschlägen erleichtert! In seinem dürren Körper steckte so viel Zähigkeit, dass er der Familie Sadar seit Jahrzehnten von morgens bis abends ununterbrochen diente. Liebevoll packte ich ihn bei den Schultern. »Ja, Gott beschützt mich. Wie du siehst, hat er mich wieder hergeschickt!«

Ich kam nicht dazu, Billeba über das interessante Thema *Le patron et les femmes* auszufragen, denn als er mein kleines Zauberhaus aufschloss und den großen Koffer hineintrug, blieben mir die Worte im Halse stecken. Der Salon war

ein kleines Wunderwerk. An alles hatten sie gedacht: Blumen überall, gelbe, rosafarbene, und rankender weißer Jasmin in kleinen Vasen, die noch aus meinen alten Beständen stammten. Lila blühende Bougainvillea von der Fassade waren mitten auf dem massigen, ausladenden Büfett drapiert. Die dunklen alten Holzmöbel, der Tisch, die hohen Stühle und die drei Sessel in der hinteren Sitzecke strahlten Ruhe aus. Die tiefroten Batistvorhänge mit dem Blumenmuster – ebenfalls noch aus meinen Beständen – gaben dem kleinen Salon einen zauberhaften, altmodischen Reiz, so als wären sie hier vergessen worden und amüsierten sich nun selbst mit alten, europäischen Geschichten. Die blank gescheuerten weißen Fußbodenkacheln rochen stark nach Eau de Javel, ein Zeichen, dass vor meiner Ankunft gründlich mit dem afrikanischen Allzweckreiniger sauber gemacht worden war.
»Billeba, du hast tatsächlich nichts vergessen, hast alle lieben Erinnerungsstücke zusammengetragen. *Merci!«,* rief ich ihm gerührt zu, während er im Schlafzimmer den Ventilator anstellte.
Strahlend kam er wieder zum Vorschein. »Und hier ist Ihr eigener Stuhl!«
Stolz zeigte er auf ein Möbelstück aus wertvollem Acajou-Holz, das ich vor mindestens sieben Jahren selbst geschreinert hatte und dessen massive Sitzfläche wie auch die gedrungene Rückenfront breite Herzformen darstellten. Zärtlich fuhr ich über die wunderschöne Maserung des gepflegten dunkelroten Massivholzes. Ein herrliches, ausgefallenes Stück.

Mittlerweile tobten die Hunde wie verrückt um mich herum und schnappten übermütig nach Rocksaum oder Ohrläppchen. Rex kannte ich noch von früher, ein schöner Dobermann, der inzwischen grau um die Nase war. Afrika war kein gutes Klima für diese Art Hunde. Sie waren ständigem Parasitenbefall ausgesetzt, Fliegen fraßen ihnen die Ohrläppchen an, und die Hitze machte natürlich auch den Tieren heftig zu schaffen.

Liza schoss wie ein ungeübter Schlittschuhläufer mit kratzigen Krallen über die glatten Kacheln, wobei sie das einzige Seidenkissen des Salons erobert hatte und triumphierend damit über die Terrasse und mit elegantem Schwung in den Garten schoss. Dabei zog sie wie ein Stabhochspringer die Hinterläufe schräg unter den Bauch. Noch komischer war der fluchende Billeba, der bei dem Versuch, das teure Kissen zu retten, in ähnlichem Laufstil hinterherhechtete. Das war meine Chance, mich zu verkrümeln.

»A bientôt, mes amis!«, rief ich.

Allein, in der frischen Brise des leise surrenden Ventilators, fand ich mich in einer Glücksaura wieder, in der ich mich satt und zufrieden fühlte. So sah für mich das Glück aus, und ich sog es durch jede Pore ein, ging langsam durch die Zimmer und blickte in den verwilderten Garten hinaus. Allmählich begriff ich, dass ich tatsächlich wieder in meiner geliebten afrikanischen Heimat angekommen, dass dies Wirklichkeit war.

So zog ich mir langsam die nass verschwitzten Kleider vom Leib, stieg in die hoch gekachelte Duschecke und verschmolz mit dem kühlen Wasser, das mir die letzten hundert Jahre fortspülte. Zum Embryo wurde ich schließlich auf dem großen Bett, auf dem ich nun frisch und glücklich vor mich hindöste. Die Sonnenstrahlen, die durch die schrägen Lamellen der Holzjalousien ins Zimmer fielen, zauberten streifenförmige Schatten von tanzenden Blättern auf Decke und Wände und verschlangen und lösten sich in ständiger Bewegung auf das Fantasievollste. Lange ließ ich mich einfangen von diesem Spiel, bis ich in einen wohltuenden Schlaf sank.

Les quatre bestioles: die vier Viecher

Nach meinem Mittagsschlaf wollte ich voller Tatendrang auf Entdeckungsreise gehen, alte Freunde besuchen, Land und Leute wiederfinden, Afrika einsaugen. Doch kaum hatte ich meinen weit schwingenden Boubou übergezogen und die Tür geöffnet, verwelkten sämtliche Wünsche auf der Stelle. Außer Rex und einem glühenden Schwall Mittagshitze, die in das Haus drängten, erwartete mich nichts von Bedeutung.

Die leblose Stille der Siesta lag über dem glühenden, ausgestorbenen Bangui. Die meterhohen Blätter der großen Voyageur-Palme hatten sich müde geschlossen. Nebenan, vor dem Haus Jackos, stand Tahims blaue Limousine. Ein einsames Velo lehnte an der grellweißen Hausmauer, und die Vorhänge des Hauses waren dicht zugezogen. Lediglich die trägen Tropfen vom Kühlwasser der Klimaanlage kündeten von verborgenem Leben, während sie träge aus dem breiten Metallbehälter unter dem Dach auf die Eingangsstufen klatschten.

Ich trat den Rückzug an und richtete mich mit meinen

Papieren im Salon ein. Ich musste einen Plan entwerfen, wie ich weiter vorgehen würde. Was galt es zu erledigen? Vorrangig war die Suche eines Büros, danach musste ich die Reise in den Urwald, nach Bayanga, unternehmen, die Lodges besichtigen und abnehmen, Personal suchen und natürlich die Verwaltung organisieren.

Große Sorgen bereiteten mir die Finanzen. Der Nürnberger Teilhaber würde am kommenden Samstag eintreffen und das Geld für die ersten Ausgaben mitbringen. Aber irgendwie hatte ich ein komisches Gefühl. Falls etwas faul war an diesem Partner, überlegte ich beunruhigt, würde ich ohne Geld dastehen. Wie sollte ich dann eine andere Finanzierung zustande bringen? Ich war völlig mittellos, und ohne Grundkapital würde ich keinen weiteren Kredit mehr bekommen. Tahim in meine finanzielle Unternehmung mit einzubeziehen, war mir ein höchst unangenehmer Gedanke. Andererseits war ich ja vom WWF beauftragt, einen inländischen Geldgeber zu finden.

Mein Blick fiel durch den gegenüberliegenden Türspalt ins Bad, wo sich Rex mit sorgfältigen Drehungen einen gemütlichen Platz in der kühlen Duschecke suchte. Ich freute mich, endlich wieder Tiere um mich zu haben, im Gegensatz zu München. München? Lag Lichtjahre hinter mir.

Der aufregende Duft eines herzhaft gewürzten Bratens drang durch Ritzen und Fensternischen zu mir und erinnerte mich daran, dass meine letzte Mahlzeit fast einen Tag hinter mir lag, sofern man bei der Bordverpflegung der Air Afrique von Mahlzeit reden konnte. Es klopfte an

meiner Tür, und der königliche Bratenzauberer Billeba richtete mir persönlich aus:
»Der Patron isst mit den anderen Herren in einer Stunde. Haben Sie gar keinen Hunger, Madame?«
Ladylike zog ich die Augenbrauen hoch. »Doch, ein wenig … aber es hat mich noch niemand eingeladen!«
»Aber Madame, Sie sind doch Familie, da braucht man keine Einladung.« Suchend blickte er über meine Schultern durch den Salon.
»Er liegt in der Dusche!« Ich winkte Billeba hereinzukommen. »Mach bitte die Tür zu, es ist die Stunde der Moskitos und der Malaria!«
»Merci, madame!« Billeba ließ seine staubigen Schlappen – oder das, was davon übrig war – vor der Tür stehen und tappte mit Füßen, die nicht den Eindruck machten, weniger Schmutz zu verbreiten als die Schlappen, in den kleinen Flur. Er machte sich daran, meinen Koffer auszupacken und die Sachen sorgfältig in den Schrank zu räumen, während ich die Geschenke aus der Reisetasche holte.
»Habe ich euch sehr gefehlt, Billeba?«, rief ich ihm zu.
Er meckerte leise lachend und antwortete brav: *»Oui, madame!* Der Patron war sehr lange krank, nachdem Sie uns verlassen haben!«
Verblüfft hielt ich inne. Tahim war meines Wissens nie krank gewesen. Sollte meine Abreise ihn derart mitgenommen haben? Hatte auch er gelitten? Er selbst hatte doch die Trennung gewünscht, oder etwa nicht? Meine Gedanken jagten sich im Kreis.
»Drei Wochen lag er mit einer schweren Bronchitis und

einem Malariaanfall im Hospital. Das hat es noch nie gegeben, er nimmt doch meistens Nevaquine, wenn es anfängt!«, erklärte Billeba.
»Ja, ich weiß. Er war noch nie länger als drei Tage im Bett!«, konnte ich bestätigen – und das auch meistens nur so lang, weil wir uns nicht hatten trennen können.
»Bon, Billeba, danke für deine Hilfe. Bitte teile den Herren mit, dass ich gerne zum Essen komme und mich freue, sie zu sehen. In zwanzig Minuten bin ich da. *A tout de suite!«*
Mit diesen Worten schob ich ihn freundlich zur Tür hinaus, denn er schielte zu den Geschenken hinüber und ich hatte keine Lust auf irgendeinen Deal.
Ein wunderbar klarer Himmel zeigte die Schönheit eines millionenfachen Sternenglitzerns. Hunderte Zikaden versammelten sich zum monotonen Streichorchester, um in lautem Unisono die beginnende Nacht einzufiedeln. Ich atmete tief durch und wünschte, dass der heutige Tag nie enden würde. Er hatte es nicht verdient, einfach von Dunkelheit verschlungen zu werden. Und ich wünschte mir, dass die folgende Begegnung mit Tahim zu dieser Unvergänglichkeit beitragen würde. Dann machte ich mich auf den Weg.
Ich hatte mich umgezogen und fand mich schön und verführerisch. Das schwarze Wickelkleid hatte ich so eng um die Taille gezurrt, dass mir die Luft wegblieb, während ich auf hohen Hacken durch den unübersichtlichen Garten stöckelte. Es war immer noch heiß, und der Schweiß rieselte mir dünn am Körper hinab. Es würde eine Weile dauern, bis sich meine dicke europäische Haut auf das

tropische Klima umgestellt hätte, und bis dahin war Transpirations-Leid angesagt. Rex begleitete mich beschützend und glitt mit seiner langen Dobermannnase unter meinen Rock, während die kleine Hanni mich von hinten zum Spielen anschubste.

»Aus! Weg! Pfui!«, versuchte ich es mit deutscher Zucht und Ordnung und klapste nach ihnen, was sie noch toller fanden. Da erlöste mich eine Männerstimme aus meiner Not. Sie rief die beiden Tiere freundlich – für afrikanische Verhältnisse unüblich, wo Tiere oft grausam behandelt wurden. Sie gehorchten sofort und liefen zu meinem Haus zurück, wo sie sich auf eine schmale Strohmatte legten.

»Bonsoir, madame. Je suis Dieudonné, votre sentinel du soir!«, rief die Stimme mir freundlich zu. Neben meiner Eingangstür erkannte ich jetzt im diffusen Licht der Terrassenbeleuchtung eine hünenhafte Gestalt im langen weißen Muslimgewand. Der Mann hatte einen schimmernden schwarzen Glatzkopf. Er strahlte Ruhe und Selbstsicherheit aus und war mir sofort sympathisch.

»Merci, c'est bon!«, bedankte ich mich und fand es rührend, nachts wieder bewacht zu werden.

An der Eingangstür zum Heiligtum drückte ich zögernd die Klinke hinunter. Ich hatte Angst vor meinen Emotionen: dass ich sie in Tahims Gegenwart nicht in den Griff bekäme, dass ich ihm zu viel verriet. Weder wollte ich zu strahlend und erwartungsvoll wirken noch neutral oder gar kühl. Andererseits kannte ich mich nur zu gut. Ich war nicht gerade die geborene Diplomatin. Meistens trug ich meine Wünsche offen im Gesicht und meine Nöte auf der

Zunge. Ich konnte mir nur vornehmen, ab und zu die Klappe zu halten und dabei so unwiderstehlich wie möglich auszusehen.
So streckte ich die Brust vor, fuhr mir noch einmal durchs Haar, biss mir auf die Lippen und stieß mit einem Seufzer ein Stoßgebet aus: *Lieber Gott, wenn es dich gibt, rette meine Seele, falls ich eine habe* ... Damit betrat ich den Raum.
Eiseskälte strömte mir aus dem voll klimatisierten Salon entgegen und fror meine warmen Gedanken auf Anhieb auf die Temperatur eines Vier-Sterne-Gefrierfachs ein. Vier Männer saßen im hinteren Teil des Raumes vor einem laut plärrenden Fernseher. Ich erkannte Tahim, Serge, Diki und Jacko, die entspannt zurückgelehnt an ihren Apéritifs nippten und mein Eintreten nicht bemerkt hatten. Das gab mir Zeit zu einer Musterung. Diki, der freundliche, geistig zurückgebliebene Bruder Tahims, kreischte ab und zu mit weit aufgerissenem Mund markerschütternd auf und schlug sich kräftig auf die Schenkel.
Tahim wirkte erschöpft. Ich hatte schon bei unserer Begegnung am Morgen die weißen Haarsträhnen bemerkt. Jetzt sah ich auch, dass er insgesamt älter wirkte, als ich ihn in Erinnerung hatte. Seine Stirn und die Mundwinkel zeigten Falten, die sein Gesicht herber erscheinen ließen. Aber das tat seiner männlichen Schönheit keinen Abbruch, im Gegenteil: Den Geliebten so vor mir zu sehen, erfüllte mich mit zärtlichen Sehnsüchten. Immer noch erlag ich seinem aufregenden, fremdländischen Zauber. Sein blütenweißes Hemd öffnete sich über der olivfarbenen Haut, die vollen Haare waren streng nach hinten ge-

striegelt, die schwarzen, buschigen Augenbrauen zusammengezogen über den wunderschönen dunklen Augen und der schmalen, langen Nase … Er sah sehr dynamisch und sehr verführerisch aus. Wie damals umgab ihn ein Duft von Kardamom und frischem Moos. Mein Herz tat sich weit auf, als ich diesen Mann sah, so dass ich glaubte, es würde auseinander fallen. Ich genoss den wunderbaren Moment, Tahims Anblick von ihm unbemerkt in mich aufnehmen zu können, und hätte alles dafür gegeben, seine Gedanken zu lesen, seine Liebe wiederzugewinnen …
Als hätte er meine Anwesenheit gespürt, drehte er den Kopf zu mir herum. »Ah, Julia«, entfuhr es ihm überrascht. Nun bemerkten mich auch die anderen. Jacko erhob sich mit freudiger Miene. Trotz seiner Verwachsung strahlte er den libanesischen Charme eines zu kurz geratenen Wüstensohnes aus, und die Sanftheit seiner dunklen Augen lenkte von seiner kleinen, gekrümmten Gestalt ab.
»Julia, welch eine Freude. Schön, dass du wieder da bist!« Damit nahm er mich in die Arme und drückte mich fest an sich, als wäre ich nie fort gewesen. Dann fuhr er lachend fort: »Entschuldige, dass wir dich nicht bemerkt haben, aber wir sind ein ältlicher Männerverein ohne Manieren und keinen Damenbesuch mehr gewohnt. Man nennt uns sogar schon *›les quatre bestioles‹*, die vier Viecher.«
Ich wusste, dass Jacko unter dem Verlust seiner Frau Claudine immer noch sehr litt. Sie war mir eine wunderbare Freundin gewesen, ohne deren orientalisch geduldige Vermittlung und liebevolle Einfühlsamkeit ich die ersten abenteuerlichen Jahre mit Tahim nicht überstanden hätte.

Danielle hatte mir geschrieben, dass Claudine an einem schweren Asthmaanfall erstickt war, im Beisein ihrer hilflosen Familie. Ich hatte nächtelang nicht schlafen können, weil ich mir immer wieder das Entsetzen vorstellen musste, das man empfand, wenn man in einer solchen Situation nicht helfen konnte. Mitfühlend blickte ich Jacko an und drückte seinen Arm.

Diki kam mit schrillem Schrei und unkontrollierten Armbewegungen auf mich zugerudert und blickte mich melancholisch an. Als ich ihn an mich drückte, hörte ich ein leises, glückliches *»Maman!«* Liebevoll drückte ich dieses erwachsene Kind an mich und wiegte es leise ... bis es sich frei machte und mit freudiger Neugier an meinem Ausschnitt herumzupfte. Ich klopfte ihm leicht auf die Finger und drohte spaßhaft, während ich ihn auf einen Stuhl bugsierte.

Serge dagegen, der einem mürrischen alten grauen Papagei ähnelte, hatte sich nicht vom Platz gerührt. Der ehemalige Lehrer von Tahims Söhnen sah mich aus hellen, misstrauischen Augen an, während er mir eine stinkende Wolke aus seiner dicken Pfeife entgegenpaffte. Er war der größte Misanthrop und Frauenverächter, der mir jemals begegnet war, und mir gefiel überhaupt nicht, dass er mit Tahim unter einem Dach hauste. Er war einfach ein opportunistischer Schnorrer, der es stets verstand, am jeweils bestgedeckten Tisch zu sitzen. Entsprechend verhalten fiel meine Begrüßung aus. Wir umarmten uns knapp.

»Ça va, Julia?«, näselte er, und ich erblickte eine Reihe brauner Zähne.

Trotzdem lächelte ich ihn an. Er genoss Tahims Respekt, und es wäre unklug, gegen ihn zu arbeiten.
»Ja, danke. Es ist schön, euch alle gesund wiederzusehen. Hast du dich inzwischen verlobt?« Manchmal ritt mich einfach der Teufel, wie jetzt, als ich Serges alte Wunde mit dieser Frage aufriss und dann auch noch nachlegte: »Ich habe gehört, du hättest dir eine Thailänderin aus einem Katalog bestellt unter der Voraussetzung, dass sie kein Französisch spricht!«
Fassungslos sah er mich an. Es hatte ihm die Sprache verschlagen. Eins zu null für mich. Billeba entspannte die Atmosphäre, indem er feierlich ein hohes Glas vor mich stellte. »Dreimal Gin, viermal Wacholderbeeren und zweimal Eis!« Er strahlte mich an.
»Nicht möglich, du weißt das noch?« Ich war gerührt und sah ihn bewundernd an. »Danke, mein Lieber!«
Ich warf Tahim einen kurzen Blick zu. Hatte auch er sich meine Vorlieben gemerkt? Die dunklen Augen, die ich so liebte und in deren Blick ich eintauchen wollte wie in eine verwunschene Welt, blieben ausdruckslos.
Da schlug auch ich rasch die Augen nieder, aus Angst, er würde in ihnen meine frischen Erinnerungen an unsere erste Nacht in Ngaraba erkennen, als er mich die jasminbewachsene Treppe hinauf in sein Haus am Fluss geleitet hatte.
Tahim blieb zurückhaltend. Keine Begrüßung, keine Frage, nichts! *Sweet nothing*. Was war ich doch für ein Hornochse! Ich legte ihm die Arme um die kräftigen Schultern und küsste ihn leicht auf beide Wangen, wobei ich seinen

Duft, die intime Wärme seiner glatten Haut einatmete. Tahim erstarrte unmerklich.
»Guten Abend, Tahim, danke für die Einladung zum Abendessen!«
Er nickte nur kühl. Trotz seines abweisenden Verhaltens fühlte ich mich in diesem Männerkreis merkwürdigerweise zu Hause, zum ersten Mal seit langem wieder geborgen. Ich wusste, dass sie sich verantwortungsvoll um mich kümmern würden, auch Billeba, falls ich es brauchte. Bei Tisch platzierte Tahim Diki, der umsorgt werden musste, zu seiner Rechten und mich zu seiner Linken. So brauchte er mir nicht in die Augen zu sehen.
In einer schneeweißen Livree mit Goldknöpfen servierte Billeba eine duftende Köstlichkeit nach der anderen. Voller Lust und Vorfreude auf die weiteren Schlemmereien wagte ich mich endlich wieder an das höllisch scharfe *piment rouge,* wie ein Selbstmörder, der wusste, dass nach dem wunderbaren Biss ins rote Paradies der Pigmentschote nichts mehr käme … Und natürlich bekam ich sofort einen Hustenanfall. Das Wasser schoss mir in die Augen und brach aus allen Poren. Keuchend wie eine alte Straßentöle japste ich nach Luft. Aber es musste sein! Nach dem *piment rouge* war ich süchtig, und ich würde es beim ersten Anzeichen der Besserung wieder essen, obwohl ich wusste, dass der schlimmste Schmerz mir noch bevorstand, am nächsten Tag auf der Toilette. Immerhin warf Tahim mir einen besorgten Blick zu und schob mir fürsorglich ein Stück Baguette zu.
Als endlich das *piment* vernichtet, mein Tränenstrom ver-

siegt und der Wein halb geleert war, plauderten wir über meine Pläne im Naturschutzgebiet. Serge war begeistert und wollte sich ebenfalls engagieren. Die Idee, im Urwald den Öko-Tourismus zu fördern, überzeugte ihn. Auch Tahim nickte schließlich zustimmend, als ich ihm erklärte, dass die Einnahmen die Kosten für die 40 Ranger, Waffen und Fahrzeuge zum Schutz des Parks gegen Wilderer deckten und man außerdem teilweise die Pacht des Schutzgebietes bezahlen konnte, so jedenfalls sah es der Plan des WWF vor.

»Dort ist Monsieur Auental zuständig, der Direktor der Abteilung ›Tropischer Regenwald‹. Er kommt nächste Woche nach Bangui. Wir sollten zusammen essen gehen. Was meinst du, Tahim?« Gespannt sah ich ihn an.

»Wir werden sehen!« Ich hasste die für ihn typischen Antworten, mit denen er alles offen ließ. Richtig unhöflich aber reagierte Tahim, als ich ihn um das Gemüse bat, das neben ihm stand. Anstatt es mir zu reichen, forderte er Jacko, der am anderen Ende des Tisches saß, auf: »Gib es ihr.«

Das war nicht nur abweisend, sondern auch extrem ungehobelt. So begriffsstutzig war ich nicht. Ich hatte verstanden: Wenn es nach ihm ginge, würde es also ein Julia-und-Tahim-Revival wohl kaum geben. Es tat mir nicht mal weh, dazu war ich viel zu sauer. Ich hatte einfach keinen Nerv mehr für die Wechselbäder zwischen Hoffnung und Enttäuschung. Außerdem konnte ich nicht ständig versuchen, ihm zu gefallen, um mich dann zurückweisen zu lassen. Auch taugte ich nicht zum Rollenspiel, sondern

war immer direkt gewesen und neigte nicht dazu, meine wahren Gefühle zu verbergen.
Zum Teufel mit Tahim! Mit einem großen Schluck Rotwein spülte ich meinen Frust hinunter. Ich beschloss einfach, mich zu freuen, dass ich hier war. Bisher war alles gut gelaufen. Dies war mein erster Abend in Afrika, ich fühlte mich endlich zu Hause, war wieder mit den alten Freunden zusammen, mit Tahim – ja, auch mit Tahim. Selbst wenn es zwischen uns anders war, musste ich in seiner Nähe sein und die Möglichkeit haben, ihn zu sehen. Und vor allem stand ich vor einer Fülle an atemberaubenden Aufgaben. Das war jetzt für mich das Wichtigste.
Der duftende Hammelbraten, bei dem wir mittlerweile angelangt waren, schmeckte köstlich, und der herrliche Rotwein lockerte die allgemeine Stimmung. Das Leben hielt so viele Freuden bereit. Spontan hob ich mein Glas und sprach einen Toast auf unser Wiedersehen aus.
»Auf uns! Dass sich unsere Wege stets in Freundschaft und sooft wie möglich kreuzen mögen! *Chin, mes amis!*«
Fröhlich prostete ich der Runde zu, die bei genauerer Betrachtung recht eigenartig war. Während mein Blick von einem zum andern schweifte, kam ich mir plötzlich auch vor wie im Haus der *quatre bestioles.* Die vier »Jungs« wirkten tatsächlich wie vier sehr unterschiedliche Tiere. Serge – der eitle, kastrierte Büffel Mboko, wie ihn die Pygmäen nannten. Jacko – ein bunter, lustiger Zwerggockel, der in leiser Melancholie den leeren Hof nach seiner Henne absuchte. Tahim – der bedächtige Fuchs, der am liebsten in seinem Bau darauf lauerte, gute Informationen über

lohnende Beute zu erhalten, und schließlich der liebebedürftige Diki – ein lustiger Galago mit seinen runden, großen Augen, der haarig-wuscheligen Umrandung seines Gesichts und Lauten, die man nachts im Urwald hörte.
»A nous«, antworteten die vier »Bestioles« auf meinen Toast, und diesmal waren wir uns alle einig.
Der Rhythmus der Tropen war mir noch ungewohnt, als ich mich so früh verabschiedete, weil alle gähnten. Ich wurde liebevoll gedrückt, auch Tahim ließ überraschenderweise meinen Kuss zu, den ich, allen warnenden Unkenrufen zum Trotz, ihm zärtlich in den warmen Nacken drückte … Und so schnell, wie der Kuss dauerte, so schnell war ich dann weg.

Bangui, der alte Traum

Den nächsten Tag begann ich mit einem tiefschwarzen Robusta-Kaffee aus hiesigen Plantagen. Der eindringliche Duft katapultierte mich geradezu aus dem Bett, so sehr hatte ich ihn vermisst. Fast alle waren ausgeflogen. Um die morgendliche Kühle zu nutzen, begann man den Tag in Bangui früh.

Nur der Patron selbst ließ es langsam angehen. Er war noch im Hause, und als ich in den Salon kam, saß er, nur mit einer dünnen, verwaschenen Pyjamahose bekleidet, die mir noch aus besseren Zeiten bekannt vorkam, am Frühstückstisch.

Ich setzte mich zu ihm und erklärte ihm, während er frische Mandarinen schälte, wie ich bei meiner Firmengründung vorgehen wollte. Jetzt war ich ganz Geschäftsfrau. An Tahim interessierte mich im Moment vor allem seine geschäftliche Erfahrung. Es war deutlich, dass er gern informiert wurde. Aber hatte er auch Interesse, mich zu unterstützen, wie er es am Telefon hatte durchblicken lassen? Seine Launen waren schlimmer als die einer Diva. Er

leistete sie sich als einzigen Luxus seines immensen Reichtums.
»Hast du eine Idee, wo ich wohnen kann?« Kaum hatte ich die Frage gestellt, bereute ich sie auch schon.
Früher hätte Tahim geantwortet, dass er sich darum kümmern würde, oder zumindest sein nicht immer zielführendes »Wir werden sehen«. Doch diese Zeiten waren vorbei. Ein wortloser Blick, ein Räuspern, und der Herr erhob sich und zog sich in seine Gemächer zurück, um sich anzuziehen. »Bis später« war alles, was ich zu hören bekam, als er schon halb zur Tür hinaus war.
Das konnte doch wohl nicht wahr sein! »Hast du denn gar keinen Vorschlag?«, rief ich ihm hinterher.
»Keine Idee!«, kam es abschließend, wie der letzte Satz eines Romans. Eine Tür fiel zu, und der Raum erstarrte in Stille. Die aufkommende Tageshitze drang bereits durch alle Ritzen ins Haus.
Also hieß es für mich, unverzüglich und ohne Tahims Unterstützung ein Haus zum Wohnen und Arbeiten zu suchen. Dann musste ich mich auch noch nach einem hilfreichen Assistenten umsehen und nicht zuletzt das Treffen mit dem Nürnberger Kompagnon vorantreiben, da ich das Geld brauchte. Ein weiterer wichtiger Punkt war natürlich, nach Bayanga in den Urwald zu fahren und die Lodges zu übernehmen.
Und schließlich gab es in mir noch den großen Wunsch, irgendwann Ibengue Mbounsola, das Dorf meiner Pygmäenfreunde, aufzusuchen. Für diese Reise in die Tiefen des Urwalds wollte ich mir jedoch Zeit nehmen und auch

meine innere Ruhe wiederfinden. Am Lobaye-Fluss würde ich mich ganz der Natur hingeben und meine in der Stadt fast erloschenen Instinkte wiederfinden. Doch zuerst würde ich eine Rundfahrt durch die Stadt machen und meine Freunde in Bangui wiedersehen. Mallo, der gerade den Mercedes wienerte, würde mir sicher helfen.

»Mallo, kennst du kein Haus in der Stadt, das leer steht? Ich brauche es als Büro, und zwar so schnell wie möglich!«, rief ich ihm zu.

Er überlegte mit gerunzelter Stirn und schüttelte den Kopf. »Nein Madame, gerade nicht, aber ich kümmere mich drum, versprochen!«

»Okay, Freund! Du bekommst auch eine gute Belohnung!«

Sein rundes Gesicht ging vor Freude in die Breite, und er nickte heftig. »Abgemacht, ich fahre gleich los!«

»Warte, mein Lieber, erst machen wir eine Runde und sagen meinen Freunden *bonjour*. Ich werde den Patron fragen, ob er dich braucht.«

Aus den hinteren Gefilden des Hauses hörte ich die Dusche plätschern. Ich sah Tahim vor mir, seinen knackigen Hintern, wie er sich in sinnlichem Vergnügen unter dem warmen Wasserstrahl wand. Was sähe wohl ein Drehbuch in einer solchen Situation vor? Das käme wahrscheinlich auf die Schauspielerin an. Was würde etwa ein Star wie Melanie Griffith machen? Mit erhobenem blondem Haupt und erwartungsvoll geöffnetem, feucht glänzendem Mund die Tür öffnen, den Duschvorhang beiseite schieben, mit der Zungenspitze leicht über die Oberlippe

streichen, die störrische Locke an ihrer Schläfe zurückschieben, dem plätschernden Wüstensohn tief in die Augen schauen und dabei die entscheidende Frage stellen: »Bekomme ich anschließend den Rover?«
Nein! Meine Lieblingsschauspielerin würde sich mit leisem Hüsteln, das eher einem lustvollen Seufzer glich, dem erstaunten Objekt ihrer Begierde nähern und ihm sanft mit Seife den Penis einschäumen, um sich dann in lasziver Selbstverständlichkeit zu holen, was da ungenutzt, aber zunehmend zur Schau stünde …
Und ich, der unbekannte Jungstar Julia von Laue, entschied mich für die damenhafte Vanessa-Redgrave-Version: Der Butler wurde geschickt! So eilte statt meiner Billeba zum Patron und kam mit dem Bescheid zurück, dass Madame mit Mallo losfahren könne. Mit einem Freudensatz war ich im Rover. Die Szene war mir so vertraut, als hätten die letzten zwei Jahre nicht stattgefunden.
»Zu Madame Danielle?«, erkundigte sich Mallo wie gewohnt.
Ich lachte. *»Ah bon?* Du kannst Gedanken lesen?«
Gut gelaunt fuhren wir die löchrige Avenue Boganda entlang. Banou, die Gemüsefrau, winkte mir kreischend nach, als sie mich im Wagen erkannte, und der kleine Chefstrolch flitzte in rasender Geschwindigkeit mit seiner Kinderbande hinter dem Rover her. Die Prachtstraße mit ihren ehemals florierenden Geschäften, gepflegten Limousinen und sauberen Trottoirs hatte ihr Gesicht verändert: Heute sah man nur dreckige Pickups zwischen verbeulten gelben Taxen, radelnde Eisboys mit Ware in halb offenen

Glacieren und selbst gebaute Rollstühle mit traurigen Krüppeln.

Auf den kaputten Bürgersteigen fand vielfältiges, buntes Leben statt: Laut priesen Gemüsehändler ihre Waren an und feilschten um den Preis; Eierverkäufer hatten Pyramiden aus hart gekochten Eiern aufgestapelt; Kinder boten bis zu zehn zusammengeschnürte Hühner feil, die halb tot in der glühenden Sonne darbten, und dazwischen schritten majestätische, würdevolle Muslime in weißen Gewändern. Verkommene, meist lahmende, hungrige Hunde scharrten in den Abfallhaufen und suchten nach Nahrhaftem, Seite an Seite mit Ziegen. Hin und wieder sah man kleine Jungs, die riesige Blütensträuße anboten und als kleine Farbtupfer in der Menge auftauchten. Meist waren die Blüten aus den herrschaftlichen Villengärten am Rande des Oubangui-Flusses geklaut.

Das Stadtleben von Bangui zeigte sich mir in seiner ganzen Tristesse. Überall sah man die Ruinen des Krieges. Und doch ging das Leben weiter. Die Menschen gingen zaghaft kleinen Geschäften nach. Junge Leute versuchten Bücher oder CDs zu verkaufen. In Boutiquen, Patisserien, Lebensmittelläden und sogar neuen Schmuckläden, in denen mit Gold und Diamanten des Landes gehandelt wurde, entdeckte man das Nebeneinander von Verfall und Hoffnung. Offensichtlich war hier mehr erforderlich als Investitionen. Um sich zu erholen, brauchte das Land neue Ideale.

Als ich all dies sah, war mir beklommen zumute. Wo musste man anfangen? Kein Loch könnte man stopfen,

ohne nicht in ein anderes zu stürzen! Mit welchen Ideen konnte man den vom Krieg gebeutelten Menschen wieder Vertrauen einflößen?
Wenigstens pulsierte das Leben wieder, und trotz aller Tristesse beobachtete ich auch diesmal Spuren des typischen schwarzafrikanischen Optimismus, gepaart mit einem grandiosen Gespür für Situationskomik, was ich immer schon an den Menschen hier bewundert hatte. Diese Haltung war für mich wie ein Lebenselixier, deshalb fühlte ich mich hier mehr zu Hause als im übersättigten und doch meist unzufriedenen Europa.
Inzwischen waren wir bei Danielles Videothek angekommen. Mallo parkte im Schatten des Kaufhauses »Dias Frères«. Die Sonne knallte senkrecht herunter. Dünn und brennend stieg mir die Hitze in die Nase, als ich die wenigen Schritte zu Danielles Laden machte. Der Backofen stand auf höchster Stufe und ließ meine Gummisohlen mit dem Asphalt verschmelzen.
Die Videothek meiner spanischen Freundin war gut sortiert, alle Filme standen nach Kategorien geordnet in den Regalen, und es roch sauber nach Eau de Javel, dem Kakerlakenkiller. Die Wände zierten alte Kinoplakate von *Die Spur des Falken* oder *Die letzte Brücke* mit Ingrid Bergmann mit kurzer Bürstenfrisur und daneben John Travoltas *Saturday Night Fever*. Noch bevor ich den Laden betrat, wusste ich, was ich darin vorfinden würde: Danielle würde um diese Zeit ihr Geld zählen, das große Glas mit den Eiswürfeln, die im Laufe des Vormittags geschmolzen waren, austrinken und dann die vielen Schlüssel bereit-

legen, mit denen sie die diversen Schlösser ihrer Videothek abschließen würde.
Und …. ich traf Danielle beim Leeren des Eisglases an, als ich geräuschvoll die alte Eisentür hinter mir schloss. Sie war hager geworden, und jeder Millimeter ihrer zierlichen Gestalt signalisierte Leid. Sie hatte die Schultern hochgezogen, der Oberkörper war vorgebeugt, sodass er den Busen verbarg, und der einst stolz erhobene Kopf mit den streng nach hinten gekämmten roten Haaren war nach vorn gesunken. Ganz so wie in alten Zeiten war die Szene also doch nicht.
»Bonjour, mon amour, comment ça va?«, rief ich in den Laden. Mit einem Ruck drehte Danielle sich um. Die melancholischen braunen Augen leuchteten auf, und schon lagen wir uns in den Armen. Ich freute mich wahnsinnig und drückte meine Freundin, die mir so viel bedeutete, fest an mich.
»Julia! Ça alors! Ce n'est pas vrai!« Danielle konnte nicht glauben, was sie da vor sich sah. Sie drehte mich hin und her, um mich von allen Seiten anzusehen. »Unverändert schön und voller Elan!«, stellte sie fest, wobei ihre schmalen Lippen verdächtig zitterten, und beiden stiegen uns Tränen in die Augen.
»Ach, Danielle, was müsst ihr bei dem Aufstand Furchtbares durchgemacht haben. Ich erkenne Bangui nicht wieder!«
Mit einer energischen Geste winkte sie ab. »Julia, keiner, der nicht dabei war, kann sich vorstellen, was hier geschehen ist. Keiner! Das übertrifft jede Vorstellungskraft.« Dabei sah sie durch das hoch vergitterte, längliche Fenster

der Eingangstür und schüttelte in böser Erinnerung den Kopf. »Keiner!«, wiederholte sie leise.
Das kam mir vor wie der Refrain einer Totenklage, und mit einem Schaudern durchbrach ich den Bann. »Lass uns ein anderes Mal darüber sprechen. Jetzt bin ich froh, dich trotz allem gesund wiederzusehen!«
»*Maman* ist nicht gesund!«, hörte ich nun aus dem Hintergrund.
Ich erkannte Jocelyne, die lässig in einem Korbstuhl lehnte und einer schwarzen Frau die Hand zur Maniküre hinhielt. Wie es sich für betuchte und gelangweilte Frauen der so genannten Oberschicht gehörte, ließ sie sich von ihrer Coiffeuse die Nägel lackieren.
Ärger stieg in mir auf. Jocelyne hatte noch nie viel mit sich anzufangen gewusst. Dabei hatte sie alle erdenklichen Chancen. Ihr Mann Laurence, der zugleich mein bester Freund war, galt als einer der einflussreichsten und bestverdienenden jungen Männer der Zentralafrikanischen Republik und hätte sie bei allem unterstützt. Aber Jocelyne war labil und mehr an ihrer exotischen Schönheit interessiert als an ihrem Familienleben oder gar an Dingen, die über diesen Horizont hinausgingen.
Ihre Mutter war eine stolze und leidenschaftliche Spanierin, und ihr Vater gehörte den Bantu an. Diese Mischung aus aufbrausendem Temperament und afrikanischem *Laisser faire* stürzte Jocelyne immer wieder in innere Konflikte. Die Sehnsucht der Mischlinge, so weiß wie möglich zu sein, lief der schwarzen Lebenslust meist zuwider. Doch mehr als alle anderen Mischlinge, die ich kannte,

kämpfte Jocelyne mit den Schwierigkeiten, die das Leben als »Halbblut« mit sich brachte. Als Weiße fühlte sie sich nicht anerkannt, und bei den Schwarzen rief die Mischung leichte Verachtung hervor: Sie fühlte sich als eine Art Bastard, weder weiß noch schwarz, in keiner Kultur zu Hause.

Aus diesem Teufelskreis kamen die meisten Mestizen, die ich kannte, allein nicht heraus. Dabei fand ich, dass die doppelten Ursprünge eigentlich zu einer wunderbaren Mischung führen müssten, doch außer meinem Freund Laurence kannte ich keinen Mischling, der sich in seiner Haut wohl fühlte. Und selbst Laurence erzählte mir, dass er bei Einkäufen in Paris herablassend behandelt wurde, trotz seiner teuren Kleidung und der Scheckkarten.

»Danielle ist nicht gesund?« Besorgt sah ich meine Freundin an.

»Ja, sie war oft in Paris zu Bestrahlungen. Aber ihre Schmerzen in den Knien wurden nie besser, nicht wahr, *maman?«,* erklärte Jocelyne so unbekümmert, als beschriebe sie das Innenleben eines Kohlkopfes.

Ich umarmte sie freundschaftlich und begrüßte sie mit den landesüblichen Wangenküssen, links, rechts, links, rechts, links.

»Laurence hat schon erzählt, dass du zurückkommst und den Urwald mit seinen Pygmäen retten willst.« Jocelyne warf Danielle einen leicht ironischen Blick zu. Meist suchte sie Bestätigung bei ihrer Mutter für ihre Ansichten.

»Ja, so ähnlich, meine Liebe. Aber jetzt freue ich mich erst mal, euch alle wiederzusehen!« Ich zog einen kleinen

Taburettschemel heran und hockte mich neben Danielle, nahm ihre schmalen Hände in meine und drückte sie liebevoll.
Sie streifte mich mit warmem Blick. »Ach, Julia, es ist schön, dass du wieder da bist. Wir brauchen Leute wie dich, um aus der Lethargie zu erwachen, Leute mit deiner Unternehmungslust!«
Arme Danielle, geliebte Freundin! Seit ich von dem blutigen Aufstand wusste, der sich wenige Tage nachdem ich Bangui verlassen hatte erhob, plagte mich ein schlechtes Gewissen. Ich kam mir vor wie eine Verräterin, die ihre Freunde in der Not im Stich gelassen hatte. Dabei hatte ich nicht ahnen können, dass es so schnell losgehen würde. Unser Land war lange Zeit eines der ruhigsten in Afrika gewesen. Und schließlich, was hätte ich inmitten einer vom Blutrausch erfassten Menschenmenge ausrichten können?
Zum Glück war dieser Horror vorbei, dachte ich. Hätte ich geahnt, dass nichts vorbei war und welche Gräuel ich noch miterleben sollte, hätte ich mich wohl gefragt, ob ich tatsächlich nach Bangui zurückgekommen wäre, trotz aller Sehnsucht.
Danielle löste sich und griff nach den Schlüsseln. Ich musste unwillkürlich lachen. »Das Geld hast du schon gezählt?«
Sie kicherte. »Vergessen hast du anscheinend nichts! Ja, ich muss jetzt schließen, Théodore wartet zu Hause!« Dann zog sie mich verschwörerisch an sich, sodass ich ihr frisches Toilettenwasser riechen konnte, und flüsterte mir

so laut ins Ohr, dass sie weithin gut zu verstehen war: »Was macht das Baby?«

»Ich habe es bei einem Autounfall verloren, Danielle. Aber das erzähle ich dir ein anderes Mal in Ruhe!« Ich küsste sie mit einem Seufzer auf die Stirne. »Grüß Théodore ganz herzlich, ich hoffe, wir sehen uns bald in meinem eigenen Haus. Wenn du weißt, wo eines leer steht, melde dich bitte!«

Sie sah mich mitleidig an, während sie mich sanft in die brütende Mittagshitze hinausschob. Draußen erhob sich das Geschrei der Rasselbande, die wie auf Kommando von der anderen Straßenseite herüberstürmte. Danielle schlug um sich, als würde sie Fliegen vertreiben. Ihre herrische Kolonialart hatte mich immer schon bestürzt. Ihr Verhalten war so beschämend, dass ich deswegen einmal einen Streit mit ihr gehabt hatte.

Jocelyne huschte hinaus und Danielle schloss die eiserne Tür mindestens fünfzehn Mal zu, mit mindestens sechs verschiedenen Schlössern.

»Wie ist es mit Tahim gegangen?«, fragte sie mit einem leisen Lächeln.

»Ach, Danielle ...« Ich hob die Schultern und antwortete etwas deprimiert, aber mehr noch belustigt: »... das wird ein dornenreicher Weg zu einer welken Rose!«

»*Mon Dieu,* du nennst den Patron eine welke Rose? Oder meintest du dich damit?«

Lachend zwinkerte ich ihr zu. »Ich dachte eher an ihn, aber du hast Recht, beides würde stimmen! Vor allem bei dieser Hitze.«

Wir umarmten uns zum Abschied, Jocelyne hatte inzwischen das Auto vorgefahren, und dann fuhren Mutter und Tochter winkend ab.
Inzwischen waren die Straßen leer, ausgestorben, ausgebrannt. Die Mittagshitze hatte mit gleißendem Licht die Herrschaft übernommen, nicht einmal die Jungs oder ein hungriger Hund waren mehr zu sehen, und ich blickte mich suchend nach Mallo um.

Der Schmetterlingsverkäufer

Mallo, der tapfer im Wagen vor sich hin schmolz, fuhr mich zu meiner alten Kneipe, dem *Relais de la Chasse,* zu Marianne und Freddi. Da würde ich bei einem kalten Bier die beiden Freunde wiedersehen, deren einzigartige Menüs und Gastfreundschaft ich in keinem anderen Restaurant der Welt auch nur annähernd so genossen hatte. Auch wenn es sich für eine Dame hierzulande nicht ziemte, allein ins Lokal zu gehen, würde das bei einem relativ ehrwürdigen Individuum wie mir sicherlich durchgehen. Außerdem scherte es mich nicht allzu sehr.

»*Bon,* Mallo, fahr ruhig nach Hause. Ich komme nachher zu Fuß zurück. Sag dem Patron einen schönen Gruß und ich würde gern am Nachmittag mit dir noch Häuser besichtigen.« Damit verabschiedete ich meinen alten Freund und ging gespannt ins *Relais de la Chasse.*

Ich traf sie alle wieder, die schrägen Figuren, die überall in Afrika das Bild bestimmten: verbitterte Weltverbesserer, abgewrackte Holzprospekteure, ver-aids-te Fabrikbesitzer, hochstapelnde Investoren, bankrotte Bankdirektoren und obskure Diamantenhändler, die ihre Ware durch Freunde aus dem Land schmuggeln ließen und in Antwerpen zu Höchstpreisen vermarkteten.

Wie oft hatte ich mich mit solchen Leuten gestritten, die dem Land die Ressourcen stahlen und sich selbst bereicherten! Dabei hätten die Bodenschätze die Armut durchaus lindern können. Aber in diesen dunklen Geschäften steckte jeder drin, von den Ministern über angesehene Franzosen bis hin zu meinen besten Freunden, denen ich schon seit eh und je vergeblich ins Gewissen redete.

Danielle schleppte zum Beispiel für einen Flug nach Europa und ein paar lächerliche Tage in einem First-Class-Hotel die schönsten Steine in ihrem Büstenhalter und zwischen den Pobacken außer Landes. Auch diese Diskussion, die ich vor vielen Jahren mit ihr geführt hatte, war in einem üblen Streit geendet.

»Es gibt noch so viele Diamanten, da fallen meine doch wohl nicht ins Gewicht!«

Ich war damals furchtbar wütend geworden. Das Argument hatte ich mehr als einmal gehört. »Natürlich fallen sie ins Gewicht! Wenn alle diese Steine das Land legal verließen, würde das den totalen Aufschwung für die Wirtschaft bedeuten. Das ganze Land würde profitieren, nicht nur Einzelne!«

Solche Streitgespräche hatte ich vor fünf Jahren immer wieder geführt, ich war für meine hitzig behaupteten Positionen berüchtigt. Letztlich war auch meine Beziehung zu Tahim daran gescheitert, dass meine ökonomischen und

ökologischen Ansichten als komisches Geschwätz abgetan wurden, die hier niemand ernst nehmen konnte.
Als ich das Lokal betrat, saßen sie alle unverändert beisammen. Mein Blick fiel auf Prospère, den eleganten, grandios aussehenden Holzbaron. Ihm gehörte ein Sägewerk am Rande des Naturschutzparks am Kongobecken, über das es zahlreiche Gerüchte gab. Ich war immer der Meinung, dass diese Fabrik lediglich der Geldwäsche diente, denn vom Holzumsatz konnte er wohl kaum leben. Das Gebiet lag zu weit abseits der Transportstrecken. Dennoch lief das Sägewerk, sogar mit 200 Angestellten und trotz enorm hoher Pachtgebühren. Außerdem waren an diesem Projekt bedeutende Geldgeber beteiligt, zum Beispiel der Ölkonzern Elf.
Prospère hatte mich entdeckt und sprang freudig auf: *»Ce n'est pas vrai, Julia!«*
Wir umarmten uns, wobei er mich zärtlich drückte. »So sieht man sich wieder! Ich habe gerade gedacht, dass hier mittags eigentlich nur die Ganoven Banguis zusammensitzen. Anständige Bürger sitzen zu Hause bei ihren Familien, nicht wahr?« Er zog mich zur langen offenen Holzbar, an der ich schon so manches Bier getrunken hatte.
Elena, die schwarze Besitzerin des verruchten *Café Couleur,* saß da mit einer hippen, rosablond gefärbten Nutte bei einer Cola, und neben ihr war der ehemalige Forstminister, der wegen Schiebungen eines alten Urwaldstücks – merkwürdigerweise war dieses Naturschutzgebiet seinem Freund Prospère zugeschoben worden – den Dienst quittieren musste. Man konnte sich kaum vorstellen, dass

auch er ein Banda war, denn seine Haut war hell und die Physiognomie europäisch.
Gemüsefrauen trugen flink und mit afrikanischer Grazie frisches Grünzeug in großen Blechschüsseln auf dem Kopf zur Küche. Ich sah kleine braune Pilze und frischen Spinat neben riesigen Avocados, Ananasstauden und einer stacheligen Koresole-Frucht. Ich liebte ihren leicht säuerlichen Geschmack nach Stachelbeere, nicht umsonst nannte man sie die Königin der Früchte. Allerdings musste ich mich zurückhalten, denn man hatte festgestellt, dass der Verzehr zu Schwindel oder epileptischen Anfällen führen konnte.
Aus der Küche hörte ich Freddy schimpfen. *»C'est trop cher!«* Es war das alltägliche Ritual des Handelns. Dabei war der Spaß mindestens ebenso wichtig wie das Ziel, die Preise zu drücken.
Mir war während meines langen Afrikaaufenthalts das Handeln so in Fleisch und Blut übergegangen, dass ich auch in Europa handelte und erstaunt die Erfahrung machte, dass in großen Kaufhäusern durchaus willige Verkäufer mir Preisnachlässe einräumten. Aber natürlich machte das Handeln in München nicht annähernd so viel Spaß wie in Afrika, wo beim Feilschen die Fantasie erblühte und alle Arten des Elends und Leids aufgezählt wurden, um Eindruck und Mitleid zu erwecken. Nur früh morgens hatte man gute Chancen, kampflos ein schönes Stück zum Spottpreis zu ergattern, denn der erste Kunde, der auftauchte, sollte dem Händler das Glück des Tages bringen, und ihn durfte man nicht entkommen lassen. So konnte

man auch mal als Kunde den Verkäufer bis aufs Hemd ausziehen, was ich dank meines Insider-Wissens oft mit Vergnügen getan hatte.
Prospère wollte meine Rückkehr in die »feine Gesellschaft« angemessen feiern: *»Champagne pour tous!«*, bestellte er großzügig und wandte sich mir lächelnd zu.
»Und was machst du zwischen den Banditen hier in der Mittagsstunde? Bist du nicht bei Tahim?«
So wie er die Frage stellte, wirkte sie leicht anzüglich, und er blickte mir tief in die Augen. Prospère hatte sich früher schon für mich interessiert und wollte nun offensichtlich seine Chancen herausfinden.
Ich konnte mich seinem Sog tatsächlich nicht sofort entziehen und musterte seinen sinnlichen Mund. Es gab Augenblicke, in denen ich der Erotik wehrlos ausgeliefert war. Dies war so ein Moment. Blitzartig sah ich schamlos in der Tiefe seiner Augen unsere Umarmung, sah uns nackt, spürte und roch voller Wolllust die Wärme dieses Mannes. Ich sah die Begierde in seinen Augen und auf seinen geöffneten Lippen, als er mich an seinen Körper zog. Die Fantasie hatte keine fünf Sekunden gedauert, aber ich war sicher, dass auch Prospère Ähnliches gesehen hatte, und löste mich schnell von seinem intimen Blick.
»Diese schöne Frau macht mich wahnsinnig!«, rief er Bedel, dem Minister, zu.
Der winkte müde ab und nach einem kurzen, abschätzenden Blick zu mir bemerkte er knapp: »Sie liebt ihn noch!«
Bedels Affären lieferten seit eh und je den Stoff für die lustigsten Klatschgeschichten der Stadt. Er fand es sicher

höchst exotisch, dass jemand mit einem einzigen Partner durchs Leben ziehen, gar nach vielen Jahren ihn immer noch lieben konnte. Seine Frauen jagten einander, um sich gegenseitig die Augen auszukratzen oder nach afrikanischer Sitte mit einer Rasierklinge das Gesicht zu zerschlitzen. Bedels Tarnmanöver hielten ihn ständig in Bewegung. Einmal war er sogar nachts im Pyjama mit halb nackter Gespielin Schutz suchend bei Freddy im Lokal aufgetaucht, die junge Ehefrau im Rücken. Mit der Geliebten verbrachte er die ganze Nacht im Lagerraum, und bis zum Morgen hatten die beiden vier Flaschen Champagner konsumiert, die er Freddy immer noch nicht bezahlt hatte.

Ein junger schwarzer Händler kam an die Bar und bot uns freundlich Masken und Postkarten aus kunstvoll zusammengefügten Schmetterlingsflügeln an. Ich stellte ihn freundlich zur Rede:

»Es ist doch verboten, so was herzustellen. Ich habe gesehen, wie grausam es bei der Herstellung zugeht! In einer Hütte am Markt werden den Schmetterlingen bei lebendigem Leib die Flügel vom Rumpf geschnitten; die zappelnden Körper landen auf einem Berg von zuckenden Schmetterlingsresten, während die Flügel in Schablonen auf Karten geklebt werden!« Drastisch hatte ich die Erzählung mit entsprechenden Gesten untermalt, sodass mir auch die Nachbarn interessiert zuhörten.

»Das ist ja widerlich!«, mischte sich Prospère ein.

»Aber Schmetterlinge spüren doch nichts, so wie Fliegen auch!«, verteidigte sich der Händler.

»Ach ja? Und woher will man das so genau wissen, Herr Biologe und Insektenforscher?«

Sicherlich war er als Kind auch einer dieser gemeinen Bürschchen gewesen, die Fliegen und Maikäfern die Beine ausrissen und sich krank lachten, wenn sie im Kreis herumliefen! Ich merkte, dass mich wieder die alte Wut über die verbreiteten Tierquälereien packte, dabei konnte ich hier an der Theke niemanden bekehren, so viel stand fest.

»Ist ja gut, Julia«, unterbrach mich der Minister. »Wir wissen, dass du eine von uns verkannte Tier- und Naturschützerin bist. Wie heißt noch gleich die europäische Öko-Bewegung, die den Müll nach Farben auseinander sortiert oder so ähnlich? Rosa, blau oder war es grün?« Anerkennung heischend blickte er um sich.

Jetzt wurde ich sauer. Gerade er hätte die Möglichkeit gehabt, die Ressourcen seines wunderbaren Landes zu schützen, seine Einmaligkeiten, wie gerade diese seltenen Schmetterlinge. Und schon befand ich mich wieder im hitzigsten Streit.

»Wieso seid ihr nicht selbst in der Lage, eure Reichtümer zu erkennen und zu schützen? Es gibt so viele internationale Projekte, die das unterstützen würden. Aber ihr lasst euren Reichtum verrotten und verkauft die Natur an diejenigen Ausbeuter, die den größten Profit versprechen!« Wenn ich mich einmal in Rage geredet hatte, konnte ich mich nicht mehr zurückhalten.

Ein smarter Gast, der neben dem entlassenen Forstminister saß, mischte sich interessiert ein. »Aber Madame, wie sollen wir unser Land erhalten ohne Geld? Ohne Unterstützung?«

»Ihr müsst begreifen, dass ausländische Mächte, die euch Zucker in den Hintern streuen, das keineswegs umsonst tun. Weder die Franzosen noch die Amerikaner, die sich jetzt hier einschleichen. Es dreht sich jetzt doch alles nur um das Uran und die anderen Bodenschätze, an die sie billig heranwollen. Mit jedem neuen Kredit, den sie dem Land geben, erhöhen sich doch die Schulden! Euren einmaligen Regenwald habt ihr so ja bereits verhökert, ohne dass ein Sous in der Staatskasse ist!«

Ein kleiner Kreis von Zuhörern hatte sich um uns geschart, die Kellner hatten aufgehört, die Tische einzudecken, und nickten zustimmend. Doch schon kam Freddy, in wunderbare Essensdüfte gehüllt, eilig aus der Küche und scheuchte die Jungs an die Arbeit zurück.

»*Eh,* bezahle ich euch hier für ein Diskussionsforum? Los, aufdecken! Für Tische 4 und 6 kommen gleich zehn Leute!«

Dann wandte er sich grinsend an mich. »Du hast dir genau die richtigen Gesprächspartner ausgesucht!« Er zeigte auf den Smarten. »An den musst du dich wenden! Das ist Abel. Der wird noch unser zukünftiger Premierminister, da bin ich ganz sicher! Der ist sauber, *n'est-ce pas?*«

Er nickte dem neuen *Monsieur Propre* zu, wobei er mir leise zuflüsterte, dass dieser Abel bereits alle Präsidenten der Republik überlebt hatte. »Zuerst hat er die Klingen mit David Dacko gekreuzt, dann mit Bokassa, anschließend mit André Kolingba und jetzt mit Ange-Félix Patassé.«

Ich fasste den so Beschriebenen ins Auge. Er sah gemütlich aus, dieser kleine, vollschlanke Mann im afrikanisch gemusterten Anzug. Er hatte einen rundlichen Kopf und wache Augen hinter einer randlosen Brille.

»Julia liebt die Zentralafrikanische Republik mehr als ein Schwarzer«, fuhr Freddy anerkennend fort.

Der smarte zukünftige Premierminister hatte bei dem Thema ebenfalls Feuer gefangen und wandte sich gereizt an mich. »Wir alle hier kennen das Problem der internationalen Vereine, die GTZ und so weiter. Sie unterstützen unser Land für drei Jahre, ziehen sich dann zurück und lassen uns allein. Alles geht dann wieder den Bach runter. So sieht das aus, das heißt dann großartig internationale Hilfe!«

»Aber nein, so einfach ist das nicht!«, entgegnete ich. »Es wäre ungerecht, die Projekte so kleinlich darzustellen. Wahr ist vielmehr, dass sich hier im Lande niemand die Mühe gibt, in diesen drei Jahren das Nötige zu lernen, um dann selbst die Verantwortung zu übernehmen, wenn die Projekte auslaufen. Nach Ablauf der Fristen werden immer noch Kontrolleure geschickt und notfalls Ersatzteile für Maschinen.«

Der ehemalige Forstminister blickte betroffen zu Boden. Vielleicht fiel ihm das Landwirtschaftsprojekt ein, bei dessen Ablauf von sämtlichen teuren Maschinen Teile abgeschraubt und verschwunden waren. In dieser dubiosen Affäre war sein Name des Öfteren aufgetaucht.

»Meine Freundin Bibiana von der UNESCO«, setzte ich meine Rede fort, »ist Angolanerin und mit den Problemen vertraut. Sie ist verzweifelt, wie wenig Interesse und Eigeninitiative ihren teuren ländlichen Projekten entgegengebracht wird. Sie hat noch drei Monate, um ihre Arbeit abzuschließen, und sagt, dass es hoffnungslos sei. Keiner will weiterhin die Verantwortung übernehmen. Stattdessen versuchen Privatleute ohne Gegenleistung Geld aus den Projekten zu ziehen! Und dabei sind es wichtige Gesundheitsprojekte, Schul- und Familienplanungsprojekte. Auch Versorgungsprojekte zu Fischerei und Viehzucht sind dabei.«

Ich wandte mich an Prospère, der selbst viele Angestellte in seiner Holzfabrik im Dzanga-Sangha-Gebiet hatte: zirka 120 Bantu und im Urwaldcamp noch mal ungefähr 40 Tagelöhner, dazu Pygmäen, die fleißig ihr Zuhause wegrodeten. »Dir geht es doch genauso, oder?«

Er schüttete den Rest Champagner hinunter. Seinen geröteten Augen nach hatte er sicher schon einige Gläser Whisky intus. »Eigentlich wollte ich in Ruhe essen, Julia.« Mit einem Lachen entzog er sich feige einer Stellungnahme.

Aber vielleicht hätte ich auch diplomatischer sein sollen, denn es war sicher nicht klug, einen zukünftigen Premierminister so direkt anzugreifen.

»Also, meine Lieben, lasst uns jetzt zu Tisch gehen!«, lud Prospère großzügig ein.

Ich hatte das Gefühl, dass die Herren froh über einen Themenwechsel waren. Der Forstminister sprang als Erster auf und ging auf den gedeckten Tisch zu. Als er an mir vorbeikam, wollte ich aber doch noch eines wissen:

»Was wird denn aus dem alten Acajou-Baum, unserem Wahrzeichen am Lobaye-Fluss?«
Erstaunt blieb er stehen. »Acajou-Baum? Ich wusste gar nicht, dass es so etwas gibt!«
Empört klärte ich ihn auf: »Na, Sie kennen doch wohl den ältesten Baum in diesem Gebiet, über 250 Jahre alt und von vielen Blitzen stark beschädigt. Fachleute müssten ihn retten!«
Er winkte lapidar ab. »Hier müsste so vieles gerettet werden!«
»Ja, zum Beispiel der Regenwald!«
Prospère zog mich energisch zurück. »Julia, lass! Dieser Mensch kann nicht mal einen Acajou-Baum von einem Sapelli, Limba oder einem Sipo unterscheiden!« Mit eisigem Lächeln zischte er mir warnend zu: »Du hast sicher mehr Ahnung von der Natur dieses Landes und auch noch genügend Gelegenheit einzugreifen, wann und wo du kannst! Aber lass ihn jetzt in Ruhe, in deinem Interesse!«
Die offensichtliche Unfähigkeit eines Mannes auf einem so wichtigen Posten empörte mich zutiefst. Aber ich fügte mich, denn mir war klar, dass Prospère Recht hatte. Ich musste mich natürlich erst wieder an den afrikanischen Lebensstil gewöhnen und vor allem meine Ungeduld zügeln, sonst würde ich überhaupt nichts erreichen. Ich sah der kleinen einflussreichen Gruppe mit unguten Gefühlen nach, die gerade am Tisch Platz nahm. Jeder Einzelne würde für ein Butterbrot den letzten Krümel dieses einmaligen Landes verkaufen und sich auf seinem Eigentum in der Schweiz oder Liechtenstein zur Ruhe setzen. Traurig

und enttäuscht fiel mein Blick auf den Schmetterlingsfritzen, der immer noch in der Nähe war. Er grinste ein wenig hilflos und schüttelte den Kopf.

»*Maman,* das ist wirklich nicht wahr. Sie sind alle schon tot!«, beteuerte er eindringlich.

Ich winkte müde ab. »Hör zu, du würdest doch deine eigene Großmutter verkaufen und fest behaupten, es sei ihr eigener Wunsch«, und fügte noch leise hinzu: »Wie alle hier!«

Prospère rief dem Händler ein paar Brocken auf Sango zu, bevor er ihn fortscheuchte: *»Tènèngö mvene ayeke n`önì pèpè!«*.

Ich fragte mich, ob Prospère auch einen weißen Händler so barsch davongejagt hätte. Die meisten Weißen hier waren sich darin einig: Je dunkler die Haut, desto weniger Respekt brauchte man einem Menschen entgegenzubringen. Schwarze wurden im Allgemeinen geduzt, während diese die Weißen siezten. Dies waren die alltäglichen Umgangsformen, denen man sich kaum widersetzen konnte, auch ich nicht. Tahim fiel mir ein. Er ließ es nie an der nötigen Achtung fehlen, auch nicht gegenüber einfachen, armen Menschen. Wahrscheinlich hätte er dem Schmetterlingshändler einen Rat mit auf den Weg gegeben. Allerdings fühlte Tahim sich im Innersten vermutlich eher schwarz als weiß.

Verheißungsvolle Düfte aus der Küche lenkten meine Aufmerksamkeit auf Freddys berühmte Pasteten. Wahrscheinlich verwendete das Schlitzohr inzwischen auch Elefantenrüssel oder Gorillahände als Einlage, da ich ihm nicht mehr auf die Finger sah. Lange hatten Affeneintopf,

Kaimansteak, Schlangenrücken und Elefantenrüssel hier zu den traditionellen Gerichten gehört. Einmal hatte er eine hohe Terrine vor mich gestellt und mich gebeten, das Essen zu eröffnen. Es dauerte lange, bis ich ihm verzieh, was ich dann Grausames unter dem Deckel sah: Wie Kinderhände hatten zwei gekochte Affenpfoten aus einer dunklen Fleischmasse mit Gemüseeinlage geragt und sich an den Rand gekrallt.

Der surrende Ventilator über mir wehte eine frische Brise in die schwüle Atmosphäre, und mit ihr kam Marianne, attraktiv im rosafarbenen Minikleid, *très chic,* eine Gauloise lässig zwischen den schlanken Fingern. Diese nach Blüten duftende, multikulturell interessierte Freundin war für mich der Inbegriff einer warmherzigen und vielseitigen Frau. Schon lagen wir uns in den Armen.

»Wie konntest du dein Zuhause so lange im Stich lassen? Wenn ich zu Besuch in Europa bin, reichen mir zwei Wochen! Du hast Jahre gebraucht!«

Ich empfand diesen Vorwurf als ungerecht. Immerhin hätte ich es außerhalb der Partnerschaft mit Tahim kaum geschafft, allein als Frau inmitten der Unruhen sicher zu leben, und das sagte ich ihr auch.

»Du kannst dich doch nicht beschweren, du hast die einflussreichsten Männer als Freunde!«, hielt Marianne mir entgegen.

Aber das konnte ich nicht so recht gelten lassen. Auch sie hatten mir genug Enttäuschungen bereitet.

Während wir uns angeregt über die vergangene Zeit unterhielten, wurde mir immer wieder ein volles Cham-

pagnerglas gereicht. Allmählich spürte ich die Wirkung und beschwerte mich bei Prospère: »Touristinnen willenlos und betrunken machen, ja?«
Mir war zwar schwindlig, doch nahm ich mich zusammen. Ich wollte Gerüchten, die hier allzu schnell aufkamen und die Runde machten, keine Nahrung geben. Als Frau musste ich besonders vorsichtig sein. Und schon rief mir Freddy kess zu:
»Wo wohnst du denn jetzt, Julia?«
Auch die anderen Männer warteten gespannt auf meine Antwort. Die einmalige Lovestory von Julia und Tahim schien alle zu interessieren.
»Im Haus von Tahims Mutter«, antwortete ich leise. Meine Privatsache brauchten nicht gleich alle zu kennen. »Das ist ein kleines und sehr gemütliches altes Haus, aber leider zieht der Cousin wieder ein. Alles Weitere wird sich bald finden!«
Marianne bot mir flüsternd ein Gästeappartement an. Ich küsste sie dankbar auf die Wange.
»Vielleicht komme ich drauf zurück!« Im Stillen aber hoffte ich natürlich, dass mir Tahim eine Lösung in seiner Nähe anbieten würde, auch wenn mir mein seismografischer Bauch das Gegenteil sagte.
Prospère legte den Arm um meine Schultern und lud mich zum Essen ein, doch ich wollte jetzt lieber nach Hause in die kühle Stille des kleinen Salons und auch in die Nähe Tahims. Ich musste ja nicht gleich am Anfang meine Unabhängigkeit so offen demonstrieren. Zugleich hupte es, und ich war froh, mich schnell verabschieden zu können.

»Mallo holt mich ab, ich habe noch eine Besprechung! Vielen Dank für die Einladung.«
Ich blickte noch einmal über diese Gruppe unterschiedlicher und eigenwilliger Menschen, deren Schicksale so interessant waren, so afrikanisch! Wo in Europa saß schon das Abenteuer so dicht nebeneinander, in so unterschiedlichen Ausprägungen und Hautfarben?
Außerhalb der Bar herrschte das Grauen pur: Hitze, Öde und roter Sand, dessen feine scharfe Körnchen die Luft füllten, sich überall festsetzten und in den Augen brannten. Die Natur schien gestorben, kein Grün war zu sehen, keine Bewegung kündete von Leben, es herrschte eine Stimmung des Untergangs und der Seelenlosigkeit. Die sengende Glut zeigte mir die andere, tödliche Seite Afrikas, die man nie vergessen durfte.

Ein verdammt schwerer Anfang

Madame, ich habe ein schönes Haus gesehen, es liegt direkt am Anfang der Rue d'Industrie, neben dem Supermarkt des Patron!«, erklärte mir Mallo schwitzend, aber freudestrahlend im Wagen. Mit einem pitschnassen Taschentuch wischte er sich die vielen kleinen Schweißtropfen von Stirn und Nase und fuhr auch um den dicken Hals. Zu seinem Leidwesen hatte ich die Klimaanlage des Wagens ausgeschaltet. Ich fand die Kälte zusammen mit dem Staub der Straße und den vielen Insektenbeinen unerträglicher als einen frischen warmen Windzug durch die Fenster.

Ich musste lachen. »Ja, Mallo, fast jedes zweite Objekt gehört dem Patron! Könntest du bitte einen Termin mit dem Besitzer ausmachen? Und denk daran, es gibt ein schönes Geschenk für dich! Du kannst es auch schon im Voraus haben!« Ich knuffte ihn freundlich in den Arm, und als er mich erwartungsvoll ansah, erklärte ich ihm: »Also gut: Du bekommst einen echten deutschen Händedruck von mir, okay?«

Erstaunt sah er mich an, doch dann lachte er. »Madame, ich hatte schon Angst, Sie meinten es ernst. Bei Ihnen weiß man nie so recht.«
Lachend bogen wir in die Einfahrt zu Tahims derzeitigem Wohnhaus ein, das ich das »Bestioles-Haus« nannte. Schon öffnete sich das Gitter wie von schwarzen Geisterhänden gezogen und gab den Blick in den kleinen Park frei. Der alte Gärtner im zerlumpten Kittel tauchte auf. Sein Job bestand hauptsächlich darin, am frühen Morgen die vertrockneten Guaven einzusammeln und die verkümmerten Rosen zu schneiden, weil er sie nie goss. Ich hatte die Bäume damals angepflanzt, damit Jacko mithilfe der Blätter und Früchte seine Darmschwierigkeiten in den Griff bekäme. Aber der Gärtner war zu faul, den kurzen Wasserschlauch auszurollen, er schlief fast den ganzen Tag im Schatten der großen Ölpalme. So wurde der ehemals schöne Garten immer karger.
Der blaue Mercedes und Jackos alter grauer Peugeot standen bereits auf dem Kies, und leise knirschend parkten wir daneben. Die Hunde bellten aus dem Vorbau. Ich hatte veranlasst, dass sie tagsüber im geschützten Eingang blieben, damit die lästigen Tagesfliegen die Hundeohren nicht vollends auffressen konnten, denn sie waren bereits zu blutigen Stummeln angefressen.
»Bis später, Mallo!« Ich drückte ihm 500 CFA in die Hand, damit er sich seine heiß geliebten Erdnüsse kaufen konnte. *»Arachides pour toi!«*
»Merci, madame!«
»Hast du die Zahnpasta für die Hunde gekauft?«

»Oui, madame!« Er reichte sie mir, dann gab er die Münzen dem Gärtner und bestellte seine Erdnüsse. Auch er hatte also seinen Burschen, stellte ich grinsend fest.
Ich machte mich an die Arbeit, und da mich die Hunde umzingelt hatten, galt es, Ordnung in das haarige Durcheinander zu bringen. Das war leichter gesagt als getan. Als Erstes ergriff ich Rex und nahm ihn zwischen den Schenkeln in den Schwitzkasten. Natürlich hielt er nicht still, und so schmierte ich ihm die Paste nicht nur auf die angeknabberten Ohren, sondern auch auf Nase und Augen. Während Jenni versuchte meinen Rock auszuziehen und der süße freche Hassan meine Schuhbänder aufzerrte, schleckte Rex mit langer Zunge mein Gesicht ab, ebenso liebevoll wie energisch. Schließlich war die Paste gleichermaßen über mein T-Shirt wie über Ohren, Augen und Nasen verteilt, aber ich war zufrieden. So waren die Tiere vor den Fliegen geschützt, die Ohren wurden zugleich desinfiziert und konnten darunter heilen, bis die Paste hart wurde und abbröckelte.
»Albern seht ihr aus, mit den weißen Watscheln!«, verabschiedete ich mich von der komischen Bande.
Im »Bestioles-Haus« war es still und heiß, denn Jacko benutzte aus Kostengründen die Klimaanlage nur am Abend. Offenbar hielt man bereits Siesta. An dem runden Tisch in der Essecke waren die Stühle zurückgeschoben, und es befand sich nur noch ein Gedeck an meinem Platz, während zerknüllte Servietten, aufgeschraubte Tangui-Flaschen und Baguette-Krümel von bereits stattgefundenem Mittagessen zeugten. Diesen Anblick bot

der verlassene Tisch wohl jeden Mittag, ein verlässliches Ritual.
Leise holte ich mir einen gebratenen Hühnerschenkel und ein wenig Reis aus der Küche. Mit dem Salat war ich noch vorsichtig, bis sich mein Immunsystem an hiesige Bakterien gewöhnt hätte. Es schmeckte hervorragend, das frische Huhn über Holz gegrillt! Anschließend fand auch ich sekundenschnell den verdienten Mittagsschlaf, der mich wie eine sanfte Wolke einhüllte.
Später, nach der Siesta, ging ich die kurze Strecke zu Tahims Büro, um zu telefonieren. Ich musste endlich Klarheit haben, wann Herr Würstel aus Nürnberg kommen und das Startkapital bringen würde. In dem altmodischen Fax- und Schreibraum saßen die Mädels an ihren PCs und hatten dort Spiele laufen oder kicherten über eingehende Mails. Die ältere Matilda, verhärmt und mit hoher Stirn, suchte neugierig Schuhe aus einer Plastiktüte heraus. Eine Händlerin hatte sie gebracht und nannte ihren Preis.
Hier befanden sich durchweg schwarze Schönheiten mit wunderbar aufgetürmten Frisuren. Sie trugen Boubous, die meist mit Spitze oder Satin gesäumt waren. Ich liebte sie, diese selbstbewussten, gepflegten Frauen, die trotz ihrer Armut immer chic und freundlich waren.
Sie kreischten auf, als sie mich sahen, und begrüßten mich überschwänglich und zugleich respektvoll. Als wäre ich nie fort gewesen, wurde ich sofort in den Schuhdeal einbezogen. *»Baramô, Madame Julia. Vouz voulez aussi des chaussures? Très jolies!«*
Klar, ich wollte auch Schuhe haben und kniete mich

neben Matilda, die mir sofort begeistert ein Paar grüne Lackschuhe entgegenhielt. Es waren richtig schicke Schuhe, die ich so ausgefallen in München nie gefunden hätte. Sie passten auf Anhieb, und ich versprach, sie am nächsten Tag zu zahlen, denn ich hatte nie viel Geld dabei, wenn ich hier unterwegs war. Diebe gab es überall, und sie konnten schneller laufen als ich – jahrelanges Läufertraining!

»C'est très joli, madame!«

»Es ist für Sie ein Fax gekommen, ich hole es gleich!«

Das Fax stammte von dem Nürnberger: »Bin leider verhindert, versuche in 14 Tagen nach Bangui zu kommen. Gruß aus Deutschland.«

»Das ist ja unglaublich!«, entfuhr es mir. Was erlaubte sich diese miese Ratte. Ließ mich hier hängen mit dem bereits unterzeichneten WWF-Vertrag und einem Tahim, von dem ich bisher weniger als eine halbe Zusage hatte. Solange es keine Unterschrift gab, war sein Engagement als Mitteilhaber längst nicht gesichert.

Empört rief ich in Nürnberg an. Der Zeitunterschied betrug nur eine Stunde, und Würstel war sicher zu Hause. Tatsächlich erreichte ich ihn.

»Hallo, hier ist Julia. Ich habe gerade Ihr Fax gelesen und kann nicht glauben, dass Sie mich hier ohne Ihren versprochenen finanziellen Beitrag sitzen lassen!« Ich war so böse, dass ich sofort zur Sache kam.

»Das hat sich leider nicht anders machen lassen!«, hörte ich es dünn vom anderen Ende, während sich unsere letzten Sätze überlappten.

»… soll das denn heißen? Wer zahlt denn die Auslagen,

die hier mittlerweile entstehen?« Ich war so laut geworden, dass mich die Mädels erschrocken anstarrten.
»Es geht leider nicht anders, Julia. Aber ich komme in der nächsten Woche mit dem Geld!«
»Dann bringen Sie bitte auch Zeit mit, zur Vertragsunterzeichnung und Inventarabnahme in Bayanga, in den Lodges!«
Wieder überlappte das Echo, sodass ich nur den Schluss von seinem Satz hörte: »… schaffen Sie schon, fangen Sie einfach schon mal an!«
»Na klar schaffe ich das, darum geht es doch gar nicht. Es war verdammt noch mal nicht einfach, Monsieur Sadar in dieses Geschäft zu bringen, und da Sie jetzt gemeinsame Aktionäre sind, müssen Sie das notariell mit ihm festlegen. Das muss bald stattfinden, sonst springt Monsieur Sadar ab. Er ist sowieso nicht begeistert, in die Tourismusbranche einzusteigen!«
Ich war wütend, dass sich dieses Würstchen offenbar aus der Affäre ziehen wollte, und malte mir aus, was passieren würde, wenn auch Tahim sich aus dem Geschäft zurückzöge. Seine halbe Zusage hatte er doch ohnehin nur wegen seines schlechten Gewissens gegeben, weil er damals das Urwaldgebiet der Pygmäen gekauft hatte. Mit dieser Aktion hatte er mich übertölpelt und wusste nur zu gut, dass er deswegen etwas gutzumachen hatte und dies mit seiner Beteiligung am Naturschutz möglich wäre. Aber natürlich durfte der Bogen nicht überspannt werden, Tahim würde dann schnell abspringen.
»… kümmere mich drum!«, hörte ich von weit weg.

»Wann genau?«, wollte ich wissen.
»Ich schicke Ihnen morgen ein Fax mit den Daten«, lautete die lapidare Antwort aus Nürnberg.
Verärgert knallte ich den Hörer auf. Irgendetwas stimmte da nicht, das spürte ich ganz klar. Herr Würstel wollte abspringen, das war es! Mir wurde siedend heiß bei der Vorstellung. Alles traute ich mir zu, aber zu Geld kommen, ohne Leute anpumpen zu müssen, das konnte ich nicht. Und betteln war mir ein Graus. Andererseits hing meine Zukunft davon ab, und was sollte ich tun, wenn Tahim das Projekt allein nicht unterstützen würde? Mir wurde ganz schlecht bei dem Gedanken.
»Alles in Ordnung, Madame?«, erkundigte sich Matilda einfühlsam. »Kann ich Ihnen helfen?«
Ich schüttelte wortlos den Kopf und verließ das Zimmer, aber sie folgte mir durch die Tür und sagte: »Es heißt, dass Sie ein großes Büro eröffnen. Meine Schwester kann alle Sekretariatsarbeiten erledigen und spricht auch Englisch. Vielleicht denken Sie an mich, wir sind eine große Familie, und der Mann meiner Schwester ist gerade gestorben. Sie hat fünf Kinder!«
»Gut, Matilda, sie soll ihre Papiere zusammenstellen, und dann sehn wir mal.«
Eilig verließ ich das Büro und bog in die Straße zu unserem Haus ein. Ich wollte allein sein. Jetzt durfte ich nichts falsch machen. Ein Fehler könnte fatale Folgen haben.
Vor dem Büroeingang stand eine kleine Gruppe Schwarzer und handelte lautstark Preise bei der Fischfrau aus. Unermüdlich wendete sie die Fische in der prallen Sonne

hin und her, um zu zeigen, wie frisch sie waren. Sie kamen direkt aus dem angrenzenden Oubangi. Energisch schüttelte sie den Kopf, als ihr 2000 CFA für einen kleinen Fisch geboten wurden. Es handelte sich um einen »Capitaine«, den schmackhaftesten Fisch weit und breit, vergleichbar mit einem Wolfsbarsch. *»Gä na nginza nî!«*, forderte sie energisch.

Es war Mallo, der geboten hatte und nun Mitleid erregend zu mir herübersah. »Kein Glück, Madame, so schöne Fische, aber ich habe kein Geld!«

Ich erwiderte noch trauriger: »Mallo, das Leben ist manchmal grausam und verdammt hart!«

Er brach in prustendes Gelächter aus, und wieder wurde mir bewusst, wie liebenswert die Mentalität der Menschen hier war. Sie wurden nie richtig böse, wenn man etwas ablehnte. Immer reagierten sie mit Humor und einer fröhlichen Leichtigkeit, die trotz Armut und Elend die Oberhand behielten. Im Weitergehen nahm ich mir vor, mir ein Beispiel an dieser Haltung zu nehmen und mich nicht so schnell unterkriegen zu lassen.

Bevor ich in mein kleines Haus zurückkehrte, warf ich einen Blick in den »Bestioles«-Salon. In meinem Hinterkopf hatte ich ständig Gedanken an Tahim. War er gerade zu Hause? Hatte er nicht doch vielleicht seine große Liebe zu mir wiederentdeckt und wartete mit geöffneten Armen auf mich? Ich stellte mir vor, wie er mir leise zuflüsterte: *»Julia, brosse-moi le dos.«* Aber da war niemand, der mich bat, ihm den Rücken zu kraulen. Nur der Wind flüsterte von der Sehnsucht, sonst war alles still.

Plötzlich vernahm ich aus der Richtung meines Hauseingangs ein mehrkehliges, drohendes Knurren. Im Näherkommen entdeckte ich die Hundebande dicht an der Mauer, wohin sie ein Opfer gedrängt hatte. Dunkel hob sich von der weiß gekälkten Hauswand ein starrer Körper ab, und am Boden lag ein umgestürztes altmodisches Herrenfahrrad.

»Rex, aus!«, rief ich streng und erntete den ungläubigen Blick des Hundes. *Das meinst du doch wohl nicht ernst!* Gleichzeitig signalisierte er mir, ich solle doch mitspielen, tolle Beute … Er sah, wie die anderen drei Hunde auch, zu komisch aus mit seiner drohenden Körperhaltung und den weißen, spitz abstehenden Zahnpasta-Ohren. Fast hätte ich laut gelacht, wenn mich nicht der tödlich erschrockene Blick des Menschen an der Wand getroffen hätte. Bewegungslos stand er an die Mauer gepresst, hatte die Hände in den Putz gekrallt und wagte nur, die Augen zu bewegen. Da erkannte ich ihn.

»Charles?«, fragte ich. Nochmals rief ich die Hunde zurück, die zwar aufhörten zu knurren, aber keinen Millimeter zurückwichen. Was ja auch gut war, sie beschützten schließlich Haus und Hof und eben auch mich. Der Sentinel kam herbei und holte die Hundemeute. Charles entspannte sich. Er sprach fließend Deutsch und war vor vielen Jahren mein Französischlehrer gewesen. Erfreut reichte ich ihm die Hand.

»Bonjour, Charles, quelle surprise! Es tut mir Leid. Sind Sie schon lange hier?«

Er schüttelte sich, als erwachte er aus einem schlechten

Traum. »Ja, ungefähr 40 Minuten!«, antwortetet er. »Davon 37 Minuten platt an der Hauswand!«, fügte mit deutscher Präzision und leisem Vorwurf hinzu.
Ich klopfte ihm beruhigend auf die Schultern. Ich freute mich, ihn wiederzusehen. Charles war in meiner Erinnerung ein freundlicher Mann mit Manieren, die sehr viel besser waren als meine. Kurz tauschten wir unsere Neuigkeiten aus, er gab mir seine Adresse und ich versprach, ihn zu besuchen, sobald ich meine eigene hätte.
Später aß ich mit den vier »Bestioles« zu Abend. Auch wenn die Männer eher von der ungehobelten Sorte waren, fühlte ich mich in dieser Runde wohl. Schwierig war für mich jedoch, dass Tahim mich offensichtlich ignorierte. Ich sprach ihn direkt an.
»Tahim, ich habe heute mit Herrn Würstel telefoniert und erfahren, dass er nächste Woche zur Vertragsunterzeichnung kommt. Vorher möchte ich nach Bayanga fahren, die Lodge inspizieren und alles durchsprechen. Ich habe eine Vorlage dabei, die ich dir gerne zeigen möchte. Wäre es dir morgen früh recht?«
Schweigen.
»Tahim«, hakte ich noch mal leise nach, »ich möchte nichts ohne dein Einverständnis machen. Übermorgen würde ich dann fahren. Morgen kümmere ich mich noch um ein Haus. Ist das okay?« Ich war es nicht mehr gewohnt nachzufragen, bevor ich etwas unternahm, und kam mir albern vor.
Tahim nickte, wobei er meinen Blick vermied.
»Weißt du, wo ich mir einen Wagen für die Fahrt leihen

kann? Ich werde sicherlich ein paar Tage wegbleiben. Die Strecke dorthin ist mühsam und dauert über zehn Stunden.« Insgeheim hoffte ich, er würde mir einen Wagen samt Mallo als Fahrer anbieten, und sah ihn erwartungsvoll an.

»Am besten, du fragst Laurence!« Mit diesen Worten stand Tahim auf, wählte sorgfältig aus einer alten Holzschachtel eine fette Zigarre aus und biss ihr in den braunen Hintern.

Auf einmal wurde mir der Zwiespalt bewusst, in dem ich mich befand. Ich musste schnellstens eine Linie für mich finden: entweder in geschäftlichen Dingen von ihm völlig unabhängig werden oder ihn über alles informieren und ihn auch an Entscheidungen teilhaben lassen. Letzteres wäre sicher die bessere Lösung. Aber da er so verschlossen blieb, hatte ich keine Ahnung, was in ihm vorging. Spürte er denn gar nichts, dieser Idiot?

Maison Kakerlake

Am nächsten Morgen fuhr mich Mallo zu dem Haus, das er für mich gefunden hatte. Ein Blick genügte mir: Dieses Haus und kein anderes musste es sein. Das war so klar, wie das Haus eigenwillig war. Wir gehörten einfach zusammen. Mallo strahlte, als er mein glückliches Gesicht sah. Durch ein großes schwarzes schmiedeeisernes Tor in einer hohen weißen Mauer konnte man einen Blick auf das schmale Haus werfen, das von einer Terrasse aus dicken Felsstücken umgeben war, auf der wilder Farn wucherte.

»Sehr gut, Mallo, das ist ein schönes Haus und liegt ganz zentral zwischen all meinen Freunden.« Ich war begeistert.

Der Besitzer, ein dicker Libanese von nebenan, kam und schloss auf. »Madame, Sie haben gut gewählt, das Haus liegt in der Stadtmitte und ist trotzdem sicher. Oberhalb der Straße ist ein Militärstützpunkt«, erklärte er und trat durch das Tor.

Wir standen in einem kahlen Park, der mit Schotter zugeschüttet war. Doch gab es drei wunderschöne alte Limba-Bäume, die normalerweise im Regen- oder Sekundärwald zu finden waren und nicht im Innenhof eines Stadthauses. Ich nahm sie als ein persönliches Geschenk des großen Manitu an mich, als ein Zeichen, dass ich angekommen, endlich zu Hause war. Die Bäume ragten mindestens 50 Meter in die Höhe, wo sie in einer ausladenden Laubkrone gipfelten. Sie waren wohl die letzten Zeugen des dichten Waldbestandes, der sich vor nicht mal 20 Jahren bis hierher erstreckt hatte. Ein trauriges, seltenes Relikt, das bezeichnenderweise ausgerechnet in meinem Garten wuchs. Bald würden die Bäume blühen, und ich hätte unzählige filigrane gelbe Blüten vor den Fenstern. Das versöhnte mich mit der betonierten, riesigen Auffahrt, die nichts Anheimelndes hatte. In meiner Fantasie jedoch hatte ich alles schon bepflanzt, und mein Herz klopfte. Es würde ein schöner Eingang für Freunde, Gäste und Touristen werden.

Über eine lange Eingangsterrasse und durch die dick vergitterte Eingangstür gelangten wir ins Haus und befanden uns in einem wunderbaren, überraschend kühlen Salon mit altmodischen Fensterglasspalten, die man gleichmäßig schließen oder so kippen konnte, dass eine frische Brise hereinzog. Alle Fenster waren mit Eisenranken vergittert und mit Moskitonetzen verkleidet. Eine weiß gekachelte kleine Küche schloss sich an den Salon an.

»Ouuu! Les cafards!«

Heerscharen von Kakerlaken suchten blitzartig das Weite, als ich die schiefen, mit langen Nägeln zusammengehaltenen Einbauschränke öffnete. Auch unter den Dielen der Holzdecke raschelte es unaufhörlich.

»Das wird sich schnell legen, wenn das Haus wieder bewohnt ist!«, beruhigte mich der Libanese. »Bei uns nebenan gibt es keine einzige Schabe mehr!«

Durch ein klappriges Türchen gelangte man von dort direkt in den hinteren Teil des kleinen Parks. Hell und freundlich war es hier.

»Die Außentür zur Küche muss verstärkt werden, und sie braucht auch ein solideres Schloss. So kann jederzeit eingebrochen werden!«, gab ich zu bedenken.

»Kein Problem, Madame!«

Eine schmale Wendeltreppe führte uns in den ersten Stock hinauf, in dem sich noch drei kleine Zimmer und ein großes lindgrün gekacheltes Bad befanden. Wunderbar, in Gedanken richtete ich bereits das Schlafzimmer ein, daneben das Büro. Dieser Raum hatte große und über Eck angeordnete Fenster, sodass ich die gesamte Kreuzung bis hinunter zum *Relais de la Chasse* überblicken konnte. Genauso ließ sich von hier aus die Bäckerei gegenüber sowie das Tor unten überwachen. Zum Haus jedoch, nach oben, war die Einsicht von Limba-Zweigen verdeckt.

Das dritte Zimmer würde ein Gästezimmer werden. Es ging nach hinten auf den Park, wo ich hinter der Mauer in eine afrikanische Disco mit einem angrenzenden heruntergekommenen Barackenanbau sah. Dort machte sich gerade eine vielköpfige Familie mit Essenszubereitungen zu schaffen. Zwei schiefe Stühle wurden aus dem Haus getragen, offensichtlich erwartete man einen hohen Gast.

Weiter links lag der gewaltige Supermarkt »Bamag«, der Tahim gehörte, und ich sah auch den Parkplatz, wo man an den Autos erkannte, wer hier gerade einkaufte. Ich lächelte und war hoch zufrieden mit dieser vielschichtigen und interessanten Umgebung.

»Madame, wir werden natürlich alles herrichten, und wenn Sie noch etwas entdecken: Wir wohnen direkt nebenan! *Pas de problème!*«

»Kein Problem« schien der libanesische Lieblingssatz zu sein. Doch war der Hausbesitzer freundlich und machte einen zuverlässigen Eindruck. Wie die meisten Libanesen hier sah er nach viel Arbeit aus und nach reichlichem, fettem Essen. Sie lebten in ihrer kleinen Enklave, die nicht viel Abwechslung bot und in der die Frauen ihre Männer unaufhörlich bekochten und umsorgten.

Ich stimmte Monsieur Bitar zu, dass hier noch viel Arbeit zu erledigen wäre, und vor allem drängte ich darauf, dass alles zügig erledigt würde. Wir einigten uns darauf, dass er sofort beginnen würde, den Schotter abzufahren, anzustreichen und alle Schlösser auszutauschen. Die Miete fand er billig und ich erstaunlich teuer für afrikanische Verhältnisse. Sie war genau so hoch wie für ein kleines Haus in Deutschland. Später erfuhr ich, dass sie für Bangui ganz normal war. Wir einigten uns schließlich auf umgerechnet 550 Euro, und ich sollte in acht Tagen einziehen können.

Im Auto trommelte ich mir vor Freude auf die Schenkel. »Ist das nicht toll, Mallo. Im nächsten Monat schon sitze ich in meinem eigenen Haus, und dann gebe ich ein großes Fest! Bis dahin muss alles grün sein! Und hier ist deine Belohnung. Schau mich also nie wieder leidend an, wenn dir frischer Fisch begegnet. Okay?«

Er strahlte, als er mir vorsichtig die vielen Scheine aus der Hand nahm. »Jetzt kann ich mir endlich Ziegelsteine kaufen, um mein Haus fertig zu bauen!« Mallo nickte zufrieden.

»Keine anderen Frauen, Mallo!«, drohte ich ihm scherzhaft.

»Aber, Madame, Céline würde mir an die Gurgel gehen, wenn sie etwas herausbekäme!« Er schüttelte heftig den Kopf, während er langsam an dem Gelände vorbeifuhr, sodass ich noch einmal auf die Hausspitze sehen konnte. Das Dach war aus verteertem Blech, und ich fragte mich, ob es nicht wahnsinnig heiß werden würde, keinesfalls wollte ich eine Klimaanlage in jedem Zimmer einbauen. Ich hoffte, dass die Fenster mit den altmodischen Kippscheiben ihren Zweck erfüllen würden.

Ich war so glücklich wie schon lange nicht mehr und spürte jetzt erst, wie sehr mich die Frage nach meiner dauerhaften Unterkunft bedrückt hatte. Nachdem ich herausgefunden hatte, dass das kleine Haus, in dem ich vorübergehend wohnte, bereits in der nächsten Woche anderweitig verplant war und ich dann ausgezogen sein müsste, war ich ganz schön nervös geworden. Aber so passte ja alles wunderbar zusammen.

Der Zauber des Limbali-Baumes

Weißt du, was wir jetzt machen? Du setzt mich in der Gärtnerei hinter dem Friedhof ab, und während ich Blumen aussuche, fährst du auf den Muslimenmarkt und bestellst große Tontöpfe. Die Frauen sollen sie so groß töpfern, dass mindestens zwei Kinder darin Platz haben. Ich brauche davon fünf Stück. Sie sollen alles in fünf Tagen ins Haus bringen! Meine Limba-Bäume sollen es schön haben. Und dann suchst du mir noch einen guten Sentinel, der auch Gärtner ist!« Ich war voller Tatendrang und Mallo strahlte.

»Sie haben sich nicht verändert, Madame, alles wollen Sie auf einmal machen. Aber das ist gut!«, sagte er lachend.

Ein Punkt musste allerdings geklärt werden, denn ich ahnte, was sonst auf mich zukäme. »Das ist bereits alles im Preis inbegriffen! Dass du nicht täglich auf neue Gedanken kommst, lieber Freund!« Dabei deutete ich auf die pralle Hosentasche mit den Scheinen.

Er grinste und schüttelte entrüstet den Kopf, während ich ihm erklärte:

»Weißt du, es ist nicht der Patron, der jetzt von seinem vielen Geld bezahlt. Er wollte das Geschäft mit dem Tourismus nicht allein übernehmen, und deshalb bin ich mit meinem Geld eingestiegen. Sonst hätte ich nicht zurückkommen können. Hier muss ich ganz allein zahlen. Verstehst du?«

»Oui, madame«, antwortete er todernst. »Das ist eine gute Sache, und alle werden stolz auf Sie sein!«

»Ja, ich muss aber auch sehr viel dafür tun.«

Ich brauchte natürlich Geld für die Miete, drei Monate Kaution, Möbel, Telefon und, ach Gott, so vieles, wofür ich kein Geld hatte. Ich versuchte die Sorgen zu verdrängen, während Mallo mit mir durch die Stadt fuhr, am trägen Oubangui vorbei, dessen Fluten zäh die kleinen Felsen umspülten. Man konnte auf der anderen Seite Zaire sehen und die Pirogen, die Waren herüberbrachten. Weiter ging es am großen Sofitel-Hotel vorbei, auf dessen Terrasse am Fluss immer reichlich Cocktails kursierten und das Leben pulsierte. Wir ließen das alte, marode Gefängnis hinter uns, dann die Kaserne, und nun kam ein schmaler, fast zugewachsener Weg, der direkt zum Friedhof führte.

Plötzlich hörten wir traurigen Gesang und sahen vor uns eine singende Trauergemeinde, eingepfercht mit einem schwankenden Sarg auf einem mit Palmblättern geschmückten Pickup. Im Schritttempo fuhren wir hinterher. Ich dachte daran, dass ich in meiner Kultur glücklicherweise an andere Trauerriten gebunden war. Die hiesige Bantu- und Banda-Bevölkerung musste bei einem

Todesfall in der Familie drei Tage lang ununterbrochen und bei jedem Wetter am Friedhof trauern. Im Kreise von Angehörigen und Freunden nahm man mit langen Gesängen und lautem Wehklagen Abschied von den Toten.
Endlich bog der klapprige, bedenklich schaukelnde Wagen ab, und wir konnten passieren. Unser Weg führte uns an einer ehemaligen Zuchtstation für Fische vorbei. Es handelte sich um ein GTZ-Projekt, das, wie die meisten anderen auch, nicht weitergeführt wurde. Die europäischen Geldgeber hatten nichts aus der Geschichte gelernt und waren der Meinung, dass die Afrikaner sich nach Projektende selbst verwalten sollten. Doch neben der passiven Mentalität vieler Afrikaner war auch das Klima ein wichtiger Faktor: Wozu sollte man arbeiten, wenn jedes Korn, das man in den Boden steckte, Früchte trug und die Familie ernährte? So war auch die Zuchtstation aufgegeben worden und heruntergekommen, die Teiche waren mit Unkraut zugewachsen, und natürlich: null Fische!
Wir erreichten endlich die Baumschule, die wie in einer zugewachsenen, verzauberten Oase hinter einem uralten Mimosenbaum und einem Yzopo lag. Dessen massiger, grauer Leib war voller weißer Flecken und an den wirr hängenden Ästen hatten sich Hunderte von lilafarbenen Blüten weit geöffnet. Ich kannte nur den Bantu-Namen dieses Baumes, von den Künstlern im Marktviertel, die sein fast schwarzes Holz zum Maskenschnitzen schätzten. Ich konnte mich nicht satt sehen an der wunderschönen, stillen Erhabenheit des Ortes. Es sang, schwirrte, zwitscherte, leuchtete, stieg und fiel, duftete und surrte in solch

paradiesischer Eintracht, dass ich selbst am liebsten hier Wurzeln geschlagen hätte.
Mallo holte mich aus meinen Träumen: »Das sind ganz alte Bäume, und der Gärtner ist sehr stolz. Er sagt, dass er sie oft gegen Leute aus dem Dorf verteidigen muss, wenn sie auf der Suche nach Brennholz sind.«
»Ach, das wäre furchtbar, wenn hier herumgeholzt würde! Es ist so wunderschön!«
Meine Blicke fielen auf weitere alte Bäume, die wie Selbstunterhalter in eigener Landschaft wirkten. Sie waren unterschiedlich bewachsen, von bärtigen Lianen, Hirschgeweihschmarotzern und anderen Schlingpflanzen, die mit kleinen gelben Blüten von hoch oben bis zur Erde hinabrankten. Diese Schönheit wurde von rosa blühenden Mimosen und einem Limbali-Baum mit seinen großen, rot glühenden Blüten zu einer einzigartigen Schöpfung abgerundet. Eigentlich blühte der Limbali etwas zu früh, aber vielleicht hatte die kleine Regenzeit diesmal nicht so lange gedauert. Leider war sein Holz für Außenkonstruktionen sehr begehrt, weil es besonders schwer und hart war. Die länglichen Blätter waren sichtlich zerfressen, was ich auch schon im Urwald gesehen hatte; anscheinend waren sie ein Leckerbissen für diverse Raupen oder anderes Kriechgetier. Eine süßliche, wunderbar würzige Wolke wehte an mir vorbei und zauberte mich vollends in das geliebte okkulte Afrika.
Eine solche Oase wünschte ich mir auch für meinen Garten. Dieser magische Ort zog mich ganz in seinen Bann. Vielleicht hatte man den Friedhof in seine Nähe verlegt,

damit die Seelen Frieden fänden. Meine jedenfalls fand gerade ihren Frieden. Mein Herz wurde mir weit, als ich auf den knorrigen Wurzeln stand. Wie in Trance schmiegte ich Arme und Hände fest um die Borke des Baumes und drückte meinen Körper an den Stamm. Warme Kräfte strömten mir in sanften Stößen durch die Glieder und richteten mich auf. Gedankenlos versank ich in abwechselnden moosig-schwülen und wasserfrischen Schwaden, die ich in mich aufsog, bis mir schwindlig wurde. Über mir erblickte ich Vögel, deren Federkleider von blassem Rosa zu Rot und dunklem Violett wechselten; Blätter verwandelten sich in Wolken und schwebten fort, Äste streichelten mich mit weichen Händen, während aus dem Bach der Gesang des Waldes erklang.

»Madame, ich fahre jetzt in die Stadt zurück, und Sie können in Ruhe Pflanzen aussuchen!«, holte mich Mallos Stimme vom Auto her in die Wirklichkeit zurück.

»Bon, aber vergiss nicht, mich wieder abzuholen!« Eine solche Ermahnung war durchaus angebracht und ich sah Mallo mit festem Blick an, bis er mit verschämtem Grinsen losfuhr.

Auch ich verließ meinen Gral und folgte einem alten hutzeligen Mann in die für hiesige Verhältnisse gepflegte und, wie mir schien, sehr fachmännisch angelegte Baumschule. Stolz führte mich der Gärtner herum, und gemeinsam gruben wir aus, was mein Herz erfreute: mannshohe Weihnachtssternbüsche, mannigfache Arten von Jasmin, Strelizien, lila blühende Büsche, rote Strahlenblüher und hartleibige blutrote Helikonyen. Die hohen Papageienschnäbel wollte ich für meine Einfahrt und die bunten Blütenbüsche zur Eingrenzung. Für meine okkulte Stätte bekam ich vom Gärtner einen klitzekleinen Limbali-Ableger, den er mir lächelnd in die Hand drückte. Mit diesen traumhaften exotischen Gewächsen würde mein Garten prachtvoll werden.

Später lagerten wir die Pflanzen in einem gekachelten großen Becken hinter »meinem« Haus. Mallo hatte mir einen Gärtner mitgebracht.
»Der Sentinel, der bisher bei Ihnen gewacht hat, möchte unbedingt weiterhin bei Ihnen bleiben, aber er muss erst den Patron fragen. Hier ist Muhamat, ein Bruder vom alten Alfonso. Der lässt Sie ganz herzlich grüßen und kommt morgen vorbei!« Damit schubste er einen schwarzen Jüngling vor mich hin, der sich wie zum Schutz die Arme vor die Brust legte.
Tahim hatte mir damals Alfonso zur Seite gestellt, als Wächter und Hilfe, als »Boy«, wie man hier sagte. Ich mochte ihn wahnsinnig gern, die Trennung von ihm war mir damals, als ich wieder nach Deutschland zurückging, sehr schwer gefallen. Am liebsten hätte ich ihn mitgenommen.
Alfonso hatte viel Humor und weihte mich in die afrikanischen Lebens- und Denkweisen ein. Er erklärte mir die Reaktionen der Menschen, wenn ich sie nicht verstand. Dass ich schwarze Angestellte etwa duzen sollte, meinerseits aber gesiezt und mit »Madame« angesprochen wurde, hatte mich anfangs irritiert.

»Wir fühlen uns dann ein bisschen als Familie!«, hatte er erklärt und dass er sich als so was wie ein Großvater mir gegenüber betrachte. Aber umgekehrt würden die schwarzen »Opas« den Respekt verlieren, wenn sie Madame auch duzten. Mit der Zeit hatte ich mich diesen Umgangsformen angepasst, wenn ich auch immer noch gelegentlich ein komisches Gefühl dabei hatte.

»Mallo, kannst du dich noch an die hilfreichen und wunderbaren Ratschläge von Alfonso erinnern?«

Mallo grinste. »›Gott wird alles richten.‹ … Hieß es nicht so, als der große Rohrbruch in der Waschküche war und er hilflos daneben stand?«

»Ja, und … ›Es hat alles seinen Sinn.‹ … Das war, als meine ersten eigenen Hühner gestohlen wurden und sein Cousin in Windeseile mit einem großen Karton davonrannte. Weißt du noch?«

Mallo nickte heftig, und beide prusteten wir los vor Lachen. »Und wie er ständig aus dem Hundenapf Essen klaute, bis ich endlich begriff, dass er mittags Hunger hatte!« Mir liefen die Tränen die Wangen herunter, und als ich in Muhamats große fragende Augen sah, schüttelte es mich noch mal. *»Ton frère était très marrant.«*

Groß, jung und freundlich, gefiel mir Muhamat gut, dieser »kleine Bruder« von Alfonso mit seinen sparsamen Bewegungen. Auch er flößte mir Vertrauen ein. Er hatte einen interessierten Ausdruck und sah mir in die Augen, ohne dabei frech zu wirken. Eine gute Mischung. Außerdem war er Muslim, was im Allgemeinen eine Garantie für Ehrlichkeit war, und er sprach ein wenig Französisch.

Ich beauftragte ihn, morgens und abends herzukommen, um die Pflanzen zu gießen, und nach drei Tagen die Blumentöpfe vom Markt zu holen, wenn der Ton fest geworden wäre. Dann gab ich ihm noch einen Plan, in den ich den Standort jeder einzelnen Pflanze eingezeichnet hatte.
»Kannst du alles so einpflanzen, wie es auf dem Plan steht? Schaffst du das bis Sonntag? Ich komme dann und hoffe, dass alles vorbereitet ist. Okay?«
Er nahm das Blatt und drehte es in den Fingern, dann nickte er vorsichtig und schielte zu Mallo. *»D'accord, madame!«*
»Bon! Und wenn du das gut gemacht hast, kannst du nächsten Monat bei mir anfangen. Pass bloß auf die Pflanzen auf, dass mir kein einziger Zweig kaputtgeht. Es sind 221 Zweige, ich habe sie alle gezählt!«
Er warf mir einen ungläubigen Blick zu. Meine mit Erde verkrusteten Arme, die schmutzigen Knie und die kleinen Blätter, die sich an meinem T-Shirt verhakt hatten, überzeugten ihn wohl davon, dass bei Weißen alles möglich wäre, und er nickte knapp und ernst. Ich hatte Mühe, mein Lachen zu verkneifen, aber wenn wir zusammenblieben, hätte er noch genügend Zeit, sich an meinen Humor zu gewöhnen.

Ein magisches Ritual

Vergnügt fuhren wir zurück. Als mich Mallo am »Bestioles-Haus« absetzte, war es fast zu spät zum Abendessen. Eilig zog ich mir die Sachen vom Leib, sprang ins Bad, drehte die Dusche voll auf und seifte zugleich Haare und Körper ein. Eine Wohltat ... bis zu dem Moment, als das Wasser versiegte und die letzten Tropfen rötlich an mir herabsickerten, wie ich mit brennender Seife im Auge sah. *Merde!* Wieder mal hatte ich vergessen, das abgestandene Wasser zuerst ablaufen zu lassen, aber wieso gab es jetzt gar keines mehr?

»Sentinel!«, schrie ich durch das kleine Fenster und versuchte mir den Schaum aus dem Gesicht zu wischen. *»Ehhh! Sentinel!«*, brüllte ich noch mal, da sich nichts rührte und ich in solchen Fällen von Abhängigkeit äußerst ungeduldig wurde, besonders mit brennender Seife in den Augen.

»Oui, madame?«, klang es mit tiefer Stimme unter dem Fenster zurück.

»Was ist mit dem Wasser? Es läuft nicht!«

»Ja, es ist seit Mittag gesperrt«, klang es freudig herauf.

»Merde alors! Ich brauche zwei Eimer Wasser. Beeil dich. Und wenn das wieder vorkommt, dann stell mir das nächste Mal Wasser vor die Tür. Los! Beeil dich!«

»Oui, madame, tout de suite!«

Halb blind versuchte ich das Waschbecken in der Küche zu erreichen und tastete mich nackt über Fliesen und an Türrahmen entlang. Tatsächlich kam aus dem Küchenhahn noch ein bisschen Wasser heraus, sodass ich wenigstens mein Gesicht abspülen konnte.

Als ich endlich gesäubert, luftgetrocknet und ohne Unterwäsche in ein kühles Kleid gewickelt war, legte ich auf dem Büfett in meinem Salon mein Mitbringsel zurecht. Für Tahim hatte ich einen kornblumenblauen Seidenhausmantel gewählt, von dem ich sicher war, dass er sich bildschön dem heiß geliebten Körper anschmiegen würde. Sorgsam bereitete ich meine geplante Zeremonie vor und rieb Ngonga an der dicken Nase. »Ngonga, jetzt mal los, gemeinsam werden wir ihn verzaubern!«

In einem kleinen Drahtgrill entzündete ich Holzstückchen und geraffelte, herb duftende Hölzer vom Muslimenmarkt, stellte Ngonga daneben und fächelte den aufkommenden Qualm hoch, bis er in dünnen Fäden geheimnisvoll duftend durch den Salon zog. Dann hielt ich den seidenen Morgenmantel darüber, wedelte ihn langsam hin und her und schickte all meine Gedanken in den glücksbringenden Rauch.

»Beschütze ihn und schick ihm meine Träume. Setz dich in seine Gedanken, umhülle sie mit Sehnsucht und zeige ihnen den Weg zu mir, jetzt oder irgendwann …« Mit

geschlossenen Augen ließ ich meinen Wünschen freien Lauf.
Schließlich raffte ich mein langes Kleid ein wenig hoch und stellte mich, wie ich es vor langer Zeit bei einer Schamanin gelernt hatte, breitbeinig in den Qualm, direkt über das leise flackernde Feuer aus Hölzern und Wurzeln. Dann ließ ich vorsichtig den Stoff wieder hinunter auf den Boden gleiten. So war der Rauch gefangen, drang in alle meine Poren und zog durch die Vagina in meinen Leib bis in meine Seele.
»Mach, dass er sich nach mir verzehrt, dass er nie den Duft vergisst, ihn sucht und findet, jetzt oder irgendwann …«, schloss ich inbrünstig mein Ritual und drückte Ngonga fest an mich, während ich mich über dem grünbräunlichen Dunst hin und her wiegte.
»Madaaaaame?«, hörte ich plötzlich Billebas höfliche Stimme hinter der Tür. »Es ist serviert!«
»Ja, Billeba, ich komme sofort.« Eilig stellte ich den fast erloschenen Grill in den Schrank, sodass dort der Zauber auch in anderen Kleidern wirken konnte – wenn er wollte. Dann holte ich schnell die restlichen Geschenke aus der Truhe und lief zum Haus der »Bestioles«. Die vier Männer saßen am Tisch und hatten bereits mit der Mahlzeit begonnen. Sie wirkten entspannt und vertraut miteinander. Zumindest genierten sie sich nicht, ihre Launen voreinander zu zeigen.
Serge mäkelte herum, dass die Soße keinen Käse enthielt. »Dabei habe ich Billeba so oft gesagt, dass er Käse kaufen soll. Billeba, das nächste Mal, wenn du ihn wieder

vergisst, holst du welchen aus dem Restaurant!« Damit schickte er einen finsteren Blick in die Runde und lauerte darauf, dass jemand widerspräche. Offenbar war er in streitbarer Stimmung.

Ich hatte natürlich große Lust, dieses Ekel zurechtzuweisen, aber von meiner Seite wäre das unangemessen gewesen. Wenn es seine Freunde nicht taten, dann musste ich es wohl oder übel dabei belassen. Dabei erkannte ich deutlich an Tahims und Jackos Gesichtern, dass sie das Gemecker ebenfalls überflüssig fanden. Tahim hatte eine steile Falte zwischen den buschigen Augenbrauen und schaufelte schweigend und noch schneller als sonst die käsefreie Soße mit den Kartoffeln in sich hinein, während Jacko unwillig am Tischtuch herumzupfte.

Ich breitete meine Geschenke auf dem Couchtisch aus und setzte mich neben Tahim. Meine verführerische Wolke holte mich ein und hüllte die Runde in sinnliche Düfte. Die Nasen der Männer wurden breiter, als hätten sie das Wild geschnuppert, und jetzt legten sich die »vier Viecher« auf die Lauer … Erwartungen regten sich, die Blicke wurden wacher.

»Geht es euch gut?«, versuchte ich das erstarrte Gruppenbild aufzulockern und erntete freundliches Nicken.

»Außer Serge, meine ich?« Diese kleine Spitze musste ich doch noch loslassen. »Ich habe ein paar Kleinigkeiten mitgebracht und hoffe, dass sie euch Spaß machen!«

Die Männer schielten zum Tisch hinüber und musterten das Geschenkpapier, während Billeba mir wohlwollend das Glas Wein randvoll schüttete. Offenbar war er in

froher Erwartung seines Mitbringsels, das ich leider nicht gekauft hatte.
Ich freute mich darauf, meine Geschenke zu verteilen, und konnte es selbst kaum abwarten. Und als Diki aufsprang, um sich über sie herzumachen, ergriff ich die Gelegenheit und verteilte sie.
Zuerst gab ich Tahim sein Päckchen. »Mein Lieber, das soll dich bei all deinen Träumen begleiten und dich schützen, damit nichts Schlimmes dir zu nahe kommt!«, erklärte ich salbungsvoll und sah ihn erwartungsvoll an.
Mit einem fragenden Blick nahm er sein Geschenk entgegen. Ich spürte ein leichtes Zögern. Doch dann öffnete er die kunstvoll geschnürte blaue Schleife und streifte das Papier ab. An der weihnachtsartigen Zeremonie beteiligten sich jetzt auch die Hunde. Eine braune Schnauze schnappte nach der Schleife und zog mit der Trophäe triumphierend ab, während die anderen sich um das Geschenkpapier rauften. Tahim aber hatte dafür keinen Blick. Fast andächtig drehte er das schöne beräucherte Stück in den Händen.
Und ich fügte leise hinzu: »Wobei ich mich nicht zu den schlimmen Dingen zähle.«
»C'est très joli. Merci, merci!«, nuschelte Tahim in sich hinein und überging die Doppeldeutigkeit meines Satzes. Er wirkte verwirrt.
Ganz offensichtlich freute er sich, denn er strahlte über das ganze Gesicht. Und doch hätte er sich wohl eher die Zunge abgebissen, als eine persönliche Bemerkung zu machen oder wenigstens meinen Namen auszusprechen.

Wie gerne hätte ich ein »Julia« aus seinem Mund gehört! Ich lehnte mich ein wenig dichter zu Tahim und flüsterte ihm zu: »Damit sich wirklich alle Wünsche erfüllen, habe ich die nötigsten beräuchert!«
Er lachte schallend los. »Das habe ich schon gerochen. Meine Mutter machte das in den Zimmerecken, um unerwünschte Geister auszutreiben, wenn wir in ein neues Haus zogen!«
»Gut, das hier ist dein neues Haus! Zieh es doch mal über!«, bat ich ihn und lachte mit ihm. Ich genoss, dass uns das Lachen verband, es war ein ganz warmes Gefühl. Ohne zu zögern, warf Tahim sich den Seidenmantel über und sah darin so gut aus, wie ich es mir erträumt hatte.
»Du siehst fantastisch aus!«, bestätigte ich begeistert und ließ mir nicht die Gelegenheit entgehen, ihn kurz an mich zu drücken und dabei den Duft seiner warmen Haut einzuatmen. Bevor er sich zurückziehen konnte, wandte ich mich Diki zu.
»Das ist für dich, Diki, und schrei nicht so!«
Wenigstens Tahims Bruder durfte ich einen dicken Kuss auf die Wange drücken, ohne eine Zurückweisung zu riskieren. Während ich ihm das Päckchen in die Hand legte, erhielt ich spontan die Reaktion, die ich mir eigentlich von Tahim erträumte: Diki setzte sich auf meinen Schoß, umschloss mich wie eine Krake mit Armen und Beinen und drückte mir liebevoll alle Restluft aus den Poren. Dabei sah er mir tief in die Augen.
»Maman!«, flüsterte er leise und drückte sein raues, unrasiertes Gesicht an meinen Busen.

Dann fiel ihm das Geschenk wieder ein, und johlend riss er das Papier auf. Er bekam große, runde Augen, als er das Kartenspiel sah. Ich wusste, dass er gerne Karten spielte – oder was er darunter verstand. Wir hatten früher oft auf der Terrasse gesessen, und ich hatte versucht ihm Patience beizubringen … an friedlichen Nachmittagen längst vergangener Zeiten.

Unwillkürlich sah ich zu Tahim, und zum ersten Mal fanden sich unsere Blicke. Seiner drückte eine Mischung aus Wohlwollen und Belustigung aus. Und doch blieb Tahim für mich rätselhaft, ein Mann voll orientalischer Geheimnisse.

Dann schob ich Jacko sein Päckchen mit Eau de Toilette hin. Für Serge, von dessen Gegenwart ich damals nichts wusste, schrieb ich schnell einen Gutschein für ein Kilo Käse.

Eine fast perfekte Szene. Aber während die Jungs noch mit dem Papier raschelten und Billeba die leeren Gläser nachfüllte, holte mich die Realität wieder ein. Tahim eröffnete mir beiläufig:

»Muhamet kommt übermorgen zurück, und da muss das Haus wieder frei sein. Seine Familie bringt er auch mit!«

Na ja, das brachte mich etwas ruppig wieder auf den Boden der Tatsachen zurück: Ich war hier eben nicht so heimisch, dass man sich sorgte, wo ich hinkäme. Plötzlich empfand ich schmerzhaft, dass ich die familiären gemeinsamen Mahlzeiten, die sich aufgrund der Nachbarschaft ergeben hatten, verdammt missen würde, hatten sie mir doch ganz zwanglos die Nähe zu Tahim ermöglicht.

Serge mischte sich ein: »Wo wirst du denn wohnen?«
Bedrückt darüber, dass ich mein kleines Heim so bald wieder hergeben sollte, erklärte ich knapp: »Ich werde ins Hotel ziehen. Das ›Somba‹ gegenüber soll recht ordentlich sein. Und dann kann ich auch bald in mein neues Haus!«
Insgeheim hoffte ich natürlich, dass alle schrieen, ich solle doch bleiben. Zumindest hoffte ich, dass Tahim eine Lösung anbieten würde. Stattdessen erkundigte er sich erstaunt: »Dein neues Haus?«
»Ja, Mallo hat mir geholfen und direkt an der Kreuzung bei Freddys Bar etwas gefunden.«
Tahim kannte es anscheinend. »Ein gutes Haus, gute Lage!«, kommentierte er geschäftlich. Der anerkennende Blick, mit dem er mich bedachte, vertiefte sich allerdings länger in meinen grünen Augen, als dies geschäftlich nötig gewesen wäre. Dabei zog er sich genüsslich den neuen Hausmantel enger um den Bauch. Dann ging er zur braunen Schachtel, um sich eine besonders schöne Zigarre zu holen. Bedächtig drehte er jede einzelne zwischen den Fingern, bis er eine fand, die ihm gefiel.
Ich musste lächeln. Tahim fühlte sich wohl in meinem Räuchertuch und, wie es schien, auch in meiner Gesellschaft, jedenfalls spürte ich es in diesem Moment. Aber einem dauerhaften Glück musste ich erst noch den Weg zeigen.

Merkwürdiges Zusammentreffen

Am nächsten Morgen zog ich ins nahe gelegene Hotel »Somba«. Trotz seines hübschen exotischen Charmes hatte es für mich ein Flair von Traurigkeit, denn meinen Umzug hierher empfand ich als ein klägliches Unternehmen, als Niederlage. Ich war immer noch der Meinung, Tahim hätte mich familiärer unterbringen können, ohne dabei sein Gesicht zu verlieren. So aber kam ich mir ausgestoßen vor aus der Familie, bei der ich gerade erst angefangen hatte, mich wohlig einzurichten. Während ich in dem winzigen Zimmer meine Koffer arrangierte, die nötigen Sachen auspackte, die Koffer wieder abschloss und unter das muffige Bett schob, ließ ich meinen Tränen freien Lauf.

Trotzig warf ich ein afrikanisches Tuch über den schmuddeligen, mit Brandlöchern übersäten Tisch in dem Versuch, dem trostlosen Zimmer eine heimeligere Atmosphäre zu verleihen. Am meisten ärgerte ich mich über mich selbst. Wieder einmal hatte ich Erwartungen an Tahim gehabt und meine Unabhängigkeit aufs Spiel gesetzt. Ich musste mir abgewöhnen, unausgesprochen von Tahim zu erwarten, dass er die Dinge für mich regeln würde. Das war einfach blödsinnig; aber es kostete mich viel Kraft, mich zusammenzunehmen und mir meine Unabhängigkeit zu bewahren. Ach, verdammt! Es war einfach unerträglich, den Geliebten wieder auf Distanz gehen zu sehen. Außerdem hatte er mich jahrelang beschützt. Ich musste erst noch meine neue Rolle neben ihm finden. Mir fiel ein chinesisches Sprichwort ein: Der Ochse ist langsam, aber die Erde ist geduldig.

»Madame, votre chauffeur est là!« Eine nette Stimme vor der Tür holte mich aus meinen bitteren Gedanken.

Ich hatte also einen Chauffeur? Das besserte meine Laune ein wenig und stoppte meine Tränen. *»J'arrive, merci, monsieur!«*

Schon war die Kleiderfrage in Windeseile gelöst: Das enge Camouflage-Kleid musste dran glauben – sicherlich nicht praktisch, aber mir war danach, ebenso wie nach Parfum. Und schon war ich draußen. Das Hotel selbst war eigentlich ganz freundlich. Palmen und hübsche Blumensträuße in der hell gefliesten Lobby gaben ihm ein afrikanisches Ambiente. Um mich weniger elend zu fühlen, redete ich mir ein, dass es Menschen gab, die gar kein Dach über dem Kopf hatten!

Mallo saß grinsend im Rover. Als er mich kommen sah, stieg er aus und hielt mir die Tür auf. *»Bonjour, madame!* Wollen wir zu Ihrem Haus fahren?«

»Die Idee ist nicht schlecht!«, lobte ich ihn. Doch gehörte meine Aufmerksamkeit zunächst meinem Einstieg ins

Auto. Eine Weile mühte ich mich ab, mit meinem engen Rock halbwegs pannenfrei und würdevoll den Sitz zu erklimmen, denn der Stoff war um den Po zum Zerreißen gespannt und gab auch am hinteren Beinschlitz keinen Millimeter nach. Auf halber Höhe erschöpfte sich mein alberner Versuch, elegant zu wirken, und mir blieb schließlich nichts anderes übrig, als mit einem schwungvollen Klimmzug am Dachträger die Türöffnung zu erreichen. Leise stöhnend und mit einem amüsierten: »Halleluja, *mon Dieu, quel bâteau!«,* ließ ich mich schließlich auf die Sitzbank dieses Schiffes fallen.

»Mallo, hast du keine Nachricht aus dem Büro für mich?«, erkundigte ich mich, als ich mich von der Anstrengung erholt hatte. »Ich erwarte dringend ein Fax von meinem deutschen Kompagnon!«

»Nein, im Büro ist nichts für Sie gewesen, Madame.«

Das war der nächste Schlag, der mich heute traf. Meine Geldnöte lasteten ohnehin schwer auf mir. Ich hatte nicht die geringste Ahnung, wie ich das Problem lösen sollte, ohne hier jemandem auf die Nerven zu gehen. Mir wurde ganz übel vor Angst, und meine traurige Stimmung von vorhin wich einer ausgewachsenen schlechten Laune. Meine Malariatablette hatte ich auch vergessen, was ganz ungünstig war, gerade jetzt am Anfang.

Wir passierten das *Relais de la Chasse,* wo leise Stimmen hinter den Jasmin- und Zitronell-Sträuchern familiäre Gastlichkeit vermittelten. In der Auffahrt erkannte ich den Wagen von Laurence und vermutete, dass er Geschäftsleute zum Essen eingeladen hatte. Vielleicht würde ich

mich anschließend kurz dazugesellen, das würde mich aufheitern und auf andere Gedanken bringen. Außerdem hatte ich Laurence noch gar nicht richtig begrüßt.
Doch zunächst musste ich meine finanziellen Probleme angehen. Ich brauchte ja unmittelbar Geld für das Haus und die bevorstehende Fahrt nach Bayanga. Mallo war ein Freund, dem ich vertrauen konnte, und so erzählte ich ihm von meinen Problemen, die mich gerade maßlos drückten. Schließlich endete ich mit der Frage: »Mallo, wie komme ich nach Bayanga? Ich muss morgen oder übermorgen fahren, um dort alles zu inspizieren und den Vertrag vorzubereiten. Hast du keine Idee? Was macht eigentlich mein alter Chauffeur?«
Er überlegte kurz und lachte. »Nestor? Den habe ich nicht wiedergesehen. Er soll in Kamerun sein! Aber ich werde den Patron fragen, für mich. Ich möchte nämlich auch gerne nach Bayanga!« Mit einer Mitleid erregenden Grimasse fügte er hinzu: »Ich habe noch nie Elefanten gesehen.«
Doch ich hatte jetzt keinen Sinn für Scherze. »Ach, Mallo, der Patron stimmt sicherlich nicht zu, er wird dich brauchen, und was machen wir dann? Ich will ihn auch nicht ständig um etwas bitten! Versuche mir einen Chauffeur zu finden. Ich werde bei Toyota einen Range reservieren, für alle Fälle.«
»Okay, pas de problème, madame.«
»Ich möchte zum Büro ans Radio und später Madame Danielle besuchen!«
Er sah mich erwartungsvoll an. »Ans Radio? Für Bayanga?«

»Ja, Mallo. Ich muss mich doch anmelden, damit der Mensch, der für den Vertrag verantwortlich ist, Bescheid weiß!«

Mallo nickte. »Dann müssen wir zuerst zu Jacki ins Büro, weil die Radiostation nur bis zwölf Uhr besetzt ist!«

Und schon bog er in das reglos wirkende Gelände von Tahims Büros, Verkaufs- und Lagerstätten. Arabische Sentinels in ihren weißen Gewändern lagen dösend im Schatten der hohen Mauern. Seit ich Bangui verlassen hatte, waren die meisten großen Bäume verschwunden. Um den Telefonmastenverlauf zu vereinfachen, fällte man sie gleich ganz, anstatt jeweils nur einzelne Äste herauszuschneiden, was mein grünes Herz quälte. Das einst bunte und lebendige Gesicht der Stadt hatte so völlig unpersönliche, leblos-graue Falten bekommen. Genauso sah es auch auf Tahims Firmengelände aus. Kein einziges Schatten spendendes Grün war mehr zu finden. Die glühende Sonne hatte stattdessen den sandigen Hofboden zu einer blendenden hellen Fläche gebrannt.

Im kleinen Gebäude am vorderen Eingangstor fand ich Jacki in seinem Büro. In einem Raum, der höchstens zwei mal zwei Meter maß, saß er zwischen staubigen Ordnern und Hunderten kleinen bekritzelten Papierfetzen. Es herrschten zirka 40 Grad und rücksichtsvolle Windstille. Aber das schien Jackie wenig auszumachen. Zwischen bis zur Decke mit losen Akten voll gestopften Stapeln herrschte er – hübsch, sportlich schlank und jovial lächelnd wie ein junger König – und gab auf Sango Anweisungen in das Mikro seines alten Radiosenders. Als er mich sah, sprang er auf und winkte mich freudig herein. Dabei rief er das Abschiedswort *»Kekereke«,* dann ein *»Over«* in das Mikro, und schon streckte er mir mit einem breiten Lächeln die Hand entgegen.

»Madame, das ist schön, dass Sie mal wieder hier sind! Wollen Sie das Radio benutzen?«

Jacki mochte ich von Herzen gern, er war ein guter Junge, der mein Vertrauen besaß. Ich wusste, dass auch Tahim und Laurence ihm vertrauten.

»Ja, wenn du es mir erklärst. Ich muss nach Bayanga.«

»Pas de problème, das geht schnell.« Auf der Suche nach der richtigen Frequenz drehte er heftig an einem Knopf, wobei man Piepsen, Jaulen und verzerrte Stimmen hörte. Schließlich schaltete er auf »Senden«.

»Banguiii, Banguiii, Banguii pour Bayanga?«, rief er ins Mikro, und wir lauschten konzentriert, was da Spannendes aus dem Äther zurückkäme. Würde man aus dem Jaulen tatsächlich Stimmen heraushören können?

»Banguiii, Banguuiii pour Bayangaaaa!«

Und plötzlich erkannten wir tatsächlich eine meilenweit entfernte dünne Stimme. *»Baaaaaayanga, Baaaaayanga … j'écouuute?«*

Jacki hielt mir das Mikro hin und nickte mir aufmunternd zu.

»Bonjour!«, krähte ich zuversichtlich ins Mikro. *»Puis-je laisser un message, s'il vous plaît?«* Dann schaltete ich wieder auf Empfang.

»Ouuuui, j'écouuuuute!«, kam es dünn vom anderen Ende. Ich fasste mich kurz und kündigte meinen Besuch für den

nächsten Tag an und dass er Monsieur Adam ausgerichtet werden sollte. *»C'est pour Monsieur Adam. Dites-lui que Madame Julia arrive demain. Répétez, s'il vous plaît !«* Ich hörte gespannt zu und schnitt Jacki eine alberne Grimasse.
Aber meine Nachricht wurde nicht bestätigt. Stattdessen hörte man mehrmals ein dünnes *»J'écouuute!«* Dann verstummte die Stimme vollends.
Während ich immer wieder rief: *»Bangui, Bangui pour Bayanga«*, meldete sich eine plötzlich andere Stimme, deutlich und streng:
»Was wollen Sie von Bayanga, Madame?«
Ich fragte zurück: »Und wer sind Sie, bitte?«
»Ich bin von der Grenzstation ›Dzanga Sangha‹ und könnte etwas ausrichten!«
Das war doch mal eine schöne Mitteilung! Hätte ich allerdings gewusst, welche Folgen diese Hilfsbereitschaft haben würde, hätte ich auf meine Nachricht garantiert verzichtet. Sicherheitshalber bat ich Jacki, sie auf Sango zu wiederholen, und verabschiedete mich dann.
Etwas später brachte mich Mallo zu meinem neuen Haus. Wir waren beide stolz. Ja, das war also mein Haus, konstatierte ich mit einer gewissen Aufregung und freute mich, als wir von der belebten Kreuzung hinüber zum Tor fuhren. Von außen sah man nur das Dach und die oberen Fenster über die hohe weiße Steinmauer ragen. Es sah aus wie eine neugierige Frau, die aus zwei viereckigen Augen zu uns herunterblickte.
Ich wurde von meinen Betrachtungen abgelenkt, als plötzlich eine bildhübsche hochschwangere Bantu-Frau knapp

vor uns die Straße überquerte und sich dabei selbstvergessen den rutschenden Boubou fester um den prallen Leib wickelte. Sie erschrak fürchterlich, als Mallo quietschend hinter ihr bremste. Er rief ihr laut etwas aus dem Wagen zu, und sie drehte sich mit graziler Lässigkeit um. Anscheinend kannte sie Mallo, denn nun schimpfte sie ihn lachend aus und näherte sich langsam und mit aufreizendem Hüftschwung unserem Wagen. Sie war von atemberaubender schwarzer Schönheit.

Sie fragte Mallo etwas auf Sango und nickte kurz in meine Richtung, wobei ich den Namen »Madame Sadar« heraushörte. Mallo bestätigte ihre Frage mit einem kurzen Zungenschnalzer.

Ein merkwürdiges Gefühl beschlich mich, als ich der Frau in die Augen sah. Sie musterte mich in einer herausfordernden Mischung aus Melancholie und jugendlicher Dreistigkeit. Ihr sinnlicher Mund öffnete sich leicht, als wollte sie etwas sagen, doch dann schien sie es sich anders überlegt zu haben und zog lediglich die vollen Augenbrauen unwillig zusammen.

Als sie den bunt gemusterten Stoff um sich gewickelt hatte, begrüßte sie mich mit einem tiefen, ernsten Blick: *»Balaô Madame.«* Dabei reichte sie mir freundschaftlich, ja fast vertraut die Hand, als hätten wir die gleichen Probleme. Hart und fest fühlte sie sich an, dunkle Haut war nicht so weich wie weiße.

»Balaô míngi!«, erwiderte ich ein wenig überrumpelt.

Aber dann fragte sie Mallo auf Sango offensichtlich weiter aus, was ziemlich dreist wirkte, und so löste sich der

Zauber. Ich fuhr dazwischen und erinnerte Mallo an unser Vorhaben: »Ich würde gerne in mein Haus fahren. Verabrede dich ein anderes Mal mit dieser Frau!«
Wir rollten langsam an, und ich winkte der Frau zum Abschied zu. »Wer ist sie?«, fragte ich neugierig.
Ich bekam nur eine knappe Auskunft: »Das war Âange. Sie hat mal für den Patron gearbeitet.«
Die Antwort klang leichthin, befriedigte mich aber keinesfalls. Ich kam ins Grübeln. Diese Frau strahlte einen merkwürdigen Reiz aus. Ich hatte eine so intensive Vertrautheit gefühlt, dass ich auf einmal einen starken Zusammenhang zwischen ihrer und meiner Geschichte spürte. Nachdenklich blickte ich ihr hinterher, während mich schon die nächste Überraschung erwartete.

Heimkehr mit Hindernissen

Mallo hupte, und wie von Geisterhand wurde das schwere Metalltor aufgezogen. Erwartungsvoll sah ich mich auf dem nun begrünten Vorplatz um. Doch meine Freude erstarb mit derselben Geschwindigkeit, mit der wir auf das Grundstück fuhren. Im Näherkommen entdeckte ich die neuen Tontöpfe. Sie waren zwar bepflanzt worden, aber ganz anders, als ich geplant und aufgezeichnet hatte. Mir schwoll der Kamm, und ärgerlich sprang ich aus dem Wagen.

»Eh, Sentinel, was für ein Mist ist das hier?«

Muhamat kam mit offenem Mund sofort herbeigelaufen.

»Hatte ich dir nicht genau aufgeschrieben, wo alles hin soll? Du hast ja alles genau umgekehrt gemacht: die kleinen Pflanzen in die großen Töpfe und die großen Pflanzen in die kleinen Töpfe gepflanzt!«

Mallo kam näher und übersetzte dem Sentinel auf Sango. Muhamat antwortete kläglich und sah mit großen braunen Augen bettelnd zu mir herüber.

Mallo übersetzte kichernd: »Er kann nicht lesen!«

Jetzt verlor ich endgültig die Nerven und schimpfte empört weiter: »Warum fragt er denn nicht! Hier hat er auch noch den Vorplatz umgegraben, wo es gar nicht nötig ist. Und was machen die alten Ziegelsteine da vorn neben dem Tor?«
Wieder besprachen sich die beiden, und Mallo übersetzte, noch heftiger grinsend: »Da wollte er sich ein Häuschen bauen, zum Wachen.«
Ich konnte es nicht fassen. »Ein Häuschen bauen? Ist er krank? Er soll hier arbeiten und keinen Alterssitz errichten. Und wie will er denn Wache halten, wenn er im Häuschen sitzt? Wo ist überhaupt der kleine Limbali-Baum?«
Suchend lief ich umher und stand schließlich in der Steinwüste, die Muhamat hätte umgraben und mit meinem Heiligtum bepflanzen sollen.
Wieder palaverten die beiden. Mallo versuchte mit einem heftigen Schlucken, aufkommende Heiterkeit unter Kontrolle zu halten und eine ernste Miene zu bewahren, bevor er mir mit zuckenden Mundwinkeln übersetzte: »Er hat ihn weggeschmissen, weil er ein paar gelbe Blätter hatte!«
Nun rastete ich völlig aus. »Weggeschmissen?«, schrie ich. »Meinen heiligen Baum, weggeschmissen? Was erlaubt er sich denn? Wo hat er ihn denn hingeschmissen?« Suchend lief ich in den hinteren Teil des Gartens. Meine Geduld war heute eindeutig begrenzt.
Muhamat zeigte zum Grundstück hinaus und antwortete kleinlaut: »Auf den Müll beim Supermarkt!«
Da blieb ich vom Donner gerührt stehen. »Auf den Müll?

Bist du krank? Sofort suchst du diesen Baum und komm ja nicht ohne ihn zurück! Und dann wirst du vorsichtig alle Pflanzen wieder ausgraben und nebeneinander auf den Boden legen. Ich komme gleich wieder, und dann pflanzen wir alles gemeinsam ein.«

»Pas de problème, madame!«, hörte ich meinen Lieblingssatz: »Kein Problem!« Hinter dieser Formel waren wirklich alle Überraschungen der afrikanischen Welt verborgen.

Inzwischen war der Nachbar gekommen. Sein blütenweißes Hemd spannte sich über dem dicken Bauch, er war frisch rasiert und die spärlichen braunen Haare waren sorgfältig gestriegelt. Mit einem aufgeräumten Lächeln hielt er mir den Mietvertrag entgegen. *»Bonjour, madame, ça va?«*

»Oui, très bien«, log ich. Das hatte mir gerade noch gefehlt! Sicherlich erwartete er eine Anzahlung oder gar die ganze Kaution. Um von Gelddingen abzulenken, erkundigte ich mich nach dem Fortschritt der Hausarbeiten und dem Wasseranschluss.

Eifrig ging Monsieur Bitar voraus und deutete mit ausladenden Gesten auf die Fenster. »Die neuen Moskitogitter sind an allen Fenstern eingesetzt, und der Innenanstrich ist abgeschlossen! Es fehlen nur noch die Schlösser und ein paar neue Holzdielen im Schlafzimmer, dann können Sie einziehen.«

Ich nahm ihm den Vertrag aus der Hand. »Vielen Dank, Monsieur. Ich werde den Vertrag mitnehmen und durchlesen, dann kann ich ihn in Ruhe unterzeichnen und Sie bekommen ihn zusammen mit der ersten Mietrate zurück.

Die Kautionsfrage regeln wir dann am Monatsende. Ist das in Ordnung für Sie, Monsieur Bitar?«

Er strahlte und versicherte: *»Pas de problème, madame!«*

Aha. Mit einem Händeschütteln verabschiedete er sich und wiegte sich gemächlich von dannen, während ich das Häufchen Unglück suchte, das Muhamat hieß. Er hatte inzwischen die Pflanzen aus dem Topf herausgerissen, und nun lagen sie zwar ohne Wurzeln, aber ordentlich nebeneinander auf dem Boden. Was zur Folge hatte, dass mir alles Blut zugleich in den Kopf stieg.

»Mallo, schaff mir diesen Menschen sofort aus den Augen, sonst gibt es ein Unglück!« rief ich. »Er soll die Pflanzen wieder in den Waschtrog stellen, dann den Baum suchen, und dann bekommt er sein Geld. Und jetzt fahre mich bitte ins *Relais de la Chasse,* zu einem kühlen Bier, sonst werde ich wahnsinnig!«

»Okay, Madame«, kam es zurück.

Während wir zum Tor hinausfuhren, rief Mallo dem Sentinel etwas zu, der uns verblüfft hinterhersah, bevor er das Tor wieder schloss.

Im Wagen bemerkte Mallo belustigt: »Madame regt sich immer noch so schön auf wie früher!«

Das empfand ich als ziemlich ungerecht, denn es war doch ganz offensichtlich mit viel Dummheit gegen mich gearbeitet worden. Ich hasste das. »Also weißt du, findest du denn nicht …«, brauste ich erneut auf, doch Mallo hob ergeben die Hände und unterbrach mich freundlich:

»Madame, bitte nicht auch noch mit mir schimpfen, ich geb alles zu!«

Da musste auch ich endlich lachen und entschuldigte mich für mein aufbrausendes Temperament. »Weißt du, ich muss mich erst wieder an die afrikanische Mentalität gewöhnen. Ich muss ruhiger werden, was jeder andere bei der Hitze von alleine würde!«
Mallo lachte. »Ja, Sie haben einfach zu viel Kraft!«
Inzwischen waren wir beim Lokal gelandet. Ich gab Mallo zum Abschied 2000 CFA. »Tausend für dich und tausend für den Weihnachtsmann in meinem Garten, aber erst, wenn der Baum da ist. Ihr müsst ihn unbedingt sofort einpflanzen, und zwar direkt gegenüber der Küchentür. Da soll später mal eine kleine Oase der Ruhe sein, an der ich meine Gedanken sammeln kann. Verstehst du das?« Neugierig sah ich ihn an, gefasst darauf, schon wieder falsch verstanden zu werden.
Doch Mallo nickte bedächtig, als säße er bereits unter dem Limbali-Baum. »Ja, das verstehe ich. Der Platz ist richtig schön im Wind. Sie werden sich gut dort ausruhen können, wo Sie so viel zu tun haben!« Zur Bestätigung schnalzte er mit der Zunge gegen den Gaumen, eine bei Afrikanern verbreitete Äußerung der Zustimmung.
»Wenn der Patron sich wegen der Fahrt äußert, sag mir bitte sofort Bescheid. Also, Mallo, nichts vergessen!«
»Nein, Madame, Sie können sich auf mich verlassen!« Strahlend steckte er das Geld ein. »Vielen Dank! Und auch für das andere. Meine Frau lässt Sie ganz herzlich grüßen und bedankt sich.«
Endlich freute ich mich wieder. Mallo wusste mich zu nehmen und war ein guter Kerl. Er war hilfsbereit, und wann

immer ich konnte, half auch ich ihm gern. Generell aber hatte ich in Afrika die Erfahrung gemacht, dass finanzielle Gutmütigkeit schamlos ausgenutzt werden konnte. Und zwar auf merkwürdige Weise: Sobald man einmal in guter Absicht in den Armuts-Zyklus eingegriffen hatte, wurde man automatisch für das weitere Wohlergehen der Menschen verantwortlich gemacht, als hätte man mit einer kleinen Spende eine familiäre Adoption übernommen. Das war mir früher mehrfach aufgefallen, und ich hatte mich nach den Gründen gefragt. Lag es daran, dass uns Weiße immer noch die Aura der allmächtigen, reichen Patrons aus der Kolonialzeit umgab? Jedenfalls gerieten meine schwarzen Freunde nachhaltig ins Grübeln, wenn ich ihnen erklärte, dass mir das Geld nicht in den Schoß fiel, sondern ich hart dafür arbeiten musste. Dass ich mein Gemüse bei Eleanor kaufte, weil es billiger war als bei Yabada; dass ich Kerne in die Erde steckte, damit ich umsonst ernten konnte; und dass ich Papierseiten beidseitig beschrieb, weil es sparsamer war.

Zwischen den Welten

Ich beeilte mich, aus der sengenden Hitze in den Schatten der hohen Jasminbüsche zu kommen, wobei meine Kleider schon auf dieser kurzen Strecke völlig durchgeschwitzt waren. Außer mir und einem Ziegenbock auf der gegenüberliegenden Mauer streunte nichts und niemand zu Fuß herum …

Als einzige Gäste waren im Lokal noch Laurence und drei Männer übrig geblieben. Sie wirkten leicht angeheitert und unterhielten sich angeregt beim Digestif in der vorderen Paillotte, einer angenehm kühlen Strohhütte.

»Salut, Julia«, begrüßte mich Freddy von der hinteren Bar und kam zu mir herübergelaufen. »Schön, dass du mich besuchen kommst!« Mit dieser kleinen Koketterie küsste er mich rechts und links und hielt mich fest in den Armen.

»Eigentlich wollte ich zu Laurence, aber da wir jetzt bald Nachbarn sind, werden wir uns öfter sehen, mein lieber Freddy!« Ich löste mich sachte aus dem Griff des Südfranzosen, der mich in Blütenhemd und lila Shorts so völlig

unbekümmert anmachte. Zögernd löste er seine Umarmung und brachte mich an den Tisch von Laurence.
»Quelle surprise, Julia!« Laurence strahlte über das ganze, verdammt gut aussehende Gesicht, und ich drückte ihn mit schwesterlichen Gefühlen fest und herzlich. Ich freute mich unbeschreiblich, diesen zuverlässigen, lieben Menschen wieder in meiner Nähe zu haben.
Laurence beauftragte Freddy mit einer Champagner-Bestellung: *»Bon, Freddy, pour Julia une coupe de champagne et sorbet-citron! N'est-ce pas?«* Damit wandte er sich mir triumphierend zu und sah mich aus seinen schönen dunklen Augen kess an.
»Bravo, du hast nichts vergessen!«, lobte ich ihn.
Und schon lagen wir uns wieder in den Armen. Im Gegensatz zu Freddy ließ ich mich von Laurence gern umarmen. Da fühlte ich mich sicher, wie zu Hause, wie bei einem Bruder eben. Er stellte mir die anderen Herren vor, und wieder einmal meinte es das Schicksal gut mit mir, denn einer von ihnen war der Generalvertreter von Toyota.
»Na, das trifft sich ja gut!«, kam ich lachend gleich zur Sache. »Ich muss so bald wie möglich nach Bayanga und habe weder Auto noch Chauffeur!«
»Da kann ich Ihnen helfen!« Mr. Toyota zeigte sich beflissen.
Aber auf ihn wollte ich nur im Notfall zurückkommen, nur wenn es unbedingt sein musste, weil alle freundschaftlichen Dienste versagten. Schließlich konnte ich mir ausrechnen, dass es ein kleines Vermögen kosten würde, einen Wagen für ungefähr vier Tage zu mieten. Mit den

letzten 1000 Euro, die mir noch blieben, musste ich sparsam sein!
Ich wandte mich wieder Laurence zu: »Eigentlich hatte ich auf Mallo gehofft, weiß aber nicht, ob Tahim damit einverstanden ist.«
Mit einem für ihn typischen Lausbubengrinsen legte Laurence beruhigend seine große dunkle Hand auf meine. »Morgen früh um sechs Uhr hast du ein Auto mit Chauffeur vor der Tür!« Dabei nickte er in die Runde. »Gratis!«, fügte er mit hochgezogenen Augenbrauen hinzu, als hätte er meine Gedanken gelesen.
Passenderweise kam Freddy in diesem Moment mit dem Schluck zum Sonntag. War das ein schöner Augenblick! Und da schöne Augenblicke leider die Angewohnheit hatten, sich eilig in Vergangenheit aufzulösen, wartete ich nicht lange und genoss den Champagner, indem ich das Glas mit drei großen Schlucken leerte und es sinnlich auf der Zunge prickeln ließ.
»Le Bon Dieu est là!«, zitierte ich andächtig einen von Tahims Lieblingssprüchen.
Laurence musterte mich belustigt. »So einfach ist das bei dir? Ein Glas Champagner, und schon ist der liebe Gott da?«
Scherzhaft knuffte ich ihn in die Seite. »Ach, Laurence! Es gibt Tage, die so schwer sind, dass ihr Ausgang das Schlimmste befürchten lässt, und dann neigt sich ein solcher Tag auf einmal doch wieder in die richtige Richtung. Manchmal reicht schon ein guter Freund, der dazu mit einem Schluck Champagner den Anstoß gibt. *Merci, mon*

ami!« Dankbar gab ich Laurence einen zarten Kuss auf die Wange.
»Aber Julia …« Rosarote Verlegenheit zog über sein hübsches Gesicht, und er sah verschämt zu seinen Gästen. Dann aber schloss er jovial: »Das ist doch normal. Du gehörst schließlich zur Familie!«
Jetzt war es an mir, vor Rührung zu erröten. Das ausgerechnet heute zu hören – nachdem ich ins Hotel gezogen war, die merkwürdige schöne Frau getroffen hatte und nicht wusste, ob ich vor dem finanziellen Ruin stand –, tat mir verdammt gut.
»Das freut mich sehr, Laurence, und denke auch du daran, dass du immer bei mir willkommen bist!« Damit erhob ich mich, ich wollte ja noch zu Danielle. So drückte ich Laurence noch einmal an mich und verabschiedete mich von den Herren. »Ich muss noch einen Besuch machen.« Und an Laurence gewandt, erklärte ich: »Deine Schwiegermama habe ich noch nicht ausreichend an mich gedrückt.«
»Okay, à bientôt!«, verabschiedete er mich lachend.
Mallo war noch nicht zurück. Vielleicht musste er ja etwas für den »Patron Sadar« erledigen, und so machte ich mich zu Fuß auf den Weg. Danielles Videothek befand sich gleich um die Ecke. Als ich die Kreuzung bei meinem Haus erreichte, sah ich mich automatisch nach jener geheimnisvollen Frau um. Aber außer dem müden Ziegenbock und ein paar Zicken, die im kokelnden, stinkenden Müll am Straßenrand wühlten, war nichts zu sehen. Wieder erfüllte ein Blick auf mein Haus mich mit Freude. Mit

den oberen Fenstern und einem Teil des Daches spitzte es zu mir herüber und wurde von den wunderschönen Kronen der drei Limba-Bäume majestätisch beschützt. Eine Welle des Stolzes erfüllte mich.
Zufrieden ging ich weiter, die Hauptstraße entlang, die inzwischen etwas belebter war, obwohl die Hitze nicht nachgelassen hatte. Zumindest wehte um diese Nachmittagszeit eine kleine Brise, kaum spürbar, aber ausreichend, um den Schweiß am Körper zu trocknen. Anständige Leute hielten natürlich in diesen heißen Stunden Siesta und duschten! Ich hingegen schwitzte und muffelte leise vor mich hin. Ich wollte einfach den Tag ausnutzen und freute mich schon auf das Abendessen bei Tahim, zu dem ich noch einmal gehen wollte.
Vielleicht wäre es das letzte dieser Art, denn wenn ich erst einmal in meinem eigenen Haus wohnte, würde ich wohl kaum mit der jetzigen Selbstverständlichkeit zu ihm zum Abendessen gehen können. Es machte mich traurig, daran zu denken, aber ich konnte ihn dann nicht mehr regelmäßig besuchen, ohne aufdringlich zu wirken. Und nichts fand ich schlimmer als das Gefühl, irgendwo unerwünscht zu sein.
Ich kam an einem Reifendienst vorbei, bei dem Hochbetrieb herrschte. Teerverschmierte junge Männer schusterten alle möglichen Reifen zusammen, denn die waren hier schier unerschwinglich. So wurden die abenteuerlichsten und größten Löcher zusammengeflickt. Es gab nichts, was man nicht irgendwie noch reparieren konnte, und ob ein solcher Patchwork-Reifen in extremen Situationen tat-

sächlich halten würde, darauf verschwendete man kaum einen Gedanken.

Im Gegensatz zu dieser Betriebsamkeit dösten die Obst- und Gemüseverkäufer noch im schmalen Schatten der Häuserwände. Plötzlich lösten sich ein paar Jungs mit üppigen Blumensträußen von dort und kamen zu mir herübergelaufen.

»Maman, il faut acheter les jolies fleurs! C'est moins cher pour toi!«

Sie sahen mich mit so großen erwartungsvollen Augen an, dass ich lachen musste und dem vorderen über das krause Haar streichelte.

»Aha, ein Sonderpreis für mich? Wie viel?«, wollte ich wissen und bewunderte die herrlichen, stark duftenden rosa- und lilafarbenen Blüten, die in Deutschland ein Vermögen kosteten.

»2000 Franc! Maman! Cadeau!« Der Knirps hielt mir den Strauß dicht unter die Nase, um so seine Konkurrenten wegzuschieben. Die aber ließen sich nicht so einfach abwimmeln. Eine weiße Frau war ein gefundenes Fressen, das durfte man nicht auslassen …

»Maman, noch billiger!«, rief mir ein anderer zu und hielt mir seine gelb-weiß-rote Kreation entgegen.

»Bon! Ich nehme heute deinen, damit du mir das Ding endlich von der Nase wegnimmst. Und du kommst nächste Woche zu dem Haus da drüben und bringst mir morgens einen Strauß mit rosa und dunkelroten Blumen. Okay?«

Die Jungs nickten begeistert, nur der traurige Dritte wollte gerade wieder fortlaufen, als ich ihn zurückrief.

»Und du kommst die Woche danach, vor dem Sonntag. Sind jetzt alle zufrieden?«

»Oui, Maman!« Sie strahlten über die schmutzigen Gesichter.

»Heute zahle ich 1500. Aber die anderen nehme ich für 1000. Das ist der Preis, mehr zahle ich nicht, auch wenn ihr mich für blöd haltet, weil ich weiß bin. Die 500, die heute darüber sind, teilt ihr euch!«, erklärte ich so bestimmt, dass sie nicht widersprachen.

Als ich dem Bengel zwei schmutzige Geldscheine in die Hand drückte und die Blumen nahm, ging auf einmal die Hölle los: Als hätten sie das Geld gerochen, war ich umringt von sämtlichen Gemüsehändlern Banguis. Jedenfalls schien mir das so. Man hielt mir Körbe mit Mohrrüben, Kartoffeln, die in Bangui selten zu finden waren, Kohl, Mandarinen, Bananen und ich weiß nicht was unter die Nase, sodass ich mich kaum noch bewegen konnte. Die großen Blechschüsseln, die mit Kräutern, Tomaten, Bohnen und anderem gefüllt waren, wurden in Windeseile von den Köpfen genommen und mir in die Seite und vor den Busen gedrückt. *»Regardez, madame, moins cher!«*

Ich versuchte den Pulk abzuwehren und mich zu befreien, hatte aber keine Chance, der Kreis zog sich immer enger zusammen. Allmählich wurde es mir zu viel, ich fühlte mich bedrängt und drückte meine kleine Tasche fest an den Leib. Mit der anderen Hand versuchte ich die Leute wegzuschieben. »Heute brauche ich kein Gemüse. Lasst mich bitte in Ruhe.«

»C'est Madame Sadar!«, schrie eine kleine hutzelige Frau, die

Guavenfrüchte hochhielt, und nun rückten mir die Leute noch enger auf die Pelle. Da sie mich jetzt für die Frau des reichsten Mannes hielten, war ich eine besonders fette Beute. Als ich die zu allem entschlossenen schwarzen Gesichter so dicht vor mir sah und ihren übel riechenden Atem einsog, bekam ich Panik.

»*Non, ce n'est pas vrai!*«, wies ich die Behauptung schrill zurück.

Nun war ich ziemlich erbost über die Aufdringlichkeit, mit der die Verkäufer ihre Waren anbiederten und mich in die Ecke trieben. Ich hatte ganz vergessen, dass es ja meistens so ablief. Nur mit Mühe kam ich vorwärts, der ganze Rattenschwanz war mir wie ein Bienenschwarm auf den Fersen, behauptete jeden gewonnenen Zentimeter und klebte mir fast am Körper. Rabiat schubste ich die Leute zurück.

»*Laissez-moi!* Ich esse außerdem kein Gemüse und auch kein Obst. Ich habe eine Allergie, und die ist ansteckend. Also lasst mich in Ruhe!«

Mit diesem Spruch hatte ich früher schon Erfolg gehabt, und er wirkte immer noch: Die Verkäufer sahen sich unsicher an. Nun erkannte ich auch einzelne wieder. Sie grinsten ungläubig und palaverten miteinander. Das war meine Chance. Mit Riesenschritten hastete ich aus dem Kreis, wo er sich gelockert hatte, und rief den Hartnäckigen, die mir immer noch folgten, grimmig zu: »Und es gibt keine Pillen dagegen!«

Damit hatte ich meine Verfolger endgültig abgeschüttelt, sie blieben ratlos zurück und liefen schließlich gestikulierend und laut schwatzend auseinander. Sie hatten ein neues Opfer gefunden: Ein großer Rover hielt aus Versehen am Straßenrand. So konnte ich die letzten Meter zu Danielle unbeschadet zurücklegen.

Eine herbe Enttäuschung

Mit einem erleichterten Lachen betrat ich die Videothek meiner Freundin. Die Eingangsglocke klingelte. Kühl und vertraut – wie die liebe Danielle selbst – wirkte der kleine Raum, und wie immer saß Danielle am alten Holztisch und zählte Geld. Vor ihr stand ein hohes Glas, gefüllt mit monsterartigen Eisbrocken.

»*Eh, ma chère!* Wie geht es dir? Ich hatte gedacht, du kämst schon früher mal vorbei?«, begrüßte sie mich mit unüberhörbarem sanften Vorwurf, den ich auch in ihren samtbraunen Augen lesen konnte. Danielle war für mich die vollendete Dame in Person. Während ich schwitzte, war sie wie aus dem Ei gepellt. Wo ich mich hemmungslos meinen Gefühlen von Leid oder Glück hingab, fuhr sie sich höchstens mit leicht angewiderter Miene durch das Haar, um eine einzelne Strähne, die sich gelockert hatte, zu ordnen. Genauso saß sie jetzt vor mir: trotz ihrer kleinen und zerbrechlichen Gestalt ein perfektes, aufrechtes Vorbild. Ohne zu bedenken, wie verschwitzt ich war, beugte ich mich lächelnd zu ihr und drückte sie liebevoll an mich.

»Ach, meine liebe Danielle, entschuldige tausendmal. Aber ich war die ganze Zeit unterwegs, um mein neues Leben zu organisieren. Das ist gar nicht so einfach, wenn man ganz allein auf sich gestellt ist. Heute Mittag bin ich nicht einmal nach Hause gekommen … wo immer das gerade sein soll.«

Ich suchte Verständnis in ihren Augen, die mich allerdings nur mit einem geringschätzigen Blick bedachten.

»Ja, ein bisschen riecht man das noch!«, lautete ihr trockener Kommentar. Mein Lächeln wurde stärker. Ich war froh, dass zwischen uns immer noch ein vertrauter Ton herrschte. Alles Vorhersehbare war mir derzeit wertvoll, da es meinem unbeständigen und riskanten Leben Halt gab.

»Ich wollte dich noch mal sprechen, bevor ich nach Bayanga fahre.«

»Ah, du fährst nach Bayanga?«, erkundigte sich Danielle interessiert, während sie zügig ihre Scheine weiterblätterte. »Was sagt Tahim zu deinem neuen Projekt?«

Ehrlich gesagt, war ich etwas enttäuscht, weil unsere Begegnung nicht herzlicher ausfiel. Wahrscheinlich war ich zu lange fort gewesen. Zugegeben, ich hatte über die Entfernung meine afrikanischen Kontakte nicht sehr gepflegt. Danielle reagierte wie meine Katze: Erst schmollte sie, wenn »die Alte« zurückkam, machte ihr ein schlechtes Gewissen, täuschte Desinteresse vor und beobachtete dabei mit wachsamen Augen, wie der Fisch aus der Tasche gezogen wurde. Große Sorgen wegen Danielle – zu dem Schluss kam ich – brauchte ich mir nicht zu machen. Unsere

Freundschaft würde sich bald wieder auf alten Gleisen bewegen. Aber das sollte sich noch als Irrtum herausstellen.

Ich hockte mich vor sie auf die kühle Stufe vor dem Regal mit den Videokassetten und atmete tief durch. »Tahim ist undurchschaubar, wie meistens. Ich habe ihn über alles informiert, und er hört wohl auch ständig von seinen Freunden, dass es sich um ein tolles Projekt handelt. Auf diese Weise hat er sich damit vertraut gemacht und zeigt sich relativ interessiert, wenn ich davon erzähle.«

Danielle lächelte und hörte mit dem Zählen auf. Zufrieden legte sie die zerschlissenen, schmuddeligen Scheine zusammen. Deren schmutzige Patina stand in starkem Kontrast zu ihren feinen blassen Fingern. »Du liebst ihn immer noch, oder?«

Das war eine quälende Frage. Ausgerechnet in diesem Augenblick kam auch noch der Sentinel aus dem hinteren Raum und nickte mir freundlich zu.

Danielle bemerkte meine Verlegenheit. »Denis, steh nicht herum, sondern fang an die Schachteln abzuwaschen!«, herrschte sie den armen Jungen an.

Ich hatte sie früher einmal gefragt, warum sie so barsch, ja fast gemein zu ihren schwarzen Angestellten war, und sie hatte geantwortet: »Es sind alles Diebe!« Wir hatten uns deshalb gestritten.

Andererseits hatte Danielle während der 40 Jahre, die sie in Afrika lebte, merkwürdige Dinge erlebt. Zum Beispiel hatte ein Boy, der jahrelang ein Vertrauter in ihrem Haus war, irgendwann die Schrankschlösser geknackt, um sich an Gürteln und Schuhen des Patrons zu vergreifen. Diese

Geschichte war kein Einzelfall, wie sie mir berichtete. Aber dass Danielle die Leute immer in Gegenwart anderer anherrschte, fand ich unmöglich. Dabei waren ihre besten Freunde Schwarze.

»Also, liebst du ihn noch, Julia?« Danielle kam streng auf ihre Frage zurück.

»Ja! Und ich wünschte, es wäre anders.«

»Aber wieso denn?«

»Tahim ist so abweisend und kalt. Ich habe keine Ahnung, wie er über mich denkt. Hat er denn wirklich keine Frau, hier oder in Frankreich? Du musst es mir sagen, wenn du etwas weißt!«, beschwor ich sie. Gleichzeitig wurde mir übel bei dem Gedanken, dass ich eine schonungslose Antwort bekommen könnte, die meine Kräfte überstieg.

»Ich weiß auch nicht alles!« Danielle nahm einen großen Schluck von dem Eiswasser, während meine Kehle vor Angst ganz trocken wurde. Ihre Antwort ließ vieles offen.

»Denis!«, herrschte sie in den Nebenraum.

»Oui, madame?«, kam es zaghaft zurück.

»Geh für Madame eine Cola kaufen!«

Das bedeutete, dass sie mir doch noch etwas sagen wollte. Ich sah das dicke Ende kommen, und meine Kehle dörrte vollends aus.

»Aber kalt!«, raunzte sie weiter und drückte dem armen Kerl das Geld so in die Hand, dass sie seine Haut nicht berühren musste. Dabei hatte sie gerade erst die dreckigsten Geldscheine Banguis durch die Finger gleiten lassen. Aber wenn Geld nicht stank, war es wohl auch nicht dreckig!

Als sich die Tür leise klingelnd hinter dem Sentinel

schloss, fuhr Danielle fort: »Ich habe ihn nie mit einer anderen Frau gesehen. Aber du weißt, wie diskret Tahim ist.« Dabei sah sie mich kurz und prüfend an, als wollte sie wissen, wie weit sie wohl gehen könnte. Aber – so glaubte ich in diesem Moment – sie war zu sehr Freundin, um mir wehzutun. Sie würde mir nichts erzählen, von dem sie annahm, dass es mich schmerzte.

»Aber das ist ja nicht möglich, ein Mann, der so gut aussieht und so reich ist, bleibt doch nicht allein?«, bohrte ich wider besseres Wissen weiter.

»Ach, Julia, sein Leben ist das Geschäft, und du warst damals die große Ausnahme, die das durchbrechen konnte.«

»Meinst du nicht, dass ich es wieder schaffe?«, fragte ich zaghaft, wenn auch etwas entspannter. Ihre Meinung war mir sehr wichtig.

»Dazu kann ich dir nichts sagen, ich kenne seine Gefühle nicht. Wir haben nie darüber gesprochen«, erklärte Danielle bedauernd.

Ich glaubte ihr. Tahim sprach nie über Persönliches, gar über Intimes. Und außerdem änderte er seine Meinung. Das hatte ich einmal erlebt. »Dieser Mensch ist für mich gestorben!«, hatte er zornig über einen Freund gesagt, und keine drei Wochen später saßen sie beim Poker wieder zusammen.

Danielle blickte mir in die Augen. »Magst du mir erzählen, wie das mit eurem Baby passiert ist?«, fragte sie vorsichtig. Aus ihrer Frage klang tiefe Zuneigung und eine mütterliche Sorge heraus, und so tat sie mir nicht weh. Ich erzählte von dem Unfall und meiner langen Trauer, vom Verlust meiner Eltern und auch, dass ich diese Erinnerungen tief in mir begraben hatte und ihnen erst wieder begegnen wollte, wenn sie von allein auftauchten. Danielle nickte verständnisvoll und griff nach meiner Hand. Lange saßen wir so und schwiegen.

»Ich muss dir noch etwas sagen«, unterbrach sie schließlich unsere freundschaftliche Zweisamkeit. »Und sei nicht böse, du musst das verstehen. Nächste Woche gebe ich eine Einladung zu Mittag. Solange ich nicht weiß, ob deine Anwesenheit Tahim stört, werde ich dich nicht einladen können. Wir wollen keinen Ärger.«

Wie vom Blitz getroffen erstarrte ich. Damit hatte ich nicht gerechnet, nicht bei einer so guten Freundin wie Danielle. Also sollte es keine Feste mehr in Bangui für mich geben? Das konnte doch nicht möglich sein! Und ausgerechnet Danielle verleugnete mich. Sie hätte mich doch zur Zurückhaltung auffordern können: »Julia, halte dich zurück, aber sei dabei. Ich stehe dazu.« Genau das hätte ich erwartet.

»Das ist doch albern, Danielle, glaubst du, ich gehe ihm an die Kehle?«

Plötzlich hielt ich es nicht mehr aus, sprang auf und küsste sie flüchtig auf die Wange. »Ich muss jetzt gehen, bis bald!« Damit stürzte ich davon.

Vor der Tür holte ich tief Luft, ich war zutiefst gekränkt. Wütend winkte ich dem nächstbesten Taxi. Ein verbeultes, gelbes Modell, das früher einmal als Ford erkennbar gewesen sein musste, fuhr mit quietschenden Reifen an den Straßenrand. Mindestens zehn schwarze Augen musterten mich ungläubig durchs Fenster.

»*Taxi cours?*«, rief mir der Fahrer zu und machte bereits Anstalten, die Fahrgäste hinauszuscheuchen, denn dieses teurere Vergnügen war ein Privileg für Weiße, die allein fahren wollten.

Aber ich sprang bereits ins Auto. »*Non, c'est bon!* Hotel Somba!«

Mit zusammengekniffenen Pobacken zwängte ich mich zwischen die anderen Passagiere mitten auf den Rücksitz und wurde rechts und links von kräftigen schwarzen Frauenschenkeln zusammengepresst. Es entwickelte sich ein Dialog auf Sango, der alle Insassen außer mir zu brüllendem Gelächter veranlasste. Leider verstand ich nicht genug. Aber als das Taxi am Hotel hielt und ich bezahlt hatte, verabschiedete ich mich auf Sango:

»*Âwa-vóngó yê alí, âmbênî asígí!*« Dass ich meine Mitfahrer zum Schluss verblüffen konnte, erfüllte mich mit Genugtuung.

Für heute reichte es mir. Ich hatte keine Lust mehr auf zwiespältige Situationen, mein Bedarf an Enttäuschungen war gedeckt. So beschloss ich zu duschen und dann anstatt zu Tahim auf ein Schlummerbier zu Marianne und Freddy zu gehen. Die Reise in den Urwald am nächsten Tag würde anstrengend werden. Eine zehnstündige Fahrt durch Savanne, Sanddünen, Wasserwege, klaffende Felsen und undurchdringlichen Urwald erforderte höchste Konzentration und Mut.

Aber als ich schließlich frisch, duftend und abgekühlt in ein hinreißendes Kleid gehüllt war, konnte ich es dann doch nicht lassen. Ich musste noch einmal bei Tahim vorbeischauen, hatte Sehnsucht nach den melancholischen schwarzen Augen und einer zarten Umarmung, die ich mir holen wollte. Außerdem fand ich mich, ehrlich gesagt, unwiderstehlich, als ich mich im Spiegel betrachtete. Meine Augen leuchteten mit abenteuerlich grünem Zauber wie die einer Urwaldkatze und kontrastierten reizvoll mit den schwarzen Haaren. Mein Mund lächelte verheißungsvoll, und meine sanft gebräunte Haut glänzte in praller Sinnlichkeit.

Selbst wenn ich mich immer wieder Wunschträumen hingab, so war doch auch klar, dass Tahim gar nicht anders konnte, als sich meiner Gegenwart bewusst zu sein. Ich war wieder in seinem Leben aufgetaucht, ich war schön wie eh und je, und ja, ich begehrte ihn noch immer: Er musste einfach spüren, dass ich zu Bangui und Afrika gehörte.

Ich durchquerte die Lobby und wollte die paar Meter zu Tahims Haus zu Fuß gehen. Die Hotelgäste hatten sich zu einer bunten Gemeinschaft zusammengefunden. Chinesen, die an einem Bewässerungsprojekt arbeiteten, saßen klein und gepflegt in Ledersesseln, und elegante muslimische Senegalesen warteten in ihren langen, goldbestickten Gewändern am Eingang auf ein Taxi. Ein paar bildschöne, elegante Nutten rauschten mit glänzenden Lippen und in einer Blütenduftwolke lachend und schwatzend an ihnen vorbei und verschwanden im Foyer, wo sie sich zwei französischen Abenteurern näherten.

Als ich in die Seitenstraße bog, sah ich den blauen Mercedes vom Gelände wegfahren, und damit auch meine

Chance, Tahim an diesem Abend zu umgarnen. Er saß am Steuer und näherte sich mir auf der anderen Straßenseite. Zwar hob er grüßend die Hand, machte aber keine Anstalten anzuhalten. Ich glaubte es nicht! So fuhr er auch an Chauffeuren, Mitarbeitern und Leuten vorbei, die ihm Geld schuldeten! Fassungslos sah ich ihn an. Bevor er vorbei war, machte ich ihm schnell ein Zeichen zu halten. Er kam zum Stehen und wartete, bis ich herankam. Hinterherlaufen musste ich ihm also auch noch! Aber noch schlimmer hätte ich es gefunden, wenn ich ihm nicht sofort gesagt hätte, wie übel ich sein Benehmen fand.

Tahims Arm lehnte lässig auf der Tür, das blütenweiße Hemd war oben geöffnet und gab olivfarbene Haut und attraktive, grau melierte Brusthaare frei. Der Mann machte den Eindruck, als sei er auf dem Weg zu einem Rendezvous oder zu einem Fest. Fragend sah er mir entgegen, mit hochgezogenen buschigen Augenbrauen, während mir vor Eifersucht und Neid fast die Galle hochkam.

Doch ich riss mich zusammen. »Du fährst tatsächlich so an mir vorbei?« Mit einem Lächeln versuchte ich meinen Vorwurf zu entschärfen und neutral zu wirken. Dabei war es für mich verdammt schmerzhaft, ihn ungewohnt – ohne mich – zu Einladungen fahren zu sehen. Früher hatte es für mich kein Entrinnen gegeben, überall war ich dabei, war fast immer der Mittelpunkt einer Gesellschaft und musste Tahim begleiten, ob ich Lust dazu hatte oder nicht. Jetzt lud man – wie Danielle – mich erst gar nicht mehr ein oder fuhr – wie Tahim – mit einem lässigen Winken einfach an mir vorbei.

Tahim entschuldigte sich wie ein ertappter Schuljunge: »Ich bin beim amerikanischen Botschafter eingeladen, da muss ich leider hin und es ist schon recht spät.« Damit legte er bereits den Gang ein und rollte langsam an.

»Schade, ich dachte, wir könnten noch zusammen essen, bevor ich nach Bayanga fahre.« Ich versuchte meine Enttäuschung zu verbergen und fügte mit gespielter Leichtigkeit hinzu: *»Dommage!* Dann werde ich mit den anderen noch einen kleinen Schluck trinken. Also dann, viel Spaß noch.« Den letzten Satz rief ich traurig hinter ihm her, während er schon weiterrollte und mich nicht mehr sah. Tahim bog in die Nationalstraße ein und war verschwunden.

Wieso nur war ich so tief enttäuscht, es war doch kein Weltuntergang! Tahim würde zurückkommen, und ich würde von meiner Exkursion auch zurückkommen. Wir würden geschäftlich zusammenarbeiten und uns sicher auch privat wieder näher kommen. Außerdem hatte er sich fast entschuldigt, obwohl er mir keine Rechenschaft schuldig war. Ich nahm mich zusammen und ging weiter. Es war okay, redete ich mir ein.

Die »Bestioles« freuten sich über mein Auftauchen. Wir unterhielten uns zwanglos über die bevorstehenden Wahlen. Ich bekam ein köstliches Abendessen und einen guten Rotwein. Statt Tahim lag Diki an meinem Busen, und zwei Stunden später brachte mich der alte Sentinel, bewaffnet mit Pfeil und Bogen, zum Hotel zurück.

Der fliegende Pickup

M*adame, votre voiture.«* Heftige Schläge gegen die Tür rissen mich aus tiefem Schlaf. Was war denn los? Langsam fand ich aus dem Reich der Träume in mein kleines Hotelzimmer zurück. Laurence hatte sein Versprechen gehalten, wurde mir schlagartig klar, und innerhalb von wenigen Augenblicken stand ich nacheinander senkrecht im Bett, unter der Dusche, in den Kleidern.

»J'arrive!«, rief ich durch die Tür und bestellte extra starken Kaffee. Dann packte ich schnell meine Tasche. Ich war gespannt, wer und was mich draußen erwartete.

Zehn Minuten später wusste ich es: Da waren kein Mallo, kein Jacki, kein Rover … sondern ein uralter verbeulter Renault Pickup mit einem winzig kleinen schwarzen Chauffeur, der auf dem grau melierten Haar eine riesige weiße Kappe trug.

»Bonjour, madame!«, begrüßte er mich und zog lachend die Mütze ab, während er zur Tür tänzelte, um sie mir aufzuhalten.

»Nestor!«, rief ich erfreut aus und musterte lachend das

vertraute Wesen. Er hatte mich schon einmal in den Dschungel gebracht. Sein mir aus früheren Zeiten vertrautes Gesicht war immer noch hübsch und hatte einen spitzbübischen Ausdruck. Faltiger war er und das dreieckige Errol-Flynn-Bärtchen war ebenfalls grau geworden, stand aber unverändert kess im Gesicht.

Da er gerade dabei gewesen war, die klebrige Masse seines stark pomadisierten Kraushaars mit langen Fingernägeln zu einem messerscharfen Seitenscheitel zu ziehen, streckte ich ihm mit gemischten Gefühlen die Hand zur Begrüßung entgegen, doch dann schüttelten wir uns die Hände in alter Freundschaft. Ein Blick auf seine Schuhe bestätigte mir, dass er ganz der Alte geblieben war: Er trug spitze Halblederschuhe und weiße Söckchen. Für unsere bevorstehende lange und gefährliche Strecke hatte er sich als Krönung in ein glänzendes lila Jackett gezwängt. Er sah toll aus. In diesem Aufzug passte er prima in ein Kasino, weniger aber zum Reifenwechseln unter ein Auto, wo ich ihn bereits liegen sah.

Unsere Fahrt sollte tatsächlich ein Abenteuer werden. Wegen seiner Größe kam Nestor kaum zum Sitzen. Seine Position am Steuer war eine Mischung aus Lenkradklimmzug und Schnellspurt. Entsprechend war sein anfänglicher Fahrstil: Er traf unfehlbar jedes metertiefe Schlagloch und raste mit Karacho hinein. Glücklicherweise verbesserte er seinen Stil, nachdem ich ihn streng ermahnt hatte. Nestor hatte keinen Millimeter der Strecke vergessen, und er redete nicht viel, was mir sehr angenehm war. So konnte ich mich in Ruhe meinen Gedanken

hingeben und die vorbeifliegende afrikanische Landschaft genießen.
Anfangs ging es durch staubige Bantu-Dörfer, wo müde Männer unter Schatten spendenden Bäumen saßen. Jahrelange Regenzeitgüsse hatten tiefe Furchen in die Savannenwege gezogen, wodurch die Fahrt holprig genug war. Oft führten uns schmale Brücken, in denen Bohlen fehlten, über klare Bäche. Kinder planschten nackt im Wasser, und Frauen, nur mit bunten Tüchern um die Hüften, wuschen weiße Maniokknollen. Sie winkten uns zu, und am liebsten wäre ich auch in das kühle Nass gesprungen. Die Hitze drückte in der Savanne besonders stark. So bewegten wir uns ungefähr fünf Stunden lang voran, bis wir zu einem sandigen, besonders beschwerlichen Wegstück mit einer 40-prozentigen Steigung kurz vor Ngoto anlangten und unser Pickup zum ersten Mal streikte.
Das Vorderrad war blockiert, und Nestor legte sich in den heißen Sand, wo er zwar nicht, wie ich vorhergesehen hatte, den Reifen wechselte, aber mit verschiedenen Werkzeugen die große Mutter der Vorderräder für den Allradantrieb zu lösen versuchte. Inzwischen sah er so aus, wie ein Chauffeur in einem Road-Movie aussehen musste. Während ich breitbeinig über ihm stand und mit der großen Zange das Gewinde mit aller Kraft festhielt, schlug er mit einem riesigen Hammer auf die verklemmte Schraube ein.
»Nestor, ich bin mir nicht sicher, ob das die richtige Methode ist!« Ich hatte Angst, dass irgendetwas brechen und uns vollends lahm legen würde.

Er lachte und sah kurz zu mir hoch. »Das ist okay! Die Schraube ist nur eingerostet.«
Tatsächlich löste sie sich beim letzten Schlag mit einem metallischen Tiiingggg ... und ich flog in den Sand, da der Druck so plötzlich nachließ.
»Oh, entschuldigen Sie, Madame, das tut mir Leid!«, beteuerte Nestor und wollte mir aufhelfen.
»Non, merci, ça va!«, knurrte ich leise und rollte mich vorsichtig nach oben, um nicht noch mehr Sand in meine Kleidungsöffnungen zu schaufeln.
Inzwischen nudelte Nestor den Motor wieder an, die Räder griffen, und langsam driftete er in Querlage durch den Sand. Hinter dem Wagen beobachtete ich die Prozedur im Laufschritt, denn ich wusste aus eigener Erfahrung, dass das Fahren im Sand gefährlicher und noch unberechenbarer war als auf Eis. Unser Vorankommen war ein aufwändiges Unterfangen in der brüllenden Hitze, und ich war im Nu schweißnass. Zum Glück ging es gut, und ich sprang hechelnd wieder in den fahrenden Wagen. Die alte Karre rutschte, aber Nestor fuhr gut und gleichmäßig. Wir waren beide angespannt, und ich wagte kaum zu atmen, denn wir wussten, jetzt gingen die Schwierigkeiten erst richtig los. Nach dieser Prüfung im Treibsand erwartete uns eine mächtige Furchenlandschaft aus versteinertem, hohem Sand. Wenn wir den mit den Felgen touchierten, riskierten wir, dass sich der Wagen überschlagen oder die Ölwanne durchschlagen würde.
Je näher wir den monströsen Fahrrinnen kamen, desto heftiger steuerte Nestor dagegen, um aus der Spur heraus-

zukommen – vergeblich. Also sprang ich wieder aus dem Wagen und drückte von hinten mit aller Kraft das Chassis in die Gegenrichtung und sprang dann als zusätzliches Gewicht auf die Ladefläche.

»Los, Nestor, jetzt gib Gas!«, brüllte ich, und schon schleuderten und schlitterten wir von einer Seite zur anderen. Todesmutig drückte Nestor den Fuß aufs Gaspedal und hielt mit voller Geschwindigkeit auf die Grasnarbe am Gipfel der Steigung zu. Dort hob er mit einer Art Bocksprung ab, um im glücklichen Land der gleißenden Mittagssonne spukartig zu verschwinden. Er hinterließ nicht das leiseste Geräusch, keine schwache Detonation, keinen Hilferuf, nichts.

Auch ich vollzog einen Bocksprung: donnerte gegen das Ladeblech, wurde wieder zurückgeschleudert, prallte gegen die andere Seite und wurde in hohem Bogen aus der offenen Ladeluke gespuckt. Während dieses Schleuderprogramms sah ich noch unseren fliegenden Pickup hinter der Kuppe verschwinden. Es war wie ein Spuk.

Diesmal hatte ich mir recht wehgetan, als ich gegen das Chassis geschleudert wurde. Der Ellenbogen schmerzte höllisch und blutete. Während ich leise vor mich hin stöhnte, stand wie von Zauberhand getragen Nestor mit seiner Wasserflasche neben mir.

»Bist du etwa aus dem fahrenden Wagen gesprungen?«, fragte ich entsetzt.

Er lachte schallend. »*Non, madame, tout va bien!* Er steht da drüben auf festem Boden«, antwortete er so beiläufig, als hätte er gerade die Kaffeetasse ordentlich auf dem Unterteller abgestellt. Dabei nickte er zufrieden in Richtung Hügel. Besorgt griff er mir unter die Arme und zog mich behutsam hoch.

Langsam rappelte ich mich auf und stellte fest, dass ich, außer am Ellenbogen, unverletzt war. »Da haben wir aber Glück gehabt, was?« Erleichtert lachte ich nun auch und schlug Nestor bewundernd auf die Schulter. »Gut gemacht! Bravo! Wo bist du denn zum Halten gekommen?« Das interessierte mich brennend.

Nun lachte er noch lauter. »Im Garten meiner Schwiegereltern!«

»Waaaas? Wieso hast du denn hier Schwiegereltern und mir nichts gesagt? Deshalb hast du also wieder so gut hergefunden?«

Ich staunte nicht schlecht, während er heftig nickte und seinen Kaugummimund von einem Ohr zum anderen zog.

»Ach, Madame, Sie haben sich so begeistert die Gegend angesehen, da wollte ich nicht stören. Das hier ist die Familie meiner vierten Frau!« Während er mir weiter die Familienchronik erläuterte, machte er Anstalten, von seinem Trinkwasser, das seit Stunden in der alten, schmuddeligen Plastikflasche am heißen Auspuff köchelte, auf meine offene Wunde zu gießen.

Dankbar schob ich die Flasche beiseite. »Danke, Nestor, ich bin noch nicht so resistent gegen afrikanische Bakterien. Ich nehme lieber Alkohol!«

Lauter werdendes Kinderjohlen näherte sich jenseits des Gipfels über uns. Erwartungsvoll blickte ich dem Geräusch entgegen, aber außer flirrenden Hitzewellen bewegte sich nichts. Hatte ich bei dem Unfall einen Hörsturz erlitten? Erschreckt blickte ich zu Nestor.

Doch Nestor beruhigte mich und strahlte dabei über das ganze Gesicht. Mit Stolz erklärte er: *»Mes enfants!«*

Und schon kamen seine Kinder über den Hügel gestürmt, eine bunte, kreischende, zahlreiche Schar, die sich uns mit wilden Armbewegungen in Windeseile näherte. Hilfe!

»Nestor, hier sind 10 000 CFA Vorschuss. Du hast 15 Minuten Zeit. Um elf Uhr fahre ich weiter, ob du im Wagen sitzt oder nicht.«

Wie hypnotisiert blickte er mich an, so überrascht, als wäre ich eine Schlange.

Nun zischte ich ihn auch noch an: *»Allez, vite!«*

Da dämmerte ihm, dass ich es ernst meinte und ihm möglicherweise noch schlimme Zeiten bevorstanden. Er klemmte die Wasserflasche unter den Arm, nahm das Geld, bedankte sich und rannte, was das Zeug hielt. Wozu sollte ich ihm sagen, dass ich Kinder nicht mehr besonders mochte …

Langsam lief ich durch die Furchen über den schweren Sand in die Richtung, wo ich unseren Wagen vermutete. Als ich über den Hügel kam, erstarrte ich. Etwa zehn Meter unterhalb von mir steckte der Pickup wie ein außerirdisches Flugobjekt mit der Nase in der Erde, umgeben von hohen Maniokpflanzen, Ananasstauden und mickrigen roten Strauchtomaten. Dazwischen tobte die ausgelassene Kinderschar, und eine afrikanische Mami winkte zu mir herüber. Ich winkte heftig zurück und deutete lachend auf unser Ungetüm. Sie aber wedelte beruhigend mit den Armen, was so viel bedeuten sollte wie: alles halb so schlimm.

Im Näherkommen erkannte ich, dass sie sehr hübsch war, abgesehen von dem dicken wackelnden Hintern, und auch jung, vielleicht 25 Jahre. Ich begrüßte sie mit Handschlag und fragte, ob das alles ihre Kinder seien. *»Âmôlengê tî mo a'ke ôke, Madame?«*

Sie zeigte eine Reihe perlweißer Zähne, schüttelte den Kopf, zeigte mit gespreizten Fingern auf drei Kinder und nannte ihre Namen. *»Tî mbi, Kösî et Gômbo sô kôya Yabada.«* Sie selbst hieß Isabelle.

Während ich fasziniert ihr schönes Gesicht betrachtete, setzte sie mir auseinander, dass die beiden großen Burschen Cousins seien. Etwas verlogen gratulierte ich zu all den reizenden, hübschen Kindern. Dann bat ich um ein Stück Seife und kochendes Wasser. Die Wunde in meinem Arm tuckerte bereits leise. Mein Sagrotan-Wundspray hatte zwar wundersame Kräfte, aber ich zog, wenn möglich, die alten Heilmittel vor.

Nestor trug seinen schönsten Stuhl durch den schmalen Eingang des schiefen roten Backsteinhauses, in dem sich träge eine löcherige Blümchengardine im Wind bewegte. Er schob ihn für mich vor die schattige Hauswand und lud mich mit königlicher Geste ein, Platz zu nehmen. Meinem Eindruck nach war dies der einzige Stuhl und die Kinder hatten sicherlich noch nie darauf sitzen dürfen. Als ich mich niederließ, reihte sich die Kinderschar wie in einem Kino automatisch am Boden vor mir auf und wartete gespannt, was der Tag ihnen nach dem sagenhaften Beginn sonst noch bieten würde.

Ich fühlte mich stark an meine Pygmäenfreunde im Lobaye-Gebiet erinnert, die damals, als wir uns zum ersten Mal begegneten, geduldig vor meiner Laubhütte warteten, bis endlich das große Event – weiße Frau flüchtet vor toter Viper – stattfand. Meine kleinen Freunde! Insgeheim hatte ich beschlossen, sie auf dem Rückweg ausfindig zu machen, obwohl ich eigentlich keine Zeit hatte. Aber es musste sein! Diese stille Sehnsucht nach ihrer sinnlichen Ursprünglichkeit befiel mich so stark, als hätte mich eine magische Welle überrollt. Verträumt sah ich in Richtung Osten, wo sie lebten.

Tatsächlich näherte sich von Osten Mama Isabelle mit Seife und einem alten, verbeulten Topf, den sie auf den Feuerplatz stellte. Gômbo bohrte erwartungsvoll in der Nase, und Kösî stieß ihn unentwegt kichernd in die Seite. Mama schickte einen lauten Wortschwall zu Nestor, der gerade unser Vehikel wieder flott gemacht hatte, und sofort legte er gehorsam ein paar Äste auf das magere Feuer. Aufmerksam sahen alle zu, wie ich von der großen, viereckigen Marseille-Seife etwas abbröckelte und ins Wasser warf. Nachdem es gekocht hatte und ein wenig abgekühlt war, hielt ich vorsichtig meinen Ellenbogen in die dampfende milchige Lauge, was mir die Tränen in die Augen trieb und bei den kleinen Zuschauern ein lautes, erschrockenes *»Ayyyyy!«* auslöste. Aber es musste ja heiß sein. Verdammt! Nur meine früheren leidigen Erfahrungen brachten mich dazu durchzuhalten: ein rostiger Nagel in der

Fußsohle, ein Lianendorn unterm Fingernagel, Daumenschnittwunde durch Büchsenblech, eitrige Fersen mit festgeklebten Söckchen …

»Merde, comme c'est chaud!«, entfuhr es mir, während mir die Tränen weiter die Wangen herunterkullerten.

Nestor, der die Zeremonie ebenfalls beobachtete, lenkte mich mit einer überraschenden Botschaft ab: »Laurence hat mir aufgetragen, Sie bei einem Koch vorbeizufahren, der Ihnen vielleicht nützlich sein kann. Er meint, dass Michel für Ihr Restaurant gut geeignet ist!«

Erstaunt fragte ich nach: »Und das erzählst du mir jetzt erst? Na gut, wenn es kein Umweg ist!«

Ich löste mich aus der Lauge. Der Ellenbogen war inzwischen vor Schreck ganz blass geworden und machte auf scheintot. Jedenfalls tuckerte er nicht mehr.

»Das ergibt noch ein gutes Bad für schmutzige Füße«, bemerkte ich lachend zu den Kindern und schob ihnen den Topf hin. »Und vielen Dank auch, Madame! *A bientôt!«*

Damit verabschiedete ich mich eilig und winkte Nestor ungeduldig. »Komm, wir haben viel Zeit verloren. Beeil dich!«

Die Fahrt zum Dschungel und die Begegnung mit Wachtposten-Waldi

Die verschlafenen Bantu-Dörfer erstreckten sich übergangslos und ohne besondere Reize von der Straße bis in die Savanne; sie hatten sogar die gleiche Farbe, ein sandig-verbranntes Rostrot. Hier wurden nicht einmal Früchte angeboten, wie sonst üblich in Dörfern mit fruchtbarerem Boden. Man sah auch kein Gemüse, keinen Markt, keine Kneipe mit aufreizendem Namen wie »Zum Paradies« oder »Der goldene Palast«. Offenbar wollte man niemanden bewirten und auch nichts anbauen, nicht einmal die anspruchslosen Maniokwürfel lagen zum Trocknen in der Sonne oder Kaffeebohnen. Tote Hose, sandige Savanne.

Stattdessen fanden wir an einer Kreuzung einen großen Tanker vor, an dem die Menschen in einer langen Schlange um Wasser anstanden. Mit schmuddeligen Plastikkanistern und Blechbehältern auf den Köpfen rückten Groß und Klein in glühender Hitze schrittweise vor. Ich fragte mich, was sie wohl machten, wenn der Tanker mal nicht käme. Diese armen Leute hatten anscheinend überhaupt nichts Eigenes.

Langsam veränderte sich die Landschaft. Die Savanne verdichtete sich, es gab mehr Büsche und ausgemergelte Bäume. Das vorherrschende Gelb-Rot-Braun der Savanne wich einer dürren Grünzone, und schließlich eröffnete sich hinter einem Hügel ein Bild, das mich tief berührte. In fast religiöser Andacht bewunderte ich das Ziel meiner langen Reise: Vor uns zeigte sich in paradiesischer Vollkommenheit eine erhabene afrikanische Silhouette unendlicher Weite. Hinter bewaldeten Hügeln sah man am Horizont ein tiefgrünes Plateau, den Urwald, aus dem unterschiedlich hohe und ausladende Baumkronen mit gelben Blüten, roten Blättern und sogar weißlichen Farben herausragten.

Selbst auf diese Entfernung nahm man den farblichen Unterschied zu europäischen Wäldern deutlich wahr. Im Regenwald fanden Baumblüte und Blattabwurf unabhängig von der Jahreszeit statt.

Ein Fluss schlängelte sich über einen Hügel und stürzte in einem Wasserfall in die Tiefe, bevor er im geheimnisvollen bläulichen Dunst des Dschungels verschwand. Ein Kronenadler zog mit schwarz-weißem Gefieder majestätisch und einsam über den Wipfeln seine Kreise und verschwand zwischen den Baumkronen, unter denen sich so vielfältige Tiere den Lebensraum teilten: Panter, Schimpansen, Gorillas, Waldelefanten, Vogelspinnen, Antilopen, Kobras, Treiberameisen, Papageien, Büffel, Flusspferde und Warane. Nur ein Bruchteil der Fauna fiel mir

ein, während ich dem schier unendlichen Waldverlauf mit den Augen folgte.
Nestor zeigte auf den fernen Fluss. »Da müssen wir hin. Das ist noch sehr weit!«
Sein pragmatischer Kommentar riss mich aus meiner Andacht. »Ja! Und bald werden wir die ersten Pygmäen sehen!«, ergänzte ich und stellte mir einen verblüfften Chauffeur vor einem ebenso verblüfften Waldmenschen vor.
Schon fuhren wir fast senkrecht bergab und tauchten bald darauf in den dichter werdenden Wald ein. Nestor war stolz auf alle modernen Errungenschaften in seiner Umgebung, und so war es für ihn ein großes Unglück, dass ich darauf bestand, die Aircondition im Auto ausgeschaltet zu lassen. Sie war ohnehin keine richtige Klimaanlage, sondern eine Art Gebläse, die außer zum Verwirbeln kleiner Mücken, uralten Staubs und ebenso alter Killerviren nichts nützte. So hatten wir also die Fenster geöffnet, spürten die Kühle des Waldes und den würzigen Duft von Moos und Moder. Ich konnte die Farbe Grün förmlich riechen. Der Geruch wurde stärker in dem Maße, wie es dunkler wurde und wir tiefer in den Wald eintauchten. Hier irgendwo musste der Gott der Ruhe und der Finsternis leben, schaukelnd auf hundertjährigen Lianen zwischen spärlichem Licht und grüner Dämmerung.
Große Schlammlöcher taten sich auf, die der Pickup eiernd durchschwamm, aber sie wurden immer größer, und bald befanden wir uns in einer Art Sumpf. In dieser Ursuppe wurde es uns allmählich unheimlich, und Nestor

und ich beteten abwechselnd mit frommen Sprüchen das Ende dieser Etappe herbei. Nach meinen Erinnerungen mussten wir bald den Bambuswald erreichen.

Und dann tat er sich in seiner bedrohlichen Fremdartigkeit auf: der Ur-Wald. Immer wieder empfand ich ihn als ein Naturereignis, das ich andächtig und schweigend erlebte und das nicht zuletzt auch Angstgefühle in mir auslöste: Halb rechnete ich damit, einem vergessenen Monster aus *Jurassic Park* zu begegnen. Denn diese grüne Hölle war mindestens so alt. Als wir hineintauchten, hatte ich – nicht zum ersten Mal – das unbestimmte Gefühl, nie mehr herauszukommen. Alles, was aus mangelnder Vorsicht oder Neugier in seinen grünen Schlund rutschte, würde auf immer verschluckt.

Ein schneller Blick zu Nestor bestätigte mir, dass auch er Angst hatte. Seine Augen waren weit aufgerissen, und er biss die Zähne zusammen. Da er nicht zu wissen brauchte, dass auch ich Schiss hatte, blickte ich schnell wieder nach vorn. Es würde nur seine Fahrmoral beeinträchtigen.

Braun verholzte, mindestens 40 Meter hohe Grasstämme und riesige hellgrüne Triebe bogen sich vor uns so tief zur Erde herab, dass ich mich bang fragte, wie wir da durchkommen sollten. An den Seiten blockierten pelzige baumhohe Farne jede Ausweichmöglichkeit, außerdem wäre der Morast auch zu gefährlich gewesen. Wir würden dort auf Nimmerwiedersehen in den Modder schlittern.

Und trotzdem lösten diese Farne ein winziges Gefühl der Freude in mir aus: Ich erkannte sie wieder! Bei Aldi waren sie in mickriger Miniaturausgabe für 3,50 Euro zu haben.

Hier vermischten sie sich auf der Suche nach Licht in dunkler Umarmung mit aufwärts strebenden bemoosten Lianen. Wir befanden uns in einem Gewirr aus Blättern, Schlingen, Gräsern, Moosen und zerfallenden Baumriesen, das sich in dieser dunklen feucht-schwülen Ursuppe mit Trieben und Sprossen zur unaufhörlichen Wiedergeburt verschlang.

Als mich ein fragender Blick von Nestor traf, riss ich mich aus meinem Staunen. Bei dem Gedanken, hier vom Weg abzukommen – was immer der Weg war – oder gar eine Panne zu haben, kroch mir die Angst eiskalt den Nacken hoch. »Konzentrier dich bitte. Wenn wir hier stecken bleiben, sind wir verloren!«

Nestor war sich der ernsten Lage bewusst, und er nickte mir zu. Um besser sehen zu können, lag er mit dem Bauch fast auf dem Lenkrad. Plötzlich schrie er auf und bremste so stark, dass wir quer zum Rand des Sumpfes standen.

»Mbîngo kötäzo!« Erstarrt blickte er zu einem Baum, und zum ersten Mal in meinem Leben sah ich ein schlohweißes Bantugesicht.

»Verdammt, was ist denn los?«, flüsterte ich erschrocken in seine Richtung, während mir Gänsehaut in gleichmäßigen Schüben die Kopfhaut zusammenschob. Aber so sehr ich mich auch anstrengte, konnte ich nichts entdecken. Tonlos deutete Nestor auf einen gespaltenen Baumriesen, dessen Krone abgestürzt war und am Stamm herunterhing. Herrje, was sollte denn da sein? Elefanten?

Plötzlich sah ich eine Bewegung, kaum merklich, und schon war das Wesen wieder hinter dem Baum verschwunden. Nestor konnte ich nichts mehr fragen. Der war zu Stein erstarrt und hielt sich mit verkrampften Händen am Lenkrad fest. Es rührte sich nichts mehr, so angestrengt ich auch hinübersah. Langsam kurbelte ich die Scheibe hoch und machte mich auf Außergewöhnliches gefasst, als ich wieder eine Bewegung wahrnahm. Nestors Adamsapfel erwachte zum Leben und sauste eigenständig den Hals hinauf und hinunter, während ich mich mit zusammengekniffenen Augen vorbeugte, um besser hinter den Baum sehen zu können. Und da entdeckte ich hinter dem Baumstumpf, unbeweglich und farblich seiner Umgebung perfekt angepasst, einen erdfarbenen Körper mit Lendenschurz und vor dem Kopf verschränkten Armen. Eine kleine Gestalt.

Erleichtert atmete ich auf. »Nestor, wach auf! Das ist ein Pygmäe!«

Ein lang gezogener Pfeifton kündete von Nestors Wiedergeburt. Mit vor Schreck geweiteten Augen drehte er sich zu mir und fragte leise: »So sehen Pygmäen aus? Das sind ja Geister in Erdfarbe!«

»Nein, mein Lieber. Das sind Menschen wie du und ich: Sie essen, scheißen, kriegen Kinder und sterben! Nur sind sie etwas kleiner!« Dann beugte ich mich dicht an sein Ohr und rief laut und deutlich: »Du kannst jetzt weiterfahren!«

Er zuckte zusammen und erwachte vollends zum Leben. Mit seinem schiefen Gigolo-Grinsen und einem zischendem »Tssss!« scheuchte er den Albtraum beiseite, fuhr an und ruderte uns mit heftigem Lenkradgekurbel aus dem Morast.

Ich winkte dem kleinen Kerl freundlich zu und sah noch, wie er neugierig ein Auge riskierte und zwischen den Handflächen durchlugte, ansonsten blieb er unbeweglich an den Baum geheftet. Die anderen seiner Sippe oder des Jagdzugs waren todsicher in der Nähe, blieben aber für ungeübte Augen unsichtbar. Dieser hier schien etwas geerntet zu haben, denn er trug einen Korb aus Raffiapalm-Fasern, der ihm an einer Lianenschnur um den Kopf hing. Jetzt wandte er sich langsam ab und sah zu Boden. Waldbewohner – Menschen wie Tiere – waren scheu und leise, sie kamen nicht, sondern waren plötzlich da und beobachteten mit aufmerksamer Zurückhaltung, wobei ihnen nichts entging.
Nach einer Zeit, die mir wie eine halbe Ewigkeit erschien, kündigte sich das Ende des Waldes an. In der Ferne lichtete sich das Dickicht. Nestor und ich atmeten auf, als wir uns der Öffnung näherten und schließlich ins Freie hinausfuhren. Die Strecke wurde zwar nicht einfacher, aber endlich wieder überschaubar. Heftige Regenfälle hatten auch hier eine steinharte, kraterähnliche Landschaft gebildet, die uns zwang, steil und teilweise sogar auf nur zwei Rädern seitlich zu fahren. Abwechselnd sah ich mal auf Nestor herunter und mal Nestor auf mich. Das war nicht angenehm, denn man wusste nie, wann der Punkt erreicht war, an dem der Wagen umstürzte. Eine falsche Bewegung von uns oder eine wegbröckelnde Rinne, und wir wären umgestürzt!
Wir waren nun schon sechs Stunden unterwegs, und es herrschte eine glühende Hitze. Ich bemerkte, wie hungrig

ich war. Am frühen Morgen hatte ich an einer Kontrollstelle von einem Jungen drei Brote und sechs Ecken Schmelzkäse gekauft. In weiser Voraussicht hatte ich den Käse ins Brot gedrückt. Ich hangelte nach der Tüte und fischte unser Mittagessen heraus. Mit Heißhunger vertilgten wir unsere Brote.

Inzwischen hatten wir die Überfahrtstelle des Lobaye bei Ngoto erreicht. Außer uns war niemand auf der alten Ponton-Holzfähre, die, von einem mächtigen Zugseil aus Draht gehalten, zum anderen Ufer pendelte. Nestor deutete auf die Konstruktion und erklärte: *»Les Allemands!«*

Erstaunt sah ich auf die Karte. Was um Himmels willen hatten die Deutschen hier gemacht, so nah am Urwald? Und hatten sie sich gut benommen? Aber Nestor wusste auch nicht mehr. Und auf der Karte fand ich keine Hinweise. Es gab keine Orte namens Elefanthofen, Pygmäenhausen, Mittenurwald oder Sanghamoos …

Später erfuhr ich, dass tatsächlich die Deutschen zwischen 1894 und 1915 den Bambus als Landesgrenze gepflanzt hatten, als sie gemeinsam mit den Franzosen versuchten, ihre Vorherrschaft in Zentralafrika auszubauen. Dabei wurde die Grenze zum Kongo mit militärischer Gewalt verschoben. Der östliche Teil des Kongo hatte bereits unter deutscher Herrschaft gestanden. Die Deutschen blieben nicht lange, hinterließen aber Spuren bis zum heutigen Tag: Sie pflanzten China-Bambus, die ersten Mangobäume und bauten Brücken.

Fahrt mit Hindernissen

Wir fuhren durch Dörfer und verbrannte, karge Graslandschaften und sichteten schließlich den hohen Grenzobelisken, der den Scheideplatz nach Berberati im Norden und Nola darstellte. Ich atmete auf und rechnete aus, dass es nur noch fünf Stunden nach Bayanga dauern würde – da wurde der Wagen langsamer. Nestor hielt den Kopf zum Fenster hinaus und sah besorgt nach hinten. Schließlich hielt er an, mitten auf der öden Sandstraße, unter glühender Sonne.

»Nestor, was ist los?«

Er schüttelte den Kopf und beruhigte mich. »*Pas de problème!* Der Reifen ist kaputt. Aber der ist schnell gewechselt!«

Pas de problème … Da war er wieder, mein Lieblingssatz! Mit gemischten Gefühlen sprang ich aus dem Wagen. Oje, meine Gliedmaßen waren vom langen Sitzen so steif, dass ich mich kaum mehr bewegen konnte. Die glühende Hitze biss mir heftig in die Kopfhaut und ließ die Straße, so weit man sehen konnte, in kleinen Flammen flirren. Das gleißende Licht brannte so sehr in den Augen, dass ich halb blind die Radmuttern aufsammelte, die Nestor leichtsinnig in den Sand warf. Dabei überlegte ich, ob meine Steifheit mit der morgendlichen Lahmheit meiner Beine zusammenhing. Seit meiner Ankunft in den Tropen konnte ich morgens meist nicht gut auftreten und musste mich eine Zeit lang am Bettrand abstützen, bis ich aus dem Kriechgang eines alten Weibes in eine frische, aufrechte Gangart umschalten konnte.

Nestor hatte inzwischen den Reservereifen aus dem Heck gewuchtet und stellte fluchend fest, dass der einen großen Riss hatte und nur unzureichend geflickt war. »Das ist ja unglaublich, dass man uns den kaputten Reservereifen mitgibt. Verdammter Mist!«

»Aber Nestor, hast du das Fahrzeug denn nicht kontrolliert?«, unterbrach ich ihn vorwurfsvoll. »Es ist doch die Aufgabe des Chauffeurs!«

Verzweifelt warf er die Arme in die Höhe und war den Tränen nahe. Sein schmales, sonst so fröhlich-spitzbübisches Gesicht war ganz faltig geworden. »Es ging alles so schnell, und Mallo hat doch versprochen, dass alles in Ordnung ist!«

Mit weinerlichem Blick betrachtete er die verstreut herumliegenden Schrauben, Schläuche, Werkzeuge und den Radheber. Dem fehlte zudem das Öl, sodass die Hydraulik nicht funktionierte.

»Das ist doch Blödsinn! Du weißt doch, dass Mallo gar nicht mit diesem Pickup fährt! Woher soll er sich denn damit auskennen? Aber es nutzt ja nichts, hier herumzuschimpfen. Was machen wir jetzt?«

Ich sah mich nach Spuren menschlicher Behausungen um, konnte jedoch nichts erkennen. Ein weiteres Problem waren unsere Benzinvorräte. Nestor hatte die Zufuhr bereits auf den zweiten Tank umgestellt. Damit blieb uns wahrscheinlich nicht mehr viel, wenn wir weiterhin so oft auf das Allradgetriebe angewiesen waren. Zur Not gab es zwar noch die Reservekanister, doch die wollte ich ungern anbrechen.

»Wir sollten vorsichtshalber tanken! Wie viel Liter sind eigentlich noch in den Kanistern?«, wollte ich wissen.

Jetzt wurde es schwierig: Mit ausholenden, aufmüpfigen Bewegungen schnallte Nestor, der ahnte, dass Ärger ganz nahe war, die Kanister von der Ladefläche los, und an der Leichtigkeit der Bewegungen erkannte ich das nächste Unheil.

Drohend, ohne ein Wort zu verlieren, sah ich ihn an. Nestor, der nun bockig wurde, sprach auch keinen Ton mehr. Er nickte nicht einmal oder kniff die Lippen zusammen wie sonst, wenn er sich unbehaglich fühlte. Diesmal ging es ihm sehr schlecht.

»Und eine Taschenlampe für nachts hast du wohl auch nicht dabei?«

Keine Antwort.

»Und wenn doch, geht sie dann auch?«

Nichts! Langsam schwoll mir der Kamm, doch versuchte ich mich zu beherrschen. Etwas später aber, als ich Nestor mit aufgeschraubter Taschenlampe sah, in der nicht die Spur einer Batterie zu erkennen war, explodierte ich.

»Scheiße, das darf doch alles nicht wahr sein!« Ich rastete

aus und hörte gerade noch rechtzeitig vor meinem ersten Mordversuch einen schweren Motor, der näher kam.
Eine riesige Staubwolke rollte heran und mit ihr ein verdreckter Rover. Rasant bremste er und hüllte uns in Sand und Schmutz, der durch alle Poren und Ritzen in meinen Körper drang. Auch diesem Chauffeur hätte ich problemlos den Hals umdrehen können. Doch Nestor versperrte mir den Weg und erklärte seinem Kollegen kumpelhaft die Situation.
Der Mann drehte sich zu mir und erklärte freundlich: »Da vorne ist ein altes Sägewerk mit einer Tankanlage. Die letzte Station vor dem Urwald. Da musst du hin, Madame.«
Ich nickte genauso liebenswürdig zurück. »Und was glauben Sie, wie lange wir zu Fuß mit zwei Reifen und einem 20-Liter-Kanister brauchen?«
Darauf wandte er sich an Nestor und bot dem Verbündeten kurzerhand an: »Steig ein, ich fahr da vorbei!«
Schon raffte mein lieber Nestor alles zusammen und war bass erstaunt, als ich ihn am Gürtel zurückhielt und ihm erklärte, dass ich mitführe. Ohne mich könnte die Aktion sich stundenlang hinziehen, und wo sollten wir übernachten, wenn wir erst einmal im Urwald wären?
Aber die Pannen gingen jetzt erst richtig los, und ich würde mich früher oder später der Frage stellen müssen, ob ich mir mit meiner Mischung aus überheblichem Selbstvertrauen, kindlichem Optimismus und unstillbarer Neugier meine Probleme nicht selbst schuf.
Gustave, so hieß unser neuer freundlicher Weggefährte,

war der Chauffeur des libanesischen Patrons, der das große Sägewerk besaß und entlang des Lobaye abholzte. Ich nutzte die Gelegenheit, mich zu informieren. »Der Fluss hat jetzt so wenig Wasser, wie schafft ihr da die Stämme nach Kamerun zum Verschiffen?«

»Der Patron lässt eine Straße für die LKW bauen. Sie ist fast fertig!«, erwiderte Gustave stolz, während ich meinen aufsteigenden Zorn bekämpfen musste.

»Warum benutzt ihr nicht die Trasse von Silvico mit, die führt doch auch nach Duala?«

Wenn ich daran dachte, wie sinnlos der Regenwald vernichtet wurde, erfasste mich immer eine große Verzweiflung. Am liebsten hätte ich irgendwie eingegriffen. Aber hier hatte man es mit einer endlosen Kette aus habgierigen Konzessionären, brutalen Wilderern, verarmten Einheimischen und nicht zuletzt korrupten Regierungsbeamten zu tun, sodass ich nicht wusste, wo man ansetzen sollte. Gustaves Antwort bestätigte diesen Wahnsinn nur: »Die brauchen ihre Straße selber und haben ständig Probleme mit dem Straßenbauamt. Sie reparieren nichts und wollen nur Geld. Jetzt haben sie Kontrollstationen errichtet und kassieren für jede Passage!«

Es war zum Verrücktwerden. Jeder Konzessionär baute tatsächlich seine eigene Trasse und vernichtete so, völlig sinnlos, kilometerweise Regenwald. Außerdem wurde dadurch die Lebensgrundlage der Pygmäen und des Großwilds zerstört.

Gustave sah mich viel sagend an. *»Voilà!* Habe ich es doch gesagt!«

Vor uns tauchte ein Schlagbaum auf, vor dem breitbeinig ein Wachtposten wartete. Eine uniformierte Schießbuden-Waldschrat-Mischung. Sein speckiger Kopf saß, da er halslos war, direkt auf den breiten Schultern. Er strahlte etwas selbstbewusst Herausforderndes aus, und ich erkannte in ihm durchaus die afrikanische Version des Homo sapiens bavaricus, dem ich in Münchner Biergärten, Museumshäusln, Busfahrerkabinen und als Parkplatzwächter begegnet war.
Wir hatten den Schlagbaum erreicht, und während Gustave sich devot mit einem freundlichen *»Bonjour, chef!«* aus dem Fenster beugte, versuchte ich den Wachtposten, gegen den ich von vornherein eine Aversion hatte, zu ignorieren. Zwecklos.
»Wo fahren Sie hin, Madame?«, wandte er sich direkt an mich. Er schob seinen halslosen Kopf durch das offene Fenster der Fahrerseite und taxierte mit flinken Augen die Bedeutsamkeit meiner Handtasche.
Während ich noch schwankte, ob ich ihm freundlich antworten oder ihn wegen der unerlaubten Straßensperrung zurechtweisen sollte, antwortete Nestor bereits an meiner Stelle: »Wir müssen nach Bayanga.« Und dann fügte er noch stolz hinzu, indem er auf mich deutete: »Sie wird dort der neue Patron sein!«
Oh, wie gern hätte ich jetzt endgültig meinen ersten Mord begangen! Dieser Idiot! Das würde mich ein Vermögen kosten.
Und als hätte Wachtposten-Waldi meine Gedanken gelesen, wollte er nun die Ausweise sehen. Als ob der Heini

lesen könnte, dachte ich erbost und fingerte nach dem Ausweis, während er den Blick nicht von der Tasche ließ. Aber er konnte lesen …

»Sie sind Julia von Laue?«, las er fließend ab.

»Oui!«, gab ich knapp zurück und sah mit gemischten Gefühlen zu dem Pass in seiner Hand.

Es kam noch besser.

»Dann haben Sie heute früh per Radio eine Nachricht für Monsieur Adam nach Bayanga geschickt?«

Mein Gott, langsam dämmerte es mir. Hatte ich etwa mit ihm über Funk gesprochen? Das würde den Preis noch einmal erheblich erhöhen. Als Nestor hinter mir zu einer weiteren Erklärung ansetzte und mit einem *»Frère«* begann, griff ich in Windeseile nach dem Wagenheber, den ich zwischen Vorder- und Hintersitz gesehen hatte, bekam ihn zu fassen und hieb kurz in die Richtung, wo ich Nestors Beine vermutete. Ein Schmerzensschrei bestätigte meinen Treffer. Bravo! Um ganz sicher zu sein, dass er mich verstanden hatte, schickte ich noch einen leichten Schlag hinterher – und noch einen für die leeren Kanister. Dann lächelte ich freundlich-kumpelhaft Wachtposten-Waldi zu. Ich musste die Angelegenheit dringend in die eigenen Hände nehmen, sprang aus dem Wagen und trat zum ihm.

»Das mit Bayanga war wirklich wahnsinnig nett, aber ein Freund hat die Nachricht schon erledigt. *Bon,* jedenfalls vielen Dank!« Ich griff seine schwielige Hand und schüttelte sie kräftig. »Also, bis bald!«, fügte ich zum Abschied hinzu. Damit löste ich mich von ihm, obwohl ich genau

wusste, dass das große Schröpfen unumgänglich war. Aber er sollte es mir selbst sagen!
Er schob mich tatsächlich bedächtig ein paar Schritte vorwärts und versuchte mich mit einem Lächeln, das den Charme einer Blutwurst hatte und dem Frohsinn einer Grabsteininschrift glich, zu umgarnen. *»Maman,* es gibt überall Probleme. *La mort …«*
Aha, jetzt kam die Masche mit der Familie und der kranken Mama, weil der Bruder gestorben war und so weiter! Und schon unterbrach ich ihn:
»Aber ja! Ich bin froh, dass Sie das auch so sehen! Eigentlich wollte ich das Hotel in Bayanga übernehmen«, fuhr ich leutselig fort und legte ihm nun meinerseits die Hand auf die Schulter. »Aber das kann ich ja wohl vergessen. Überall wird Geld verlangt, jeder bettelt es einem aus der Tasche. Ist das nicht furchtbar? Und weil ich weiß bin, glauben die Leute, ich hätte mehr Geld als die schwarzen Mamas! Ist das nicht wahrer Rassismus?«
Ich wagte kaum, in seine Richtung zu sehen, aber schließlich riskierte ich doch einen kurzen Blick. Er scharrte nachdenklich und fast hilflos mit den wuchtigen Militärstiefeln ein Kreuz in den Sand. So war er wohl noch nie in die Ecke gedrängt worden.
»Ich bin froh, dass Sie das nicht so sehen wie die anderen schwarzen Brüder. *Alors papa, à bientôt!«*
Mit meinen verwandtschaftlichen Gefühlen überrumpelte ich ihn vollends, drückte noch mal eilig seine schwielige Hand, nachdem ich ihm meinen Pass entzogen hatte, und rief forsch: »Besuchen Sie uns mal in Bayanga!« Dann

hüpfte ich um den Wagen und zischte dem Fahrer zu: *»Allez, vite!«*
Der glotzte mich entgeistert an, und erst als ich heftig den Zündschlüssel herumdrehte, trat er hastig in die Pedale und fuhr mit einem heftigen Ruck an. Da ich ganz sicher gehen wollte, setzte ich meinen Fuß auf seinen und trat das Gaspedal bis zum Anschlag durch, sodass wir mit den Vorderreifen in der Luft standen. Gustave brüllte vor Angst, Nestor schrie, und in allerletzter Sekunde hob sich auch der Schlagbaum vor unserer heranpreschenden Kühlerhaube. Wir hielten die Luft an. Das war so knapp, dass wir automatisch die Köpfe einzogen.
Kaum waren wir ein paar Meter entfernt um die nächste Kurve gefahren, fiel der Bann von uns. Wir lachten so laut los, dass sich das Wagenblech bog. Gustave hielt sich den Bauch vor Lachen, während Nestor, mit Tränen in den Augen, auf den Wagenheber zeigte und sich dann begeistert immer wieder auf die Schenkel schlug. Und so landeten wir tatsächlich mitsamt dem Rover und brüllendem Gelächter im Graben.
(Aber diese Episode sollte ein Nachspiel haben. Wie überall in Afrika waren auch hier alle irgendwie miteinander verwandt. Immer traf man wen, der einen kannte, der dich kannte. Und so wusste der Wächter, der uns auf dem Rückweg kontrollierte, natürlich Bescheid, und ich blechte für alle vergangenen und zukünftigen Sünden den horrenden Preis von 10 000 CFA, was 15 Euro beziehungsweise einem Viertel des hiesigen durchschnittlichen Monatslohns entsprach: eine Menge Geld.)

Etwas später waren wir am Tor des Werkes bei Nola angekommen und verabschiedeten uns dankbar von Gustave. Der hatte sich die ganze restliche Fahrt über nicht mehr so recht beruhigen können und war immer wieder in Lachanfälle ausgebrochen. Gerade schniefte er wieder vor sich hin. »Madame, ich hoffe, dass wir uns bald wiedersehen!« Schon prustete er los und steckte uns mit seinem Lachen an.

»Ja, Gustave, hoffentlich aber unter anderen Umständen!« Lachend schob ich ihm 3000 CFA in die Hemdtasche. »Und vielen Dank für alles!«

Nestor erkundigte sich noch nach der Werkstatt, und dann verschwand der Rover in einer größer werdenden Staubwolke und somit unsere einzige Chance, dem nun folgenden Dilemma zu entkommen. Da standen wir mit zwei Reifen und dem Kanister, stellten bald fest, dass es Sonntag war und kein Mensch arbeitete. Die Werkstatt war geschlossen. Aber es kam noch schlimmer ... Das Personal, das helfen könnte, wohnte auf der anderen Seite des Flusses. Die Pirogen aber überquerten ihn nur morgens und abends und – wie konnte es anders sein! – sonntags ohnehin nicht! Langsam wurde mir mulmig.

»Nestor, wir müssen uns jetzt beeilen. Du versuchst eine Piroge aufzutreiben, die uns auf die andere Seite bringt, und dann eine Schubkarre, mit der wir die Reifen transportieren können. Und ich frage inzwischen den Sentinel da drüben, ob er uns für den Rückweg zum Auto eine Transportmöglichkeit besorgen kann, okay? Oder hast du eine bessere Idee?«

Er zog ratlos die Schultern hoch. »Nein, Madame, leider nicht.«

»Also, dann los!«

Nun ging es für afrikanische Verhältnisse tatsächlich recht flott. Wir bekamen eine Piroge, eine Schubkarre und erreichten das andere Ufer. Die Schubkarre wurde uns nur kurzzeitig geliehen, da sie noch gebraucht wurde, und so mussten wir die schweren Reifen eine Stunde lang vor uns her rollen (davon 20 Minuten durch Schlamm und 40 Minuten bergauf), bis wir endlich das Dorf erreicht hatten, in dem wir die rettenden Hände vorfinden würden.

Tatsächlich gab es eine große Werkstatt. Sie erweckte zwar den Eindruck, als arbeitete sie mit aus dem Werk geklautem Material, aber was kümmerte mich das! Und es gab eine kleine Kneipe mit Grill und verkohlten, harten Fleischspießchen, die anscheinend vor Stunden über dem Feuer vergessen worden waren, sowie lauwarmes Bier, aber was kümmerte uns das!

Vier Stunden später saßen wir wieder in unserem Pickup, mit zwei fast neuen Reifen auf den Felgen und guter Laune. Es war mittlerweile sechs Uhr abends, und wir hatten ausgerechnet, dass wir noch ungefähr vier Stunden dichtesten Urwald vor uns hatten. Nach einer Stunde rasanten Fahrens wurde der Wagen kurz hinter Nola, der letzten Stadt vor dem Wald, langsamer. Nichts Böses ahnend, fragte ich Nestor, der mich kurz von der Seite ansah: »Was ist los?«

»Die Reifen, Madame!«

Da allerdings beschleunigte ich in einer Sekunde von null

auf hundert. »Waaaas? Bist du verrückt?«, schrie ich den armen Kerl an. Als ich das Dilemma sah – zwei flache Reifen, die lautlos Luft verloren –, hätte ich die Karre am liebsten angezündet. »Verdammter Mist! Das ist doch nicht möglich!«

Ich sprang im Sand auf und ab wie ein angestochener Ziegenbock und lief dann einfach die Straße entlang, ich wollte nur noch weg. Tatsächlich hatte ich ein Feuerzeug in der Tasche und hielt es voller böser Gedanken fest umklammert. Hinter mir hupte es. Nestor machte mir Zeichen zurückzukommen. Während ich mich zögernd umwandte, überlegte ich verzweifelt, wieso solche Pannen immer alle auf einmal kamen. Ich kannte das schon von früheren Abenteuern und schwor mir, nie ein gebrauchtes Auto zu kaufen, obwohl ein neuer Jeep oder Pickup unbezahlbar wäre.

Hinter Nestor tauchte ein gelbes Vehikel auf, das sich im Näherkommen als ein voll besetztes Taxi entpuppte. Es blieb uns nichts anderes übrig, als mit den drei anderen Personen zusammenzurücken, die Reifen in den Kofferraum zu Bananenstauden, zwei Sack Maniok und drei Hühnern zu werfen und uns dem Fahrer anzuvertrauen. Platt gedrückt und wieder mal Schenkel an Schenkel mit meinen Nachbarn war ich bis auf die Wäsche nass geschwitzt. Ich atmete die unterschiedlichsten Schweißfahnen ein, wobei meine auch nicht so übel war.

Die Fahrgäste feixten und fragten Nestor nach unserem Vorhaben aus, während ich mir immer sicherer wurde, dass dieses Taxi Nola nie erreichen würde. Die ramponierte Kühlerhaube ragte senkrecht in den Himmel, während das überladene Hinterteil mit dem offenen Kofferdeckel fast über den Sand schleifte und begeistert in jedes Straßenloch schlug. Bei jedem Schlag hatte ich Angst, der Chauffeur würde mit den drei Personen vorn auf der Vorderachse allein weiterfahren. Ich gab es auf. Ich wagte nicht, an den weiteren Verlauf zu denken, beschloss, mich einfach treiben zu lassen, und versuchte mich in afrikanischem Gleichmut … Inch Allah.

Mokele Mbembe

In Nola war es natürlich immer noch Sonntag, aber glücklicherweise war der alte Pfarrer gleichzeitig auch der Tankstellenbesitzer und wies auf seinen drahtigen Neffen, der zugleich auch der Dorfschneider war. Mitten in der vergammelten, ölverschmierten Werkstatt saß er neben der Zapfstelle an seiner putzsauberen schwarzen Singer-Nähmaschine mit filigran vergoldeten Buchstaben. Mit spitzer Nadel fuhr er rasant auf einem langen hellblauen Satinschal herum, der bei jedem Schlenker akkurat den Boden von Staub und Erdnusskrümeln befreite. Emsig bediente der junge Mann das Fußpedal und bremste ab und zu mit dem schwarz blitzenden Antriebsrad.

Ich hätte ihm noch länger zusehen können, aber meine Aufmerksamkeit wurde plötzlich auf seinen kleinen Sohn gelenkt, der einen winzigen Welpen an einem Keilriemen durch den Sand zerrte. Eine lange Schleifspur führte von der steinigen Tankstelleneinfahrt bis zur Nähmaschine. Es dauerte eine Weile, bis ich freundlich den Sinn eines Keilriemens und den eines kleinen Hundes erklärt hatte und dass keine Notwendigkeit bestand, beide miteinander zu verbinden und so ihrem jeweiligen Zweck zu entfremden – und dass wir außerdem Hilfe für unseren Reifen brauchten. Während der junge Mann mit Nestor gewissenhaft alle Löcher flickte, kraulte ich dem Welpen die böse Erinnerung aus dem struppigen Fell.

Schließlich holte uns das Taxi wieder ab. Der Reifen war geflickt, ich gab eine reichliche Spende für die Gemeinde, einen neuen Wagenheber und den Sonntagsbraten, und dann fuhr uns das Taxi wieder zurück. Bis zu unserem Pickup waren es 20 Kilometer, und wäre Nestor nicht irgendwie mit dem Fahrer verwandt gewesen, hätte mich die Fahrt ein Vermögen gekostet. So aber kostete sie mich mein Taschenmesser, die alte Thermoskanne und 3000 CFA.

Während wir behände die Reifen wechselten – hochpumpen, Muttern ab, Schrauben raus, Rad runter, Mantel raus, Schlauch rein, Rad rauf, Schrauben rein, Muttern drüber, runterpumpen –, fragte ich Nestor: »Haben wir noch irgendwo ein fünftes Rad am Wagen, das kaputtgehen könnte?«

Wir mussten beide lachen, aber halbherzig, man wusste ja nie! In mir stieg das unbestimmte Gefühl auf, dass der Motor schlapp machen oder wichtige Teile versagen könnten.

»Nestor, kannst du mal die Benzinpumpe kontrollieren? Es wird bald dunkel, und der Urwald liegt vor uns. Du weißt, wie oft wir schon Probleme mit dem schlechten Diesel hatten, und auf der vor uns liegenden Strecke haben wir nicht die geringste Chance auf Rettung!«

Auch wenn Nestor mich vielleicht für verrückt hielt und mich ungläubig ansah – ich wollte kein weiteres Risiko mehr eingehen. »Ich werde inzwischen eine kleine Exkursion in den Wald machen. Vielleicht treffe ich ja auf das Mokele Mbembe!«

Nestors Gesichtsausdruck war eine Mischung aus Beleidigtsein, Gottergebenheit und Entsetzen. Letzteres bezog sich wohl auf das Mokele Mbembe, den gefürchteten Dinosaurier aus dem Likuala-Sumpf. Das sagenumwobene Ungetüm war haarlos, rötlich braun, hatte einen langen Reptilienhals und einen bis zu drei Meter langen Schweif. Fußabdrücke ließen auf drei Klauen schließen. Wie so ein großes Wesen 70 Millionen Jahre überleben konnte, war ein Rätsel, aber Pygmäen hatten es gesehen!

Bei Nestor hatte das Beleidigtsein die Oberhand gewonnen. Er hatte bockig die Unterlippe vorgeschoben, als ich auf den schmalen Tierpfad am dichten Waldrand trat. »Okay«, brummte er. Das war wenig Text für so viel Gesprächsstoff.

Die Dämmerung kündigte sich bereits mit rot-blauen Wolkenfetzen am Horizont an, und ich wollte los. »Zzzzzzzrrrhhhh«, zischte ich aus dem Unterholz zum erstarrten Nestor zurück und wedelte dabei mit dem Arm. Und dann umgab mich der Märchenzauber des Regenwaldes.

Zum ersten Mal war ich also wieder allein unterwegs. Ich hoffte, dass mich mein Mut nicht verlassen würde. Es hatte Jahre gedauert, bis ich meine Angst in diesem geheimnisvollen Urwald verloren hatte und mich allein darin bewegen konnte. Nun war es wieder so weit. Der grüne Schlund hatte sich hinter mir geschlossen, und ich betete, dass er mich unversehrt ausspucken würde. Kein Führer lief mir mit geübtem Blick und flinken Beinen voraus. Ich war lediglich ein begeistertes Greenhorn auf der Suche nach dem absoluten Grün!

Verglichen mit der Straße war es hier angenehm kühl, kaum ein Lichtstrahl fand durch das dichte Blätterdach bis nach unten. Die dicke Laub- und Moosdecke roch nach Verfall. Schlingen, Bärte, Sprossen und Lianen zogen sich kreuz und quer von oben nach unten oder von unten nach oben. So genau war die Richtung in diesem Durcheinander nicht zu erkennen. Vorsichtig setzte ich meine Füße Schritt für Schritt auf den federnden Boden. Man konnte nie wissen, was er verbarg: eine Spalte, Höhle oder den Beginn eines wabernden Sumpfes.

Ich ließ mir Zeit, um umsichtig Gefahren zu orten. Waren Treiberameisen vielleicht auf Raubzug? Stellten Vipern sich scheintot, wenn ich Halt suchend in die Äste griff? Ich rutschte aus, als ich auf Wurzeln trat, die mit einer dicken, braun-glitschigen Pilzschicht überzogen waren, dabei geriet mir Glibber in die Schuhe. Der schmale Tierpfad war völlig überwuchert, und ich konnte seine Richtung nur ahnen. Aus dem undurchdringlichen Vorhang dieses biologischen Wirrwarrs öffnete sich plötzlich ein winziger blauer Himmelskeil, der die Lücke eines umgestürzten Urwaldriesen füllte. Am Boden explodierte aus dessen borkigem Leib neues, hellgrünes Pflanzenleben ins Licht hinauf. Die schnellsten Sprinter waren die Yamswurzeln,

ich konnte fast zusehen, wie sie wuchsen, und erinnerte mich, dass sie einen halben Meter pro Tag schafften.
Dicht daneben hatte sich ein kleiner Bacteria-Baum angesiedelt. Dessen Hinterfotzigkeit kannte ich schon, es reizte mich, sie noch mal herauszufordern. Vorsichtig klopfte ich kurz gegen einen astartigen Stiel unter den großen, rundlichen Blättern, und schon stoben aus zahlreichen Kanälen in seinem Inneren massenhaft schwarze Ameisen heraus, die nach dem Störenfried suchten. Ich war natürlich nicht schnell genug. Während ich noch perplex dem rasanten Schauspiel zusah, wurde ich auch schon angegriffen und spürte schmerzende Bisse in der Fingerbeuge. Nur unter größten Mühen gelang es mir, die Biester wieder abzuschütteln. Sie schützten ihr Revier hervorragend, indem sie jeden Angreifer verbissen, der die Pilze bedrohte, mit denen sie ihr Wirtsbaum nährte. Für diese leckere Mahlzeit – Champignons à la Bacteria – vertrieben sie mit ihren scharfen Beißwerkzeugen wirkungsvoll alle Schädlinge. Schließlich galt im Urwald: Ohne Pilze könnte kein Baum überleben. Mit ihren endlos langen, hauchdünnen, haarigen Wurzeln holten sie Nährstoffe aus tiefen Schichten des Bodens und versorgten die Urwaldriesen, von denen sie sich ihrerseits den Zucker aus den Wurzeln holten – perfekte Symbiose.
Die drückende Luftfeuchtigkeit, mindestens 95 Prozent, machte mir das Atmen schwer. Außerdem verfolgte mich ein Schwarm kleiner Honigbienen, die sich mit ekelhafter Aufdringlichkeit in Ohren, Nasenlöchern und Augen sammelten, sodass ich kaum einatmen konnte, geschweige

denn etwas sah. Ich rannte um den nächsten Baum, bückte mich unter den Verfolgern durch, lief wieder ein Stück zurück, und als ich dies dreimal wiederholt hatte, war der Schwarm endlich abgehängt.

Doch dann musste ich mit einem Satz einer Ameisenstraße ausweichen – Megaponera schleppten emsig zerstückelte Termiten ab – und sprang direkt in die Bienenwolke, die mich gierig erwartete und sofort wieder besetzte. Wie eine schwarze Schicht klebten die kleinen Viecher auf meinem Schweiß und machten mich schier wahnsinnig. Also unternahm ich, mittlerweile der Panik nahe, einen neuen Versuch, sie mit wedelnden Armen und angehaltenem Atem loszuwerden. In einem Gebüsch hängte ich sie schließlich endgültig ab und wischte mir erschöpft die krümeligen Insektenreste von der Haut.

Während ich mir mit dem T-Shirt Augen und Ohren freiwischte, hüllte mich plötzlich eine süßlich-herbe Wolke sanft ein und lockte mich ins Dämmerlicht des großen Mimosenbaumes Sembé, ein mit seinem rötlichen Stamm und der schieferartigen Rinde ganz außergewöhnlicher Baum. Das Blätterdach war nach oben zylindrisch verjüngt und gab den Blick auf einen blauen Himmelsfetzen frei. Ziemlich respektlos vor dem monströsen Baumlümmel schabte ein rotgrün schillernder Goliathkäfer behäbig an den bröseligen Ausläufern des Baumes. Dieser knuffige Holzfresser brauchte sich um seine Nahrung keine Sorgen zu machen. Lächelnd fuhr ich dem bildhübschen Brummer über den Panzer, was ihn augenblicklich erstarren ließ. Na gut, dann eben keine Streicheleinheiten, vielleicht

stehst du ja auf Schläge? Aber das probierte ich nicht aus ... Wenn da einer zusähe, wie ich mich an kleinen Käfern vergriff!
Stattdessen folgte ich weiterhin dem betörenden Duft, entdeckte jedoch keine Quelle, weder Blüten noch Vanillepudding. Während ich mich vorsichtig vorantastete, landete ich beinahe in einem Riesen-Spinnennetz, das mir mit weißen vibrierenden Fäden den Weg versperrte. Sicher mit Absicht, denn hier, mitten auf dem Pfad, trieben sich wohl die eher naiven Beutetiere, wie ich eins war, herum. Ein gefundenes Fressen sozusagen.
Als ich darüber nachdachte, in welch kurzer Zeit ich verhältnismäßig vielen Attacken ausgesetzt war, kam ich zu dem Schluss, dass dieser tropische Regenwald ausgesprochen lebensgefährlich war. Aber sein Motto war mir ja bekannt: fressen oder gefressen werden. Und genau dies war das Thema, als ich nur um Nasenbreite vor dem Netz zum Stehen kam.
Hunderte von kleinen schwarzen Spinnen wuselten zu der Stelle, die meinem Gesicht am nächsten war, der Nase! Dass Spinnen in einem sozialen Netzwerk jagten, war eher ungewöhnlich. Mit Grausen stellte ich mir vor, was wohl geschehen wäre, falls ich in das Netz hineingelaufen wäre. Ich duckte mich unten hindurch und knickte ein paar Äste am Boden ein, als Wegmarkierung, damit ich wieder zurückfände. Dann kennzeichnete ich mit einem dickeren Ast das Spinnennetz, damit ich es auch auf dem Rückweg überstehen würde.
Pygmäen benutzten diese Technik des Ästeknickens. Sie

zeigten damit anderen an, dass ein Revier gerade bejagt wurde, oder kennzeichneten für Nachfolgende des eigenen Clans, wo ein Honigbaum war, oder sie markierten so den Rückweg zum Lager. Mir wurde bewusst, dass ich diese Technik, die ich von den Pygmäen gelernt hatte, ohne nachzudenken ganz automatisch einsetzte. Glücklich erkannte ich, dass mir der Urwald nach den Jahren in Europa immer noch im Blut steckte. Es kam mir so vor, als hätte ich ein früheres Zuhause wiedergefunden, als hätte ich ein wenig das Recht, an diesem exotischen Paradies teilzuhaben.

Der Regenwald war ein Mysterium. Wieder einmal war ich Zeugin seines natürlichen Kreislaufs. Unaufhörlich vernichtete er sich – bis zu einem Drittel – selbst und baute sich zugleich wieder auf. Wegen zu geringer Sonneneinstrahlung verkümmerten die unteren Pflanzen, die zudem nur in einer spärlichen, millimetertiefen Bodenkrume wurzeln konnten. Diese versorgte den Boden zwar mit dem Nötigsten, aber ständiges Recyclen war angesagt, wobei die Termiten die größten Künstler waren. Nicht zufällig wiesen sie einen höheren Eiweißgehalt auf als ein saftiges Steak und waren wohl auch deshalb eine bei Schimpansen begehrte Mahlzeit.

In einem Baum vor mir konnte ich sie sogar hören. Es mussten Millionen sein, die unter der Borke und am Boden emsig ihrer Arbeit nachgingen. Neugierig stocherte ich in der holzigen, überall mit hellgrünen Sprossen durchsetzten Erde herum und nahm eine Hand voll auf. Es wimmelte von Termiten. Ich versuchte mir ihre Zahl vorzu-

stellen: eine Million! Ob das 100-mal mein Rucksack voll krabbelnder Termiten wäre? Wenn aber bereits eine Million Lebewesen in dieser prallen Hand voll Regenwalderde lebten, Würmer, Bakterien, Larven, wie viele Lebewesen wären dann in 100 Rucksäcken? Wie viel Mord und Totschlag würde sich da abspielen? Ich stellte mir das komplizierte Leben von Würmern, Bakterien, Larven, Insekten aller Art vor, und mir gruselte es.
Die Feuchtigkeit nahm noch zu, jedenfalls kam mir das so vor. Das Atmen wurde mir zur Qual. Lunge und Luftröhre schienen mit Watte verstopft, und erstaunt vernahm ich leichte Pfeifgeräusche aus meinem Mund. Meine Fantasie wurde weiter angeheizt durch einen unübersichtlichen Hirschhornfarnwald, der sich mannshoch vor mir auftat. Es roch irgendwie nach Leichenteilen, und ich spürte förmlich, wie der Farnwald seine Arme nach mir ausstreckte. Die kleinen, gezackten Röllchen am Ende der Blätter entfalteten sich zu behaarten Zungen, die wie die eines Chamäleons nach mir züngelten …
Ich musste hier heraus, sofort, bevor ich Opfer meiner Fantasien wurde. Ich wollte umkehren und suchte meinen Rückweg zwischen armdicken Lianen. Da sah ich einen hellen Fleck am Ende der kleinen Baumkolonie, welche die Farne umrahmte. Er sah aus wie das Ende eines Tunnels. Merkwürdigerweise flackerte der Fleck in gelblichen Farben, die verschwammen und rot züngelnd wiederkamen! Nein, irgendetwas stimmte hier nicht. Ich blieb stehen, um kurz nachzudenken, musste mich besinnen, brauchte Halt im Normalen, Verständlichen. Sicherheits-

halber zwickte ich mir in den Finger und spürte den erwarteten Schmerz. Aber das Wechselspiel der gelbroten Farben im düsteren, blaugrün getönten Regenwald blieb. Waren mir etwa halluzinogene Pilze in die Blutbahn geraten?

Jetzt hörte ich auch noch Stimmen aus dieser Richtung, und Angst kroch mir den Rücken hoch. Wenn ich hier nun die Besinnung verlöre und Treiberameisen mich bei lebendigem Leib verspeisten! Wenn Moose über mich hinwegwuchsen, während ich gelähmt versuchte, auf die Beine zu kommen! Über mir hörte ich das Rauschen von mächtigen Schwingen und erspähte durch die Wipfel die weißen Federn des wunderschönen Hornvogels Urako. Ich wollte ihm zurufen, dass er mich bitte mitnähme.

Trotz meiner Bedenken zog es mich magisch zu dem Farbloch. Mokele Mbembe, »der, der den Strom des Flusses stoppt«, wie ihn die Pygmäen nannten, würde wohl nicht in dieser farbenprächtigen Umgebung hausen, eher bei den geheimnisvollen Nebeln über dem Sangha-Fluss, bei den ewig alten Farnen, die ihre Wurzeln sicherlich ohnehin um Saurierfossilien schlangen. Also worauf wartete ich noch? Merkwürdigerweise wurde mir immer leichter zumute. Mit zunehmender Helligkeit ließ meine Angst nach. Der Boden wurde trockener, das Laub über mir ein wenig durchlässiger, freundlicher. Ein kleiner heller Bach plätscherte leise hinter einem Gebüsch. An seiner sandigen Uferseite wuchs wilder Ingwer, ein Lieblingsgericht der hiesigen Flachland-Gorillas, und Hunderte von weißen Charaxes-Faltern flatterten auf der Stelle über einer

Pfütze, die sich mit dem Bach vereinigte. Offensichtlich war es Katzenurin, Schmetterlinge mochten das. Ich bückte mich neugierig und erkannte den Pfotenabdruck, wahrscheinlich von einer Goldkatze oder gar einem Panter. Leise betete ich vor mich hin und hoffte, dass dieses Miezekätzchen schon über alle Berge wäre. Lautlos schlich ich weiter, auf die helle, flackernde Öffnung zu.

Drei uralte Riesenbäume, von Lianen umwickelt, erhoben sich auf stelzenartigen Brettwurzeln von der Höhe eines Einfamilienhauses und standen wie Wächter vor der Lichtung. Sie sahen wunderbar aus, doch ließen sie mich nicht in ihre Nähe. Ich konnte nicht einmal mit ausgestrecktem Arm die mächtigen, runzeligen Rindenfalten berühren, so weit standen die wuchtigen Wurzeln vom Baum ab. Bei dem Versuch, dieses Baumwunder zu umarmen, hätte ich, bei einer Spannweite von 1,50 Metern, diesen Urvater sicherlich viermal umrunden müssen.

Plötzlich riss mich fernes Jodeln aus meiner Andacht. Pygmäenfrauen! Also war ich doch in menschlicher Gesellschaft! Wunderbar! Schlagartig fühlte ich mich besser. Plötzlich bekam ich wieder Luft, die Beklemmung ließ nach. Nur die Öffnung machte mir noch zu schaffen: Immer noch sah ich kleine Flammen züngeln, die erloschen, wiederkehrten und die angrenzenden Bäume in okkultes Licht hüllten. Meine Angst war schierer Neugier gewichen: Waren es Leuchtkäfer? Oder wurde jemand geopfert? Aber Opferrituale gehörten nicht zu den Traditionen der Pygmäen, und Leuchtkäfer glühten nur im Dunkeln, und so lief ich ungeduldig voran. Der Weg wurde breiter, und schließlich stand ich hinter dem letzten rötlich gelb bestrahlten Baum, der mich von dem Spektakel trennte, mir aber noch Schutz gewährte.

Ein außergewöhnliches Bild bot sich mir, so beklemmend wie schön: Auf der fast runden, kleinen Lichtung brannte ein am Boden liegender, mächtiger Baumstamm lichterloh. Gespenstisch sah sie aus, diese glühende Walze, mitten im Urwald, und ich fragte mich, zu welchem Zweck sie hier brannte. In ihrer Nähe hockten ein paar Kinder hintereinander am Boden, knackten selbstvergessen dem jeweiligen Vordermann Läuse aus dem Haar und steckten sie genüsslich zwischen die Lippen.

Plötzlich standen zwei Frauen neben mir und erschreckten mich zu Tode. Intuitiv hielt ich schützend die Arme vor der Brust gekreuzt, doch die beiden Frauen schüttelten lachend die Köpfe und machten Zeichen, dass sie mir nichts tun wollten. Schnell erholte ich mich von dem Schreck und begrüßte sie freundlich: *»Báramó, jaboaté.«* Und nun war es an mir zu lachen, als sie verdutzte Gesichter machten, weil ich ihre Sprache sprach. Leider war es fast der einzige Satz, der mir noch einfiel und mit dem ich die Frauen begrüßt hatte: »Guten Tag, bleib hier.«

Und schon schrieen sie etwas zu der Gruppe hinüber, die neugierig zu uns herübersah. Lachend näherten wir uns ihnen vom Waldsaum, und meine kleinen Begleiterinnen erklärten den anderen aufgeregt, was sie über mich wussten.

»Báramó!«, begrüßte ich die Gruppe und winkte den Kindern zu, was zur Folge hatte, dass alle Sprösslinge schrei-

end in den Wald rannten – wie konnte es auch anders sein: Julia, der Kinderschreck … Die Mütter schimpften hinter ihnen her, sie seien keine tapferen Krieger. Ich entschuldigte mich mit ein paar Gesten bei den Frauen und erklärte, dass ich nicht stören wollte.
Als ich vor dem rot glühenden Baumstamm stand, fiel es mir wie Schuppen von den Augen: Was ich vor mir sah, war absolut nichts Mystisches, sondern schlicht und einfach eine Pygmäenheizung. Wie einfallsreich diese Waldmenschen doch waren, die in vieler Hinsicht ja immer noch auf der Stufe der Steinzeit lebten. Sie hatten mit ihren Steinäxten einen umgestürzten Baum von Ästen und Wurzelwerk befreit, ihn antrocknen lassen und dann mit Spreißeln an beiden Enden angezündet. Ein solches Holzstück konnte wochenlang vor sich hin glimmen und jeden wärmen, dem kalt war. Bei Umzügen wurde dieser Urwaldofen sogar zu Teilen mitgetragen, da es im Regenwald immer feucht war und Feuer eben manchmal Glücksache war. Außerdem wurde über der Feuerstelle auch das Abendessen in breiten Megafrenium-Blättern geköchelt, Schnellkochplatte.
Die älteste Frau stand auf und lud mich ein, mit ihnen zu essen; ich sollte in ihr Lager mitkommen. Offensichtlich hatte diese Gruppe schon öfter Kontakt mit Weißen gehabt, da sie so aufgeschlossen wirkte. Die kleine Frau war schön, sehr reizvoll. Sie hatte sich ein etwas schmuddeliges Pagne-Tuch um die Schultern geknüpft. Ihre Arme und Wangenknochen waren mit länglichen Tattoo-Narben geschmückt. Als sie mich anlächelte, entblößte sie

eine Reihe perlweißer, spitz zugeschliffener Zähne, die wie ein Piranhagebiss aussahen. Alle hatten sie solche Zähne, und ich war mir immer noch nicht sicher, ob es sich um ein Schönheitsideal oder eine praktische Maßnahme handelte, da man damit natürlich viel leichter Fleisch verzehren konnte. Die langen Wimpern der Frau waren dicht und rund geschwungen und gaben den wunderschönen schrägen Augen etwas Verträumtes. Die buschigen Augenbrauen waren senkrecht zum Haarwuchs in geraden Strichen ausrasiert.

»Du bist sehr hübsch!«, bewunderte ich sie, die natürlich kein Deutsch verstand.

»Very nice.«

Sie schüttelte den Kopf. Also auch kein Englisch.

»Très jolie!«, versuchte ich es. Ebenfalls ohne Erfolg, und so zeigte ich auf ihr Gesicht und versuchte ihr mit Zeichensprache auszudrücken, dass es schön sei.

Ob sie mich verstand? Der zart geschwungene Mund formte ein melodisches *»Aaeeh?«*. Das Krümelmonster, das ihr mit gegrätschten Beinen auf der Hüfte hockte, ließ mich keine Sekunde aus den Augen. Eine der beiden Frauen, die mich am Rand der Lichtung aufgesammelt hatten, zeigte in die Richtung jenseits der Lichtung und machte mir Zeichen mitzukommen.

Da wurde mir auf einmal voller Entsetzen bewusst, wie spät es mittlerweile sein musste. Es wurde bereits dunkel und ich musste zum Auto. Ich bedankte mich hastig, deutete in die andere Richtung und versuchte mit Gesten auszudrücken, dass ich es sehr eilig hatte. Würde ich überhaupt zurückfinden? Das konnte ja heiter werden! Wie hatte ich nur so vollkommen jedes Zeitgefühl verlieren können!

Ein junger Mann gesellte sich zu den Frauen. Die Ältere erklärte ihm etwas, und er antwortete mit einem ähnlichen Laut wie die Frau vorhin: *»Aaeehh!«* Dann schubste ihn die Frau in meine Richtung und winkte ihm weiterzugehen. Mir fiel ein Stein vom Herzen, denn offensichtlich sollte er mich begleiten. *»Merci mingi!«*, bedankte ich mich. »Euch allen viel Glück! Der große Zengi, Herr des Waldes, möge euch beschützen.«

Dann zeigte ich dem jungen Mann die Richtung, aus der ich gekommen war, und erklärte: *»Nola ... Bayanga.«* Dazu malte ich zwei Punkte in die Luft und deutete mitten hinein, vorsichtshalber hupte ich noch dazu. Er nickte, und ich konnte nur hoffen, dass er verstanden hatte, dass ich zur Hauptstraße zurückwollte.

Schon lief er los und ich hinterher. Nur mit Mühe konnte ich seinem flotten Schritt folgen und ihm auf den Fersen bleiben. Ich hatte fürchterliche Angst, ihn zu verlieren, denn inzwischen war es fast dunkel, und pochend stieg mir meine alte Furcht vor dem unbekannten Dschungel bis in die Schläfen hinauf. Mit starrem Blick auf die nackten Fersen meines Führers, die ich ein paar Meter vor mir sah, redete ich mir zwanghaft ein: »Vorwärts, verlier ihn nicht, vorwärts, dranbleiben!« Unser Marsch kam mir wie eine Ewigkeit vor. Auch sah ich meine geknickten Zweige nicht mehr und malte mir Grässliches aus, für den Fall, dass wir an einer anderen Straße herauskämen. Meines

Wissens gab es in diesem Gebiet zwar nur die eine, aber das konnte sich ja geändert haben, zumal mittlerweile so viele Trassen gebaut worden waren.

Und dann geschah das Wunder. Wir hörten ein Hupen, immer wieder und ganz nah, sodass der junge Pygmäe abrupt stehen blieb und ich voller Schwung gegen ihn stieß. Er grinste und deutete nach vorne, und da sah ich auch schon zwei helle Scheinwerfer durch das Grün leuchten. Mit wenigen Schritten waren wir auf der Straße, und mir fiel ein Stein von Herzen. Ganz knapp war das noch mal gut gegangen!

Ich reichte dem Jungen die Hand und fragte: *»Monbangdusu?«*

Aber er schüttelte den Kopf und zeigte zurück. Er wollte nicht mitkommen. Wir hatten den Wagen erreicht, und hinter dem Lenkrad saß ein völlig aufgelöster Nestor, den Tränen nahe.

»Madame, ich bin fast gestorben! Das dürfen Sie nie wieder machen. Ich habe gedacht, Sie sind tot!« Er wischte sich mit der Hand über die Augen und sah zur Seite.

Gerührt streichelte ich ihm über die Schulter und antwortete leise: »Das habe ich auch gedacht! Entschuldige bitte! Ich habe mich völlig mit der Zeit vertan. Gott sei Dank hat mich der junge Freund zurückgebracht. Allein wäre ich verloren gewesen!« Fröstelnd sprang ich auf den Sitz und bat Nestor: »Bitte gib ihm eine Machete. Ich glaube, er hat mir gerade das Leben gerettet!«

Nestor nickte ernst, holte eine Machete aus dem Kofferraum und übergab sie feierlich dem dunklen Götterboten.

Gut, dass ich zwei gekauft hatte! Macheten waren auf einer solchen Reise mindestens so wichtig wie ein Wagenheber. Wir verabschiedeten uns noch mal von dem jungen Pygmäen, der kurz darauf in den Wald eintauchte und dabei mit Sicherheit nicht halb so viel Angst hatte wie ich. Etwas später schluckte auch uns das geheimnisvolle Grün.

Mitternacht in Bayanga

Blätter peitschten gegen die Windschutzscheibe, riesige Mücken und Flattertiere tanzten vor den gleißenden Scheinwerfern, von denen der rechte die Baumkronen hell erleuchtete, während der linke die Spurseite in tiefem Dunkel beließ. Der Weg wurde enger und endete schließlich vor einem umgestürzten Baum. Ich stöhnte leise vor mich hin. »Ich dachte, wir hätten für heute genug erlebt!«

Doch Nestor, der seine Freundlichkeit wiedergefunden hatte, schlug mit der Machete zügig eine Kerbe in den Stamm, während ich ein nicht zu unheimliches Plätzchen zum Pieseln suchte. Hinter breiten Gebüschfächern hockte ich mich außerhalb des Scheinwerferkegels nieder. Während meine Turnschuhe warm und feucht wurden, schlang sich etwas Haariges um meine Pobacken, sodass ich vor Schreck aufschrie.

»*Madame?* Moment, ich komme sofort!«, hörte ich den besorgten Nestor.

»Nein, nicht nötig!«, rief ich schnell zurück, während ich gleichzeitig zur Seite sprang und mich von dem klebrigen

Etwas befreite. Als ich mich ein wenig an die Dunkelheit gewöhnt hatte, erkannte ich die langen Arme eines jungen Mimosenbaumes, die sich nach mir ausstreckten.
Nestor hatte den Baum auf dem Weg durchgehauen, und gemeinsam zerrten und rollten wir die eine Hälfte zur Seite. Geschickt steuerte Nestor den Wagen anschließend an ihm vorbei.
»Sehr gut, Nestor, das hast du gut hingekriegt!«
Doch die Strapazen waren noch nicht zu Ende. Irgendwann löste ich Nestor am Lenkrad ab und bekam eigenhändig die Tücken einer nächtlichen Fahrt durch den Urwald zu spüren. Der ungelenke Pickup war bockig, hart und kaum zu halten, als es durch steile Steinschluchten ging. Ich stand Todesängste aus, dass wir abrutschen und uns überschlagen würden. Rutschiger Morast, haarscharfe Kurven und die beinstarken Wurzeln, die den schmalen Pfad überwucherten, waren der blanke Horror! Mit aller Kraft hielt ich das Lenkrad zwischen den Händen, und wie zuvor Nestor stand auch ich mehr, als dass ich saß, um besser sehen zu können.
Zu allem Überfluss waren die Scheiben von den glitschigen weißen Baumfroschnestern, die plötzlich sämig auf die Windschutzscheibe klatschten, völlig verschleimt. Aber ich wollte um keinen Preis anhalten, um sie zu säubern. Kurve um Kurve zog sich unser Weg dahin. Manchmal blickten wir in leuchtende Augen von wilden Tieren, die über den Weg huschten oder in Äste hinaufsprangen. Oder in solche, die von oben unbeweglich aus dem Grün auf uns herunterglotzten. Wilde Tiere, Geister? Todmüde

und erschöpft entdeckte ich endlich ein Schild: *Nationalpark Dzanga Sangha,* und dann zeigte ein Pfeil nach rechts: *Lodge.*

»Nestor, c'est fini!« Erschöpft stieß ich ihn in die Seite, sodass er mich verschreckt aus großen rollenden Augen ansah. Es war kurz vor Mitternacht, und wir hatten einen quälend langen Tag hinter uns, und doch kam noch etwas, das mich erschütterte …

Nachdem wir ein Stück erst durch mannshohes Gras, dann in bedenklicher Schräglage durch ein steiniges ausgewaschenes Flussbett gefahren waren, erreichten wir einen netten Vorplatz, der von einer Öllampe beleuchtet wurde. Ich erkannte einen Sentinel in wehendem weißen Boubou mit einer hohen Lanze, dann die Umrisse von Pfahlbauten und einen langen Steg, von dessen Ende Stimmen herüberklangen. Endlich! Jetzt konnte ich mich wieder richtig freuen.

»Halleluja, Nestor! Aufwachen! Oder möchtest du noch ein bisschen fahren? Ein paar Mal um die Häuser vielleicht?«, fügte ich übermütig hinzu und schlug ihm kräftig auf den Schenkel, sodass er senkrecht im Sitz stand.

»C'est vrai! Mon Dieu! Und Sie sind auch sehr gut gefahren!« Die Anerkennung freute mich, denn Nestor mäkelte sonst an jedem Fahrer herum.

»Merci, mon ami, von dir ist das ein echtes Lob!« Völlig erledigt griff ich nach meinem Rucksack, rutschte mit steifen Gliedern vorsichtig aus dem Wagen und schlurfte zum Steg, während Nestor sich mit dem Sentinel wegen eines Nachtlagers besprach.

»Bonne nuit, Nestor, à demain!«, rief ich ihm noch nach.
»Merci, madame!«, tönte es müde zurück.
Vor mir plätscherte Wasser rhythmisch gegen seichtes Ufer, an dem verschlafen zwei Pirogen schaukelten. Im Näherkommen erkannte ich die glitzernden Fluten eines breiten Flusses. Das musste der Dzanga Sangha sein. An einer weichen Kurve des ausladenden Wasserbassins vor mir, wo die Spitze der schwarzen Urwald-Silhouette in die Fluten tauchte, fiel gerade der Mond lautlos in den Fluss. Lange stand ich so und nahm das wunderschöne Bild in mich auf. Hier also würde ich demnächst leben. Auch wenn es dunkel war, ahnte ich die besondere Schönheit der Landschaft. Was würde mir die Zukunft an diesem Ort bringen?
Während ich vor mich hin träumte, machte ich eine irritierende Beobachtung. Am Ende des langen Steges fügte sich L-förmig ein Restaurant an. Ich nahm Tische mit weißen Decken und vielen Gläsern sowie festlich gekleidete Menschen wahr. Dazu schwirrten englische Sprachfetzen über das Wasser zu mir herüber: *»… impossible … His Majesty … tomorrow morning …«* Deutlich und klar bis in die nicht minder majestätischen Kronen der Urwaldriesen … Aber das war doch nicht möglich! Menschen in schwarzen Anzügen, englische Sprache, hier mitten im Urwald?
Wahrscheinlich hatte ich eine Fleischvergiftung vom Mittagsspieß und bekam nun Halluzinationen! Wie angewurzelt stand ich da und sah mich vorsichtig um. Gab es noch mehr Gebäude in der Nähe, vielleicht auf der anderen Seite des Flusses? Doch da war nichts. Ich schlich über

den Steg und zählte ungefähr 40 Männer, und in meine anfängliche Freude mischte sich unheilvoll die Vorahnung, dass ich Opfer einer Verwechslung sein könnte.
Wie im Film wurde die Szene von dramatischem Klavierspiel untermalt. Ich fasste mir ein Herz und fragte einen schwitzenden Krawattenträger, der gerade auf den Steg trat, in feinstem Englisch: *»Please, is this the lodge in Bayanga?«*
»Oui, madame!«, kam es freundlich auf Französisch zurück. Offensichtlich wunderte sich der Mann nicht über mich, eine schmuddelige weiße Frau, die um Mitternacht alleine, mitten im Urwald, im flachen Wasser des Sangha stand. Immerhin war also der Ort schon mal richtig.
»Ich suche Monsieur Adam, kennen Sie ihn zufällig?«, fragte ich weiter.
»Aber ja, natürlich! Der ist schon vor Stunden weggefahren.«
»Weggefahren? Aber wir waren doch verabredet! Wohin ist er denn gefahren?«, fragte ich kleinlaut. Immerhin hatte ich in diesem Dschungel-Puzzle auch den Punkt »Person« richtig geortet.
»Soviel ich weiß, nach Hause!«
»Nach Hause?«, rief ich empört. »Das ist doch nicht möglich. Ich hatte mich doch angemeldet und komme gerade aus Bangui.«
Interessiert sah der Mann mich genauer an. »Aus Bangui? Donnerwetter!«
Das war der Gipfel des heutigen Tages! Monsieur Adam war also einfach weggefahren! Am liebsten wäre ich auf der Stelle wieder abgereist!

Da hörte ich eine klare, durchdringende Frauenstimme, die einen Friseurtermin ausmachte. Jetzt wurde ich vollends misstrauisch, was meine Wahrnehmungsfähigkeiten betraf. Ich näherte mich der Stimme und entdeckte eine todschicke junge Frau in hautengem Safarirock und einem glitzernden Trägertop, die in ein Handy sprach. »… Bitte halten Sie mir den Termin frei, und ich brauche auch eine Gesichtsmassage sowie Maniküre. Ab morgen bin ich wieder in Paris zu erreichen. *Merci, au revoir!*«
Mitten im Urwald war von einer königlichen Majestät die Rede, bewegten sich Männer in schwarzen Anzügen, wurde eine Maniküre in Paris bestellt … Meine wirren Gedanken wurden nicht klarer, als sich nun ein fülliger Mann kopfschüttelnd der Frau näherte, sie forsch unterhakte und mit sich zog. »Hast du denn nichts anderes im Kopf, als aus dem Urwald deinem Friseur aufs Band zu sprechen? Ich hoffe bloß, dass dich niemand gehört hat und …« Der Rest wurde von der Dunkelheit verschluckt.
Ein dicklicher Mann in ausgetretenen Sandalen, Shorts mit prall ausgebeulten Taschen, einem kurzärmeligen Hemd und bunter Krawatte begrüßte mich plötzlich mit den erlösenden Worten: *»Vous êtes bien Madame Julia?«*
Ich nickte benommen und war auf den nächsten Schlag schon halb gefasst. Doch diesmal hatte mich ein guter Geist gefunden.
»Ich bin der Maître d'Hôtel, Jean-Claude Thibal. Monsieur Adam lässt sich entschuldigen, aber die Vorbereitungen für die Feierlichkeiten waren heute sehr anstrengend. Er wird morgen früh wieder hier sein!«

»Was sind das denn für Feierlichkeiten?«, erkundigte ich mich bei dem Franzosen neugierig nach der Horde dunkel gekleideter Herren.
»Übermorgen wird der Herzog von Edinburgh erwartet. Seine Bodyguards haben heute das Gelände überprüft, damit für den hochherrschaftlichen Besuch alles okay ist!«
»Das Gelände überprüft? Wie geht das denn im Urwald?«, wollte ich wissen. »Haben sie alle Gorillas, Waldelefanten und Panter eingesperrt oder Ampeln aufgestellt oder Schilder: *›For Majesties only‹?«* Langsam entspannte ich mich wieder, und meine Freude kehrte zurück.
Thibal kicherte in sich hinein. »Nein, das nicht!« Er beugte sich vertraulich näher zu mir. »Um keinen Preis waren diese Herren bereit, durch den Wald zu gehen. Das war ihnen zu gefährlich!« Aus seinem Flüstern wurde ein unterdrücktes Hüsteln, das sich dann aber in so kräftigem Lachen Bahn brach, dass seine spärlichen Haarsträhnen in einer verwegenen Welle in die Stirne glitten.
»Ist das möglich? Wozu sind sie dann hergekommen, die vielen englischen Bodyguards?«, fragte ich lachend und genauso verschwörerisch zurück.
»Das haben wir uns auch gefragt!«
»Und welche Dame ordert um Mitternacht einen Friseurtermin in Paris?«
»Das«, flüsterte Thibal, »ist die Gattin eines französischen Millionärs. Die beiden kommen gerade von einer Jagd im Norden.«
Dann beantwortete Thibal eine unausgesprochene Frage, die mich schon eine Weile beschäftigte, wenn auch sehr

merkwürdig – die Frage nach dem Nachtquartier. »*Bon*, die Zimmer sind zwar alle belegt, aber irgendwie werden wir Sie schon unterbringen! Sie können in meinem Bett schlafen!«

Ohne meine Antwort abzuwarten, nahm er die Öllampe von der Veranda und ging mir voraus zu einer bambusgedeckten Hütte, während ich fieberhaft überlegte, was genau er sich dabei vorstellte. Als wir die Hütte betraten, traf mich fast der Schlag.

Der Raum befand sich in geradezu genialer Unordnung. Zwischen gebundener Grasdecke, Holzboden und den Bambuswänden befanden sich Thibals Besitztümer, die sich offenbar seit Jahren angesammelt hatten: Aquarellbilder, Geschirr und Essensreste, aufgeschlagene Bücher, Waschzeug, ein verrußter Blechkochtopf mit fester gelber Materie darin, Erdnüsse, zerknautschte Kleider, schmutzige Handtücher, leise bebende Spinnennetze zwischen den offen stehenden Türen eines schmalen Holzschrankes, Unmengen voll geschriebener Seiten auf Tisch und Boden, Socken, Farbreste, Kerzenstummel neben Streichhölzern, Pillenschachteln, Wasserflaschen, Hausschlappen und rostigen Rattenfallen. In der Mitte dieses Biotops stand unter einem weißen Moskitonetz, das an vier verschieden hohe Holzpfosten geknüpft war, ein Bett mit himmelblauen Bezügen. Verblüfft sah ich meinen Gastgeber an, und zum ersten Mal seit langer Zeit fehlten mir die Worte. Ich hätte auch gar nicht gewusst, was ich ihn fragen sollte.

»Na ja, es ist nicht besonders aufgeräumt, aber das Bett

ist frisch bezogen!«, beantwortete er meinen Blick, raffte eine Zahnbürste und einen bunten Kaftan zusammen und stand bereits wieder in der Tür. »Wie wäre es mit einem kalten Bier? Die Deutschen sind doch darin Spezialisten.«

»Ja, furchtbar gerne!« Da war er auch schon verschwunden und ließ mir Zeit, meine Umgebung in Ruhe zu bestaunen. Wäre nicht gerade der Mond vor meinen Augen in den Fluss gefallen, hätte ich dies alles nicht geglaubt. Aber so machte ich mir keine weiteren Gedanken. Die Situation gehörte zu meinem neuen Leben, und immerhin hatte ich in meiner zukünftigen Lodge ein eigenes Bett! Nun musste ich mir nur noch einen Weg dorthin bahnen.

Draußen hörte ich ein entferntes *»Oui, patron«* und aus der anderen Richtung leiser werdendes englisches Gemurmel, während ich unbeschadet das Bett erreichte und mich vorsichtig auf die Ecke setzte. Da klopfte es auch schon an der Tür, die bei jedem Schlag ein wenig mehr aufschwang.

»Entrez!«

Ja, und endlich begann, nach 19 Stunden Fahrt, der gemütliche Teil der Reise – in Form von zwei Flaschen Bier auf einem Tablett mit einem vorschriftsmäßigen Bierseidel. Ich musste lachen, was der freundliche Sentinel mit einem irritierten Blick quittierte. Es war der gleiche schmale alte Mann, der bei meiner Ankunft die Einfahrt mit seiner Lanze bewacht hatte.

»Grüß Gott!«, erwiderte ich seinen Gruß, und dann fand ich es an der Zeit, dass meine zukünftigen Mitarbeiter Bayrisch lernten. Ich deutete auf den Seidel: »Masssskruug! – So heißt Bierglas bei mir zu Hause! Sag es mal!«

»Ssruck«, wiederholte er und lachte sich fast krank dabei. Dann suchte er einen freien Platz, um ihn abzustellen.
»Da wirst du nichts finden.« Ich nahm ihm den Seidel ab. »Den Masssskruug werden wir morgen weiter üben. *Bonne nuit, mon cher!«*
Er kontrollierte das Öl in der Lampe und verabschiedete sich: *»Bonne nuit, madame. Je m'appelle Jules.«*
Thibal tauchte noch einmal auf. »Die Duschen und Toiletten sind direkt gegenüber. Wenn Sie nichts mehr brauchen, sehen wir uns morgen früh?«
»Sehr gern, und vielen Dank für Ihre Hilfsbereitschaft. Ohne Sie wäre ich wahrscheinlich nicht hier geblieben!«
Thibal lachte zufrieden, scheuchte den Sentinel mit einer kurzen Handbewegung hinaus und verabschiedete sich. »Also dann, bis morgen!«
»Bis morgen, Jean-Claude. Danke!«
Das Letzte dieses Tages, woran ich mich erinnerte, war, wie mir das kühle Bier die Kehle hinunterlief. Oder vielmehr nein: Da war noch etwas wunderbar Vertrautes – die klagenden Schreie eines Baumschliefers dicht über mir und vom Fluss her das schimpfende *»Hohohoo«* der Schimpansen.

Eine unangenehme Begegnung

Der nächste Morgen war so unvergesslich schön, dass er mich alle vorangegangenen Strapazen vergessen ließ. Nicht einmal die Sehnsucht nach Tahim hatte darin Platz. Meine Empfindung war so elementar, dass ich mich fragte, wie viele andere große Emotionen – wie diese endlose Zufriedenheit, in die ich eingetaucht war – es neben der Liebe gab. Im träge plätschernden Sangha klärte sich die Frage von allein: Es gab keine anderen Gefühle, denn was ich hier empfand, war eine Spielart der Liebe.

Ich hatte eine große Portion Rühreier verdrückt und genoss den herrlichen, würzig duftenden Robusta-Kaffee, als zwei fett glänzende Flusspferde mit ihrem Jungen um die gegenüberliegende Landzunge herumschwammen. Sie kletterten behäbig ans Ufer und legten sich faul in die Sonne. Zur Hälfte blieben sie mit der dunklen Schwarte im kühlenden Wasser liegen, während die andere im flachen hellen Sand ruhte. Zwischen uns trieben von der Kamerunseite her blau blühende Erdbrocken vorbei.

Im Norden stieg diesige Feuchtigkeit vom Fluss zum Himmel in einer kronenähnlichen lilarosafarbenen Wolke empor, die auf mich zutrieb. Ihre Umrisse waren ganz fein und von Sonnenstrahlen golden durchleuchtet, so dass sie der watteleichten Naturschönheit einen strahlenden Heiligenschein verliehen. Diese überirdische Herrlichkeit segelte direkt auf mich zu, und ich war sicher, dass dies meine Wolke war und ich hineinspringen könnte, sobald sie über mir war. Gerade als ich mich startklar machte, als ich meine Träume verpackt, notwendige Wünsche dem Schicksal vorgebetet hatte und meine Zahnbürste holen wollte, hielt mich eine dünne, menschlich-banale Stimme zurück: »Heute ist es endlich ruhiger, nachdem die meisten Engländer abgereist sind!«

Hätte Jean-Claude Thibal mich nicht aus meinen Träumen geholt, wäre ich wahrscheinlich auf der Wolke davongeschwebt.

»Es ist wunderschön hier, Jean-Claude. Irgendwann, wenn ich mal viel Geld habe, wird hier nur noch ein einziger Frühstückstisch stehen … meiner!«

Ich sah in sein verblüfftes Gesicht, sein Mund sah aus, als hätte man ihm gerade den Schnuller herausgezogen.

Lachend winkte ich ihn neben mich. »Aber Jean-Claude! Das war nur ein Scherz! Trinken Sie einen Kaffee mit mir?«

»Mit Freude!«

Ich bat ihn, Nestor ausrichten zu lassen, er solle ins Dorf fahren, zum Auftanken und zur Motorkontrolle. Er nickte und rief ein paar Sätze auf Sango zum Küchenbau am Ufer. Ich mochte den kleinen Franzosen, hatte ihn in der kurzen Zeit sogar richtig ins Herz geschlossen, auch wenn er nicht gerade ein Vorbild an Sauberkeit und Ordnung war, wie dies für einen Maître d'Hôtel eigentlich nötig war. Aber das ließe sich sicher beheben …

»Ich freue mich auf unsere Zusammenarbeit, mein Lieber. Und bitte, nennen Sie mich Julia!«

Mittlerweile segelte meine Wolke bereits in Richtung Kongo. Die Sonne verzauberte mit ihren ersten glitzernden Strahlen den Fluss in flimmerndes Silber und Gold, so dass man dessen Gefahren vergaß: Schlangen und anderes angriffslustiges Getier, das sich in den kleinen Strudeln sammelte. Ab und an sprang ein Fisch aus den sachten Wellen, um nach ahnungslosen Tieffliegern zu schnappen.

»Gern!« Dann kam Jean-Claude zur Sache, während er sinnend in seinen Kaffee sah. »Sie werden sicher bald anfangen und Ihr eigenes Personal mitbringen?« Daher wehte also der Wind.

Ich konnte ihn beruhigen. »Nein, erst mal nicht. Ich werde mir hier alle Leute ansehen. Vielleicht können Sie am Nachmittag ein Treffen organisieren, ganz unverbindlich! Anschließend machen wir einen Generalplan und überlegen, wer bleiben sollte, was wir brauchen, was erneuert werden muss und so weiter. Ich muss nämlich so bald wie möglich nach Bangui zurück und rechne fest mit Ihrer Hilfe!«

Er nickte zufrieden. Während ich Jean-Claudes schütteres schwarzes Resthaar betrachtete, das wie eine Krähenfeder quer über den Kopf gekämmt war, wurde mir bewusst, dass er wunderbar in diese jahrhundertealte Landschaft passte. Jedenfalls schienen seine ausgetretenen Sandalen ebenso aus ihren Anfangszeiten zu stammen wie der Schmutz unter den langen Zehennägeln.

Plötzlich hörte ich Motorengeräusch, dann ein harsches Bremsen und eilige Schritte. Eine unangenehme helle Männerstimme rief barsch: »Jean-Claude?«

Der flüsterte mir zu: »Monsieur Adam!«

Als ich mich umdrehte, sah ich einen smarten, kantigen Mann, der eilig den Steg heraufgelaufen kam. Auf Anhieb war mir der Typ unsympathisch, und einen Moment später wusste ich, dass dies auf Gegenseitigkeit beruhte. An unserem Tisch angelangt, begrüßte er Jean-Claude, ohne mich eines Blickes zu würdigen. Er erkundigte sich nach den Engländern und verwickelte Jean-Claude in ein Gespräch über Finanzen.

»Ich will hier nicht länger stören. Wenn dieser Adam kommt, sagen Sie mir bitte Bescheid, ich seh mir inzwischen die Lodge an.«

Ich war bereits einige Schritte den Steg entlanggelaufen, als Jean-Claude mir nachrief: »Aber das ist doch Monsieur Adam!«

Ich heuchelte Erstaunen. »Ach? Wieso stellt er sich dann nicht vor?« Ich blieb stehen, aber Herr Adam dachte nicht daran, seinerseits auf mich zuzukommen. Also setzte ich meinen Weg in Richtung Küchenhaus fort, wo ein riesiger offener Herd aus Backstein mit Backeinschub und gewaltigem Grillgitter über einer offenen Feuerstelle meine Aufmerksamkeit auf sich zog.

»Dies ist die Küche mit angrenzender Speisekammer«, hörte ich Jean-Claude neben mir. Dankbar nahm ich zur Kenntnis, dass er Adam allein auf der Terrasse zurückgelassen hatte.
»Das ist ja ein mieser Typ! Mit dem sollen wir zusammenarbeiten?«, fragte ich leise zurück.
»Keine Sorge, sein Vertrag läuft in vier Wochen aus, und dann muss er nach Belgien zurück.«
Ich atmete auf. »Wenn das so ist, gehe ich mal zu ihm zurück!«
»Oui, bonne idée!«, entgegnete Jean-Claude, der Anstalten machte, sich in seine Hütte zurückzuziehen.
Doch ich hielt ihn am Hemdzipfel fest und zog ihn sanft hinter mir her: »Aber mit Ihnen, *mon ami!«*
Zurück am Tisch streckte ich Adam die Hand entgegen, stellte mich kurz vor, und ohne eine Antwort abzuwarten, fuhr ich fort: »Leider war ich gestern durch mehrere Pannen zu spät, aber wie ich hörte, hatten Sie sowieso nicht mit mir gerechnet. Wenn es Ihnen recht ist, gehen wir den Vorvertrag durch und Sie geben mir dann die Inventarliste. Oder haben Sie einen anderen Vorschlag?«
Adam wandte sich unverschämterweise an Jean-Claude. »Den Vertrag habe ich im Büro.«
Allmählich wurde ich böse. »Vielleicht ist es noch nicht bekannt geworden, aber *ich* werde den Laden hier übernehmen und nicht Jean-Claude.« Ich hatte mich bemüht, möglichst freundlich zu bleiben, und tatsächlich bekam ich eine Reaktion.
»Die Liste, kein Problem!« Damit holte Adam ein paar

Blätter aus der Seitentasche und legte sie vor mich hin. Zum ersten Mal begegnete ich seinem stechenden Blick aus Augen, die nur aus zwei schmalen schwarzen Pupillen zu bestehen schienen. »Wir wollen allerdings das Objekt noch ausschreiben, damit es einen ordentlichen Wettbewerb gibt!«

Ich traute meinen Ohren nicht. Sollte ich etwa die ganze Fahrt umsonst gemacht haben? Die lange Reise von Kontinent zu Kontinent ins Ungewisse? Eine Ausschreibung würde Wochen dauern.

»Aber ich habe doch schon die Zusage aus Frankfurt, und da war keine Rede von einer Ausschreibung!«, warf ich vehement ein. Trotzdem beschlich mich langsam ein trostloses Gefühl von Sinnlosigkeit.

»Frankfurt hat in dieser Angelegenheit keine Entscheidungskompetenz«, lautete Adams schneidende Entgegnung.

Mir drehte sich der Magen um. Schlagartig schienen meine Hoffnungen vernichtet zu sein. Ich verlor den Boden unter den Füßen. Plötzlich verließ mich all mein Mut, hier also war meine Grenze erreicht. Besonders gemein war, dass mir das Schicksal gerade noch die ganze Herrlichkeit dieses Paradieses enthüllt hatte, das das Ziel meiner Wünsche war. Ich würde es mir nicht leisten können, länger in Afrika zu bleiben. Tahim würde wieder aus meinem Leben verschwinden. Diese Gedanken wurden so unerträglich, dass ich aufstehen musste, um meine Gefühle irgendwohin zu tragen, wo ich sie ungestört herauslassen konnte.

Tonlos antwortete ich: »Dann werde ich Monsieur Sadar darüber unterrichten und klarstellen, dass das Geschäft geplatzt ist. Er ist sowieso nur wegen meiner Überredungskünste eingestiegen und wird sich nicht ein zweites Mal positiv entscheiden. Ich fahre zurück nach Deutschland. Es wird ein Nachspiel haben, wenn sich herausstellt, dass der WWF mich unter falschen Voraussetzungen hierher geschickt hat. Also dann …«
Mehr aus Verzweiflung als aus Diplomatie hatte ich alles auf eine Karte gesetzt, aber ich konnte nicht anders, ich war den Tränen nah.
Jean-Claude intervenierte mit leiser Stimme: »… verstehe nicht … aber mir hat man in der Verwaltung auch gesagt, dass Madame Julia die Lodge übernehmen wird, und dem Personal wurde doch schon der alte Vertrag gekündigt!«
Adam räusperte sich heftig. »Also gut! Wir wollen nichts erschweren! Die Zeit ist ja wirklich knapp. Nehmen Sie den Vertrag mit und schicken Sie ihn unterzeichnet zurück.« Er hatte also nur geblufft, der Mistkerl!
Mir fiel ein Stein vom Herzen, aber am liebsten hätte ich Adam geohrfeigt. Ich nahm den Vertrag, drehte mich wortlos um und lief wie in Trance über den Steg davon. So richtig freuen konnte ich mich noch nicht. Der Schreck saß mir tief in den Knochen.
Jean-Claude stand plötzlich neben mir und zwinkerte mir zu. »*Bon*, dann ist erst mal alles klar. Wollen wir jetzt die Besprechung mit dem Personal machen, Julia?«
Damit war ich einverstanden. An der kleinen Strohhütte zwischen Küche und Steg, wo die hübschen Maracuja-

Ranken mit ihren hellen bläulichen Blüten meine Stimmung aufhellten, sah ich ein Dutzend neugieriger schwarzer Gesichter. Mit Interesse verfolgten die Leute meine Bewegungen. Ich nickte ihnen grüßend zu.

Jean-Claude war von der Auseinandersetzung immer noch beeindruckt. »Das haben Sie richtig gut gemacht, Julia! Ich kümmere mich sofort um die Papiere, damit wir schnell alles unter Dach und Fach bekommen!« Er nickte mir aufmunternd zu, und da ging es mir schon viel besser. Sachte schob er mich in den Pavillon, wo die jungen Afrikaner mir ernst und leicht besorgt entgegensahen.

Jean-Claude stellte mich als den neuen Patron vor. Ja, das waren nun also meine Jungs, die, wie ich an Nasebohren, Herumkratzen und Schmuddelfingern erkannte, noch einiges zu lernen hätten. Aber sie waren mir sympathisch, und es sprach nichts dagegen, dass ich sie alle übernehmen würde. Jeder konnte lesen und schreiben, wie ich von Jean-Claude erfuhr, und so bat ich sie, mir bis zum Abend einen kurzen Lebenslauf zu verfassen. Das allerdings löste große Unruhe aus. Jean-Claude erklärte mir, sie hätten das noch nie gemacht, und so einigten wir uns auf ein vorgegebenes Muster.

Bis dahin hatte ich Zeit, in Ruhe die verwilderte Konzession kennen zu lernen und mich mit der Örtlichkeit ebenso vertraut zu machen wie mit den Menschen. Und endlich kostete ich auch den aufziehenden Stolz eines hart erkämpften Sieges aus. Diesen ersten Kampf hatte ich gewonnen, aber er sollte nicht der einzige bleiben.

Die Lodge im Urwald

Jules führte mich herum. Er schloss mir die sechs hintereinander liegenden Lodges auf. Das Holz der alten Gebäude war verwittert, aber sie standen auf hohen Vierkantsäulen aus Zement und schlossen sich harmonisch an den nahen Urwald an. Man konnte gut unter ihnen hindurchgehen und Spuren der Termiten bis ins Holz verfolgen. Ich hoffte, dass die Lodges diese Holzfresser noch lange überstanden. Jedenfalls schienen die Hütten voller Geschichten zu stecken. Und schon präsentierte mir Jules eine, wobei er nach oben unter das Dach zeigte.

»Hier haben wir vor 14 Tagen eine schwarze Mamba gefunden. Sie hatte sich so gut zwischen den Holzplanken versteckt, dass man sie kaum sehen konnte!« Dabei umfasste er seinen Oberschenkel und sah mich bedeutungsvoll an. »… Und so dick war sie!«

»Wie schön!«, antwortete ich lakonisch, passte aber nun doch besser auf, wo ich hintrat. Ich wollte vermeiden, dass mir ein Oberschenkel in die Wade biss.

»Ich hoffe, ihr habt sie nicht tot geschlagen? Übrigens, alle sollten gleich Bescheid wissen, Jules …«, setzte ich ernst fort, »… ich möchte auf gar keinen Fall, dass Tiere gequält oder sinnlos getötet werden. Mein Glaube sagt, dass Gott die Menschen, Tiere, die ganze Natur zu gleichberechtigten Teilen erschuf. Solange mir keiner das Gegenteil beweist, möchte ich, dass das beachtet wird. Bitte sag das auch den anderen.«

Jules nickte mir verständnisvoll zu. »Madame, ich glaube auch daran. Alle Lebewesen brauchen einander.«

Dankbar sah ich den alten Mann an und hoffte, in meiner Liebe zur Natur einen Verbündeten gefunden zu haben, was bei einem Afrikaner selten vorkam.

Vom oberen Teil, dem Wohntrakt der Lodge, aus sah die Konzession wunderschön aus. Die Stille wurde nur durch das Sirren winziger, blau schillernder Kolibris über rosa Blütenständen unterbrochen. Man hörte ein Knacken in den Ästen, als sich ein komischer kleiner brauner Mbeti mit seinem ausdrucksvollen grau behaarten Gesicht vorbeihangelte. Mit seinen schwarzen Händen und Füßen griff er auch nach den dünnsten Ästen und schaukelte aus Versehen so dicht an uns vorbei, dass das scheue Tier entsetzt einen schrillen Schrei ausstieß. Ich sah einen grünlichen Bauch und das blaue Hinterteil vorbeisausen, während große, erschrockene Augen auf uns herabblickten.

Ich hatte die kleinen Kerle bei den Pygmäen kennen gelernt, von ihnen kannte ich den Namen Mbeti für diese Moustac-Affen. Dass es sie in der relativ menschenreichen Lodge überhaupt gab, hatte wohl damit zu tun, dass an dem urwaldnahen Ende der Konzession zwei Ölpalmen mit ihren köstlichen roten Nüssen lockten. Die Mbeti stritten sich oft, und ihre häufigen Familienkräche gipfelten meist in einem furiosen Finale, dessen schrille Schreie weithin zu hören waren.

Die großen Affen dagegen liebten eher den Gorillastrauch, von denen drei gleich nebenan wuchsen und deren tiefrote Blütenstände weithin leuchteten. Daraus würden sich später stachelige Früchte entwickeln, die eine hoch begehrte Delikatesse waren. Nahe dem Eingang zur Rezeption wuchsen drei haushohe, ausladende Bambussträucher, die das Areal wie zum Schutz umrahmten, obwohl sie jetzt deutlich zitterten … vor dem Westwind? Allerdings boten sie für Menschen keinen Schutz, im Gegenteil: In ihren Blättern und Zweigen wimmelte es nur so von Vipern. Wegen der Touristen, die wir ja herholen wollten, erschien mir das riskant, doch damit würde ich mich später beschäftigen.

Meine Gedanken kreisten plötzlich um Leben und Tod, und zum ersten Mal seit langer Zeit dachte ich an meine verlorene kleine Tochter. Normalerweise tauchte Maria nur in meinen Träumen auf. Doch sah ich sie jetzt ganz deutlich vor mir, ja, sie hatte sogar ein Gesicht und einen Körper. Komisch, in Europa hatte sie in meinen Träumen oder Gedanken nichts Figürliches gehabt, eher war sie ein kleines Wesen mit himmlischen Attributen. Nun aber sah ich ein eigenwilliges Kindergesicht, meines! Ich kannte es von Fotos mit Mami, und schon stand auch die Erinnerung an Mami plötzlich so gegenwärtig vor mir, dass sich meine Augen mit Tränen füllten. Ich wehrte mich gegen diese Bilder. Mir wurde in diesem Augenblick klar, dass ich nie mehr nach Europa und zu all seinen Erinnerungen zurückkehren wollte. Eher würde ich zu den Missionaren ins Lobaye-Gebiet ziehen oder mich wieder um das Pygmäendorf Ibengy Mbounsola und andere Pygmäen kümmern oder zur Not in Bangui im Supermarkt arbeiten … Hatte der Kampf mit Adam an meinen Nerven gezerrt, oder brachte mich die urtümliche Atmosphäre dieser Landschaft zu den grundlegenden Fragen des Lebens? Wie auch immer, ich musste mich zunächst den praktischen Seiten zuwenden, und so wischte ich mir das Gesicht trocken, während ich auf den Sangha blickte, dessen breiter silberner Leib ab und an in der Nachmittagssonne aufblitzte. Zwei dunkle Fischerpirogen glitten lautlos vorbei und verschwanden hinter den Bäumen am Ufer. Ein Knarzen hinter mir erinnerte mich an Jules, ich hatte ihn völlig vergessen.

»Jules, ich hatte heute eine harte Diskussion mit Monsieur Adam und möchte jetzt ein bisschen allein sein!«, entschuldigte ich mich und atmete tief durch.

Der Alte lächelte mich aus verständnisvollen Augen an, wobei sich die schwarze Gesichtshaut in tausend feine Knitterfältchen legte. »Soll ich Ihnen ein Bier auf die Terrasse bringen, *patron?*«

Klar, der Patron wollte Bier und nickte. »Und entferne den Stuhl, auf dem Monsieur Adam gesessen hat. Verbrenn ihn, oder nimm ihn mit nach Hause. Ich schenke ihn dir.«

Jules biss sich auf die Lippe und drehte eiligst ab, wobei er über seine alten Latschen stolperte, die solchen Schwung nicht gewohnt waren und einfach stehen blieben. Zwei Minuten darauf hörte ich schallendes Gelächter aus der Küche.

Später saß ich auf der Terrasse, spülte mit einem kalten Schluck Bier den Vormittag herunter, entspannte mich und spürte, wie mir neue Kraft durch die Adern strömte. Unbescheiden stellte ich fest, dass ich einen beträchtlichen Teil dazu beigetragen hatte, die Katastrophe abzuwenden. Ich hatte alles richtig gemacht, und das Schicksal meinte es schließlich doch verdammt gut mit mir.

»Yippeeeehhhhhh!«, schrie ich übermütig über den Fluss. Ja! Jetzt freute ich mich richtig, so lange hatte es gedauert. Den heutigen Tag erklärte ich zu meinem Unabhängigkeitstag, einem Feiertag, so glücklich war ich. Meine Aufgaben an diesem Ort, meine Unabhängigkeit würden auch die Beziehung zu Tahim normalisieren. Mir fiel die kleine Weihestätte in meinem Garten in Bangui ein, und ich beschloss, sie bei meiner Rückkehr mit einem Opfer einzuweihen. Vielleicht würde ich ja den Sentinel über einem kleinen Feuer garen …

Ja, ich sollte so bald wie möglich zurückfahren. Ich musste noch einmal nach Bangui, um mir offizielle Stempel und Unterschriften für mein Unternehmen zu holen, und vor allem musste ich natürlich noch die finanzielle Frage regeln. Aber dann würde ich umgehend zurückkommen und mich ins Urwald-Tourismus-Abenteuer stürzen. Schade, dass ich nicht sofort anfangen konnte! Ich wurde ganz unruhig, wie immer, wenn ich voller Ideen steckte.

Ein Kronenadler kreiste weiträumig am anderen Ufer. Fast streifte er die rosafarbenen Wolkenfetzen. Obwohl am Fluss eine stete Brise wehte, war die feuchte Mittagshitze furchtbar drückend. Das störte aber die Clowns vom Dienst anscheinend nicht weiter. Diesmal jagte eine kleine Brazza-Affenbande durch die Bäume, und ich fand, dass es affengeil aussah, wenn zwischen grünem Laub ein kleines rotes Krönchen über einem weißen Fellstreifen auf der Stirn auftauchte und der lange weiße Bart seitlich um das Gesicht wehte.
Motorgeräusch näherte sich, Türen wurden geschlagen, Schritte kamen auf mich zu. Nestor und Jean-Claude liefen für afrikanische Verhältnisse durchaus schnell über den Steg, wobei Jean-Claude freudestrahlend mit Papieren fuchtelte. Das traf sich ja gut! Er hatte offenbar schon bei den Behörden einige Unterschriften eingesammelt. Ich lief den beiden erfreut entgegen.
»Jean-Claude, das ist ja schnell gegangen! Großartig! Ich fahre jetzt nach Bangui zurück und werde den Rest erledigen. Aber in der Zwischenzeit brauche ich schon mal Ihre Hilfe hier: Bitte zählen Sie alles genau nach und halten Sie das gesamte Inventar auf einer Liste fest.«
Ein Seitenblick auf Jean-Claude zeigte mir einen irritierten Maître d'Hôtel. Aber ich war noch längst nicht fertig. Unbeeindruckt fuhr ich fort und wunderte mich selbst über meine spontanen Einfälle: »Von den Jungs brauche ich die Maße, ebenso von allen Tischen und Stühlen. Wir müssen wissen, wie viel Stoff wir für Kleidung, Tischdecken und Sitzkissen benötigen, die müssen anschließend

angefertigt werden. Und dann möchte ich die Menüs haben, die ihr bisher für Gäste zusammengestellt habt – mit Angaben, welche Waren regional sind und welche eingeführt werden müssen. Dann brauche ich die monatlichen Abrechnungen, damit ich eine Idee bekomme, wie viel Geld wir verdienen müssen.« Am liebsten hätte ich sofort begonnen und alles auf einmal angepackt.
Wir gingen gemeinsam zum Vorplatz, und bei der Rezeption wurde mir schlagartig klar, dass ich an genau dieser Stelle meinen großen Traum verwirklichen würde. »Hier, mein lieber Jean-Claude«, erklärte ich dem mittlerweile völlig Verblüfften gelassen, »hier entsteht eine Urwaldapotheke! Meine Pygmäenfreunde werden die Rezepte zusammenstellen, und wir werden sie berühmt machen!«
Mein Blick fiel auf den schönen Rasen neben der Einfahrt. »Und hier kommt das Orchester hin!«, schloss ich mit verzücktem Lächeln. Ich sah alles schon fertig vor mir. »Die Schwestern aus Bangui werden uns bei den Rezepten helfen, weil sie die nötige pharmazeutische Erfahrung haben, und die Fabrik gegenüber in Kamerun wird die nötigen sterilen Verpackungen herstellen!«
Jean-Claude war sprachlos, obwohl tausend Fragen in seinem Gesicht zu lesen waren. Nestor fasste sich als Erster und erkundigte sich praktisch: »Gibt es auch ein Mittel gegen Gicht?«
»Nein, mein Lieber. Gicht kommt ja vom vielen guten Essen und ist eine Zivilisationskrankheit. Pygmäen sind meist hungrig. Aber es gibt die tollsten Mittel gegen Impotenz, Kinderlosigkeit und so weiter. Aber das brauchst

du ja wohl nicht«, fügte ich hinzu. Dann hatte ich es verdammt eilig und öffnete die Wagentür, während Jean-Claude hinter mir nuschelte: »Die Deutschen gehen aber ran! Donnerwetter!«, und zu Nestor gewandt: »Man weiß nie, was sie ernst meinen.«

Da ich selbst nicht genau wusste, wo der Jux begann und wie deutsch ich eigentlich war, wollte ich mich dazu lieber nicht äußern. Stattdessen beendete ich meinen ersten Besuch hier mit einer adaptierten Zeile aus dem *Hauptmann von Köpenick* – »Schluss mit dem Winterschlaf! Jetzt heißt es Nägel sauber machen, aufräumen und Berichte schreiben …«, zitierte ich, was eigentlich an Klarheit nichts zu wünschen übrig ließ, und fuhr lauthals lachend ab.

Eine Jagd mit überraschendem Ausgang

Obwohl ich so sehr in Eile war und einer Menge Verpflichtungen nachkommen musste, waren meine Neugier und Sehnsucht nach meinen kleinen Freunden aus dem Pygmäendorf Ibengy Mbounsola stärker. Während ich mit Nestor durch die Savanne fuhr und das waldige Lobaye-Gebiet vor mir lag, kamen die Erinnerungen so stark zurück, dass ich meine Pygmäenfreunde alle einzeln vor mir sah: meine süße Ziehtochter Esakola, die mich stets in reiner, kindlicher Freude anstrahlte und dabei die spitz geschliffenen Zähne zeigte. Mada, die schöne Frau von Mungo, dem ersten Jäger. Mussala, die hässliche und besonders kleine Mutter, die als Witwe selten lachte und meist nur dann, wenn ihr Wonneproppen Minsuku auf den Bauch fiel. Das geschah nicht selten, denn der kleine Mann hatte es immer eilig, überall als Erster anzukommen. Bosso, der pockennarbige Netzjäger. Und natürlich Bole und Boleba, das alte zufriedene Paar mit dem kleinen Mbio, den sie abgöttisch liebten. Wären da nicht die anderen im Lager gewesen, die aufpassten – ich war sicher,

Bole hätte seinen kleinen Sohn vor lauter Liebe bereits aufgegessen!
Im Saland angelangt, fuhren wir langsam über den staubigen, verdreckten Marktplatz, auf dem ein paar Ziegen und magere müde Hunde nach Abfällen suchten, und entdeckten zwischen armseligen Hütten überraschend Grégoires Frau. Nestor sah sie zuerst und deutete grinsend auf eine hübsche Schwarze im rosa-weißen Boubou, die laut um den Preis eines Topfes voll weißer Maniokwürfel feilschte. Es war eine gute Ernte, was man daran erkannte, dass die Knolle in der Sonne trocknen konnte und blütenweiß war. Grégoire, der Mann der feilschenden Frau, hatte mich vor Jahren als Führer auf gefährliche Expeditionen in den Urwald begleitet und mich an seinem immensen Wissen über den äquatorialen Wald und seine Bewohner teilhaben lassen.
»Töngana nye, Alîsa? – Was gibt es Neues?«, rief ich zu der Frau hinüber und lachte sie an, als sie mir ihr verblüfftes Gesicht zuwandte.
Ein Strahlen erfasste ihre Augen, und sie kreischte auf vor Freude: *»Julia, ce n'est pas vrai!«* Im selben Moment ergoss sich der Maniok aus der umstürzenden Schüssel in den Staub.
Ich sprang aus dem Wagen, und schon hielten wir uns in den Armen.
»Oui, c'est bien vrai! Du siehst, alte Freunde vergisst man nicht!«
Sie rief den umstehenden Frauen etwas auf Sango zu, und ein einstimmiges *»Äähhäääää!«* flog mir wohlwollend zu.

Alîsa erklärte mir, dass Grégoire schon vor einer Woche aufgebrochen war und mit den Pygmäen zur Jagd gehen wollte. Ich freute mich.

»Das trifft sich ja gut, ich wollte sie gerade besuchen! Wo liegt denn jetzt Ibengy Mbounsola?«

Da die Pygmäen Nomaden waren, befand sich ihr Dorf immer woanders. Regelmäßig packten sie ihre Habe in Körbe und Päckchen und zogen weiter. Der Dorfname Ibengy Mbounsola war auf keiner Landkarte verzeichnet, denn es gab keinen festen Ort für ihn.

Während ich Proviant einkaufte, erklärte Alîsa mir den Weg, und bald marschierten Nestor, ein Führer und ich, beladen mit Ölsardinenbüchsen, Maniok, Salz, Seife und Zigaretten, in die beschriebene Richtung von Ibengy Mbousola. Unsere Wanderung führte uns in den Dschungel und dauerte einige Stunden. Nestor fluchte leise hinter mir. Vor mir lotste der Führer uns lautlos immer tiefer in den Urwald.

Die Zeiten meiner großen Angst vor der bedrohlichen Rätselhaftigkeit des Dschungels, vor großen und kleinen Raubtieren, giftigen Lianen und modrigen Sümpfen lagen zum Glück hinter mir.

Den Testlauf zur Urwaldheizung hatte ich gut überstanden, was sicher auch daran lag, dass ich bis zu meiner Rückkehr nach Europa fast sechs Jahre lang im und am Urwald gelebt hatte. Ich hatte vieles gelernt, hatte mich mit ihm vertraut machen können und meine Ängste allmählich abgelegt. So brauchte ich mich jetzt nicht vor Phänomenen zu fürchten, die mir zuvor noch den Angst-

schweiß in den Nacken getrieben hatten, zum Beispiel vor Treiberameisen.
Gerade kreuzten welche meinen Weg, sodass ich vorsichtig über ihren schwarzen unaufhörlichen Zug hinübersprang. Es war nicht ratsam, Treiberameisen in die Quere zu kommen. Sie waren unaufhaltsam, krochen einem sofort in Schuhe, Hosen und Hemden und bissen auf ihren Wegen alles tot, was sich bewegte. Ich erkannte das Rauschen des majestätischen Kronenadlers, vor dem eine schrill schreiende Affenhorde floh, die erschreckt kleine gelbe Mandjombet-Früchte auf uns herunterfallen ließ.
Mir schien der Führer etwas umständlich in seiner Suche, und ich beschloss, einer Eingebung und meinem Spürsinn zu folgen und einen fast unsichtbaren Tierpfad zu benutzen. Auch meinen Spürsinn und die Fähigkeit, Spuren zu lesen, verdankte ich den Pygmäen. Schon entdeckte ich die Schlafstätte einer kleinen Gazelle und wenig später geknickte Äste.
»Das ist die Wegkennzeichnung der Pygmäen. Der geknickte Teil zeigt die eingeschlagene Richtung an. Vielleicht folgen sie einem Raubtier!«, fügte ich flüsternd hinzu, woraufhin Nestor erstarrte.
Plötzlich schallte nördlich von uns ein lang gezogenes Jodeln durch die Blätterkronen, und ohne zu zögern, antwortete ich: *»Ahhhiiii- ahhhiiiaahhhoooooo!«*
Das waren sie!
Nestor lachte und schüttelte den Kopf über die verrückte Deutsche. »Dass Sie sich als Weiße hier besser auskennen als wir!«, schnaubte er mit leichtem Befremden in seinen

kleinen Schnurrbart, der nach der langen Wanderung nicht mehr ganz so kess wirkte.

»Los, wir wollen uns verstecken und sie überraschen!«, schlug ich übermütig vor, und schon hatten wir uns ein Gebüsch gesucht, die Kisten darin verstaut und uns verborgen. Dabei achtete ich sorgfältig darauf, so wenige Spuren wie möglich zu hinterlassen. Zu dritt kauerten wir dicht nebeneinander. Misstrauisch beäugte ich den Boden auf der Suche nach möglichen Angreifern und nahm dabei den satten Geruch von faulendem Aas in mich auf.

Plötzlich knackte es vor uns, und leise Stimmen kamen näher. Ich stieß Nestor in die Seite und freute mich ungemein. Was würden die Pygmäen wohl sagen, wenn ihre Mama Julia plötzlich aus dem Gebüsch sprang! Nestor hielt sich vor Lachen die Hand vor den Mund, dann verdrehte er plötzlich die Augen schmerzhaft und langte an die Wade. Vermutlich hatte er vom ungewohnten Hocken einen plötzlichen Krampf.

»Du solltest in deinem Alter lieber im Bett liegen bleiben!«, flüsterte ich ihm zu.

Dabei kicherte ich anscheinend zu laut: Drei kleine Gestalten in der Nähe des Gebüsches erstarrten zu Stein und sahen gebannt in unsere Richtung. Ich erkannte sie nun. Der Vordere war Mungo. Er war mit einer Armbrust bewaffnet und in Begleitung eines kleinen Hundes, eines Basenji. Die beiden anderen Männer waren Bosso, der eine Steinaxt hielt, und ein junger Mann, nur mit einem Lendenschurz bekleidet, der eine halb tote Blaustirnantilope auf den Schultern trug.

Mungo erholte sich als Erster. Er gab ein Zeichen, dass die anderen stehen bleiben sollten, und schlich sich vorsichtig näher. Der Hund hatte bereits unsere Fährte aufgenommen und kam schnurstracks auf das Gebüsch zu. Mungo hob den Speer und zielte in unsere Richtung, und da wurde es mir doch sehr mulmig. Mit einem lauten Hilferuf sprang ich schnell aus dem Gebüsch hervor, dem völlig entgeisterten Mungo direkt vor die Füße.

»Ehhh, mon ami!«, ermunterte ich ihn zum Weiteratmen und drückte seine Waffe zur Seite. Dann umarmte ich ihn, und da kam langsam wieder Leben in den kleinen Mann.

»Iihhh! Mama Julia!«

Er strahlte mich aus kohlschwarzen Augen an und entblößte eine Zahnreihe von mindestens hundert spitz geschliffenen Zähnen, wie mir schien. Wir hielten uns an den Schultern umfasst und lachten beide vor Freude. Mir stiegen Tränen in die Augen, so sehr bewegte mich das Wiedersehen. Auch Bosso drückte ich an mich und schließlich auch den jungen Mann, der, wie sich herausstellte, Majekes jüngerer Sohn war.

Und da kamen auch schon die Frauen angelaufen. Sie rannten und schubsten sich gegenseitig aus dem Weg, helle Faserröckchen wippten wirr durcheinander, dann lagen wir uns alle in den Armen, ein menschliches Knäuel aus Freude, Schweiß und Tränen. Glück erfüllte mich, als ich ihre harten Körper spürte, die rossartigen, zu Tonsuren geschorenen Haare, die spröde Haut, während ich ihren typischen Geruch einatmete, der meine damalige Hündin Zombie fast zur Bestie gemacht hatte. Es war der

Dunst einer deftigen Wildmarinade – angebratener Speck, herzhafter Essig, herbe Beeren –, der sich mit meinem – frischer Knoblauch, alter Weichkäse, abgestandener Wein – zu einer multikulturellen Schreckenswolke vermischte.

Sechs Jahre waren vergangen, seit ich die Aka-Pygmäen, die noch auf der Stufe der Steinzeit lebten, zuletzt begleitet hatte. In jahrelangem Kontakt hatten sie mir ihre Freundschaft geschenkt, ihr Wissen um die Schätze des Regenwaldes mit mir geteilt und mich in ihre Weltsicht vom elementaren Sinn des Lebens eingeweiht. All das hatte Einfluss auf mein weiteres Leben, vereinfachte meine Ansprüche und beruhigte meine europäischen Zweifel am Sinn des Lebens. Es gab mir die Kraft, die großen Dramen meines Lebens immer wieder optimistisch anzugehen.

Als hätte sich in der Zwischenzeit nichts verändert, landete ich nun wieder mit den Frauen im Camp, heftig schwatzend und kichernd, während die Männer weiter auf die Jagd zogen. Sie wollten bis zum Abend zurück sein.

Ich war zwar müde und etwas erschöpft, doch guter Dinge und schlenderte an den Laubhütten vorbei, um alle zu begrüßen. Der große Zengi war gnädig gewesen, der alte Clan war vollständig, alle schienen gesund. Mada und Djibou saßen vor ihrer Hütte und bastelten wie früher an hübschen Tragekörben aus Raffia-Fasern, die sie mit den Füßen hielten und mit den Händen flochten. Mada sortierte liebevoll und mit Hingabe Raffia-Rippen, die auf einem großen grünen Blätterhaufen zu ihren Füßen lagen, in gleichmäßig lange Teile und schichtete sie neben

Djibou auf. Diese zog jede Faser einzeln heraus und wob sie dann in das sternförmig auseinander strebende Korbgerüst, das unten klein und viereckig begann und die langen Endteile frei ließ, um die nun die feineren Raffia-Fasern gewunden wurden.
Mussala kam dazu und sah missmutig vor sich hin, wobei ein kleines Babymonster mit Speckröllchen satt und zufrieden im Schneidersitz auf ihrer Hüfte saß. Es hatte den linken Busen bis zum Anschlag zwischen den Lippen und zuzelte schläfrig vor sich hin.
Zwei abgemagerte Basenjis hatten sich am Feuer zusammengerollt und verfolgten aufmerksam blinzelnd alle Bewegungen im Lager. Diese zierlichen Hunde mit dem kleinen Ringelschwanz entstammten der ältesten Rasse der Welt und zeichneten sich durch ihren Mut, Eigensinn und völlige Unangepasstheit aus. Da ihr Kehlkopf flach war, konnten sie nicht bellen, und nur selten hatte ich von ihnen kleine Freudenäußerungen gehört, die sich in einem heiseren Jodeln manifestierten. Leider hatten sie meist nur ein kurzes Leben, das durch Parasiten, mangelnde Tierliebe oder Unterernährung in einem kläglichen Tod endete.
Während ich die Szene in mich aufnahm, hatte ich den Eindruck, als wäre die Zeit stehen geblieben. Alles kam mir bekannt und vertraut vor, ich hatte ein Gefühl der Harmonie, so als gehörte ich hierher und sei ein Teil dieser harmonischen Steinzeitkultur. Doch was nun geschah, sollte mir die Unterschiedlichkeit unserer Kulturen drastisch vor Augen führen.

Die sterbende Pygmäin

Mussala kam mit gerunzelten Augenbrauen dazu. Verärgert sah sie vor sich hin. Mit einer heftigen Geste zog sie meine Aufmerksamkeit auf sich. Ich erkundigte mich nach dem Grund ihres Unmuts, doch sie zuckte nur abwehrend mit den Schultern und sah missbilligend zur letzten Hütte hinüber.

Dieses Verhalten überraschte mich, denn ich hatte die Pygmäen als freundliche, gutmütige und friedliebende Menschen in Erinnerung. Es musste etwas Schwerwiegendes vorgefallen sein, was Mussala und offenbar auch die anderen Frauen so aufbrachte. Als ich ihrem düsteren Blick folgte, wurde ich Zeugin einer schrecklichen Szene, die sich auf dem schmalen Weg am Eingang des Camps abspielte.

Eine Frau – wie ich später erfuhr, handelte es sich um eine Verwandte von Bokoma – fiel mit heftigen, ruckartigen Bewegungen zu Boden und zuckte dort wie in einem spastischen Anfall heftig weiter. Ich schrie leise auf und rannte zu ihr hinüber. Merkwürdigerweise rührte sich sonst niemand, um zu helfen. Kurz sah ich mich um: Mada und Djibou saßen weiterhin unverändert am Boden bei ihrer Korbarbeit und blickten nicht einmal auf. Ich war verwirrt, und die Gedanken rasten mir durch den Kopf, während ich mich neben die Frau kniete. Mittlerweile stand ihr Schaum auf den Lippen. Sie zuckte so fürchterlich, dass es sie von einer Seite zur anderen warf.

»*Ya boté!*«, schrie ich den Frauen hinter mir zu und blickte mich fast böse zu ihnen um. Warum halfen sie denn nicht? Bokoma fegte desinteressiert vor ihrer kleinen Hütte, und ich erhaschte einen weiteren unwilligen Blick, der dieser Frau galt. Das durfte doch nicht wahr sein! Was ging bloß hier vor? Die feindselige Stimmung, die gegenüber der Kranken herrschte, erstreckte sich nun auch auf mich: Plötzlich sah man mich abweisend an. Was hatte das nur zu bedeuten? Vielleicht hatte die Frau eine ansteckende Krankheit? Oder sie hatte den anderen etwas Schlimmes angetan, sodass man nun nichts mehr von ihr wissen wollte.

Gerade bäumte sie sich mit einem Röcheln zur Seite, wobei ihre Finger so krampften, dass sie sich zur Kralle formten und in dieser Haltung erstarrten. Wie eine Totenhand sah sie aus. Die Frau tat mir unendlich Leid, aber andererseits flößte sie mir auch Angst ein. Vielleicht zeigte sich hier der Beginn einer Seuche, vielleicht grassierte irgendein neues schlimmes Virus? Alles war in diesem relativ unerforschten Teil des Urwalds möglich!

Satogo schlenderte gelangweilt etwas näher, ließ aber etliche Meter Sicherheitsabstand zu der Frau, obwohl sie ein

Familienmitglied war. Ich machte ihr Zeichen zu helfen, doch sie zog nur kurz die Augenbrauen hoch und beobachtete die Frau am Boden, so wie sie eine kleine Ratte angeschaut hätte, die sie anschließend in den mittäglichen Feuertopf steckte. Ungerührt kaute sie auf irgendetwas herum.

»Nestor, komm mal helfen!«, rief ich schließlich ungeduldig in Richtung der Büsche, hinter denen ich meinen Chauffeur hatte verschwinden sehen.

Doch es rührte sich nichts. Inzwischen hatten sich auch Bangla, Esakola und andere um Satogo gruppiert und glotzten mit offenen Mündern zu der Kranken hinab. Hilflos streckte ich ihnen die Hände entgegen und deutete dann auf die Frau. Doch sie schoben das Kinn bockig vor, Bangla wandte sich sogar ab.

In ihrem Krampf verlor die Frau die Kontrolle über ihren Körper. Es bildete sich eine breite Urinlache, die den Sand dunkel färbte. Plötzlich verdrehte sie den Hals und der kahl geschorene Kopf wurde ruckartig zur Seite geworfen. Die Augen waren weit aufgerissen und ließen nur Weißes erkennen.

Mitleidig beugte ich mich zu ihr herunter und rief ihr leise zu: *»Eh, baramo!«*

Keine Reaktion, die Kranke war in ihrem Krampf völlig erstarrt. Ratlos sah ich mich um, wobei mein Blick auf Mussala fiel.

»Was ist denn, Freundin, warum hilfst du nicht?«, fragte ich sie mit leichtem Vorwurf. Und fast böse wandte ich mich an Satogo: »Was hat sie denn? Du kennst sie doch besser.«

Satogo sah leicht verlegen zu Boden und wandte sich ab. Hatte sie mich nicht verstanden? Mussala war sicher klar, was ich meinte, denn es gelang uns beiden ausgezeichnet, uns mit Mimik und Gesten zu verständigen. Sie schüttelte den Kopf und sah immer noch verärgert aus. Nun keifte sie zu den anderen Frauen hinüber und deutete abwechselnd auf mich und die Frau, sodass mir richtig bange wurde. So kannte ich diese kleine Gemeinschaft überhaupt nicht. Schließlich ging Mussala an mir vorbei und spie verächtlich ins Gebüsch. Die anderen zogen sich zurück und verschwanden im hinteren Teil des Camps.
Auch ich stand auf. Mein Gott, wieso war ich plötzlich so feige? Die arme Frau atmete kaum. Sie stank fürchterlich, wie sie so verdreht in ihren Exkrementen lag, denn offensichtlich hatte sie auch noch die Kontrolle über ihren Darm verloren. Ihre Haut war fast fahl geworden, und die Schichten des schmuddeligen Raffia-Rocks hatten sich so weit verschoben, dass er den Blick auf ihre Scham freigab, die ebenfalls mit Kot verschmiert war. Es war zum Erbarmen. Sanft bedeckte ich das Elend.
Sicher war ihr noch zu helfen, doch ich wusste nicht, wie. Mir war bekannt, dass mindestens 50 Millionen Menschen weltweit unter Epilepsie litten und davon 90 Prozent in Entwicklungsländern. Mir fiel ein, dass in Afrika die Annahme verbreitet war, diese Krankheit sei ein Fluch der Dämonen und das Böse übertrage sich durch Berührungen. Deshalb durfte niemand den Opfern helfen, wenn sie einen akuten Anfall hatten. Diese Sichtweise stand in starkem Widerspruch zu der Denkweise im antiken

Griechenland, wo Epilepsie als heilige Krankheit galt, die dem Menschen von den Göttern auferlegt wurde.

Schreie und laute Stimmen lenkten mich von der Frau ab. Die Männer kamen von der Jagd heim und drängten schwatzend den kleinen Weg entlang. Allen voran lief mit stolzem Lächeln Mungo. Um seine Schultern hing ein großer *.kúlángú;* so nannte man hier den blauen Turako. Der wiederum hielt einen jungen *móusillá,* so hieß der schwarzfüßige Brazza-Affe bei den Pygmäen, im kräftigen schwarzen Schnabel. Dem Affen war ein großer Teil aus dem Hals herausgefetzt, aber er lebte noch. Er kreischte wie ein Kind und stieß erbärmliche Schreie aus. Der schöne große Vogel flatterte mit seinen tiefblauen Schwingen müde ein paar Mal, schien aber nicht mehr viel Kraft zu haben. Die Flügel hatte man ihm mit einer Liane zusammengebunden.

Die Jagd war wohl für alle Beteiligten anstrengend, denn die Männer ließen sich erschöpft an einem Baumstumpf auf dem Dorfplatz nieder. Mungo hatte mich mit schnellem Blick entdeckt und auch die Situation der kranken Frau erfasst. Schon war er mit der Beute hinter seiner Hütte verschwunden. Er wusste sicher noch, was ich von Tierquälerei hielt. Bosso folgte und versuchte den kleinen Affen aus dem Turako-Schnabel zu zerren, was noch lautere Schreie zur Folge hatte.

»Lass ihn doch in Ruhe, Bosso!«, schrie ich wütend dazwischen und machte Anstalten einzugreifen, obwohl ich das eigentlich bisher immer vermieden hatte. Heute war es mir egal, meine Nerven waren angegriffen, ich fühlte mich

ganz dünnhäutig. Doch waren die Männer schnell hinter der Hütte verschwunden, und es wurde still.
Stattdessen war Nestor plötzlich wieder aufgetaucht. Er sah ziemlich mitgenommen aus, so ähnlich wie der Affe, stellte ich mit verbittertem Lächeln fest. Zwischen seinen Haaren entdeckte ich frisches Blut, das Schnurrbärtchen hing auf Halbmast, Schweiß- und Schmutzflecken klebten ihm am Hemd und zogen sich von den Schultern bis unter die Achseln. Eine blutige Schramme von der Augenbraue bis zum Ohr gab ihm einen Hauch von Verwegenheit … Fletcher Christian alias Errol Flynn in *Meuterei auf der Bounty*.
»Mein Gott, was ist denn passiert? Hier scheint ja überall der Teufel los zu sein! Wo warst du denn?«
Ich begutachtete besorgt die breite Wunde. Sie blutete kräftig und würde Bakterien ausschwemmen. So tupfte ich dem zeternden Nestor nur ein wenig Mercurochrome darauf, damit sich keine Fliegen auf der Wunde niederließen.
Da gellten wieder die grässlichen Schreie von Mungos Hütte herüber.
Entnervt schimpfte ich hinüber: »Warum töten denn diese Monster die Tiere nicht?«
Ich hatte die Grausamkeiten des Pygmäenalltags vergessen. Es war üblich, Tieren die Läufe oder Schwingen zu brechen und sie in diesem Zustand so lange wie möglich am Leben zu lassen, da diese Form der Vorratshaltung einen frischen Braten garantierte. Antilopen wurden die Läufe gebrochen, oder man zog eine Liane durch ihre

durchbohrten Gelenke, die sie über dem Kopf zusammenschnürten, um sie so zu tragen. Bei Affen wurde in den Schweif ein Loch geschnitten und der Kopf durchgezogen. Bis die Beutetiere endlich ins Reich des großen Zengì, des Waldgottes der Aka-Pygmäen, durften, hatten sie furchtbare Qualen auszustehen. Mich verbitterte dies sehr, zumal mir die Behandlung der armen Frau an die Nieren gegangen war!

Nestor beugte sich gerade vorsichtig zu ihr herunter, als sie langsam die Augen aufschlug und zu sich kam. Offensichtlich erkannte sie ihre Umgebung. Ich lächelte ihr ermutigend zu, und Nestor stellte ihr eine Frage. Ich sah, dass nun auch die anderen Frauen interessiert herüberhorchten. Doch die Kranke antwortete nicht. Sie schüttelte sich kurz und rollte sich im feinen Staub in das nahe Gebüsch. Ich wollte hinter ihr her, doch Nestor hielt mich energisch zurück. Gleichzeitig waren die immer qualvolleren Tierschreie des Affen und ein heiseres Gurgeln zu hören und steigerten meine Trauer und Wut gleichermaßen. Nestor mahnte mich eindringlich: »Madame, Sie sollten ihr nicht helfen. Sie hatte einen epileptischen Anfall und schämt sich. Sie will allein sein.«

»Und ich schäme mich die ganze Zeit, weil ich ihr nicht geholfen habe. Aber die anderen Frauen waren so abweisend, dass ich glaubte, diese Frau hätte irgendwas Ansteckendes!«, zischte ich grimmig zurück.

Die Tiere schrieen noch mal so heftig auf, dass mir das Blut in den Adern erstarrte und mir kotzübel wurde. Ich hielt es nicht mehr aus und wollte gegen jede Vernunft eingreifen, da erstarben alle Laute. Es war plötzlich ganz still im Urwald. Nichts schrie, röchelte, sang, zwitscherte, rief, bellte oder gurrte mehr; ich spürte das Entsetzen der Natur.

»Amen!«, entfuhr es mir erleichtert, und leise fügte ich nach dieser Hinrichtung hinzu: »Mögt ihr entschädigt werden, wo immer ihr jetzt seid!«

Ja, die Natur atmete tief ein, und mit einem leisen Wind hauchte sie ihren Atem in den Wipfeln wieder aus, die weit oben in der spärlichen Mittagssonne kurz aufglühten. Dann dampfte der Urwald in immer währender Feuchtigkeit wieder bläulich vor sich hin. Zikaden stimmten ihren hundertstimmigen Kanon an, während sich das Dorf langsam belebte.

Zwei halbwüchsige Jungen, Ngòja und Kòbè, denen man eine frische Tonsur geschabt hatte, rannten neugierig hinter die Schlachterhütte. Die Mädchen schürten die beiden Feuerstellen vor Djibous Hütte und pusteten frischen Wind in das Holz. Auch Esakola war unter ihnen. Sie war inzwischen fast eine junge Frau mit einem spitzen kleinen Busen geworden.

Mada stand mit sehr viel Würde von ihrer Korbarbeit auf und räumte mit eleganten Bewegungen die fertigen Teile auf das Hüttendach. Mungos Frau Mbouka war unverändert eine sehr schöne und vornehme Frau mit der natürlichen Grazie einer Gazelle. Wie alle Frauen hier regierte sie leise und immer fröhlich ihren kleinen Haushalt und vor allem die Kinder. Gewalt in Form von Handgreiflichkeiten gab es hier nicht, aber Schelte war üblich, und, wenn nötig, durchaus lautstark. Mada räumte noch ein wenig auf dem Blätterdach herum, für Pygmäen zugleich Ablage und Vorratskammer, wo sie Lianentragegurte für Babys und geflickte Jagdnetze lagerten und Blattschüsseln zum Trocknen auslegten. Mada kommentierte einen undefinierbaren, blaugrünen Essensrest in einem getrockneten Tierschädel und wusste wohl nicht, ob er bereits verdorben war.

Die Normalität dieser Szene beunruhigte mich fast genauso wie der Einblick in Gewalttätigkeiten gegen Mensch und Tier zuvor. Nestor schien das zu merken. Er rückte etwas näher zu mir und erklärte mir leise: »Diese Frau hat schon oft solche Anfälle gehabt, und alle haben Angst vor ihr. Sie ist verzaubert, und eigentlich will sie keiner hier im Dorf haben!«

Während er mich aufklärte, starrte er gebannt auf das Gebüsch, in dem sich nun abwechselnd Arme und Schultern bewegten und undeutlich durch die Blätter zu sehen waren. Offensichtlich richtete sich die Kranke gerade ein wenig her.

»Satogo hat sie vorgestern in der Nähe vom Bach getroffen, wo sie wohl Kräuter gegen ihre Krankheit gesammelt hat.«

Das machte mich neugierig. »Und warum geben ihr die anderen nicht diese Kräuter? Das ist doch unmenschlich!«

»Madame, verstehen Sie das doch! Die Frau ist verhext! Keiner will ihr helfen.«

An seinem Blick erkannte ich, dass er der gleichen Meinung war. Nestor war ja ebenfalls in dieser Kultur aufgewachsen und konnte seine Wurzeln nicht verleugnen, auch wenn er mittlerweile in der Hauptstadt lebte und mit westlichen Einflüssen bekannt war.

»Sie haben Angst vor ihr. Sie ist verhext!« Nestor wiederholte dies so eindringlich, dass ich seine Angst spürte. So fortschrittlich, wie er sich manchmal gab, war mein hilfreicher Freund also doch nicht.

Die Qual des stummen Basenji

Allmählich reichte es mir, und ich schlug vor, dass wir uns auf den Rückweg machten. »Wir könnten heute noch ein gutes Stück schaffen, nicht wahr?«, fragte ich Nestor.

Während er noch darüber nachdachte, kam die kranke Frau aus den Büschen hervor. Schmuddelig wie ein erdfarbener Geist stakste sie auf zitternden Beinen zurück. Sie lief an uns vorbei, ohne den Blick zu heben, stierte wie leblos zu Boden. Ihre Haut war immer noch fahl und mit grauem Staub bedeckt, der tief hängende Busen schwang flach bei jedem Schritt seitlich am Körper vorbei, und das Röckchen spaltete sich traurig in kotfarbene Fransengruppen. Sie stank entsetzlich. Ich zog Nestor etwas zur Seite, während meine Blicke der armen Frau bis zu Satogos Hütte folgten. Dort rutschte sie wie ein hellgrauer ungelenker Golem mühsam an der Hüttenwand zu Boden und ließ mit einem schweren Seufzer den Kopf auf die Brust fallen.

»Sollen wir gar nichts tun?«, fragte ich Nestor noch mal leise.

»Nein, sie kann sich nur selbst helfen!«
Resigniert wandte ich mich schließlich ab. Ich neigte eigentlich nicht dazu, schnell aufzugeben, doch hier spürte ich meine Grenze. So fand mein Krankenhelfersyndrom sein Ziel bei Nestor und ich betupfte noch einmal seine Schramme mit einem Desinfektionsmittel.
»Aua!« Energisch schubste er meine Hand beiseite.
»Die Wunde liegt direkt am Auge und kann sich schnell entzünden! Sag mir doch endlich, wo du sie herhast.«
Plötzlich stand auch Bosso mit vorgestrecktem Arm neben mir und deutete auf den stark blutenden Zeigefinger. Er wollte ebenfalls mit einem Desinfektionsmittel behandelt werden. Hinter ihm erschien Bolema und zeigte auf einen Vorderzahn, an dem sie so heftig rüttelte, dass er eigentlich freiwillig über die Lippe springen konnte.
»O nein, meine Lieben! Mussala!«, rief ich nach der Heilkundigen des Dorfes.
Die streckte den Kopf aus ihrer Hütte heraus, und ich deutete mit unmissverständlicher Geste auf das »Krankenzimmer«.
»Komm her, das ist deine Baustelle!«
Zögernd kam sie näher. Nestor erklärte ihr mein Anliegen. Er wusste, dass ich mehr von der Urwaldapotheke hielt als von meinen Großstadtpulvern. Doch nach einem Blick auf die Wunden machte Mussala eine abwehrende Geste und rief den anderen etwas zu, worauf die sich unzufrieden beschwerten.
Nestor erklärte mir: »Mussala hat gesagt, sie sollen sich nicht so anstellen und wieder abziehen. Da muss wohl erst

ein Körperteil abfallen, bis sie mal ein Arzneimittel mischt!«

Er schüttelte bedauernd den Kopf, und die anderen gingen schweigend weg.

Ich wollte nun endlich von Nestor wissen, woher seine Wunde stammte. Sie schien von einem messerartigen Gegenstand zu rühren, denn sie war schmal und tief. »Ihr seid doch nicht etwa angegriffen worden?«

»Na ja, irgendwie schon! Ein *.kúlángú*-Turako hat uns ein Stück begleitet, und als wir an einem Baum vorbeikamen, der voll besetzt mit einer Affengruppe war, wollte Mungo einen von den Brazzas schießen. Er hat die Armbrust angelegt, aber zwischen den Affen kam es plötzlich zum Krach. Die Alten sind weggesprungen, und ein Junges ist heruntergefallen. Wie der Blitz ist der *.kúlángú* hinterhergestoßen, um es zu fangen, und in dem Moment hat Mungo den Pfeil abgedrückt.«

»Das hört sich ja sehr aufregend an!«, bewunderte ich seine Story.

»Ja, der Affe hat geschrieen wie am Spieß, denn der Pfeil durchbohrte ihn und zugleich den Hals des Vogels.« Zum besseren Verständnis hielt Nestor sich die Zeigefinger rechts und links an die Gurgel und ließ die Zunge heraushängen. »Das ging alles so schnell, dass ich gar nicht merkte, wie der *.kúlángú* direkt hinter mich fiel. Seine Kralle streifte mich am Kopf, und der Pfeil blieb an meinem Rucksack hängen. Die beiden Tiere bildeten ein einziges Knäuel und kämpften auf meinem Rücken weiter. Der Vogel schlug wie wild um sich.«

Mich schauderte, als ich mir die Szene vorstellte. Was hätte Nestor nicht alles zustoßen können!
Auch Nestor schüttelte sich bei der Erinnerung. *»Mon Dieu!* Gott sei Dank, dass Mungo so schnell da war, sonst hätte mir der *,kúlángú* noch den Nacken aufgerissen!«
»Da hast du aber wirklich Glück gehabt!« Ich war richtig erleichtert, dass Nestor noch gesund war.
»Ja, ich hatte Wahnsinnsangst, dass er den Affen fallen lassen und stattdessen mich angreifen würde!«
Zum Glück war die Geschichte gut ausgegangen, und ich klebte Nestor noch ein Pflaster auf die Wunde. »So, das wird bald wieder!«
Zufrieden nickte Nestor und sah zu Mungo hinüber, der gerade wieder hinter der Schlachterhütte zu Vorschein kam. Nestor hatte ihm versprochen, das Affenfell zu gerben, das konnte er nämlich sehr gut. Mungo näherte sich uns mit einem neugierig-freundlichen Blick. Dabei zog er einen kleinen festen Gegenstand aus seinem Fetischsack am Lianengurt und streckte ihn mir entgegen.
»Donnerwetter!«, entfuhr es Nestor, »das ist eine Turako-Kralle, die er Ihnen schenkt.«
»Ja, sie soll Kraft und Schutz schenken.« Ich erinnerte mich noch an die besondere Bedeutung der Turako-Kralle und war gerührt.
Bewundernd betrachtete Nestor das seltene Geschenk und wollte es anfassen, doch blitzschnell zog Mungo sie zurück. Wir beide lachten.
»Danke, du tapferer Krieger, ich bin sehr stolz darauf und werde sie immer bei mir tragen.« Vorsichtig nahm ich die

Kralle aus Mungos Hand entgegen und stellte mir vor, wie viel Leben vor kurzem noch in ihr gesteckt hatte! Ich atmete tief durch, dann zog ich Mungo schwungvoll an mich und gab ihm einen Kuss. »Danke dir sehr. Ein wunderschönes Geschenk!«

Überrascht und freudig erschreckt schrie er auf: *»Ee-ay!«* Dabei sah er sich Hilfe suchend nach den anderen um. Die aber lachten nur übermütig. Nun kamen auch Mada und Djibou, um mich zum Essen mitzunehmen. Mada lächelte mir zu, und ich stupste sie in die Seite. Wir lachten über das Gleiche: Mungo! Mada rief Nestor etwas zu, während ich mich vor das Feuer setzte.

Er übersetzte: »Sie will wissen, ob Sie sie auch mal zu Ihrer Familie mitnehmen.«

»Ja, meine Liebe, furchtbar gern.« Ich streichelte ihr über den Arm. »Aber sie ist so weit weg. Meine Geschwister leben in verschiedenen Städten, mein Mann hat eine neue Frau und lebt in einem anderen Land.«

Esakola holte kleine geröstete Samen aus dem Feuer und gab mir ein paar ab, sie schmeckten herrlich nussig, wie Haselnüsse, aber weicher; die kleinen hellen waren süßlich und rochen nach Weihnachten, zimtartig! Keine schlechte Vorspeise, diese Kerne, aber der Hauptgang würde steinharter Adlerschinken an gesottenem Gemüse sein.

Und da kam auch schon Mussala von der Metzgerhütte, hinter der Qualm aufstieg, da geräuchert wurde. Sie brachte zwei Fleischstückchen auf einem Blätterteller und gab Mada eines davon. Die sah das Stück aufmerksam von allen Seiten an und zerrte ein Stück davon ab, das sie auf das Hüttendach legte. Den Rest spießte sie auf einen Stock und hielt ihn zum Säubern in die Flamme. Der Spieß wurde gedreht und gewendet. Dabei fiel ein kleines Stück herab. Dies war offenbar das Zeichen für den hungrigen kleinen Basenji, der mit langsamen Bewegungen zur Feuerstelle geschlichen kam, aber vorerst beherrscht liegen blieb.

»Lass mich mal ein bisschen drehen, Mada!« Ich sah sie bittend an und nahm dann einfach den Stock in die Hand. »Mach du schon mal das Gemüse!«

Meine Verständigung mit Zeichensprache war zwar mühsam, zeigte aber Wirkung. Die Frauen lachten und nickten mir zu. Na also, es ging doch. Es war gar nicht nötig, dass Nestor die paar Brocken Sango übersetzte, welche die Pygmäen inzwischen bei den Bantu gelernt hatten. Leider hatte ich ihren Aka-Dialekt fast völlig vergessen.

Im Mörser entdeckte ich ein hellbraunes Pulver, das stark nach Knoblauch roch. Ich nahm davon etwas und streute es zum Entsetzen der Frauen auf das Fleisch. Verwundert zeigte ich ihnen, dass wir das gerne aßen. Mada aber nahm ein Stöckchen und kratzte das Pulver wieder ab. Stattdessen rieb sie das Fleisch des Adlers mit der grauen Masse der Páyó-Nuss ein.

»Lass mir bitte eine kleine Ecke mit dem Knofl, ja?«, bedeutete ich ihr, und sie nickte und erklärte es lachend den anderen. Freundschaftlich rückten wir zusammen, und dann zeigte mir Djibou, wie flink und schnell das Gemüse geschnitten wurde. *»mbòsé«,* erklärte sie lachend.

Ich erkundigte mich nach anderen Gewürzen. Mada grinste und winkte ab, auch Mussala lachte jetzt prustend und schüttelte den Kopf. Dann schnatterten alle los in ihrer wunderbaren Sprache mit den vielen Vokalen und den Kicklauten. Am Schluss eines Wortes schlossen sich meistens kleine Jodler an. Was hätte ich darum gegeben, die Gespräche zu verstehen, obwohl ich wusste, dass es keine tief schürfenden waren. Aber in dieser Art zu sprechen lag ihre ganze Lebensweise – der Leicht-Sinn, Sinn für Muße, Sinn im Einfachen, etwas, das ich so gern mit den Frauen geteilt hätte.

Der Adler wurde nun klein geschnitten und mit dem fein geschnittenen Blattwerk vermischt.

»Wo ist meine Knoblauchecke, ich will die fette Nusspaste nicht!«

Erwartungsvoll sah ich Mussala an, die mich freundlich auf ein kleines verpacktes Gemüsepaket aufmerksam machte, das bereits am Rande des glühenden Holzscheites garte.

Ich bedankte mich. Glücklich stellte ich fest, dass die Kommunikation zwischen uns klappte und wir uns wieder nahe gekommen waren – trotz des Befremdens, das wir zuvor erlebt hatten. Doch dann geschah wieder etwas, das unsere Freundschaft endgültig auf den Nullpunkt brachte.

Plötzlich sah ich, wie der Basenji das vergessene Stück Fleisch ergatterte und es eilig hinter Madas Hütte schleppte. Augenblicklich sprang Mungo vor, packte den Hund am Schwanz, zerrte ihm das Stück Fleisch aus seinem

Rachen und presste ihm statt dessen ein glühendes Stück Holz weit in den Schlund.

Ich war empört aufgesprungen. Der Hund sprang wie verrückt im Kreis herum, bellen konnte diese Hunderasse ja nicht. Seinen fürchterlichen Schmerz konnte man nur ahnen. Als Mungo den Hund auch noch mit Rutenschlägen in den Wald treiben wollte, hielt ich seinen Arm fest.

»Mungo, nicht! Lass den Hund in Ruhe, er hilft dir doch immer bei der Jagd!«, fauchte ich ihn böse an.

Aber Mungo antwortete lakonisch: »Er darf nicht stehlen.«

Da stürzte ich schon in den Wald, dem Tier, dessen Rachen sicher höllisch verbrannt war, hinterher. Ich fand es gleich. Es hatte sich das Maul blutig gescharrt und kratzte nun wie wild an seinen Lefzen, während es dabei fast auf den Schultern stand. Vorsichtig griff ich den zappelnden Hund, klemmte ihn zwischen meine Schenkel und griff in seinen Rachen, um behutsam das Kohlestück herauszuziehen. Dabei biss der Hund im Reflex heftig zu, und ich verbrannte mir auch noch die Hand. Aber das war das kleinere Übel. Mir brach es fast das Herz, als ich den Blick dieser armen Kreatur sah, so hilflos und verzweifelt. Ich streichelte den Hund und redete beruhigend auf ihn ein, während ich ihm mein Halstuch umwickelte und ihn sanft festhielt.

Nestor kam angelaufen und sah kopfschüttelnd auf den Hund. »Was werden Sie jetzt mit ihm machen?«

»Er darf auf keinen Fall in seiner Panik weglaufen. Er würde verhungern, weil er mit dem Rachen nichts schlucken kann, und außerdem würde ihm die Entzündung die schlimmsten Schmerzen bereiten. Hol mal bitte meinen Rucksack!«

Ich drückte das zitternde Tier liebevoll an mich und versuchte es zu beruhigen, als Nestor mit dem Rucksack und ein paar neugierigen Kindern angerannt kam. Die Penicillinsalbe war sicherlich richtig, und so betupfte ich vorsichtig den offenen Rachen. Ich rechnete damit, dass mich der Hund wieder beißen würde, aber es geschah nichts. Sicher schmeckte die Salbe scheußlich, aber mir fiel nichts Besseres ein. Mungo war mit den Jägern näher gekommen und diskutierte laut, doch ich scheuchte sie zum Lager zurück.

»Ich werde den Hund behalten. Man darf keine Kreatur derart quälen! Und lasst euch nicht einfallen, das auch mit dem anderen Hund zu treiben. Gebt ihm lieber was zu fressen, ihr habt doch gute Beute gemacht. Schließlich sind es eure Hunde, die die Beute in die Fangnetze treiben!«

Vorsichtig strich ich dem kleinen Wesen über die Augen und streichelte ihm die senkrechten Falten fort. »Der hier wird ab jetzt *bótô* heißen.«

In der Sprache der Pygmäen hieß das »unglücklich«, das aber sollte er nie wieder sein. Leise versprach ich es ihm und setzte ihn vorsichtig zu meinen anderen Sachen in den Rucksack, den ich mir dann umhängte.

Die Jäger gingen murrend, aber auch betroffen ins Lager zurück. Die Frauen lachten, als sie mich mit *bótô* im Rucksack zurückkommen sahen. Mada schimpfte laut mit Mungo, weil er mich geärgert hatte. Aber natürlich hätte sie das Gleiche getan. Diese Kultur wollte und konnte ich nicht ändern, aber wieder mal hatte meine Freundschaft zu den Pygmäen einen schweren Rückschlag erlitten. Beim Thema Tierliebe geriet ich in Afrika immer in das gleiche Dilemma.

Zum Aufbruch war es mittlerweile zu spät. Nestor und ich waren uns einig, dass wir im Dorf übernachten und erst am nächsten Tag zurückfahren würden. So legte ich mich wenig später müde in meine Hängematte und streichelte meinen kleinen Schlafkumpanen. Sein traurig-dankbarer Hundeblick rührte mein Herz und entschädigte mich für diesen Tag. Nase an Nase schliefen wir schließlich ein, begleitet von vereinzelten, keckernden Lauten der Urwaldnacht, in der nun die nächtlichen Jäger auf die Pirsch gingen.

Aber auch wenn mein Wiedersehen mit den Pygmäen bei weitem nicht so harmonisch und erfreulich verlaufen war, wie ich es mir erträumt hatte, so war ich bisher noch nicht am Tiefpunkt angelangt. Am nächsten Tag kam es nämlich noch schlimmer.

Nach dem Aufstehen versorgte ich *bótô* mit einem Brei, den mir Mbouka brachte, und machte es ihm in der Hängematte bequem. Zwischen den Utensilien meines Rucksacks und dem verschwitzten T-Shirt sah er recht zufrieden aus und linste wie Alf, der Außerirdische, in einem Dritte-Welt-Laden zwischen den Klamotten hervor. Er war es nicht gewöhnt, wie ein kleiner Prinz behandelt zu werden.

Da entdeckte ich die kranke Frau, die gerade zur Hütte von Satogo schlurfte. Neugierig ging ich auch hinüber. Ich

kam an Nestor vorbei, der mir fürsorglich eine Kalebasse Kaffee reichte, wofür ich ihm dankbar war. Es war der Rest aus einer mitgebrachten Thermoskanne.
Die Frau stand abseits und sah in leiser Melancholie vor sich hin. Trotz des Schmutzes wirkte sie edel. Sie hatte eine vornehme Körperhaltung, ein leises, zurückhaltendes Lächeln und einen kühlen, aber nicht uninteressierten Blick. Eine geheimnisvolle Frau, ohne Zweifel. Ich kam noch etwas näher, doch sie wollte mich nicht zu dicht bei sich haben und hob abwehrend die Hand. Dabei schenkte sie mir ein winziges, entschuldigendes Lächeln. Mit ausgestrecktem Arm hielt ich ihr den Kaffee hin. Zu meinem Erstaunen ergriff sie die Kalebasse und leerte sie in einem Zug. Dabei verschluckte sie sich so sehr, dass sie die Flüssigkeit herausprustete und nach Luft rang.
Besorgt kam ich nun doch näher und klopfte ihr ein paar Mal auf den Rücken, doch der Husten wurde nur stärker. Plötzlich bäumte sie sich auf und fuchtelte fürchterlich mit den Armen. Entgegen aller Ratschläge hielt ich sie besorgt an den Schultern fest und sprach beruhigend auf sie ein. Sie bäumte sich mir entgegen, ruckte dann mit unglaublicher Kraft zur Hüttenwand, verdrehte die Augen und riss den Mund so weit auf, dass er wie eingerastet in dieser Stellung offen blieb. Ein tiefes Röcheln stieg aus ihrem Bauch herauf, und eine mächtige Erschütterung ließ den ganzen Körper erbeben. Dann fiel er still gegen die Hüttenwand. Nichts rührte sich mehr. Ich bekam es mit der Angst.
»Eh, wach auf! Hallo!« Vorsichtig berührte ich sie und

stupste sie leicht. Da fiel sie einfach um! Entsetzt sprang ich zurück. Die Frau war tot, und ich hatte irgendetwas damit zu tun!
Plötzlich bekam ich Angst, Angst vor meinen Freunden und ihren Traditionen … Was würden sie mit mir machen? Sie hatten mich mit ihr zusammen gesehen und glaubten vielleicht, dass nun ihr kranker Geist in mich gefahren sei …
»Nestor!«, schrie ich los.
»Schon da, was ist denn?« Er stand mit einer Machete vor mir, bereit, den Feind aus dem Dorf zu jagen. Wortlos zeigte ich hinter Satogos Hütte. Satogo selbst stand bereits dort und sah auf die reglose Frau hinab.
Nestor kommentierte ungerührt: »Sie ist tot!«
Er blieb in großem Abstand zu der Leiche stehen. Dann drehte er sich um und ging zu den Männern. Dort beriet man sich, und langsam kamen sie alle näher und betrachteten die tote Frau. Ihr Fall wurde ganz sachlich kommentiert, niemand zeigte Anteilnahme.
»Es ist besser, dass die Frau weggeht. Hoffen wir, dass sie nicht aufgehalten wird!«, sagte Nestor leise, fast wie zu sich selbst.
»Wie meinst du das?«, flüsterte ich zurück.
Nestor zögerte. Dann erklärte er: »Hoffen wir, dass sie nicht transformiert wird. Wenn die Geister böse sind, schicken sie die Person zurück, als Elefant zum Beispiel, der dann ein Dorf angreifen kann oder einen Jäger tötet.«
Er sah mich ernst an und ging wieder zurück zu Bosso, der gerade seine Trommel aufbaute. Nestor war Bantu oder

ein Banda und offenbar Animist, da er an solche Transformationen glaubte.
Es herrschte eine merkwürdige Stimmung. Sogar die Luft war heute noch feuchter und drückender als sonst, und es blieb auch am späten Vormittag noch diesig. Mir schien, als liefe alles im Zeitlupentempo ab. Trommelschläge setzten ein, langsam und eintönig: Todestamtam für eine einsame Frau, die einsam gestorben war.
Mungo verschwand mit tief gebeugten Schultern zum Dorfausgang und trug einen kleinen Behälter aus Antilopenfell bei sich. Wo schlich er hin? Meine Blicke suchten Nestor und fanden ihn am Waldrand, wo er konzentriert und mit kräftigen Bewegungen das kleine Affenfell zu Ende walkte. Dann rieb er es mit Sand ab und klemmte es zwischen eine Astgabel.
Ich ging zu ihm. »Sag mal, Nestor, weißt du, wohin Mungo gegangen ist?«
»Nein, nicht genau! Aber ich nehme an, dass er versucht mit dem *.kóbá* zurechtzukommen, denn er hat es gestern übertreten.«
»*.kóbá* ist der Name für ein Jagdritual, oder? Wie meinst du das mit dem Übertreten?«
»Mungo hat die Wege von zwei Tieren gekreuzt, vom Adler und vom Affen, ohne vorher darum zu bitten, dass die Geister der Tiere ihm gewogen seien.« Er sah mich erwartungsvoll an und folgte meinen Blicken zum Wald. »Niemand darf da stören!«, ermahnte er mich.
Das Tamtam der Trommeln wurde eindringlicher und machte mich traurig – und schuldbewusst! Der Tod der

Frau war schrecklich gewesen, panikartig, und er war von Kaffee ausgelöst worden. Von meinem Kaffee!

Eilig packte ich meine Sachen zusammen, machte Nestor ein Zeichen und verabschiedete mich. Ich versprach meinen kleinen Freunden, bald wiederzukommen, und machte mich mit Nestor und *bótô* im Rucksack auf den Heimweg.

Die Seele der toten Frau war uns bereits voraus, war schon bei ihren Ahnen tief im Wald, wo Zengí, der Herr aller Geister, sie nun für immer beschützte. Das jedenfalls wünschte ich ihr von Herzen.

Maison kûkurû

Wieder in Bangui, im Hotelzimmer, machte ich einen Kassensturz und fand heraus, dass völlige Ebbe herrschte. Ich musste sofort aus dem Hotel ausziehen, das war klar! Aber ohne Möbel und Mietanzahlung konnte ich wohl kaum mein Haus besetzen, und in meiner Post befand sich kein Hinweis auf das baldige Eintreffen des Kompagnons aus Deutschland, der das dringend nötige Geld mitbringen sollte! So ein verdammter Mist! Ich zerbrach mir den Kopf, wie ich aus dem Schlamassel herauskommen könnte, während ich für *bótô* das harte Frühstücks-Baguette zerkrümelte und in Milch einweichte.

Bissen für Bissen legte ich ihm vorsichtig ins Maul, aber er wollte nicht schlucken. Ich streichelte den kleinen Kerl liebevoll hinter den Ohren und sprach ihm Mut zu. Aufmerksam hörte er mir zu und verstand mit Sicherheit, was ich ihm erzählte. Aber seine Augen sprachen von großen Schmerzen. Der Rachen war blutrot, und nur mühsam gelang es mir, die Salbe hineinzustreichen. Es ging ihm sehr schlecht, und so legte ich ihn wieder aufs Bett und hüllte ihn mit der Decke ein. Später wollte ich ihm einen kräftigen Fleischbrei einflößen, und sicherlich musste er auch so bald wie möglich von Parasiten befreit werden.

Zunächst aber brachte ich mich nach meinem Dschungelausflug selbst in Ordnung. Ich wusch mich gründlich, schnitt mir die Nägel und drückte mir kleine Wurmnester aus der Haut. Nun, da ich zurück in Bangui war, dachte ich wieder an Tahim. Am liebsten hätte ich ihm von meinen Problemen erzählt und ihn um Rat gebeten, aber gleichzeitig hatte ich Angst davor. Immer noch hatte ich nicht die leiseste Ahnung, wie er zu mir stand und ob er überhaupt daran interessiert war, Anteil an meinem Leben zu nehmen. Und natürlich musste ich unbedingt vermeiden, mit den vielen Bittstellern, die es in seiner Nähe gab, in einen Topf geworfen zu werden.

Plötzlich merkte ich, wie erschöpft ich war.

Es war nicht nur die anstrengende, 14-stündige Heimfahrt. Ich empfand eine große Sehnsucht nach Tahims Nähe, seiner Wärme, seinem Schutz. Ich hätte mich ganz klein machen und unsichtbar in seine Arme fliegen mögen, mir in den weichen Locken seiner Brusthaare an der olivfarbenen Haut ein Nest bauen und bis zum Ende meiner Tage seinen Duft einatmen mögen. Von dort hätte ich als Mimikry eines Flohs oder *Bacillus amoralis* die herrlichsten Exkursionen unternehmen, mir jede Art Küsse holen können, wann immer ich wollte. Träumerisch spann ich diese Vorstellung noch weiter aus, gelangte in Gedanken zu den erotischsten Regionen, erlebte in meiner

Fantasie unglaubliche Orgasmen und sah mich zufrieden und erschöpft, satt und von animalischen Düften betäubt auf Schweiß und heißen Poren mein Nachtgebet aufsagen.

Mit Macht riss ich mich aus meinen Träumen. Die würden mich wohl kaum weiterbringen. Ich beschloss, bei Félicité Rat zu suchen. Da sie Gott und die Welt kannte, wüsste sie sicherlich eine Lösung.

Nestor, der mit frischem Errol-Flynn-Lächeln bereits im Foyer wartete, brachte mich zu ihr. Unterwegs hatte er eine tolle Idee. »Madame, warum bleiben Sie denn noch im Hotel, Sie haben doch schon ein schönes Haus?«

»Ja«, erwiderte ich scherzhaft, »kannst du mir auch verraten, wie ich auf dem Steinfußboden schlafen soll?«

Sein Lächeln wurde noch breiter. »Ich kaufe Ihnen eine Matratze und ein Kissen auf dem Markt! Und mit ein paar Kerzen kann man doch gut über die Nacht kommen.«

Ja, natürlich! Ich spürte begeistert, wie mich diese Vorstellung elektrisierte. So würde ich Zentimeter um Zentimeter meines Hauses erobern. »Nestor, das ist ein genialer Vorschlag!«

Begeistert kramte ich einen Geldschein aus meiner Tasche und gab ihn ihm. »Nimm bitte eine Matratze aus der Mitte eines Stapels, da ist noch nicht so viel Staub drin. Dann bring mir noch einen Ballen Pagne-Tuch mit, ungefähr fünf Meter … irgendetwas mit Papageien, das mag ich gern. Und dann brauche ich noch fünf Büchsen Ölsardinen – nimm auch eine für dich –, Baguette, Kerzen, Streichhölzer und Klopapier!«

»Okay, Madame!« Nestor war ebenfalls begeistert.
Beschwingt von diesen wunderbaren neuen Aussichten, sprang ich freudig vor Félicités Haustür aus dem Wagen. Im Vorgarten stieß ich wieder einmal auf das Tierelend Afrikas: Zwei junge Graupapageien hingen mit gespreizten Flügeln in einem höchstens 30 mal 30 Zentimeter großen Metallkäfig in brütender Sonne. Die breiten Krallen waren verkrüppelt und um die viel zu dünnen Haltestäbe gewunden, der leblose Blick war auf die rötliche Dreckbrühe ihres Trinknapfs gerichtet. Mir drehte sich das Herz um.
»Félicité!«, rief ich ins Haus, aus dem fröhliche Stimmen schallten. Und da kam sie auch schon neugierig zur Tür heraus, strahlend wie immer, eine dunkle Schönheit, die das Geheimnis der afrikanischen Frau aus jeder Pore ausstrahlte.
»Chérie, quelle surprise!« Lachend drückte sie mich an ihren vollen Busen unter dem weißen Boubou.
»Entschuldige, dass ich hier so hereinplatze, aber ich habe noch kein Telefon.«
»Aber das macht doch nichts!«, wehrte sie ab und zog mich in den kleinen, mit dunklen Möbeln voll gestopften Salon, in dem ein Deckenventilator friedlich surrte. »Du kannst immer kommen, wenn du Lust hast, Schwester!«
Dankbar nahm ich ihre Hand und drückte einen Kuss darauf, wobei ich den Duft von Frangipani-Blüten einatmete. Sie bewirtete mich mit frischem Ingwersaft, dessen Wirkung ich später in Form von üblen Bauchschmerzen

erfahren sollte, und ich erzählte ihr von meinen Problemen.

Félicité schnalzte missbilligend mit der Zunge. »Was für ein mieser Typ, dein Kompagnon!« Sie dachte einen Moment nach, dann rutschte sie verschwörerisch zu mir auf die Couch. Sie hatte offenbar eine Idee. »Du weißt ja, dass ich für diesen französischen Millionär arbeite! Er hat im Norden bei Kossôv ein Jagdcamp, in das reiche Typen aus aller Welt zum Jagen kommen. Ich bin sicher, dass er bei dir einsteigen wird. Alles, was mit Tourismus zu tun hat und Geld verspricht, interessiert diesen Mann. Er kommt heute Abend mit seiner Cessna aus Nola, und ich denke, wir können uns morgen treffen, bevor er nach Paris zurückfliegt.«

Bei den Stichwörtern »Nola« und »Paris« schaltete eine Ampel in meinem Kopf auf Grün. »Ist das ein dicklicher Typ mit einer Frau, die wie eine frisch geföhnte Rassehündin nachts im Urwald des Dzanga-Sangha-Gebietes einen Friseurtermin in Paris macht?«, fragte ich verblüfft zurück.

»Oui!«, kreischte sie auf. »Das kann nur seine Frau sein!«

Und unter Tränen des Lachens und Spottens erzählte ich Félicité von meinen merkwürdigen Begegnungen in der Lodge. Am Ende lagen wir uns prustend in den Armen.

»Er hat schon mal gesagt, dass er da gerne einsteigen würde, das kriegen wir hin, Julia!«, nahm mir Félicité die letzten Zweifel, und ich war sicher, dass es das Schicksal wieder gut mit mir meinte.

»Du weißt gar nicht, wie sehr du mir geholfen hast, meine

Liebe. Ich danke dir vielmals! Ab heute Abend werde ich in meinem neuen Haus leben, und dann gibt es bald ein großes Einweihungsfest. Du wirst mein Ehrengast sein!«

Ich stand auf und umarmte sie. »Leider muss ich weiter, ich habe noch so viel zu tun!«

Schnell holte sie von nebenan eine Flasche Rotwein und drückte sie mir unter den Arm. »Dein Freund für die erste Nacht, später wird es hoffentlich dein Tahim sein!« Mit einem Lächeln brachte sie mich vor die Tür. Ihr Blick fiel auf die Papageien. »Weißt du niemanden, der sie nimmt, ich habe so wenig Platz.«

Wortlos hängte ich den Käfig ab und ging damit zum Auto. *»Alors, ma chère, merci et à bientôt!«,* rief ich zurück und freute mich über ihren verdutzten Blick.

Doch noch verdutzter war mein Blick, als er auf den Rover fiel, aus dessen Heck eine breite bunte Matratze ragte und sachte, wie in froher Erwartung, vor sich hin wippte. Das war der Beginn einer wahren Freundschaft, die Freundschaft zu meinem Haus in der Rue d'Embrousse no. 2: *maison kûkurû*. Es hieß *kûkurû,* weil ich das Wort so schön fand, die Bedeutung hatte ich längst vergessen. Irgendwann würde sich jemand krank lachen und mir erklären, es hieße in irgendeinem Kikongo- oder Lingala-Dialekt »Scheißhaus«.

Als ich am nächsten Morgen verschwitzt von der heißfeuchten Nachtluft langsam zu mir kam, war die Welt für mich in Ordnung. Ich hatte zu ebener Erde auf der Baumwollmatratze vom Markt geschlafen, in einem bunten

Papageientuch an *bótôs* klopfender Brust. Neben der Matratze lag ein abgebrannter Kerzenstummel, dessen Wachs sich mit Malariatabletten verklebt hatte. Eine stinkende Ölsardinenbüchse, die *bótô* blank geleckt hatte, sowie Baguettekrümel zeugten von unserem originellen Abendessen. Außerdem gab es noch meinen Münchner Rucksack, zwei krähende Papageien, deren Voliere ich für die Nacht mit einem Tuch abgedeckt hatte, eine leere Rotweinflasche und eine Turako-Kralle an einer Lianenkordel.

Begeistert streckte ich mich auf der mindestens drei Meter langen Matratze aus und hatte die Gewissheit, dass es keine Probleme gebe, die nicht zu lösen wären … außer vielleicht … eine endgültige Lösung für Heere von daumengroßen nussbraunen Kakerlaken mit vibrierenden langen schwarzen Fühlern, die ich allmählich entdeckte. Sie jagten in den Ecken herum oder fielen mit metallischem Klatschen von der Holzdecke herab.

Ja, da war ich also tatsächlich in meinem Haus, meiner *maison kûkurû,* in meinem Schlafzimmer, in meinem Bett, bei meinen Tieren – in welcher Vielfalt auch immer. Es war mein erster Tag in der Rue d'Embrousse no. 2! Sicher gab es auch Wasser zum Duschen in meinem Badezimmer … Lieber Gott, lass es nicht Abend werden, der Tag war viel zu schön!

Doch natürlich holte die Realität mich bald ein. Wie das meiste in Bangui war auch die Wasserversorgung in meinem Haus weit davon entfernt, perfekt zu funktionieren. Nach einigen Minuten stand ich mit für meine Verhältnisse afrikanischer Langmut unter einem roten Wasserstrahl, der meinen Körper mit rostigen Partikelchen bedeckte. Währenddessen hörte ich Motorgeräusche und eine Männerstimme aus dem Garten:

»Non! Madame est occupée!«

Ich sprang aus der Wanne, während *bótô* um mich herumtanzte, zerrte das Tuch vom Bett, wickelte mir hastig fünf Meter Stoff um den Körper, stolperte zwischen Schleppe und Hund die Treppe hinunter zum Garten und sah gerade noch einen Toyota mit Chauffeur zum Tor hinausfahren. Dieudonné schloss mit quietschenden Scharnieren bedächtig die Seitenflügel hinter ihm. Ich staunte nicht schlecht.

»Seit wann bist du denn hier?«, rief ich ihm zu.

Als er freundlich lächelnd und mit wiegenden Schritten auf mich zukam, glänzte sein kahler Kopf golden in der Morgensonne. Seine hünenhafte Gestalt flößte mir sofort Vertrauen ein.

»Le patron m'a envoyé ici, comme votre sentinel, madame.«

»Donnerwetter!«

Tahim steckte also dahinter. Nun hatte ich einen eigenen Bodyguard und Wächter. Tahim dachte an mich und wollte mich beschützt wissen. Wunderbar.

»Wer war das eben?«

»Le chauffeur de madame Félicité. Er hat eine Einladung und das Zitronell gebracht.« Er zeigte auf die grasähnlichen Pflanzen, die schlaff im Hof lagen, und gab mir einen kleinen Zettel. Ich sollte mittags in der Lounge des Sofitel sein.

»Yipeeeeeeeh! Dieudonné, das fängt gut an. Übrigens ... das ist *bótô*. Er ist sehr krank und muss vorerst noch weiches Futter bekommen. Die Pygmäen haben ihn misshandelt.«

Bótô flog gerade wie ein weiß-braun gefleckter Blitz durch den Garten. Ich war froh, dass es ihm besser ging und die Ölsardinen ihm gut getan hatten. Es war das Einzige, was er ohne Schwierigkeiten zu sich nehmen konnte; die Sardinen flutschten am Rachen entlang und ölten außerdem die Wunde. Der einzige Nachteil war, dass mein hochherrschaftlicher Hund – immerhin stammte er von der ältesten Hunderasse der Welt ab – eine Geruchswolke wie ein Fischkutter hinter sich herzog.

»Und dann haben wir noch zwei Papageien, die versorgt werden müssen. Übrigens: Ich liebe meine Tiere genauso wie alle meine anderen Freunde, und du solltest das auch tun.«

Dieudonné nickte zufrieden. »Ich mag Tiere.«

»Gut, hoffentlich nicht nur im Kochtopf ...«

Ich sah mich nun in meinem Garten um und fand ihn noch etwas kahl, aber mit den großen Blumentöpfen, die endlich alle richtig bepflanzt waren, sah er schon hübsch aus. Am Nachmittag würde ich das Zitronell pflanzen, das zu einer hohen Hecke wachsen und mit seinem Zitrusduft das Haus vor Moskitos schützen würde. Dieudonné schlug ich vor, Erdnüsse für die Papageien in den Boden zu stecken, und auch Mandarinenkerne und Maiskörner, sodass wir bald unsere eigene Ernte hätten.

Die *maison kûkurû* wäre in Zukunft mein Stadthaus mit

Büro, zu dem ich regelmäßig von der Dschungel-Lodge zurückkehren würde. Und jedes Mal würden meine Pflanzen ein Stück größer und dichter geworden sein. Mein Heim wäre ein kleines Paradies, in dem ich mich zudem autark versorgen könnte. Hühner müsste ich noch anpflanzen …

Ich konnte nur hoffen, dass die Regenzeit, die im Juni einsetzte, nicht alles wieder fortschwemmen würde, was hier so mühsam angepflanzt worden war. Die drei großen Limba-Bäume warfen mit ihrem filigranen Blättermuster einen sanften Schatten auf die rote Erde und die steinerne Einfahrt, die wie ein gemusterter Teppich wirkte. Ich war richtig glücklich.

»Ich habe gestern noch alles mit Mallo eingepflanzt, und auch den kleinen Baum für Ihre Gebetsstätte«, erklärte Dieudonné und zeigte auf einen kleinen Erlebnispark gegenüber der Küche. Es war ein wunderschöner, mit zwei großen Findlingen bestückter Platz, auf dem mein kleiner Limbali-Baum zwischen weißen Kieseln hervorsah. Darüber spendete ein grünes Gestell aus hohen Palmwedeln kühlen Schatten.

Begeistert ging ich vor dem Bäumchen in die Hocke und war gerührt, dass mein Sentinel diesen Platz mit so viel Liebe gestaltet hatte. »Das hast du wunderschön gemacht, danke, Dieudonné!«

Sanft strich ich über die zarten Blätter und den schmalen Stamm. Jetzt konnte ich meinen Gral einweihen. Inbrünstig flüsterte ich dem kleinen Baum zu, dass ich ihm ein langes Leben wünschte, ihm ebenso wie meinem geliebten

Afrika, und dass er das Haus und mich beschützen solle. Geschwind holte ich eine Kerze aus dem Schlafzimmer, platzierte sie auf dem breiten Findling und zündete sie an. Hier betete ich zum ersten Mal für die Menschen, die ich liebte, auch für die, die ich verloren hatte, und schließlich auch für mich. Tränen liefen mir über die Wangen, und trotzdem ging es mir gut, denn ich spürte, dass alle bei mir waren.

Dann spürte ich noch etwas anderes neben mir, ganz deutlich, und drehte mich zaghaft zur Seite. *bótô* schnüffelte an meinen Schuhsohlen, an denen eine zerquetschte Kakerlake klebte, und erstarrte mit hochgezogener Oberlippe, als müsste er jeden Augenblick niesen. Mein Blick schweifte weiter zu Dieudonné, der sich diskret im hinteren Teil des Gartens zu schaffen machte und Samen pflanzte. Schnell fand ich wieder in die heitere, leichte Gegenwart und rief ihm zu: »Wenn du hier hinter dem kleinen Limba-Baum eine offene Voliere aus Stöcken und Lianen für die Papageien errichtest, können wir die beiden draußen lassen«, während mein kleiner Rüde gerade in einem kräftigen Nieser explodierte. »Und pass auf *bótô* auf. Er kann nicht bellen und ist sehr wild!«

Ich war rundum zufrieden und wollte gerade ins Haus gehen, als Dieudonné mir etwas nachrief, das meine Lebensfreude erstickte.

»Madame, in Bangui wird es unruhig. Meuterer haben sich an der Grenze vom *PK douze* versammelt. Ich brauche dringend eine Machete, Pfeile, Bogen und eine Taschenlampe!«

»Aber«, gab ich kleinlaut zurück, »die Nachricht ist doch ganz unglaubwürdig! Jeder erzählt was anderes!«
»Nein, Madame. Heute früh sind schon die ersten Schüsse gefallen! Die Aufständischen versuchen Patassé zu stürzen und sind auf dem Weg zum Palast«, fügte er emotionslos hinzu.
»Nein, bitte nicht! Warum tritt denn dieser Präsident nicht freiwillig ab?« Ich konnte es kaum glauben.
»Das will er nicht. Patassé will weder die Staatskasse herausrücken noch zurücktreten.«
»Aber Dieudonné, die Rebellen vom Kongo, von der so genannten MLC-Freiheitsbewegung, und ihr entsetzlicher Chef Bemba stehen doch nur am Fluss in Bereitschaft. Und zwar auf der anderen Seite des Oubangui.« Ich wollte mich beruhigen, ahnte aber gleichzeitig, dass diese Distanz kein Hinderungsgrund wäre. Die Rebellen könnten leicht Pirogen oder größere Boote beschlagnahmen, um überzusetzen.
»Nein, Madame! Die sind schon hier, um Patassé rechtzeitig zur Seite zu stehen. Am *PK neuf* oben. Mein Cousin hat es mir gesagt. Alle haben Angst vor Plünderungen und dass die Frauen vergewaltigt werden! Abends ist niemand mehr im Quartier auf der Straße.«
Ein ganz mieses, unbekanntes Gefühl kroch mir den Nacken hoch, plötzlich empfand ich nackte Angst vor Gewalt und unberechenbarer Brutalität. Ich wusste, dass ich stark war, aber in dieser Situation spürte ich Hilflosigkeit und Sorge um meinen kleinen afrikanischen Alltag, den ich mir gerade mit Mühe und Liebe aufbaute. Vor Jahren

hatte ich schon einmal Ausläufer eines Aufstands erlebt und kannte die schwarze Gewalt, die unberechenbar wie ein Rausch aufstieg und brutal und bar jeder Logik oder sozialer Verantwortung um sich griff, sodass sogar die eigene Familie in diesem Fiasko unterging.

»Wenn hier wirklich Kämpfe losgehen, dann erleben wir den reinsten Hexenkessel. Man wird keinem mehr trauen können, weil man nicht weiß, wer auf wessen Seite steht. Gut nur, dass die Franzosen uns wenigstens beschützen!«

Deren Anwesenheit erschien mir als große Sicherheit.

Aber Dieudonné, der wie viele junge Schwarze hier fit in Landespolitik war, zerschlug auch diese Hoffnung: »Das sind viel zu wenige. Die meisten Blauhelme sind doch nach den letzten Wahlen wieder abgezogen!«

Ich hob resigniert die Hände. »Erkundige dich genauer, bevor du mir Angst machst, und besorge mir einen kräftigen und zuverlässigen Sentinel für den Tag! Monsieur Laurence soll ihn beurteilen. Ich gebe dir nachher Geld für deine Waffen, und für morgen brauche ich noch Tee, Zucker, Brot, Ölsardinen, Kerzen, Streichhölzer und einen Wasserbereiter. Kannst du mir das besorgen?«

»D'accord, madame.«

Ich war wie vor den Kopf geschlagen. Im kühlen, stillen Salon setzte ich mich auf den Boden und überlegte, was das alles für mich bedeuten würde, aber ich konnte mich nicht konzentrieren, wollte es auch gar nicht, stellte ich dann leichthin fest. Ich weigerte mich, an einen Putsch zu denken, an Schüsse und Tod und Teufel in den Straßen von Bangui. Ich wollte lieber den friedvollen Augenblick in meinem Haus genießen. Er sollte nie enden, sollte immer so schön bleiben, wie ich ihn gerade erlebt hatte. Ich hatte ein Zuhause, war in meinem geliebten Afrika und hatte eine Zukunft. Sicherlich, eine ungewisse, aber was war schon sicher im Leben!

Die Schlange

Doch! Etwas war sicher, nämlich dass ich den französischen Millionär »an Land ziehen« musste! Während ich mich duschte, erwog ich alle Register der Verführung, die mir einfielen, und richtete mich entsprechend her.

Ich wählte ein enges, leicht durchsichtiges Kleid mit viel Spitze, legte Make-up auf, striegelte meine schwarzen Haare und fixierte sie mit glänzendem Gel zu einem ladyhaften Dutt und setzte im Kontrast den aufreizenden schwarzen BH unter die helle Spitze des Kleides.

Ganz sicher war ich mir nicht, ob Verführung eine gute Strategie war, aber mir war heute nach … zwielichtigem Charme. Jedenfalls fühlte ich mich gut, und das war wichtig.

Während ich meine Lippen sorgfältig knallrot anpinselte, fiel mir Tahim ein. Ich musste ihn unbedingt mit dem Franzosen bekannt machen, gleich heute noch. Erstens wollte ich ihn damit beeindrucken, was für Leute ich kannte. Noch wichtiger war aber, dass er zustimmte, wenn der reiche Franzose den Nürnberger ablöste. Ich wollte ihn gerade anrufen, als das Telefon klingelte. Félicité war dran: *»Salut, chérie, tu vas bien?«*

»Oui, ma chère, très bien! Aber ich bin ziemlich aufgeregt wegen des Rendezvous! Gott sei Dank, dass du dabei bist.«

Ich war wirklich heilfroh, denn ich war ganz unerfahren, was solche Bettelgespräche betraf, und hatte keine Ahnung, wie ich es anstellen sollte, ohne dass es peinlich wirkte.

»Genau das ist das Problem, Julia! Ich kann nicht mitkommen, ich muss Freunde vom Flughafen holen. Aber er weiß, dass du kommst, und erwartet dich in 30 Minuten auf der Terrasse des Sofitel. Übrigens heißt er Lenord, Jean-Pierre.«

Sie versuchte mich mit samtweicher Stimme zu beruhigen, doch mir sackte das Herz in die Hose.

»Aber Féli! Ich kann das nicht alleine. Bitte bring mich doch wenigstens hin und stelle uns vor!« Plötzlich kam ich mir vor, als wäre ich nicht viel älter als zwölf.

»Chérie, ich bin doch schon auf dem Weg zum Flughafen! Aber du machst das schon, er ist außerdem sehr nett …«

Die Verbindung brach ab, und ich fühlte mich verlassen und stand dumm im Salon herum. *Merde!* Mir war das grässlich unangenehm, so demütigend, einen reichen Mann um Geld anzubetteln. Verzweifelt drehte ich mich im Kreis, was *bótô* natürlich sehr witzig fand. Begeistert versuchte er meinen großen Zeh zu erwischen. Von draußen hörte ich unterdessen ein leises: »Putzilein … Grüß Gott, Grüüüüß Gooott.«

Trotz der Anspannung musste ich darüber lachen, wie Dieudonné, dieser Riesenkerl, versuchte in Babysprache – und dazu auch noch in fließendem Bayrisch – den Papageienbabys das Sprechen beizubringen.
Die Zeit wurde knapp und ich musste noch Tahim informieren. Seine Stimme verhieß nichts Gutes, als ich ihn endlich in der Leitung hatte: »Was kann ich für dich tun?«, fragte er kurz angebunden.
»Hallo, Tahim, entschuldige die Störung, aber ich muss dich unbedingt sprechen. Ich möchte dich einem französischen Millionär vorstellen, der Interesse hat, in Bayanga einzusteigen, wenn du einverstanden bist. Hast du heute irgendwann Zeit?« Dicht presste ich die Muschel an mein Ohr und nagte ungeduldig an meiner Unterlippe.
Tahim hatte Zeit. Freundlich antwortete er: »Ja! Komm ruhig vorbei. Ich bin den ganzen Tag im Büro.«
Euphorisch nahm ich diese Einladung auf und rief: »Ja, wunderbar! Du bist ein Schatz, Tahim. *A tout à l'heure, chéri.«* Kurz horchte ich diesem kessen »Chéri« hinterher. Es gefiel mir. Es war geschmeidig.
Fünf Minuten später saß ich im Taxi und schaukelte durch ein müdes Bangui, das noch Siesta hielt. Der Oubangui schob träge die großen Wassermassen durch sein Flussbett und schillerte silbern. Eine schmale Piroge war auf der anderen Seite zu erkennen, in der sich wie ein eleganter Schattenriss die dunkle Silhouette des Fischers gegen das gleißende Licht abhob. Heiß und schwül stand die Luft im Taxi, und die laute Zouk-Musik aus dem Radio machte es nicht angenehmer. Je mehr wir uns dem Hotel

näherten, desto heftiger rann mir der Schweiß in kleinen Perlen den Körper hinab, sodass ich mich bei meinem demütigenden Gang nach Canossa noch elender fühlte.

»Das macht 3000 CFA, Extrapreis für dich, *maman!*«, forderte der junge Fahrer, als wir unter der großen Ölpalme des Sofitels hielten.

»Mein Sohn«, dozierte ich lächelnd, »wenn ich deine *maman* wäre, hätte ich dir als Erstes beigebracht, dass Ehrlichkeit am längsten währt, und ein paar Jahre später hätte ich dir erklärt, dass in Bangui eine Taxifahrt 1000 CFA kostet!« Damit drückte ich ihm einen Schein in die Hand.

Der Fahrer erklärte mit breitem Grinsen: *»Ça ne fait rien, maman!«*

Dabei gab er mir das Gefühl, dass er mir gerade einen großartigen Gefallen getan hatte, da ich ja knapp bei Kasse war. Aber ich mochte sie, diese netten Schlitzohren. Sie waren hier nie beleidigt oder aufdringlich, wenn man ihre Tour entsprechend bezahlte.

Als ich mit meinen hohen Hacken wie in einem Kaugummifeld durch den angeschmolzenen Asphalt ins Hotel stakste, ahnte ich nicht, was das Schicksal für mich hier bereit hielt und dass ich die folgenden Augenblicke nie vergessen würde.

An der großzügig eingerichteten Rezeption, die mit hellem Marmor und gepflegten Bambusmöbeln ausgestattet war und eine exotische Ruhe und Behaglichkeit ausstrahlte, teilte ich mit, dass ich mit Monsieur Lenord verabredet sei und bereits an der Bar warte. Dann schlenderte ich hinaus auf die Terrasse, die direkt zum Flussufer führte. Hier saß entspannt ein internationales Publikum. Ich sah ein paar japanische Touristen, die Fluginformationen studierten, und einige ältere schwarze Ladys, unter denen ich Feodora erkannte. Sie war eine taffe Rechtsanwältin, die sich für Frauenrechte einsetzte und dem Lions Club für Damen vorstand. Sie sah fantastisch aus in ihrem goldbestickten Boubou und dem elegant geschwungenen Turban. Die Damen diskutierten energisch und nippten ab und zu an gelber Limonade. Gemischte Pärchen und ein paar schwarze Geschäftsmänner saßen an der rustikalen Holzbar, die sich um den Stamm eines knorrigen Padouk-Baumes schmiegte. Dahinter sah man den Fluss mit seinen Stromschnellen bis hin zu der kleinen Insel.

Da wo sich der Oubangui am Horizont verjüngte, lag das alte Haus von Tahim, in dem ich vor vielen Jahren so glücklich gewesen war. Aber ich wollte nicht der Vergangenheit nachsinnen, sondern mich auf meinen Auftritt konzentrieren. Ich musste um jeden Preis verhindern, dass ich in die Rolle der demütigen Bittstellerin geriet. Ein freier Tisch und ein schattiger Platz unter dem breiten Blätterdach eines majestätischen Mukulungu-Baumes versöhnten mich ein wenig mit der Hitze. Ich entspannte mich etwas und räkelte mich im Stuhl, während eine leichte Brise vom Oubangui her mir Kühlung brachte.

Da klatschte etwas Langes, Dickes aus den Ästen über mir auf die Tischkante und fiel zu Boden, direkt neben meine Füße. Dort blieb es reglos liegen, und erst nach einer langen Schrecksekunde erkannte ich, dass neben meinen nackten Zehen eine fette grünlich gelbe Schlange lag, in die langsam wieder Leben kam. Sie war mindestens anderthalb Meter lang. Nach einer weiteren Schrecksekunde erwachte auch ich aus meiner Starre, stieß einen gewaltigen Schrei aus und machte einen Riesensatz hinter den Tisch zum Treppengeländer, das die Stufen zum Flussufer säumte. Die verdammte Schlange blieb mir auch bei meiner rasanten Flucht auf den Fersen. Mir schoss der Gedanke durch den Kopf, dass sie wohl auch zum Wasser flüchten wollte. Ich schleuderte ihr meine Schuhe entgegen, aber das kostete wertvolle Zeit, und natürlich traf ich nicht sie, sondern einen erstaunten Japaner.

Ich hatte plötzlich eine furchtbare Angst, wie eine Italienerhenne vor einem Schweizer Messer, und es wurde noch schlimmer, als die Schlange blitzschnell näher kam. Im Bruchteil einer Sekunde musste ich meine Taktik ändern und stürzte mich zu den hinteren Tischen. Aber auch das war kein Hindernis für die Schlange, die es nun eindeutig auf mich abgesehen hatte und in erstaunlicher Geschwindigkeit hinter mir herglitt. Ich war in Panik, zumal niemand zu Hilfe kam und ich überall nur verschreckte Gesichter sah. Da ich in dieser ausweglosen Situation keine Fluchtmöglichkeit erkannte, breitete sich in mir echte Todesangst aus.

Andere Gäste waren jetzt auch aufgesprungen und schrien: *»Un serpent!«*

Die schwarzen Damen hatten die Stühle umgeworfen und flüchteten kreischend ins Foyer, während ich noch mal zu einem Gitter zurückrannte und in der Hoffnung darüberhechtete, dass es für die Schlange zu feinmaschig wäre. Ein

Blick zurück zeigte mir, dass ich einen kleinen Vorsprung hatte, aber schon schlängelte sich das Tier mit unglaublicher Geschwindigkeit parallel zu mir und brachte mich vollends um den Verstand.

Kopflos und laut um Hilfe schreiend sprang ich hinter die Theke zum Barkeeper, wo die Gäste schon auf der Tischplatte standen und mit Gläsern nach der Schlange zielten.

Die kringelte sich die Stufen zum Wasser hinab, endlich! Wie mir schien, war auch sie völlig erschöpft. Inzwischen hatte sich ein Menschenpulk am Terrasseneingang gebildet, und von dort kamen nun auch zwei Hotelboys Stöcke schwingend auf uns zugerannt. Der Barmann zog mich hoch.

»Il est parti!« Die Schlange war verschwunden.

Aber in diesem Moment nahm ich nichts mehr wahr, nur kreisende rote Punkte, die sich unter lautem Rauschen vereinten.

»Madame, sie ist weg. Beruhigen Sie sich!«, hörte ich von weither und spürte, wie mich jemand in den Arm nahm.

Ich zitterte am ganzen Körper, und wie im Reflex sah ich in die Äste hinauf, ob da noch weitere Schlangen warteten. Der Barkeeper beruhigte uns auf seine Art: »Das kommt hier öfter vor, aber es ist noch nie etwas Schlimmes passiert!«

Langsam fasste ich mich wieder. »Ein Herzinfarkt zählt hier wohl nicht zu den schlimmen Dingen?« Etwas unwirsch löste ich mich aus seinem Arm, steckte meine

Haare wieder zusammen und versuchte von der Theke herunterzukommen.

Die Boys suchten immer noch nach der Schlange und schlugen mit den Stöcken fest auf den Boden. Trotz aller Aufregung hoffte ich, dass sie es ins rettende Wasser geschafft hatte.

Der Millionär

Madame Julia?«

Ich drehte mich um und sah in die belustigten braunen Augen eines Mannes, der lächelnd zu mir hochsah. Er war stämmig und gepflegt. Und plötzlich fiel mir ein, was der ursprüngliche Grund meines Aufenthalts hier gewesen war, bevor ich über die Balustrade jagte, über Stühle stolperte und auf einen Tresen sprang.

»Monsieur Lenord?«, fragte ich zaghaft.

»Erraten! Darf ich Ihnen von der Bar herunterhelfen? Oder ziehen Sie es vor, noch ein wenig da oben in Sicherheit zu bleiben?«, fragte er immer noch lächelnd.

Nun merkte ich, dass ich als Einzige noch auf dem Tresen die Stellung hielt. Da ergriffen mich bereits Lenords Arme und zogen mich zu ihm herunter, so dicht, dass ich an seiner Schulter landete und mit der Stirn seine Wange berührte. Einen winzigen Augenblick lang hielt er mich fest und sah mir verträumt in die Augen. Wie beiläufig musterte er meinen schwarzen Büstenhalter, von dem er so mehr sehen konnte, als mir lieb war. Ich fand Lenords

Verhalten unverfroren und schob ihn energisch zurück. Gleichzeitig hatte ich das unbestimmte Gefühl, auch noch rot zu werden, mein Gott, wie albern! Ich versuchte das pubertär-frivole Spielchen mit Spott zu übergehen: »Wie wär's, wenn Sie mir einen Drink bestellen, während ich mich wieder menschenwürdig herrichte, damit mir nicht jedes geile Mannsbild in den Ausschnitt schaut …«

Einigermaßen zufrieden mit meiner Bemerkung ließ ich ihn stehen und eilte zum Foyer. Das also war der Auftakt meines Gesprächs mit dem französischen Millionär. Ich hatte mir meinen Auftritt zwar rasant vorgestellt, aber in anderer Hinsicht. Allerdings war ich in meiner Vorstellung auch davon ausgegangen, dass ich durch eine attraktive äußere Erscheinung glänzen würde. Als ich jedoch in der Damentoilette vor dem Spiegel stand, erkannte ich mich kaum wieder: Ich hatte puterrote Wangen, die Haare klebten mir wirr auf schweißnasser Stirn, und mein Kleid war auch noch seitlich eingerissen.

Ich richtete mich wieder her und erkannte allmählich vertraute Züge im Spiegel wieder. Es klopfte an der Tür, sie öffnete sich ein wenig, und durch den Spalt hielt mir jemand meine Pumps entgegen.

»Pour vous, madame! Und das Hotel hat Ihnen draußen eine *coupe de champagne* serviert. Gegen den Schreck. Mit freundlichen Grüßen von der Direktion!«

Meine Schuhe, ich hatte sie noch gar nicht vermisst! Aber jetzt war ich doch heilfroh, dass ich die teuren Teilchen wiedersah.

»Merci, monsieur, vous êtes tres gentil!«, bedankte ich mich.

Der Schluck Champagner würde mir gut tun, am liebsten hätte ich ihn gleich an Ort und Stelle im Waschraum getrunken! Die Tür schloss sich wieder, und ich brachte mein Äußeres endgültig in Ordnung. Währenddessen dachte ich an den Franzosen und ärgerte mich, dass er die Situation so ausgenutzt hatte. Genauer gesagt, fand ich ihn unmöglich, aber aus diplomatischen Erwägungen sollte ich das besser nicht zeigen. Andererseits war kalkulierte Zurückhaltung überhaupt nicht meine Art.
Als ich mit meinem Spiegelbild zufrieden war, ging ich zum kleinen Zeitungskiosk nebenan. Ich brauchte noch etwas Zeit, um mich zu sammeln, bevor ich Lenord wieder begegnete. So durchblätterte ich noch eine Zeitschrift, während ich tief durchatmete und mich zu entspannen versuchte. Außer mir war niemand in dem Laden.
Plötzlich geschah etwas Ungeheuerliches: Ohne dass jemand das Wort an mich richtete, legte sich von hinten ein Arm um mich, während eine Hand unter meinem Rock an meinen Beinen entlang hochfuhr. Das ging so schnell, dass ich glaubte zu träumen. Aber dann spulte sich eine Automatik ab, die ich bisher noch nicht kannte: Ich holte schwungvoll aus und landete eine saftige Ohrfeige in einem Gesicht hinter mir.
»Sind Sie verrückt geworden?«, schrie ich wütend und befreite mich aus dem Griff, während ich die Hand von meinem Schenkel zerrte. Dann sah ich das Gesicht … Lenord! Da schlug ich noch mal zu, mitten rein.
»Was erlauben Sie sich, denken Sie, weil Sie reich sind, können Sie sich alles erlauben? Unverschämtheit!«

Ich war so empört wie schon lange nicht mehr und wusste nicht, was schlimmer war: die Schlange oder der Millionär. Der hielt sich schützend den Arm vor die Stirn, als rechnete er mit einem weiteren Schlag. So viel zu meinem diplomatischen Geschick!

Mag sein, dass sich andere Frauen weise mit einem Lächeln aus der Affäre gezogen und somit ihre geschäftlichen Probleme gelöst hätten. Mir jedoch war schlagartig klar, dass dies das Ende meines Bittganges war und dass dies leider auch das Ende meines Afrika-Aufenthaltes bedeutete. Es gab ja keinen anderen Geldgeber, der die hohen Beträge für die Lodge vorstrecken konnte. Wütend und traurig stürmte ich um die Regale herum zum Ausgang, als ich hörte:

»Ich mag Wildkatzen! Du bist ein sehr aufregendes Exemplar, Julia!«

Verblüfft blieb ich stehen. Das war ja wohl der Gipfel, der Typ hatte immer noch nicht genug!

»Bitte duzen Sie mich nicht! Ich wüsste nicht, was wir gemeinsam hätten, das Sie dazu berechtigt!«

Prompt kam die Antwort: »Haben wir nicht gemeinsame Interessen in Bayanga?«

»Ich wüsste nicht, was Bayanga mit meiner Wäsche zu tun hat?«, zischte ich zurück.

»Ich kann gut zwischen beidem trennen und bin nach wie vor als Partner an der Lodge interessiert. Dazu würde ich vorschlagen …«

Schnell unterbrach ich ihn, denn diesen Moment durfte ich nicht ungenutzt verstreichen lassen. »Gut, dann fahren wir jetzt zu Monsieur Sadar und besprechen die Details. Er erwartet uns bereits. Ich treffe Sie in drei Minuten vor dem Foyer!«

Damit lief ich eilig fort, zur Bar auf der Terrasse. Dort schüttete ich ein allein stehendes Glas Champagner herunter, ohne lange zu fragen, ob es überhaupt meines war.

»Noch eins. Das geht auf Kosten des Hauses, sagt der Direktor!«, fügte ich skrupellos hinzu.

Der Barkeeper lachte und schenkte nach. »Das haben Sie sich verdient, Madame!«

Wie wahr! Etwas freundlicher gestimmt und mit angenehmem Prickeln in meinem noch nüchternen Magen wollte ich gerade die Stätte meines Spießrutenlaufs verlassen, als ich lautes Beifallklatschen hinter mir hörte. Verblüfft drehte ich mich um. Ja, das galt mir! Sie fanden mich gut, die Leute an der Bar, und wünschten mir weiterhin Glück.

»Merci, mes amis, merci!« Ich winkte meinen Fans zu und war richtig gerührt. Was für ein Tag …

Minuten später saß ich in Lenords Rover, und schweigend fuhren wir die kurze Strecke zu Tahims Büro. Bevor wir ausstiegen, stellte er mir neugierig die Frage: »Sie sind die Freundin von Monsieur Sadar, nicht wahr?«

Aha, daher wehte der Wind, das kleine Spielzeug vom Kollegen interessierte ihn … auch haben will!

»Wo ist eigentlich Ihre entzückende Frau? Schon beim Friseur in Paris?«, gab ich schnippisch zurück.

Er lachte leise. »Sie sind eine sehr interessante und amüsante Frau, Julia!«

»Ja, Monsieur Sadar weiß das zu schätzen!«, erwiderte ich mit einem schrägen Blick zu ihm und sah mit großer Genugtuung, dass seine Wange stark gerötet war.
Bisher hatte ich trotz aller Attacken diesen Tag gut überlebt – hatte mich im wahrsten Sinn des Wortes gut geschlagen –, stellte ich befriedigt fest und stieg beschwingt aus dem Wagen.
Tahim erwartete uns bereits und verhielt sich sehr verbindlich, als ich die beiden einander vorstellte. Er musterte mich merkwürdig liebevoll und gab mir das wunderbare Gefühl, zu ihm zu gehören. Lang ließ er den Arm auf meiner Schulter liegen, als er uns zur Sitzecke geleitete, und ich drückte zärtlich seine Hand.
Plötzlich fühlte ich mich unendlich geborgen, und die gerade überstandenen Abenteuer fielen von mir ab wie eine alte Haut. Ich strahlte ihn an und verliebte mich neu in jeden einzelnen seiner aufregenden Zentimeter. Er sah so verdammt gut aus: seine olivfarbene Haut, das markante Gesicht und der Körper, der mit jeder noch so kleinen Geste gebündelte Energie ausstrahlte. Ich musste mich zusammenreißen, um ihn nicht zu umarmen, zu küssen, ihn zu berühren. Er zog mich magisch an. Alles an ihm faszinierte mich, was für ein aufregender Kerl!
Außerdem fand ich seine edle schlichte Aufmachung in blütenweißem Hemd mit dunkler Hose sehr attraktiv. Ich musste lächeln, als ich auf die Schuhe sah. Wir hatten sie zusammen in Paris gekauft, bei Weston, dem teuersten Laden in Paris. Das war Jahre her! Aber viel schöner als Weihnachten und alle Träume zusammen war, dass er

nur langsam den Arm von meiner Schulter zurückzog, als fiele es ihm schwer. Unsere Blicke trafen sich. Tahim räusperte sich und hieß dann Lenord willkommen.
»Schön, dass wir uns mal kennen lernen, ich habe schon viel von Ihnen gehört!«
Woraufhin Lenord höflich zurückgab: »Aber Ihr Name ist ja aus Bangui auch nicht fortzudenken. Sie haben viel für die Stadt getan! Sie sind auch im Holzgeschäft, wie ich hörte?«
Ja, und nun entspann sich ein Gespräch, das nichts mit Naturschutzpark, Bayanga, Lodge und deren Aufbau zu tun hatte, auch nicht mit An- und Abmache. Wie bei kleinen Jungs flogen die Bälle hin und her. Jeder wollte wissen, wie viele Tonnen-LKW der andere hatte, welche Grundbesitze wo lagen, wie viele Geschäfte wer hatte, mit welchen Banken der andere zusammenarbeitete und so weiter. Ich schien überhaupt nicht mehr vorhanden zu sein, aber Tahim fühlte sich ganz offensichtlich wohl. Anscheinend hatte er eine kleine Eisenbahn mehr als Lenord.
Einmal machte ich eine Zwischenbemerkung, erinnerte die Herren an Bayanga und forderte, dass wir endlich die Details unserer Allianz besprechen sollten, aber da wurde ich auf später vertröstet. Mir wurde bewusst, dass es an mir war, einen Vertrag zu entwerfen und dafür zu sorgen, dass die beiden ihn hier und heute unterschrieben. Also nutzte ich die Zeit und setzte einen Vorvertrag auf. Ich durfte meine zukünftigen Geschäftspartner auf keinen Fall auseinander gehen lassen, ohne dass etwas unterschrieben wurde. Glücklicherweise hatte ich zu meinem Gespräch

mit Lenord ein Konzept entworfen, das ich als Grundlage des Vertrags verwenden konnte. Im Sekretariat tippte ich schnell und konzentriert einen Vertrag, fügte den Namen der Aktionäre ein – Sadars, Lenords und meinen –, fügte das Datum hinzu und eilte zurück zu Tahims Büro, gerade noch rechtzeitig, denn die beiden waren im Begriff, sich zu verabschieden. Lenord musste zum Flughafen, und Tahim hatte einen Termin bei der Handelskammer.

Ich war wild entschlossen, niemanden aus diesem Raum zu lassen, bevor nicht unser Projekt unter Dach und Fach wäre, und hielt ihnen das Dokument vor die Nase: »Bitte setzt euren Namen noch unter diesen Vorvertrag. Ich habe nur die Punkte zusammengefasst, die ihr schon kennt, und mich verpflichtet, alle weiteren Unternehmungen mit euch abzusprechen. Später werden wir dann einen richtigen Vertrag beim Notar aufsetzen lassen!«

Bittend sah ich von einem zum anderen, aber Tahim war schon an der Tür und wollte hinaus.

»Bitte, Tahim! So schnell kommen wir drei nicht mehr zusammen, und ihr habt ja bereits zugestimmt!« Ich sah ihn eindringlich und flehentlich an. *»Please,* bitte!«

Schließlich rettete Lenord die Situation. Er holte seinen Kugelschreiber aus der Tasche und unterschrieb, während er leise hinzufügte: »Julia kann sich sehr gut durchsetzen! Das sollten wir ausnutzen!«

Dann reichte er mit einem kurzen Seitenblick zu mir den Kugelschreiber an Tahim weiter, der nun ohne zu zögern seine Unterschrift ebenfalls unter den Text setzte. Mir fiel ein Stein vom Herzen. Glücklich verabschiedete ich mich von den beiden, die es nun sehr eilig hatten, und bedankte mich.

»Ich werde alles dafür tun, dass das Projekt gelingt, und auch, dass wir so bald wie möglich Geld verdienen!« Ich dachte, ich wäre meinen Geschäftspartnern eine solche Äußerung schuldig, damit ihnen der Einstieg Spaß machte. Aber als Lenord bereits abgefahren war und ich leichten Herzens neben Tahim stand, korrigierte er mich mit einer Antwort, deren Weisheit ich mir aneignete und künftig zu meinem eigenen Motto machte:

»Es ist nicht so wichtig, Geld zu verdienen, viel wichtiger ist es, keines zu verlieren!«

Dschungelalltag

Nachdem meine finanzielle Lage endlich geklärt war, hielt mich nichts mehr in Bangui. Der Aufbau der Lodge erforderte meine baldige Anwesenheit dort. Gerade in der Anfangszeit rechnete ich damit, dort intensiv zu arbeiten und nur selten nach Bangui in mein Stadthaus zurückzukehren. Dass ich dadurch Tahim kaum sehen würde, schmerzte mich sehr. Insgeheim hoffte ich, er würde seinerseits nach Bayanga kommen, um sich die Fortschritte meiner Arbeit anzusehen, nun da er das Projekt mitfinanzierte. Nach unserem geschäftlichen Gespräch hatte ich den Eindruck, dass Tahim mir wieder näher gekommen war.

In den nächsten zwei Monaten versank ich bis zum Hals in Arbeit. Die Lodge sollte so schnell wie möglich hergerichtet werden, damit wir bald schon Touristen empfangen und Geld einnehmen konnten. Zu lange Umbau- und Vorbereitungsmaßnahmen konnte ich mir nicht leisten. Aber die Wirklichkeit stellte mich manchmal auf eine harte Geduldsprobe.

Das fing bei den Behörden an, die immense Steuergelder verlangten. Sie führten zudem umständliche und teure Kontrollen mit meist lächerlichem Ergebnis durch, was auf so sinnlose Weise meine Energien band und mir Nerven raubte. Beispielsweise kamen im ersten Monat gleich vier Inspekteure angereist, die ich fünf Tage lang kostenlos bewirten musste. Auch die Kosten für ihre An- und Abreise hatte ich zu tragen. Diese Inspekteure schnüffelten ständig überall herum und brummten mir zum Schluss ein horrendes Bußgeld wegen Kleinigkeiten auf, etwa weil ein Feuerlöscher fehlte. Dabei lag die Lodge keine vier Meter vom Fluss entfernt!

Das Personal erwies sich als freundlich, brauchte aber permanente Anleitung. Jean-Claude war eine große Hilfe und vermittelte meine Wünsche und Vorstellungen so, dass die meisten schnell lernten. Schwierig waren allerdings die Mitarbeiterinnen. Andauernd wurden sie schwanger und erschienen nur unregelmäßig zur Arbeit.

Ich hatte die Wahl, mich über jede einzelne Katastrophe aufzuregen – und davon gab es nicht wenige – oder eine gelassene Einstellung zu den auftauchenden Problemen zu finden. Meist erwiesen die sich im Nachhinein auch als recht komisch, wie etwa die Sache mit dem Strom.

Zunächst musste ich ein Aggregat anschaffen, dazu fünf Tonnen Sprit à 200 Liter. Die wurden mit der Piroge von der anderen Flussseite herübergeholt, denn in Kamerun war der Diesel nur halb so teuer. Als schließlich alles installiert war und der Diesel floss, glaubte ich, dass … *simsalabim* … der Strom uns nun eine nächtliche Beleuchtung zauberte. Weit gefehlt! Es stellte sich heraus, dass die schweren Kabel brüchig waren. Elefanten hatten sie zertreten. Wir hatten nämlich das Aggregathäuschen ungefähr einen Kilometer von der Lodge entfernt gebaut, damit wir den Krach nicht hörten, und die Kabel führten von dort zu einem Verteiler, der den Strom für Unterkünfte, Restaurant, Küchengebäude, Rezeption und Toiletten lieferte.

Neue Kabel waren also nötig, ebenso ein kompetenter Elektriker sowie Ersatzteile und so weiter. Es mussten besondere Kabel sein, die unter der Erde Druck aushielten, für den Fall, dass wieder tonnenschwere Elefanten darübertrampelten. Außerdem durfte die Feuchtigkeit ihnen nichts anhaben, vor allem durften sie während der viermonatigen Regenzeit nicht durch das viele Wasser lahm gelegt werden.

Endlich hatte ich einen arbeitsfreudigen Monteur gefunden. Zusammen mit anderthalb Kilometer Kabel, Isoliermaterial, Schrauben, Draht, Zwingen, Spaten und Macheten wurde er aus Bangui in einer kleinen Cessna nach Bayanga eingeflogen. Wir hatten nahe der Lodge eine rumpelige Piste, auf der kleinere Maschinen landen und starten konnten. Jacques war ein Pilot, den ich aus früherer Zeit gut kannte. Er war so erfahren, dass ihn unsere Landebahn trotz des Mimosenbaums, der aus ihrer Mitte wuchs, vor keine größeren Schwierigkeiten stellte.

Jacques und ich waren oft zusammen geflogen, wenn ich früher Gäste auf Rundflügen über den Urwald führte und dabei meine Ausführungen über das komplexe ökologische Zusammenspiel zum Besten gab. Er hörte mir gern zu, denn auch wenn der gebürtige Franzose bereits seit 30 Jahren in Afrika lebte, so kannte er sich natürlich weit weniger mit dessen Flora und Fauna aus als mit den technischen Details seiner Maschine. Zu meinem Entsetzen unterhielt ihn meine Flugangst ebenso gut wie meine Geschichten über das Leben im Urwald, und selten konnte er es sich verkneifen, mich seinerseits mit ein paar gemeinen Loopings zu »unterhalten«, bei denen mir ganz übel und bange wurde.

Als er nun den Monteur und das Material brachte, begrüßten wir uns herzlich. Ich kündigte ihm an, dass wir bald wieder regelmäßige Rundflüge miteinander machen würden, da diese Bestandteil meines Touristenprogramms waren. Bald schon würde es losgehen, die ersten drei Gäste hatten sich bereits aus Holland angemeldet.

»Aber Loopings sind strengstens verboten!«, ermahnte ich Jacques sicherheitshalber.

Der Monteur erwies sich als ausgesprochen tüchtig. Es wurde gemessen, verdrahtet, gesteckt, gegraben, und endlich war es so weit. Drei Tage nach seiner Ankunft ging das Licht an, und alle waren begeistert. Endlich fanden wir auch nachts den Weg zur Toilette oder was immer wir gerade suchten, und an der Einfahrt leuchtete zwischen zehn Uhr abends und vier Uhr morgens eine heimelige Lampe. Diesen Erfolg feierten wir abends alle zusammen mit einem Glas Bier auf der Terrasse.

In dieser Nacht wurde ich von hellen Trompetenstößen wach. Es mussten sich mindestens drei Elefanten in der

Nähe herumtreiben. Zeitgleich mit dem Beginn der Elefantenmusik erlosch der Lichtschein an der Einfahrt. Es war wieder finstere Nacht: Die Elefanten mussten ihre Papayas im Dunkeln ernten, und ich konnte laut und deutlich fluchen, weil das ja im Dunkeln niemand hörte …

»Verdammte Scheiße!«

Also ging die Arbeit von vorn los, denn tatsächlich hatten die Elefanten die Kabel wieder zusammengetrampelt, obwohl diese fast 30 Zentimeter tief eingegraben waren. Es gab einfach zu viel Wurzelwerk in der Erde. Wir versuchten etwas anderes, beschlossen, die Kabel an den Bäumen zu befestigen, und leisteten solide Arbeit mit Drahtschlingen und Haken. Es war verdammt mühsam, auf den Bäumen herumzuklettern und diese Schwebekonstruktion zu befestigen. Zwei Tage später war es geschafft, an der Einfahrt leuchtete wieder die heimelige Lampe, auf dem Fluss spiegelte sich der Schein der Restaurantlampen in silbrigen Kreisen, und an den Toiletten zeigte ein Strahler den Weg.

Später, nachts, wurde ich von hellen Trompetenstößen wach, und wieder ging der Lichtschein an der Einfahrt aus.

»Verdammt!« Ich schoss zum Fenster, und da hörte ich schon ein lautes Krachen und Splittern in der Nähe, als ob Bäume herabstürzten.

Nur ein paar Minuten darauf traf sich eine kleine Mannschaft in Nachthemd und Pyjama an der Rezeption. Prospère, der junge Sentinel, kam mit wehendem T-Shirt angelaufen. Aufgeregt berichtete er mit hektischen Gesten:

»Es waren diesmal zwei Elefantenbullen. Sie haben zwei Bäume umgerissen, und die Kabel hängen jetzt lose über dem Weg!«
»Gott sei Dank ist kein Baum auf die Rezeption gestürzt! Aber was sollen wir nur machen, Jean-Claude? Das ist doch gefährlich mit den Stromleitungen!« Ich war ziemlich ratlos und auch wütend, denn ich hatte nicht erwartet, dass meine verehrten Dickhäuter mal zur Kabelplage werden würden.
Jean-Claude, der da in rosa gepunkteten Shorts vor mir stand, die nur mühsam zwei dünne O-Beine verbargen, leuchtete mit seiner Taschenlampe in die Richtung des Aggregats. »Wir sollten mal nachsehen, was wirklich los ist. Vielleicht können wir noch was retten.«
»Das ist ein guter Vorschlag, aber lasst uns Stöcke mitnehmen, falls die Elefanten noch in der Nähe sind!«
Ich hoffte inständig, dass die teuren Kabel nicht beschädigt waren, als wir wenig später den schmalen Weg hinter der Rezeption durch den Wald gingen. Im Schein von Jean-Claudes Taschenlampe entdeckten wir eine gespenstische Szene: Ein Gewirr aus Ästen und Kabeln versperrte uns den Weg, und wo am Vortag noch ein geschlossenes Blätterdach gewesen war, sahen wir plötzlich den Nachthimmel mit seinen zahllosen Sternen. Wir standen erstarrt vor diesem mittleren Chaos.
»Tja, das wird viel Arbeit!«, fasste Jean-Claude die Situation zusammen.
Und plötzlich fiel es mir wie Schuppen von den Augen. Auf einmal wusste ich, warum hier alles eingestürzt war:

»Wir haben nicht dran gedacht, dass die Elefanten mit ihren Rüsseln weiter nach oben kommen, als wir die Kabel befestigt haben. Die Blätter dieser Bäume gehören zu ihrer Lieblingsspeise! Das hatte ich total vergessen!«

Da erzählte ich die ganze Zeit von Elefanten, erklärte den Urwald und so weiter und übersah dann so wichtige Details. Welch ein Ärger!

»Von den 200 Kilo Tagesbedarf an Grünfutter hat ihnen wohl das letzte Kilo noch gefehlt!«, fügte ich sarkastisch hinzu.

Doch würde uns das nächtliche Lamentieren nicht weiterbringen, stattdessen wuchs in mir das starke Bedürfnis nach mindestens einem Mocaf-Bier. »Lasst es uns begießen, denn ich habe das dunkle Gefühl, dass dies noch nicht das Ende meines ›Kabeljaus‹ ist.«

Die ersten Touristen

Es war so weit. Die ersten drei Touristen wurden aus Bangui erwartet. Jacques brachte sie mit seiner Cessna nach Bayanga. Die Holländer freuten sich, als sie in die kühlere Region des Urwaldes kamen. Sie waren zwei Stunden zuvor am frühen Morgen bei heißen 29 Grad am Flughafen M'poko aufgebrochen und empfanden das frischere Waldklima als sehr angenehm. In Bayanga brauchte man nachts durchaus Nachthemden und sogar Decken, während in Bangui auch die Nächte kaum Kühlung brachten.

Ich hatte die Piste von Büschen frei schlagen lassen, damit die Maschine problemlos auf der sandigen Bahn landen konnte, und war im Pickup dorthin gefahren, um meine ersten Gäste zu begrüßen. Sobald man in der Lodge das Flugzeuggeräusch hörte, wusste man, dass man losfahren konnte.

Die drei jungen Holländer sprangen erfreut aus der Maschine und äußerten sich so begeistert über den Flug über dem Dschungeldach, dass ich spontan einen kleinen

Rundflug anbot. Und schon erhoben wir uns wieder in die Lüfte.

Oben brüllte ich gegen den Motorenlärm den drei Holländern, die hinter mir saßen, meine Erklärungen zu. Ich musste mich erst wieder daran gewöhnen, dass man in dieser kleinen Maschine jeden Hopser spürte. Durch die schmale Windschutzscheibe sah ich, wie sich die beiden Propeller auf Hochtouren drehten, und manchmal kam es mir so vor, als ob sie plötzlich rückwärts liefen. Aber natürlich war alles in Ordnung. Ich wusste von früheren Flügen, dass die Klappergeräusche des alten Chassis nichts zu bedeuten hatten.

Dann tuckerten wir dicht über dem grünen Dach des Regenwaldes. Vereinzelt stiegen Nebelschwaden auf und ließen Geheimnisse ahnen. In der Welt der Bäume, in ihren Kronen, lebte über die Hälfte aller Tierarten, und unterhalb der Kronen befand sich ein ebenso riesiger Kosmos im ewigen Dämmerlicht. Im Laub roch es modrig nach Verfall und Tod.

»Dieser Urwald muss sehr ursprünglich sein, wenn wir in Bayanga noch Flachland-Gorillas sehen können?«, wollten die Holländer wissen.

»Ja, nach dem Amazonasgebiet ist der zentralafrikanische Tropenwald das größte Regenwaldgebiet mit über 7000 Pflanzenarten und mehr als 50 Säugetierarten. Der WWF hat deshalb diese Region zu einem der schützenswerten Gebiete der Erde erklärt. Sie dürfte ungefähr eine Fläche von 4500 Quadratkilometern umfassen. Bei uns im Dzanga-Gebiet gibt es die meisten Waldelefanten Afrikas.«

»Und die Pygmäen jagen sie noch?«, fragte einer der Holländer weiter.
»Nein, sie können sich gut von kleineren Tieren ernähren. Sie verehren und respektieren die Elefanten und auch die Gorillas, sodass diese nur sehr selten bejagt werden.«
»Die Pygmäen sollen ja so merkwürdige monotone Gesänge haben, habe ich mal gelesen. Stimmt das?« Offensichtlich hatten diese Leute sich besser informiert als viele andere Touristen, von denen manche sogar überrascht waren, dass es im Regenwald regnete!
»Ja, die Gesänge sind recht eintönig. Aber sie dienen nicht der Unterhaltung, sondern hauptsächlich dazu, den großen Gott Tore nicht in den Schlaf fallen zu lassen. Er spendet jedem Einzelnen die Lebenskraft und ist zugleich die Verkörperung des Waldes, das heißt, die Quelle alles Guten. Wenn er schlafen würde, wäre das für die Aka-Pygmäen eine Tragödie.«
»Julia ist eine Spezialistin auf diesem Gebiet!«, mischte sich Jacques, der Pilot, ein.
Und damit er nicht auf den Gedanken käme, mich wie früher mit einem Looping zu erschrecken, setzte ich eilig die Erklärung fort: »Pygmäenfrauen jodeln auch wunderschön, wenn sie vom Beeren- oder Wurzelnsammeln zurückkommen. Es klingt so ähnlich wie das bayrische Jodeln!« Schon setzte ich aus vollem Halse an und jodelte, was das Zeug hielt: *»Ayyyyh … aayyyaaaooo … aaayyyy-aayyyaaaoooo … aaayyyy …«*
Das war ein großer Fehler. Denn postwendend reagierte Jacques mit einer Schräglage der Maschine, zog eine enge

Schleife und raste dann im Tiefflug dicht über den Baumkronen dahin.
»Eh!«, brachte ich mühsam hervor. »Ich habe ja schon aufgehört, du kannst Schluss machen!«
Wir kreisten über der Elefantensaline und zählten mindestens hundert Elefanten, die wie graugelbe Kugeln schwerfällig in die Bucht trabten und sich vom Flugzeuggeräusch nicht stören ließen. Ein hundertköpfiger Schwarm von Graupapageien kreiste über ihnen und landete flatternd im Schilf, sodass sich die rot-grauen Schwingen wie eine rote Wolke zusammenschlossen. Scheue Riesenwaldschweine suhlten sich im Morast, Bongo-Antilopen standen am Waldrand, und albern wirkende, silbrig schwarze Rabenvögel staksten erhaben auf langen Beinen durch das flache Wasser. Der halbe Urwald traf sich hier im Dorf der Elefanten, wie die Pygmäen diese Lichtung nannten.
Mir ging bei diesem Anblick jedes Mal das Herz auf. Es war das reine Paradies und erweckte von oben aus gesehen den Eindruck, als wären Menschen hier unerwünscht, überflüssig. Wo sich im jahrhundertealten Regenwald Tiere und Pflanzen in einzigartiger Symbiose ergänzten, was hatten Menschen da zu suchen?
Die Bucht verzweigte sich weiter in helle Sumpfadern, in denen schwarze Nan-Büffel galoppierten und Antilopen in grazilen Sprüngen quer schossen, um dann im dichten Grün des Waldes zu verschwinden.
Schließlich näherten wir uns wieder der Piste, an der ein paar Leute neugierig zusammenliefen, um zu sehen, was und wer in der Wildnis landete. Die Maschine setzte

holprig auf, rollte, trudelte und kam zum Stehen. Halleluja! Die Zuschauer am Boden klatschten und freuten sich.

Nachdem die Holländer sich in ihren Unterkünften etwas erfrischt hatten, trafen wir uns auf der Terrasse und ließen uns auf feuchten Stühlen nieder. Über dem Sangha lagen milchige Nebelfetzen, die uns einhüllten, denn sie krochen durch die Bodenbohlen, die ein paar Meter über dem Wasser lagen. Vom gegenüberliegenden Wald hörte man das Schimpfen einer Schimpansenfamilie.

Auf der noch morgenkühlen Terrasse besprachen wir unsere Pläne. Ich erklärte den Holländern auch das Elektrizitätsproblem, das wir immer noch nicht im Griff hatten. Da einer von ihnen Ingenieur war, bot er sofort seine Hilfe an. Er nahm das Gelände sorgfältig in Augenschein und versprach, auf einer Skizze einzuzeichnen, wo die Kabel unter der Erde und wo sie über der Erde verlaufen sollten.

Und ich versprach im Gegenzug für den nächsten Tag ein fürstliches Stachelschwein-Essen. Ich hatte einem Fährtenleser ein *porc-épic* abgekauft, das ich bereits ein paar Tage im leichten Feuer angeräuchert und getrocknet hatte. Heute wollte der Fährtenleser wiederkommen und die drei Touristen zur Netzjagd abholen.

Die Holländer freuten sich auf den Festbraten ebenso wie auf ihre Dschungel-Expedition. Nachdem sie in den Urwald aufgebrochen waren, besprach ich mit Jean-Claude das Rezept.

»Wir brauchen ein Kilo Palmfrüchte. Die stößeln wir im

Mörser und vermischen sie mit Salz und *piment rouge,* dann wird das Ganze sacht geköchelt. Dazu gibt es Maniokrollen, im Blatt gedünstet.«
Jean-Claude hielt den Mund geöffnet und sah aus, als bereitete er sich auf den ersten Bissen vor. Ich lachte.
»Jean-Claude, mach den Mund zu, den Braten gibt es erst morgen!« Dann nämlich, wenn die Kabel befestigt und unser Stromproblem hoffentlich endgültig gelöst sein würde. Ich bat Jean-Claude, zuvor mit zehn Arbeitern die von den Elefanten zerstörten Bäume zu beseitigen.
»Gut, machen wir! Ich gehe gleich ins Dorf.«
Ich hatte das Gefühl, dass Jean-Claude die Mehrarbeit, die sich durch meine Gegenwart ergab, zwar missfiel, andererseits blühte er richtig auf, wenn wir Aufgaben gemeinsam meisterten, wobei mir sein Rat immer wichtig war. In solchen Situationen mümmelte er zufrieden vor sich hin. Das sah so aus, als überprüfte er mit der Zunge seine Zahnlücken und ertastete, ob nicht in einem unbewachten Augenblick eine neue hinzugekommen wäre. Nach abgeschlossener Untersuchung nickte er mir dann zufrieden zu. So bildeten wir ein gutes und effektives Team.

In der kommenden Nacht ließen mich leises Rascheln und vereinzeltes Knacken aus dem Schlaf auffahren. Doch die Elefanten-Musik blieb aus, meine Sorge war anscheinend unbegründet. Trotzdem rief ich vorsichtshalber nach dem Sentinel: *»Prospère?«*
Lautlos erschien eine schmale Gestalt aus dem Dunkel und sah erwartungsvoll zu meinem Fenster hoch.

»Bleib bitte in der Nähe der Kabel! Wir wollen nicht, dass noch mehr geschieht! *Merci, ami, et à demain!*«

»D'accord! Bonne nuit, madame!«

Mein kleines Zimmer über der Rezeption lag in einem Türmchen, das sich fast vollständig in den Zweigen des jahrhundertealten Bambusbusches befand. Es war schön und gemütlich, und ich liebte es, von diesem sacht vibrierenden, filigranen Grün umgeben zu sein, das tagsüber ab und zu einen Blick auf den trägen Fluss freigab. Von hier aus konnte ich auch die umliegenden Unterkünfte sehen, und wenn ich den Hals lang machte, hatte ich sogar einen Blick bis zur Einfahrt.

Einzig die Tatsache, dass ich von meinem Turmzimmer aus so mancher Viper in die Augen sah, wenn sie um die Drahtgitterfenster schlängelte – und ich starr beobachtete, ob sie bald wieder verschwände und hoffentlich kein Loch irgendwo im Holz fände –, gab diesem Dornröschen-Ambiente einen ständigen Grusel-Kick. Doch zu dieser frühen Morgenstunde war es noch zu kalt für Schlängeleien aller Art.

Stattdessen war dies die Zeit für den großen Auftritt der Anopheles-Diva, die sich langbeinig und federleicht auf der Haut niederließ und mit ihrem dünnen Stachel Malaria, Fieberwahn und Tod brachte. Fest stopfte ich den Moskitovorhang um die Matratze und lauschte noch eine Weile den Urwaldlauten, die nachts mit unglaublichen, qualvollen Schreien entsetzen konnten.

Die Schreie des Baumschliefers waren todtraurig und hörten sich teilweise an, als schreie ein Baby um Hilfe,

doch wusste ich, dass hier nur Informationen ausgetauscht wurden: »Die Alte ist weg, du kannst kommen.« Oder: »Der Laden hat dicht, es gibt nichts zu futtern!«
Auch Galagos, die kleinen lustigen Halbaffen, schrieen kläglich, und nur einen halben Ton höher grunzte ein N'Goumba in der Nähe, eine Art hochbeiniges Stachelschwein. Es trommelte zudem mit den Pfoten heftig und aufgeregt gegen etwas Festes, wahrscheinlich einen alten Stamm. Vielleicht war ihm jemand auf den Fersen, und es rief nach Verstärkung. Ein lang gezogenes Kichern, von dem ich immer noch nicht wusste, von welchem Tier es stammte, ließ mich schließlich leichten Herzens müde werden. Schmunzelnd kicherte ich leise mit und versuchte in den albernen Rhythmus zu kommen … *kichich-hichichhich, kich-chich-hich-hich-kich* … Dann war ich wieder eingeschlafen.

Zwei Tage später hatten Arbeiter die Bäume zersägt und zum Feuermachen am großen Ziegelofen der offenen Küche gelagert. Die Kabel waren wieder an den Bäumen befestigt, diesmal höher. Drei Männer waren schließlich noch damit beschäftigt, einen tiefen Graben auszuheben, damit die am meisten gefährdete Stelle besser geschützt würde. Ich hoffte, dass sich das Kabeldrama damit seinem Ende näherte, und hörte zufrieden die Macheten- und Spatenschläge. Einer der Männer sang vor sich hin.
Ich war damit beschäftigt, intensiv die Holztreppen auf Termitenwanderungen zu untersuchen. Es wehte eine leichte Brise, und ich glaubte, leises Knacken von Zweigen

zu hören. Aber im Urwald gehörte das ja zur Tagesordnung, und so dachte ich nicht weiter darüber nach, zumal ich gerade auf eine an Termiten besonders reiche Stelle stieß.

Plötzlich verstummten die Spatenschläge, und auch der melodische Gesang brach abrupt ab. Dann war Stille, jene vollkommene Lähmung, die die Welt in der Sekunde nach dem Drama still stehen ließ. Und wenn im Urwald Stille herrschte, so wusste ich, dass mindestens hundert Augen denselben Punkt fixierten und mindestens hundert Wesen gespannt auf den Fortgang der Handlung warteten. Diese Gegenwart schien ewig zu dauern, und obwohl ich nicht wusste, worum es ging, hatte sie auch mich in ihren Bann geschlagen und ich wartete mit angehaltenem Atem.

Dann bewegten sich die Zweige, der Wind zitterte leicht in den Blättern, ich spürte wieder Leben in meinen prickelnden Fingerspitzen, und nun musste ich wissen, was los war. Vorsichtig schlich ich zur Rezeption und bog in den schmalen Pfad ein, der zum Aggregat führte und wo die drei Männer in der Grube standen und Erde aushoben.

Das Bild, das sich mir in einiger Entfernung bot, war so bizarr, dass ich zuerst glaubte zu träumen: Kaum drei Meter vor dem Graben stand ein kleiner grauer Elefantenbulle, der den Rüssel hin und her schwang. Sein mächtiger Kopf war etwas gebeugt, und gebannt sah er in die Grube auf die drei erstarrten Männer. Zwei Salzsäulen standen mit dem Rücken zu dem dramatischen Auftritt dieses Solotrompeters, der Dritte, der Monteur, tat so, als wäre er nicht da, und versuchte zeitlupenartig mit der Grube zu verschmelzen. Der junge Bulle wusste ganz offensichtlich nicht, was er von dieser Begegnung halten sollte, und ich war mir auch unschlüssig, ob ich die Szene beenden oder diesen einmaligen Anblick noch weiter genießen sollte.

Vor wenigen Tagen noch hatte der Monteur sehnsüchtig davon gesprochen, wie wunderbar es wäre, mal einen Elefanten zu sehen. Ja, nun sah er ihn also. Allerdings hatte er sich wahrscheinlich kein so intensives Tête-à-Tête vorgestellt. Dieser Film schien in einer Art Schleife abzulaufen: Der Elefant »rüsselte«, die Männer erstarrten. Die Männer rührten sich, der Elefant »rüsselte«. Nachdem ich den Ablauf eine Weile beobachtet hatte, erwachte schließlich so etwas wie Gewissen in mir. War wohl nicht ganz kameradschaftlich, dass ich mich an der Not der anderen ergötzte, und so entschloss ich mich einzugreifen.

Ich rief mit tiefen Tönen in die Richtung des Elefanten, wozu ich heftig die Arme über dem Kopf schwang und auf den Boden sprang. Ich wollte damit den Bullen verschrecken. Elefanten kommunizierten mit tiefen, weit tragenden Tönen auch über größere Distanzen. Offensichtlich entwickelte sich am Boden ein stärkerer Schallkanal für die tiefen Töne, während das hohe Trompeten oder Grunzen oft von Pflanzen oder dem Wind verschluckt wurden. Ihre breiten Fußsohlen nahmen anscheinend auch ferne Erschütterungen wahr.

Ich hatte im Urwald schon erlebt, dass Maseke und Mungo kräftig auf den Boden schlugen und die Dickhäuter geschlossen aufbrachen, obwohl nichts zu hören war. Der

Elefant stieß einen leichten Grufflaut aus, dem ein tiefes, unwirsch wirkendes Röhren folgte, und trollte sich eilig den Pfad entlang. Sein graues Hinterteil verschwand zwischen dem dichten Buschwerk, dann hatte ihn der Urwald vollends verschluckt.

Ich sah die Arbeiter an, die immer noch wie festgewachsen waren. »Er ist weg, ihr könnt weitermachen!«, rief ich ihnen zu und tat so, als wäre nichts Besonderes geschehen. Doch nur langsam kam Bewegung in die Jungs. Der Monteur entwickelte sich von einer Sandsäule zurück in menschliche Materie und zischte mir zu: »Das sind bei Gott die letzten Meter Kabel, die ich im Urwald verlege!«

»Gut, abgemacht! Ich muss auch dringend nach Bangui zurück! Vorsichtshalber schicke ich euch jemanden, der nach Elefanten Ausschau hält, damit wir nicht noch den Rückflug verpassen.« Mit diesen Worten verließ ich die Gruppe.

Es erklangen wieder zaghafte Spatenstiche, aber das Lied hörte ich nicht mehr.

An solchen abenteuerlichen Erlebnissen war meine Anfangszeit in Bayanga reich. Vieles war komisch, einiges dramatisch und manches rührend. Wir hatten schließlich Licht und eine Radiostation. Nach den Holländern waren die ersten amerikanischen Touristen in die Lodge nach Bayanga gekommen, und es gab weitere Anmeldungen. Bisher brachte der Tourismus zwar nicht viel Geld, aber alle Beteiligten waren begeistert: Die Gorillafamilie zeigte sich von der besten Seite, über 80 Waldelefanten stampften täglich durch die kaolinhaltige Suppe der Saline, und

in der Lodge lernten meine 19 Jungs eifrig: dass Suppe nicht im flachen Teller gereicht wurde, Servietten auch mal gewaschen wurden, dass die kleine lila blühende Lantana-Pflanze getrocknet die Feuchtigkeit aus dem Zimmer vertrieb, dass Gäste kein warmes Bier mochten, dass ein Wagen aufgetankt gehörte, bevor er losfuhr, dass Europäer keine gegrillten Maden mochten, dafür aber Klopapier auf der Toilette, dass die Pässe vor und nicht nach der Abreise ausgehändigt wurden und dass Fingernägel nicht mit einer Gabel über dem Kaffeetopf gereinigt werden sollten.
Es gab auch ärgerliche Erlebnisse, wie der Zusammenbruch der 2000 Liter fassenden Wasserzisterne, als in der Regenzeit von Juni bis Ende Oktober bei verheerenden Stürmen der Sockel des zehn Meter hohen Zementfundaments weggefegt wurde.
Und geradezu grauenvoll war, dass man immer wieder die Schüsse von Wilderern durch das Blätterdach des Urwalds hörte. Die Elefantenjagd war eines von vielen Tiermassakern, eine Tragödie, die man nicht in den Griff bekam – und für die sich angesichts der heraufziehenden Unruhen im Lande auch niemand interessierte. Als ich nämlich nach Bangui zurückkam, war die Atmosphäre völlig umgeschlagen: Plötzlich sorgten sich die Menschen um ihr eigenes Überleben.

Wenn nachts der Mullah ruft

»*Hayya álaa hhayr al-'amal!*«

»… Eile zu den besten aller Taten«, forderte der Muezzin laut und mit eintönigen Wiederholungen zum Gebet auf. So eindringlich wirkte sein orientalischer Singsang, dass ich tatsächlich fast losgeeilt wäre. Es war ein erregend fremdländisches Flair, auch hier in Schwarzafrika, sodass ich wie verzaubert dem orientalischen Simsalabim lauschte und mich wie im Land von tausendundeiner Nacht fühlte.

Nase an Nase mit einem glücklichen *bótô* lag ich auf meiner breiten Matratze in der *maison kûkurû* und konnte nicht schlafen. Zu viele fremde Geräusche störten mich. Die halbe Nacht hatte mich das Rascheln der *cafards,* der Kakerlaken, nicht zur Ruhe kommen lassen. Immer wieder hatte ich um mich geschlagen oder in Mordlaune Gegenstände in die Ecken geworfen. Mürrisch setzte ich mich auf. Das Ungeziefer war ein Albtraum, von dem ich mich unbedingt befreien musste!

Plötzlich hörte ich Männerstimmen, zahlreich, laut, for-

dernd und böse. Eilig wand ich mich aus dem Moskitonetz und schlich zum Fenster, das zur Straße hinausging. Im spärlichen Laternenlicht sah ich, dass vor der gegenüberliegenden Bäckerei eine Schlange von Männern auf die Öffnung wartete: Brotverkäufer von Bangui, die sich um die ersten Baguettes drängelten.
Das konnte ja heiter werden … hinter mir der Muezzin, vor mir die Brotverkäufer, aus irgendeinem Transistor hörte ich auf Sango: *»Mo yeke sêngê«* – »Wie geht es dir« –, und das alles lange vor einem glutroten Sonnenaufgang. Ich warf einen Blick auf die Sichel des Mondes, die, umgeben von Tausenden blitzenden Sternen in einem mattblauen Himmel, in diesen Breiten auf dem Rücken lag.
Schließlich ging ich wieder ins Bett und versuchte noch mal einzuschlafen. Aber meine Gedanken kamen nicht zur Ruhe und kreisten um meine Situation. Vieles hatte ich erreicht, worauf ich stolz sein konnte, falls ich dazu die Zeit gehabt hätte. *bótô* war fast wieder gesund. Der französische Millionär hatte seinen Aktionärsanteil bei der Bank hinterlegt und ließ mir völlig freie Hand. In meiner früheren Schreinerei hatte ich alte Möbel wiedergefunden, die ich vor mindestens sieben Jahren selbst gefertigt hatte, und ich konnte sie umsonst mitnehmen. Es waren schöne Modelle, ausgefallene schmale, hohe Sapelli-Stühle, die nun den Salon am Eingang schmückten. Ein verwitterter Ebenholz-Baumstumpf diente, in tiefem Schwarz aufpoliert, als Couchtisch, und da ich sparsam sein musste, hatte ich als Sitzgelegenheit dazu lange weiße Kalkbänke von

Wand zu Wand gemauert und mit afrikanischen Kissen belegt. Das sah fantastisch aus, karg und doch sehr exotisch.
Danielle war schon zu Besuch gekommen und hatte mir aus ihren Restbeständen die Küche mit Geräten, Töpfen und Geschirr eingerichtet. Einen Kühlschrank bekam ich auf Kredit aus dem Supermarkt, und alles Übrige – Regale, Ablagen und einen langen Esstisch – hatte ich mit Hilfe der Sentinels selbst gezimmert. Für mein Einweihungsfest morgen fehlten nur noch die zwölf Rattanstühle, die ich bei den Chinesen am Markt bestellt hatte.
Zu meiner großen Freude war die große Holzkiste aus München angekommen, und ich hatte außer meinem PC auch alle schönen Dinge um mich herum, die schon lange mein Leben begleiteten: die Familiengalerie in goldenen Rahmen, meine Lieblingsgläser, Omis handgestickte Tischdecken, Messingleuchter, Gedichte von Erich Fried, silbernes Teegeschirr, altes Besteck, meine Kupferkochtöpfe, Kimono, Abendkleid, High Heels für Notfälle und die kleine Musikanlage mit meinen Lieblings-CDs … *The more I see you …*
Ein fetter Schuss krachte vor der Haustür, und alle erfreulichen Gedanken darüber, wie schön ich mir mein Leben hier eingerichtet hatte, erstarben. Mir blieb das Herz stehen. Dann folgte eine weitere Salve, so knapp, so endgültig, so unheilschwanger. Da kam wieder Leben in mich. In meinem Bett wollte ich nicht sterben, und schon gar nicht allein. Meine Tiere mussten in Sicherheit gebracht werden. Ich stürzte zum Eckfenster im Neben-

zimmer, wo ich mich hinter den Gardinen versteckte. *bótô* suchte zwischen meinen Beinen Schutz.

»Mon petit chou! Je sais que tu es là!«, beruhigte ich ihn und streichelte kräftig über sein weiches kurzes Fell.

Vor der Bäckerei herrschte das Chaos. Männer schrieen und rannten wirr in alle Richtungen davon. Gleichzeitig näherten sich Heckenschützen in Militäruniformen von der gegenüberliegenden Müllhalde. Sie sprangen geduckt von Baum zu Baum und schossen auf die Avenue Boganda. Im Schutz der Kugeln rollten vier Panzer blechern und mit erstaunlicher Geschwindigkeit vorbei, in Richtung des Präsidentenpalastes. Ihnen folgten sieben voll besetzte Planenwagen, die durch jedes Schlagloch fuhren. Von den Ladeflächen aus musterten finster blickende Männer mit Gewehren im Anschlag die Gegend.

Ein paar giftige Schüsse hörte man nun aus der Richtung der Avenue David Dacko, der Zubringerstraße zur Radio- und Fernsehstation. Das durchdringende Geräusch der Schüsse war Grauen erregend. Es signalisierte unerbittlich Tod und Elend. Jemand schrie auf, und dann war Stille. Ich hatte bisher weder Krieg noch politische Gewalt erlebt und fühlte mich fürchterlich. Angespannt lauschte ich nach draußen. Alles blieb totenstill. Nur von gegenüber vernahm ich das leise Wimmern eines Kindes. An der Müllhalde beugten sich Soldaten über einen verletzten Mann und schleppten ihn gestikulierend und rufend in einen Pickup, der dann in Richtung Hospital davonbrauste.

Waren meine Freunde in Sicherheit? Sollte ich nicht lieber zu Danielle ziehen? Solche Gedanken jagten mir blitzartig

durch den Kopf. Dann entfernten sich die mahlenden Geräusche der Panzerketten. Nichts rührte sich mehr, das Viertel schien genau wie ich vor Schreck erstarrt.
Dieudonné hatte innerhalb der Mauern ein paar Steine aufgeschichtet, um sich dahinter zu verstecken. Vorsichtig lugte er, bewaffnet mit Speeren, Bogen und Machete, hinter den hohen Glasscherben hervor, die den Mauerabschluss bildeten.
Leise rief ich ihm zu: »Eh! Deine Glatze leuchtet heller als der Mond. Du musst nachts unbedingt eine Mütze tragen, okay?«
»D'accord, madame!«, flüsterte er zurück und stieg vorsichtig von den Steinen herunter. »Aber heute geschieht nichts mehr!«
Ich nahm *bótô* auf den Arm und drückte ihn fest an mich, was er mit einem leisen Husten beantwortete. Es was das einzige Geräusch, das er von sich geben konnte. Ich fand, es hörte sich an wie: »Gut, dass ich bei dir bin.« Der kleine Kerl tat mir wirklich gut, obwohl er genauso schlotterte wie ich.
Wir gingen die schmale Wendeltreppe in den Salon hinunter, und ich entriegelte die Terrassentür. Die Papageien schimpften ganz fürchterlich in ihrer Voliere. Vorsichtig deckte ich sie ein wenig ab und sprach beruhigend auf sie ein. Ich hatte mir eine Schulterschlinge zugelegt, in der ich die beiden tragen konnte, setzte sie hinein und schälte unter den aufmerksamen Blicken aus vier starren Papageienaugen eine Banane. Da beruhigten sie sich ganz schnell wieder, und als ich ihnen noch die zerzausten Kopffedern

glatt strich, war die Welt für sie wieder in Ordnung. So einfach war das.

Wir schlichen uns zu Dieudonné, dessen Prognose weniger friedlich war:

»Morgen geht es richtig los, Madame. Da sind alle Aufständischen in der Stadt und werden den Palast angreifen. Das haben sie gerade im Radio durchgegeben!«

»O Gott!«, stöhnte ich. »Hoffentlich werden wir es gut überstehen!« Mein leises Gebet schloss alle ein, die ich liebte, und auch dieses Land, das meine Heimat war.

Beginn der Regenzeit

Ich kam gar nicht auf die Idee, dass mir etwas geschehen könnte, aber ich bangte um meine Lieben. Tahim musste verdammt gut auf sich aufpassen, denn er nahm in seinem Land eine herausragende Position ein. Danielle wäre sicherlich tapfer und fände für jede Situation eine Lösung, aber was war mit Jocelyne und den Kindern? Laurence wäre im Notfall sicher nicht rechtzeitig bei seiner Familie, weil er überall gebraucht wurde. Und auf welcher Seite stand Félicité?

Henri, der erst vor wenigen Tagen als mein Sekretär angefangen hatte, kam plötzlich nicht mehr ins Büro. Dieudonné überbrachte voller Entsetzen die Nachricht, dass man ihm die Kehle durchgeschnitten hatte, da er Anhänger des früheren Regimes war. Wie inzwischen die meisten Einheimischen war er gegen Patassé eingestellt und für den ehemaligen Präsidenten Kolingba. Henris Herz hatte für die Aufständischen geschlagen, so wie wir alle mit ihnen hofften, aber das musste geheim bleiben.

»Du weißt, dass ich heute Abend Freunde eingeladen

habe. Sie sind alle verrückt genug, dass sie trotzdem kommen. Da bin ich sicher!«, sagte ich zu Dieudonné, als jemand zaghaft ans Tor klopfte. Es war Bernard, der für mich die Einkäufe erledigte und kochte.
»*Bonjour, madame.*« Der kleine Mann lächelte so unbekümmert, als käme er gerade von der Sommerfrische.
»Hast du keine Probleme gehabt unterwegs?« Ich war perplex, dass er sich in dieser Situation hergetraut hatte, doch er antwortete kopfschüttelnd: »Es war nicht schlimmer als die letzten Tage in unserem Viertel. Man muss eben an der Hauptstraße vorbeischleichen!«
Ich fand es herzerwärmend, mit welcher Loyalität sich die Menschen hier zusammenschlossen. Mit Sicherheit war es nicht wegen des Lohns, sondern aus Freundschaft. Ohne ihre Fürsorge wäre mein Leben ein mittlerer Horror, und das sagte ich ihnen auch.
Ich bat Bernard, uns erst einmal einen starken Kaffee zu kochen. Dann gab ich ihm eine Liste, auf der ich notiert hatte, was für das Fest am Abend benötigt wurde und was gekocht werden sollte. Ungläubig nahm er sie entgegen. Er schnalzte mit der Zunge und schüttelte lächelnd den Kopf.
»*Madame …*« Mehr fiel ihm nicht ein. Er wusste schon, dass jede Widerrede zwecklos wäre.
Während wir die ersten Schlucke des köstlich duftenden Kaffees tranken, öffnete der Himmel seine Wasserschleusen. Es schüttete wie aus Eimern, und bald ergossen sich meterhohe Fontänen in den Garten. Sie waren mit rotem Sand gemischt, drangen überall ein und überschwemm-

ten sowohl die unteren Räume als auch mein Büro, da das Dach undicht war. Dunkle Wolken fetzten über den Himmel. Der Sturm drückte die Bäume zu Boden und zerrte am dünnen Blech meines Häuserdaches. Die Regenzeit setzte ein, wohltuend nach all dem Staub und der Hitze.
Sollte ich das Fest nicht doch absagen? Eine Feier bei strömendem Regen war nicht besonders lustig. Außerdem fühlte ich mich nicht gut, hatte Kopf- und Bauchschmerzen. Meine Finanzen würden es zudem begrüßen, wenn ich die Ausgaben sparte … Aber nein! Ich konnte mein Einstandsfest wirklich nicht mehr verschieben, dazu war ich nun schon zu lange hier. Und außerdem wäre es eine Gelegenheit, endlich Tahim wiederzusehen!
Also an die Arbeit! Zehn Flaschen Wein, drei Bierkästen und zum Digestif Cognac; dann brauchten wir Zutaten für Entree, Hauptgericht, Dessert und den Käse. Die Stühle musste ich auch noch kaufen … *mon Dieu!*
Draußen hörte ich wieder Autos vorbeifahren, also hatte sich die Lage auf der Straße beruhigt. Bernard wollte aufbrechen, um seine Einkäufe zu erledigen.
»Bestimmt haben die Geschäfte wieder geöffnet. Also, ich nehme sechs Fische für die Pastete, vier Hühner, Käse …«
Ich unterbrach ihn: »Lass uns das zusammen erledigen, Bernard! Kauf jetzt erst mal die Hühner auf dem Markt und erlege sie leise hinten im Garten. Sie müssen in jeweils sechs Stücke geschnitten und dann wieder zusammengesetzt werden. Ich mache derweil die Marinade

und einen Mangorindentee für meinen grummelnden Bauch!«

»Okay.« Bernard sah mich eindringlich an, sagte aber nichts. Er war ungewöhnlich höflich und zurückhaltend, was mich manchmal zur Verzweiflung trieb. Doch mochte ich seine ruhige, überlegte Art sehr, auch wenn ich mir wünschte, er würde weniger mit Blicken als mit Worten seine Anliegen vortragen. Das Ergebnis waren oft Missverständnisse, die zu Gerichten wie Senfsoße mit Spinat oder Savannenpilze in Ketchup oder Obstsalat mit Gurke führten. Da ich auch jetzt wieder bei der Auslegung seines eindringlichen Blicks versagte, hakte ich nach:

»Was ist?«

»Geld!«

»Ah bon?«

Ich lachte entschuldigend und gab ihm ein paar Scheine. »Aber schau erst, ob die Luft rein ist, und komm dann sofort zurück! Ach ja, bring mir noch Immodium gegen meine Bauchschmerzen aus der Apotheke mit!«

Schon sprang er durch die Pfützen im Hof und zum Tor hinaus, das Dieudonné sorgsam und leise quietschend hinter ihm schloss, nachdem er sich vergewissert hatte, dass Bernard gut über die Kreuzung gekommen war.

Die Jungs waren echte Freunde geworden in der kurzen Zeit. Sie kümmerten sich umeinander, sprachen sich in vielen Dingen ab und lernten voneinander. Und auch ich hatte viel von ihnen gelernt, etwa, dass der Mangobaum eine lebende Apotheke war. Sie hatten mir gezeigt, wie sie Blätter, Wurzeln, Rinde und Triebe gegen Krankheiten verwendeten. Von ihnen wusste ich, dass Schwarze ihre Frauen fast angstvoll respektierten, nicht nur, weil verärgerte Frauen meist Rasierklingen im BH versteckt hielten, um sich zu rächen. Sie hatten mir erläutert, dass ihre Religion die Menschen zusammenschweißte, und auch ganz praktische Dinge gezeigt, etwa wie man Gesichtscreme aus Palmölnüssen herstellte, und vieles mehr …

Ich wollte Laurence anrufen und mich nach der allgemeinen Lage erkundigen, aber die Telefonleitung war tot. Es hatte mich schon gewundert, dass Danielle sich nicht gemeldet hatte. Normalerweise machte sie regelmäßige Rundrufe, um nachzufragen, ob alles in Ordnung war, oder auch um ihre Freunde zu warnen, wenn Militärs oder Aufständische kamen. Dann wusste man, dass man sofort alles verriegeln und auf keinen Fall hinausgehen durfte. Ihre Videothek lag zentral in der Hauptstraße, und sie wusste immer als Erste, wenn etwas geschah.

Aber nun waren wahrscheinlich die Kabel geklaut oder durchgetrennt.

Glücklicherweise tauchte Jacki mit einem alten Pickup auf. Sein Erscheinen kam mir vor wie eine optimistische Antwort auf meine Sorgen darüber, wie ich mich zwischen Krieg und Party verhalten sollte. Jacki war wie ein freundliches Zeichen aus der restlichen Welt, von der ich mich abgeschnitten fühlte.

»Eh, Jacki, schön, dass du kommst! Wie geht es den anderen, dem Patron, Monsieur Laurence, Madame Danielle?«, rief ich ihm entgegen.

Er beugte sich ernst aus dem Fenster und nickte beruhigend. »Alle sind wohlauf. Monsieur Laurence schickt mich. Er will wissen, ob Sie etwas brauchen?«

»*Oui! Bonne idée!*« Ich freute mich. Die Anspannung ließ ein wenig nach, jetzt wo ich merkte, dass es allen gut ging und sich Freunde um mich sorgten. »Jacki, prima, dass du da bist. Deine Hilfe kommt mir gerade recht. Fahr bitte nachher zu allen, die hier auf der Liste stehen, und erinnere sie an mein Fest heute Abend. Und zuvor müssen wir Korbstühle vom Markt holen und zum Einkaufen in den Supermarkt fahren.«

Jacki nickte unerschütterlich, als wäre mein Fest das Selbstverständlichste der Welt, und so fuhren wir zum Markt, dem *Kilomètre Cinq*. Eigentlich fuhren wir nicht, sondern schwammen vielmehr. Hier war kein Blut geflossen, hatte kein Aufstand stattgefunden, offensichtlich waren nur die Stadtviertel um den Präsidentenpalast und die TV-Station involviert. Aber die Wassermengen hatten das Viertel so stark überschwemmt, dass wir im Schritttempo durch einen lehmigen Strom von graugrünem Wasser schlingerten. Er hatte sich übel riechend bis zu den armseligen Hütten ausgebreitet und floss in sie hinein. Der Regen peitschte das Wasser immer weiter, bis in die letzten Winkel der Hinterhöfe.

Traurig standen kleine krausköpfige Kinder in den dunklen Eingängen, halb nackt und frierend, mit bloßen Füßen im dreckigen Wasser, das außer Kälte und anhaltender Feuchtigkeit auch reichlich Krankheitskeime heranspülte. Das bisschen Brennholz, das die Menschen besaßen, war feucht geworden, und so waren die Frauen nicht einmal in der Lage, Feuer für ein warmes Essen zu schüren. Da würde es täglich kalten Maniokbrei geben, der keinerlei Nährstoffe enthielt und lediglich die Bäuche der Kinder zu Ballons aufblähte.

Einige Hütten waren teilweise eingestürzt, weil der billige Baulehm dem Druck des Wassers nicht standhielt und aus den Fugen gespült wurde. Die offenen Fensterluken waren mit losen Holzlatten verrammelt, damit es nicht in das einzige Zimmer regnete. Hin und wieder gab es zwischen den Hütten auch etwas wohlhabendere Häuser. Sie waren von rosa- oder türkisfarbenen Gartenmauern umgeben und hoben sich von der armseligen Nachbarschaft fast feudal ab. In ihnen wohnten vor allem chinesische und muslimische Geschäftsleute, nicht aber die apathisch-fatalistische Bantu- und Banda-Bevölkerung.

Die Regenzeit verstärkte das Elend der armen Familien noch, es war ein Trauerspiel, und während ich geschützt im Auto saß und von einem Chauffeur durch die Elendsviertel gefahren wurde, fühlte ich mich niedergeschlagen. Für meine Verhältnisse war ich alles andere als reich, oft genug hatte ich mir den Kopf zerbrochen, wie ich meine Geldprobleme lösen sollte. Aber verglichen mit dem Jammer, der mich umgab, führte ich natürlich ein Luxusleben. Ich ließ meine düstere Stimmung an den Chinesen aus, die mir wunderschöne Rattanstühle geflochten hatten, und handelte den Preis brutal auf ein Minimum herunter, so als wären die Stühle mangelhaft gefertigt. Die Chinesen lebten komfortabler als die Schwarzen. Ihre Kinder waren bekleidet, die niedrigen, roten Backsteinhäuser ordentlich mit Blech gedeckt, und im Vorgarten schwamm das Essen in Form von Grünhaubenenten. Ich war ganz zerrissen und hätte mir gewünscht, dass die afrikanischen Ethnien in ihrem Land besser lebten. Aber andere waren eben fleißiger.

Wir luden die Stühle auf, und von der heruntergehandelten Differenz von 10 000 CFA kaufte ich 100 Büchsen Sahne und verteilte sie auf dem Rückweg an traurige Kinder. Jacki strahlte.

»Madame, Sie haben wirklich ein großes Herz! Genau wie der Patron!« Das war ein Stichwort für mich, das mich immer reizte.

»Oui, le patron!«, antwortete ich verträumt. Meine Vorfreude auf den heutigen Abend galt eigentlich ihm. Ihn würde ich endlich wiedersehen, für ihn wollte ich mich schön machen, an seiner Seite würde ich fröhlich sein. Ohne ihn würde es keine Feier werden, aber er würde sicherlich kommen, wenn alle anderen auch da wären.

Die plötzliche aufblitzende Vorfreude auf den bevorstehenden Abend verschwand ebenso schnell, wie sie gekommen war, als ich in die vielen Kinderaugen um mich herum blickte. Wie weit würde das bisschen Sahne reichen! Solche Tropfen auf den heißen Stein änderten nichts an der grundlegenden Misere. Meine düsteren Gedanken wurden auch dadurch nicht besser, dass ich mittlerweile pitschnass und dreckig bis zum Hals war, während mir viele kleine Kinderhände am Rock zogen und das Freudengeheul nicht enden wollte.

»Könnte ich nur auch den anderen ein bisschen helfen,

mein Lieber. Das Elend ist ein furchtbarer Kreislauf, und die Menschen sind dadurch faul und hoffnungslos geworden.«

Jacki nickte traurig, und schweigend fuhren wir zurück. Der Regen hatte ein wenig nachgelassen und ließ den Blick auf hellere Wolken frei.

Das Fest

Als ich bis Mittag alle anderen Einkäufe organisiert, den Salon mit den neuen Stühlen und herrlichen Blumen versehen hatte, da hatte ich auch meine trübe Stimmung endlich hinter mir gelassen. Mein Heim sah wunderschön aus, und ich stellte mich in jede Ecke, um es aus allen Blickwinkeln zu genießen. Ja, das war mein Zuhause, es wirkte mit seinen farbenfrohen Wänden lebendig und strahlend.

Das Fest – ich gab es Tahim zu Ehren, wenngleich dies natürlich nicht der offizielle Anlass, sondern lediglich mein Geheimnis war. Und mir zu Ehren gab es schon vorher den ersten Schluck Champagner. Ja! Ich köpfte die Flasche, die eigentlich für besondere Anlässe gedacht war. Zum Beispiel solche, die in meinem Bett oder an sonstigen wollüstigen Orten stattfinden könnten, vielleicht sogar noch am selben Abend … Und während ich das erste Glas Champagner leerte, versetzte ich mich träumerisch in die Nacht, so wie sie sein könnte … eine Nacht mit Tahim, die unvergesslich werden sollte; mit verlangenden Umarmungen auf seidenem Tuch, in ambrosischen Düften und die niemals mehr enden sollte.

»The more I see you, the more I want you.« Ich sang die alte Schnulze von Chris Montez vor mich hin, nichts war in diesem Augenblick wahrer. *»… can you imagine … how much I love youuuuuuu …«*

Und ein paar Stunden später war es plötzlich die Wirklichkeit. Ich sah tief in die schwarzen Augen Tahims, der mich in den Armen hielt und bedächtig wiegend auf der Stelle drehte. Er schien glücklich und beim Tanz selbstvergessen, und ich, ich hätte so sterben mögen. Bis in meine tiefsten Zonen vibrierte ein Glücksstrom, von den Ohren zu den Zehenspitzen und wieder zurück zu den Schläfen, in denen es nun leise pochte. Ich schloss die Augen und legte meinen Arm um seinen Nacken, während ich leise mitsummte: *»… as tears go by …«*

Ich atmete den leichten Hauch von Moos und Kardamom ein, der Tahim unverändert umgab und mich wie früher betörte, und legte sanft meine Wange an die geliebte Haut. Ich liebte ihn mehr denn je. Und dann sagte ich es ihm flüsternd: *»Je t'aime toujours, chéri!«*

Und das war's. Es endete! Abrupt!

Tahim erstarrte und schob mich auf Distanz, während er leise und kalt sagte: »Wenn du mich geliebt hast und mich noch liebst, wie konntest du dich mit unserem Kind davonstehlen! Das kann ich dir nie verzeihen. Bis heute kein einziges Wort von dir …«

Ein Blick aus eiskalten Augen durchbohrte mich, während sich seine Worte messerscharf in mich hineinschnitten.

Tahim ließ mich einfach stehen, setzte sich zurück zu Laurence und schüttete seinen Whisky herunter.
Mir schossen Tränen in die Augen. Der heftige graue Regen hinter den Fenstern prasselte gegen die Scheiben, doch nahm ich davon nichts wahr. Meine Beine waren wie gelähmt, unfähig davonzurennen, und von weit her hörte ich wie durch Watte Gesprächsfetzen und das Lachen meiner Freunde.
Das also war es: Meine Abreise damals hatte ihn doch berührt und verletzt, obwohl er es doch war, der mich fortgeschickt hatte. Er wusste also, dass ich schwanger war, als ich Afrika verließ. Wer konnte es ihm gesagt haben? Danielle! Es fiel mir wie Schuppen von den Augen.
Da legte sich zart ein Arm um meine Schultern. *»Chérie! Ne pleure pas!«,* tröstete Danielle mich leise.
»Du hast es ihm damals also gesagt?«, fragte ich sie böse.
»Aber Schatz, er war unglücklich, sehr lange, und irgendwann habe ich es ihm dann gesagt. Ich dachte, das würde ihn aufmuntern, aber da war er schon so verbittert, dass er nichts mehr vom Thema Julia hören wollte. Und du weißt, wie dickköpfig er ist.« Das war eine schwache Verteidigung.
»Anscheinend hast du ihm nicht gesagt, wie ich mein Baby verlor, wie entsetzlich das alles und wie groß meine Einsamkeit war? Dass ich alles versucht habe, um mit neuen Kräften und ohne böse Erinnerungen wieder anzufangen. Diese ›Kleinigkeiten‹ fandest du wohl nicht wichtig!«, schrie ich beinahe.
»Scht!«, versuchte sie mich zu beruhigen und schob mich

die Stufen zu meinem Schlafzimmer hoch. Aber ich wollte sie nicht bei mir haben, niemanden.
»Bitte lass mich allein. Sag, dass es mir nicht gut geht, wenn jemand fragt, und kümmere dich um alles!« Damit schob ich sie schroff zurück und warf mich auf mein Bett, das zu einem ganz anderen Zweck liebevoll zurechtgemacht war. Meine Tränen waren auf einmal versiegt, als hätten mich alle Kräfte verlassen. Stattdessen breitete sich lähmende Trostlosigkeit in mir aus. Das konnte doch nicht alles gewesen sein: aus der Traum?
Tahim hatte an Klarheit nichts zu wünschen übrig gelassen und mich vor unseren Freunden demonstrativ zurückgewiesen. Und doch spürte ich, dass es neben seiner Bitterkeit auch andere Gefühle für mich gab. Ich hatte es gemerkt, als wir eng umschlungen tanzten, hatte es auch in seinen Augen gesehen! Doch jetzt fühlte ich mich leer, zu kraftlos zum Kämpfen.
Helle Schüsse brachten mich in eine andere Gegenwart zurück. Ich hörte Stühle rücken im Salon, Türen klappern, Autos starten, das Tor aufkreischen, und dann wurde es leise. Mit leichten Schritten kam Danielle eilig die Treppe herauf und setzte sich zu mir.
»Du solltest nicht allein bleiben, Julia. Komm mit zu uns, da bist du sicherer! Beeil dich, Théodore wartet schon im Wagen. Wir müssen weg, bevor es richtig losgeht!«
Die Schüsse kamen näher, und dann hörten wir das singende Heulen von Granaten. Danielle richtete sich entsetzt auf, und ich schob sie mit sanfter Gewalt hinaus.
»Bitte! Du musst gehen, ich komme hier zurecht, mein

Sentinel passt auf mich auf!« Ich brachte sie eilig die Treppe hinunter und beschwor sie im Hinausgehen, mir so bald wie möglich eine Nachricht schicken zu lassen.
Sie umarmte mich. Dann war sie auch schon zur Tür hinaus und sprang in den wartenden Wagen. Mir kam es so vor, als säße Tahim ebenfalls darin. Da fuhren sie auch schon los, und ich winkte traurig hinterher. Vielleicht war es ja das letzte Mal, dass wir uns sahen …
Dieudonné schloss hastig das Tor hinter ihnen und verriegelte es sorgfältig. Er scheuchte *bótô* ins Haus und brachte die Papageien in den Salon. Er kümmerte sich um alles, und ich fühlte mich beschützt.
»Madame, Sie müssen alles abschließen und das Licht ausmachen«, rief er leise zu mir herauf.
Vom oberen Fenster aus hatte ich gesehen, dass der Rover in hohem Tempo zum Park fuhr und dann in einem kleinen Weg verschwand. Gerade noch rechtzeitig! Denn plötzlich kam in Höllentempo ein offener Pickup angerast, bremste an der Kreuzung mit quietschenden Reifen, und von der Ladefläche sprangen 15 schwer bewaffnete Soldaten und verteilten sich Deckung suchend zwischen Eckmauer und Müllhalde. Langsam beunruhigte mich, was sich so dicht vor meinem Haus abspielte. Zu Recht, denn nun geschah etwas Grässliches, etwas, das ich nie vergessen würde und das mein Leben von Grund auf ändern sollte.

Icham

An der Müllhalde schlug mit höllischem Krach, Feuerblitzen und Rauch eine Granate zwischen den Soldaten ein. Zwei Beine mit klobigen Stiefeln flogen durch die Luft. Müll spritzte auf, Teile vom Zaun wurden emporgeschleudert, und splitternd stürzte die Straßenlampe quer über die Kreuzung, wo keine zehn Minuten zuvor der Rover mit meinen Freunden fortgefahren war. Hilferufe gellten über den Platz, laute Flüche waren zu hören sowie vereinzelte Gewehrsalven. Soldaten warfen sich flach auf den schlammigen Boden. Die abgerissenen Beine schlugen wieder auf dem Gehsteig auf, und einige Meter weiter sah ich den dazugehörigen Torso, der zuckend die Arme hochwarf.

Dies alles geschah innerhalb von ein, zwei Sekunden, aber ich nahm es wie in Zeitlupe wahr.

Eine Straßenlampe stand noch neben der Bäckerei und beleuchtete schwach die wachsende Blutlache, welche die nasse Straße dunkelrot einfärbte. Zwei Männer beugten sich laut heulend über den blutüberströmten Kameraden

und legten ihn vorsichtig neben zwei weitere Verwundete auf den Wagen. Dann rasten sie die Hauptstraße hinunter in Richtung Hospital.
Die übrigen Männer schrieen und drohten der gegnerischen Seite, die sich in der Avenue Boganda verschanzt hatte. Plötzlich überquerte eine junge Frau die Kreuzung. Die Soldaten machten ihr wilde Zeichen, dass sie umkehren sollte, und riefen ihr Warnungen zu. Doch die Frau rannte unbeirrt weiter, durch die Blutlache, durch den Schlamm. Ihr bunter Boubou hatte sich fast gelöst und wehte wie eine aufgebauschte Friedensfahne hinter ihr her. Tatsächlich hatte er die gleichen Farben wie die Flagge der Zentralafrikanischen Republik: gelb, grün, weiß, blau und rot. Leuchtend hell glänzte der weiße BH auf der dunklen, nackten Haut. Wie ein wunderschöner verirrter Engel schwebte die Frau zur anderen Straßenseite.

Ô Centrafrique, ô berceau des Bantous
Reprends ton droit au respect, à la vie.

Tränen stiegen mir in die Augen, als ich plötzlich spürte, dass mit dieser blutigen Rebellion das wunderschöne Land dabei war, in noch tieferer Armut, Korruption und Misstrauen zu versinken. Niemand würde sich mehr um den Inhalt der Nationalhymne kümmern: »O Zentralafrika, o Wiege der Bantu, hol dir dein Recht auf Respekt, auf das Leben zurück.«
Mir stockte fast der Atem, als ich diese Frau weiter beobachtete. Mein Gott, was hatte sie denn vor? Hatte sie den

Verstand verloren? Wollte sie in den Park? Vielleicht zum anderen Viertel, dem Quartier Fou?

Und dann erkannte ich sie, als sie durch den Schein der Lampe lief. Es war die bildhübsche, geheimnisvolle Frau, die vor wenigen Monaten vor meinem Tor mit Mallo herumgealbert hatte, fast an der gleichen Stelle, an der sie jetzt entlanglief.

Und da entdeckte ich noch etwas: Sie hielt ein Bündel in den Armen, in buntes Tuch gewickelt. Es war ein Säugling! Um Gottes willen, unwillkürlich presste ich mir die Hände vor den Mund, als könnte dies die drohende Katastrophe abwenden. Ich hörte nun auch die markerschütternden Schreie des Babys. Die junge Frau war damals hochschwanger gewesen und jetzt hielt sie ihr Kind im Arm.

Plötzlich krachte ein weiterer Schuss, diesmal ganz nah, und noch einer, und die Frau stürzte zu Boden, am Ende der Kreuzung. Nur noch ein Meter vor ihr lag der schützende Park. Sie hatte ihn nicht erreicht. Welch ein Drama! Das Bündel mit dem Baby flog vor ein Gebüsch. Dann folgten weitere Schüsse.

Mir stockte der Atem vor Entsetzen. Eigentlich hätte ich mich längst selbst in Sicherheit bringen müssen, zumal weitere Soldaten zur Kreuzung gestürmt kamen. Gedankenfetzen flogen mir durch den Kopf … Wo wäre ich am sichersten? Was geschah mit den Tieren? Würden die Soldaten über die Mauer klettern, plündern … auch auf mich schießen? Aber anstatt mich zu verstecken, sah ich unverwandt auf die Kreuzung. Die Frau rührte sich nicht mehr,

ein Arm war mit gespreizten Fingern zum Baby hin ausgestreckt, so als wollte sie es an sich reißen.
Soldaten rannten über die Straße und flohen in Richtung des Parks, direkt an der Frau und dem schreienden Säugling vorbei, ohne auch nur eine Sekunde anzuhalten. Keiner kümmerte sich um den verzweifelten kleinen Wurm. Das Letzte, was ich von ihnen sah, waren zwei blutverschmierte Stiefel in den Händen eines Mannes.
»Dieudonné!«, schrie ich durch das Fenster nach unten. *»Vite!«*
Es war keine Zeit mehr nachzudenken. Ich stürzte die Treppe hinunter, riegelte die Tür auf und rannte über den Hof, dass das Wasser spritzte.
Dieudonné kam mir verstört entgegen und musterte mich, als wäre ich verletzt, aber ich winkte nur kurz ab und deutete zum Tor.
»Los, mach auf, schnell!«
Als ich in das entgeisterte Gesicht sah, schubste ich ihn voran. »Eine junge Frau ist erschossen worden, und ihr Baby liegt auf der Kreuzung!«
Gemeinsam hantierten wir an dem schweren Tor, öffneten es einen Spalt, und schon rannten wir los. Qualm verzog sich von der Kreuzung. Die Straße war völlig aufgerissen, das Bündel schrie aus einem Schlagloch. Mit einem langen Satz war ich dort und griff mir den Säugling, während ich einen Blick zur Mutter riskierte. Dieudonné kniete schon bei ihr und schüttelte den Kopf.
»Elle est morte!«
Ich zog ihn zurück. *»Vite, retour!«*

Irgendwie gelangten wir wieder zum Tor, als auch schon die nächste Salve krachte. Sie schlug ganz in unserer Nähe ein, bei der Bäckerei, doch da schloss Dieudonné das Tor mit lautem Krach hinter uns, und wir stolperten ins Haus. Erschöpft ließ ich mich auf den Boden gleiten. Ich hatte Angst, dass Kugeln in unsere Fenster einschlagen könnten, falls jemand die Terrasse der Bäckerei besetzte.
Der Säugling strampelte und schrie aus Leibeskräften. Er tat mir in der Seele Leid, und ich schwor mir in diesem Augenblick, alles zu tun, um dieses kleine Wesen wieder mit der Welt zu versöhnen.
Zärtlich drückte ich es an mich und flüsterte ihm zu, dass alles wieder gut würde.
Während die beiden Papageien in der gleichen Tonlage wie das Baby aus ihrer Voliere mitschrieen, beobachtete *bótô* das Geschehen mit skeptisch geneigtem Kopf aus sicherer Entfernung. Schnell wickelte ich das Baby aus dem nassen Tuch und drückte es an meinen Körper, an die warme Haut.
»Dieudonné, such das Milchpulver in der Küche und rühr es an. Nimm dazu das Wasser aus dem Filter und lass es vorher richtig kochen. Nimm dir selbst Ölsardinen und Baguette und mach uns dann einen starken Kaffee.«
Plötzlich spürte ich meine Magenschmerzen wieder und zitterte am ganzen Körper. Sicherlich hatte ich mir irgendwo ein verdammtes Virus eingefangen, aber jetzt war nicht der Zeitpunkt zum Krankwerden. Das kleine Gesicht des Babys hatte sich ein wenig geglättet und es ließ nur noch erschöpftes leises Wimmern hören.

»Armer kleiner Liebling! Was für eine Welt! Aber hab keine Angst mehr, jetzt passe ich auf dich auf!«

Längst verschüttete Gefühle kamen zaghaft in mir hoch, als ich den Winzling streichelte und mit leisem Summen zu beruhigen versuchte.

»Dieudonné, kennst du die Mutter oder ihre Familie?«, rief ich neugierig in die Küche.

»Oui, madame. Es ist Yasa. Sie ist seit zwei Jahren Witwe und hat lange für den Patron gearbeitet. Sie lebt bei einer Cousine, sagt man, sonst hat sie keine Familie hier.«

Dieudonné räumte die Essensreste, die bei meinem Fest übrig geblieben waren, zusammen. Ich hatte inzwischen ein Tuch um das Baby und mich gewunden und streichelte das kleine Wesen zärtlich.

Als Dieudonné mit dem kleinen Milchtopf dazukam, verklärte ein warmes Lächeln sein jungenhaftes schwarzes Gesicht. »Es will bei Ihnen bleiben!«

Das brachte mich trotz der schockierenden Situation fast zum Lachen. »Woher willst du das wissen?«

»Das sieht man, Madame!« Seine hünenhafte Gestalt beugte sich herunter, und mit groben Händen streichelte er zärtlich die Stirn des Babys.

Laut schmatzend saugte es gierig die Milch ein, die ich ihm schlückchenweise in die kleine Schnute träufelte.

»Vielleicht will es ja auch bei dir bleiben?«, gab ich zurück.

»Mais non!«, wehrte er ab. »Ich habe doch schon drei, das reicht!«

Erst jetzt wurde mir die Logik seiner Erklärung bewusst.

»Wenn sie seit zwei Jahren Witwe ist, wer ist dann der Vater?«
Dieudonné wandte sich ab; wie mir schien, war er verlegen. »Man weiß es nicht …«
Das Geheimnis um diese Frau hatte mich schon einmal berührt, und wieder hatte ich das Gefühl, ein Teil davon zu sein.
»Dieudonné!«, ermahnte ich eindringlich. »Du weißt gewiss mehr. Ich muss es wissen, wenn das Baby bei uns bleiben soll!«
Doch Dieudonné reagierte nicht. Er hatte sich zum vorderen Fenster gedreht und lauschte. »Es ist ruhig geworden, ich glaube, für heute ist das Schlimmste vorbei.«
»Gut, dann gehe ich mit dem Baby nach oben und ruhe mich ein bisschen aus. Danach reden wir!«
»Okay! Eine Erholung haben Sie verdient, Madame!«
Ich winkte ab und wunderte mich, wie schnell ein lauter, satter Rülpser das Zeitgeschehen relativieren konnte. *»O là là!* Da ist aber jemand zufrieden, kleiner Schatz!«, flüsterte ich dem Säugling zärtlich zu und blickte in große fragende Kinderaugen. »Mal sehen, was aus uns beiden wird, du süßer kleiner Mann.«
Und zu Dieudonné rief ich noch hinunter: »In der Kammer sind trockene Kleider, zieh sie dir an. Und bitte, schlafe heute Nacht nicht! Du hast Verantwortung für uns alle!«
Er sah zu uns hoch und nickte. Ich war beruhigt.
»Und noch was!« Ich lächelte das Baby an und verkündete leise: »Er wird Icham heißen!« Das war der zweite syrische

Vorname von Tahim und hieß so viel wie Josef, was gut zu meiner kleinen Maria gepasst hätte.

Dieudonné nickte. »Ein guter Name.«

So fand ich eine neue Liebe. Es war eine völlig andere als die, von der ich geträumt hatte, aber auch sie erfüllte mich mit Glück.

Meine Familie

Wie die folgenden Tage vorübergingen, bemerkte ich nicht mehr, und wie ich sie überlebte, blieb ein Geheimnis zwischen dem Heiler Mokuna und mir. Magenkrämpfe schüttelten mich. Ich war unendlich müde, meine Glieder waren wie gelähmt. Ich schaffte es gerade bis zur Toilette und schleppte mich dann zurück zum Bett. Bernard war trotz der anhaltenden Unruhen gekommen und kümmerte sich um das Baby und um mich. Aber mein Zustand besserte sich nicht, und so verlor ich in vier Tagen drei Kilo.

Mir war nicht klar, wogegen ich mich behandeln sollte. Malaria konnte es nicht sein, ich hatte kein Fieber, stattdessen breite rote Flecken an Armen und Beinen. Kaum konnte ich sie noch bewegen. Dazu kam der Widerwille zu essen und zu trinken. Schließlich wurde es so schlimm, dass ich allmählich Angst bekam. Meist dämmerte ich vor mich hin und hörte ab und zu entfernte Schüsse. Doch woher sie kamen, wie sich die politische Situation entwickelt hatte – das alles interessierte mich nicht mehr.

Mit letzter Kraft schleppte ich mich zum Babybettchen, das irgendjemand besorgt hatte. Verschwommen sah ich das kleine Gesicht, das mir freudig entgegenstrahlte. Icham weinte kaum noch, und ich war zufrieden. Liebevoll küsste ich die winzigen, hellbraunen Füßchen mit den kleinen Fettkringeln am Gelenk. Doch dann war ich so erschöpft, dass ich fast zu Boden glitt. Ich schleppte mich zurück zum Bett und wurde ohnmächtig.

Später erkannte ich schemenhafte Schatten an der Tür, Bernard und einen kleinen drahtigen schwarzen Mann. Der Fremde kam näher, musterte mich ernst, rieb meine Handflächen, begutachtete meine Augen und verschwand durch die Wand. Bernard erklärte mir, dass der Heiler aus Bayanga gekommen sei, um mir zu helfen. Meine Sinne waren jedoch so benebelt, dass ich wenig von dem mitbekam, was um mich herum geschah.

Meist war ich tief traurig. Ich glaubte, mich verabschieden zu müssen, für immer. Irgendwann kam mir die Idee, dass man mir in Europa helfen könnte und dass ich mit dem Baby zurückfliegen müsste. Ich rappelte mich auf, um Bernard Bescheid zu geben. Er sollte packen und Laurence verständigen.

Es dauerte eine Ewigkeit, bis ich es zum Fenster schaffte. Auf der Terrasse streckten sich tiefrote Blütenkerzen zum Himmel. Der Regen klatschte auf den hellen Zement des Hofes, der Bäcker schloss die Holzrollläden, und vor der Mauer zogen verschwommen Reisigbesen vorbei. Ich quälte mich zur Tür und dachte dabei an den bevorstehenden Abschied. Ich würde wieder ein Stück von mir zurücklassen, einen Teil meines intensiv gelebten Lebens, Freunde, das Kind, die Tiere, *bótô* und den geliebten Mann, der über allem stand … Da kam mir die Treppe entgegen … Ich merkte, wie meine Lebensgeister endgültig schwanden. Das Letzte, was ich spürte, war der schwache Rauch von Zitronellgräsern, den Dieudonné in der Dämmerung aufsteigen ließ, um Moskitos zu vertreiben. Er waberte die Stufen zu mir hoch … Es war die Stunde der Anopheles …

Irgendwann kam ich wieder zu mir. Der Heiler beugte sich über mich und zwang mir einen ätzend bitteren schwarzbraunen Saft ein. Kurz stieg panikartig der Gedanke in mir auf, dass dies vielleicht ein Mittel war, das Weiße nicht vertrugen … Dann fiel ich in einen tiefen, heilsamen Schlaf.

Als ich wieder zu mir kam, erkannte ich Gegenstände um mich herum mit größerer Klarheit. Ich war nur noch leicht benommen. Wo war ich bloß? In der Stille versuchte ich mich zu orientieren. Mir war, als hörte ich eine Tür ins Schloss fallen. Dann ein verhaltenes Räuspern, das, wie mir schien, aus dem Salon kam. Langsam wurde ich vollends wach. Das Baby fiel mir ein, und ich wunderte mich, dass es so ruhig war, als ich zu seinem Bettchen sah. Warum war es bloß so still?

Ungute Gefühle stiegen in mir empor. Ich richtete mich auf und ging auf wackeligen Beinen mühsam zu ihm hinüber. Als ich es endlich erreicht hatte, verflog meine Sorge schlagartig. Ich sah in das winzige, friedlich schlafende

Gesicht Ichams. Mein kleines Glück! Ich streichelte ihn und spürte, wie das Leben langsam wieder durch meine Glieder strömte. Ja, mein Kleiner, du würdest mich am Leben erhalten …

Wieder hörte ich ein Räuspern von unten. Ich wollte rufen, merkte aber, dass ich gar keine Stimme hatte. Auch das Schlucken fiel mir schwer. Es war alles so seltsam still im Haus. Plötzlich bekam ich Angst. Waren etwa Rebellen da und schlichen herauf? Mit klopfendem Herzen schleppte ich mich zur Treppe. Ich hätte mich mit dem Baby einschließen und abwarten sollen, aber wie unter Zwang stieg ich langsam und ganz leise Stufe um Stufe hinab, während ich versuchte irgendetwas im dämmrigen Salon zu erkennen.

Alles schien in Ordnung. Es war aufgeräumt und die abgedeckte Voliere stand am Eingang. Aber warum kam *bótô* nicht zu mir, wo war er? Ich fror, und Eiseskälte kroch in meinem Körper hoch. Ich tastete den Salon mit meinen Blicken ab, Ecke um Ecke, und je ergebnisloser die Suche wurde, desto schneller klopfte mein Herz. Hoffentlich war ihm nichts zugestoßen, vielleicht war er auf die Straße gerannt und fand nicht mehr zurück … Waren die Papageien im Käfig? Doch dann sah ich etwas Merkwürdiges.

Bótô lag auf der langen Wandbank unter dem Fenster und wedelte heftig mit dem Schweif. Sein schmales Gesicht schien mich anzugrinsen und wie zur Bestätigung hing seine Zunge aus dem leicht geöffneten Maul. Ich kannte dieses Spielgesicht, die Aufforderung zum Blödsinnmachen. Erwartungsvoll sah er mich an, ohne sich zu regen.

Erstaunt blieb ich stehen, warum kam er nicht? Meine Stimme gab nur ein heiseres Flüstern her, als ich ihn rief, eher ein Krächzen, das nicht ernst zu nehmen war.
Und dann sah ich, dass da jemand saß, dass eine Hand *bótôs* Rücken streichelte, dass dieser Mensch … nein, das war nicht möglich! Fast versagten mir die Beine vollends, und ich glaubte, einem weiteren Traum zu erliegen. Tahim saß auf der Bank. Er war es, der *bótô* streichelte und mir aus dem Halbdunkel entgegensah. Jetzt war ich mir ganz sicher. Dann musste ich also wirklich sehr krank sein, wenn er sich persönlich in der Nacht zu mir bemüht hatte.
»Wie geht es dir?«, fragte ich ihn kaum hörbar. Tahim antwortete mit einem hellen Lachen. Er stand auf und kam mir entgegen.
»Das sollte ich eher dich fragen!« Dann stand er vor mir, und seine dunklen Augen sahen mich mit unverhohlener Zärtlichkeit an, während er meine Hände ergriff.
»Bitte verzeih mir! Ich wusste nichts von deinem schweren Leben … und was du jetzt hier erlebt hast …« Seine Stimme versagte, und er räusperte sich, um sich wieder zu fassen.
Tränen stiegen mir in die Augen. Und wie in Zeitlupe löste ich mich aus seinen Händen, schmiegte mich an seine Brust und presste meine Lippen auf seinen Hals, auf die wunderbare Stelle, wo zarte schwarze Locken silbrig grau wurden.
Tahim zog mich so fest an sich, dass mir fast die Luft wegblieb. Ich spürte eine wunderbare Kraft und sog wie eine

Süchtige den Duft von Kardamom ein. Kleine bunte Luftballons schwirrten in meinem Kopf und trugen mich in schwindelnde Höhen.

»Je t'aime, Julia.«

Mir wurde schlecht. Die Übelkeit stieg mir bis in den Hals hinauf, und bevor ein Unglück geschah, rannte ich ins Bad. Das war eine vortreffliche Reaktion auf eine Liebeserklärung, die ich weiß Gott jahrelang ersehnt hatte. Während ich auf den Kacheln hockend braune Flüssigkeit in die Kloschüssel spie, hörte ich das Baby weinen. Icham war wach geworden.

Langsam ließ das Würgen nach, und ich fühlte mich besser. Viel besser, so, als hätte ich mich endlich von dem gesamten Übel befreit. Kaltes Wasser im Gesicht und ein Schluck Cola weckten ganz neue Gefühle, Auferstehung und Geburtstag zugleich. Mit einem zufriedenen Lächeln kehrte ich in den Salon zurück und blieb wie angewurzelt stehen. Das Bild, das sich mir bot, versöhnte mich mit Vergangenem und gab mir die Kraft für ein neues Leben.

Versonnen schaukelte Tahim Baby Icham in den Armen und küsste es so zärtlich auf die Stirn, dass es einem innigen Streicheln glich. Wieder empfand ich das große, ergreifende Gefühl, das mich stets erfasste, wenn starke Männer kleine Kinder liebkosten. Schließlich legte er sanft das kleine Gesicht an seine mächtige Wange und begrub es fast neben der großen Nase und den Locken. Ewig hätte ich zuschauen mögen und hielt den Atem an. Doch hatte *bótô* seine Liebe zu mir wiederentdeckt und sprang herüber, um seine feuchte Nase an meiner Wade zu reiben.

»Ja, mein Lieber, allen geht es gut, und keiner hat dich vergessen.«
Lachend wollte ich mich gerade zu ihm hinunterbeugen, als ich Tahims Blick begegnete.
Er traf mich in meinem Innersten. In seinen sonst so melancholischen schwarzen Augen, die stets meinen Blick gemieden hatten, entdeckte ich ein intensives Verlangen nach mir, eine Sehnsucht, die nur mir galt, keinem Dollarkurs und keinem irischen Whisky.
Mit leiser Stimme erklärte er mir: »Julia, erinnerst du dich noch: ›Alles hat seine Stunde. Für jedes Geschehen unter dem Himmel gibt es eine bestimmte Zeit. Eine Zeit zum Gebären und eine Zeit zum Sterben …‹, und hier ist unser Kind. Eines haben wir verloren, und eines wurde uns stattdessen geschenkt. Ich wusste es lange nicht, aber das hier ist mein Sohn.«
»Dein Sohn, Icham ist dein Sohn?«, wiederholte ich ungläubig.
»Ja, Yasa und ich waren ein paar Monate zusammen, aber dann ist sie verschwunden. Erst vor drei Wochen kam sie zurück und brauchte Geld. Dabei erfuhr ich, dass wir einen Sohn haben.«
Ich war verwirrt. Hatte er sie geliebt? Warum hatte er auch sie ziehen lassen?
In diesem ereignisreichen Moment entdeckte ich einen absolut neuen Zug an mir: tiefe Bescheidenheit. Ich musste nichts über seine Vergangenheit wissen. Tahim war bei mir, nur das war wichtig. Endlich würde ich meine Liebe zu ihm leben. Endlich! Dankbar und voller Glück

umarmte ich ihn und das Baby, während *bótô* um meine Beine herumtanzte.

»*Chérie,* bitte bleib bei mir!«, flüsterte Tahim. »Das wollte ich dir damals am Flughafen sagen, aber ich kam zu spät. Dein Flugzeug war schon weg. Ich war verzweifelt, weil mir klar geworden war, dass du der einzige Mensch warst, der mich wirklich geliebt hat. Bitte sag ja!«

Auch wenn er es vielleicht nicht hörte, weil meine Stimme fast versagte, war meine Antwort ein leises, aber bedingungsloses: *»Oui, chéri!«*

Epilog

Mein weiteres Leben verlief zwischen Extremen. Entweder ging es ohrenbetäubend laut oder ganz leise zu. Grausam laut war der Krieg. Überall schlugen krachend Granaten ein. Panzer rollten durch Banguis Hauptschlagader, die Avenue Boganda. Nächtelang hörten wir Schüsse und Schreie; Menschen flohen in Panik. Am 29. Mai wurde endlich das Feuer eingestellt. Allein in Bangui wurden über 300 Tote betrauert. Allmählich wurden auch die letzten Kämpfe zwischen Rebellen und Loyalisten eingestellt. Es gab weder Benzin für Autos noch Diesel für die Aggregate, und viele Menschen hungerten. Aber wenigstens hatte unsere Angst ein wenig nachgelassen.

Am 7. Juni gegen Mittag verlautbarte der Sender »Radio Luca«: »Die Lage in Bangui hat sich beruhigt. Bemba, der Rebellenchef, verlässt die RCA, und libysche Truppen schützen fortan den Präsidenten Patassé. Allmählich fahren wieder Autos durch die zerbombten Straßen, in denen sich immer noch zahlreiche Leichname befinden. Starker Verwesungsgeruch liegt über diesen Gebieten. Verletzte strömen ständig zu dem einzigen öffentlichen Krankenhaus. Unsere afrikanische Armee FACA hat endlich wieder die Kontrolle über die Stadt erlangt.«

Doch genau das erwies sich als der nächste Albtraum: Zumeist betrunken und unkontrolliert um sich schießend, sorgte die schwarze Armee für Panik und Angst. Zudem zogen Plünderer durch die Straßen. Scheiben wurden eingeschlagen. Einmal beobachtete ich, wie zwei Frauen mit Ziegelsteinen in einen Laden einbrachen und etwas später je einen Kühlschrank auf den Schultern durch die zerborstene Tür ins Freie schleppten. Von meinem Fenster aus wurde ich Zeugin, als in einer Seitenstraße uniformierte Männer mit Benzin übergossen und angezündet wurden. Ich lebte in einer Zeit schierer Angst. Jetzt, da ich mit Tahim und Icham zusammenlebte, fürchtete ich mich unentwegt. Ich hatte ja viel mehr zu verlieren als zuvor. Die Vorstellung, dass diesen beiden geliebten Menschen etwas zustoßen könnte, raubte mir manchmal fast den Verstand. Wenn Tahim in die Firma musste, blieb ich so lange am Fenster stehen und starrte auf die Straße, bis ich seinen silbergrauen Rover auf der Kreuzung wieder zurückkommen sah. Manchmal wartete ich fast einen ganzen Tag.

Es war eine merkwürdige Zeit, in der wir versuchten aus dem Chaos, das uns der Krieg hinterlassen hatte, herauszukommen. Unsere Freunde waren Gott sei Dank am Leben, aber der Schock saß allen in den Gliedern. Danielle verließ ihr Haus nicht mehr und ging auch nicht zu Freunden. Sie hatte sich völlig zurückgezogen. Félicité war in die Provinz geflohen, als Soldaten in ihr Haus einbrechen wollten. Serge lag nach einer leichten Schusswunde am Arm mit acht Schwerverletzten im überfüllten Krankenhausflur. Jacko war beim Verlassen seines Hauses von Plünderern angefallen worden, und als ihn seine Hunde verteidigten, wurden sie bestialisch erschlagen, worüber Jacko verzweifelt war. Diki war restlos aus der Fassung gebracht und schlug ständig mit lautem Geschrei auf den alten Billeba ein.

Die Witwe meines ermordeten Sekretärs Henri, die zudem ihre zwei kleinen Töchter verloren hatte und untröstlich war, kümmerte sich um Icham. Sie schenkte ihm all ihre verzweifelte Liebe und entwickelte sich zu einer Ersatzmutter für den kleinen Kerl, wie man sich keine bessere vorstellen konnte. Ich nahm das mit Freude und Rührung wahr, denn allmählich nahmen meine eigenen Wünsche und Sehnsüchte Kontur an.

Neben Krieg, Chaos und Angst gab es in meinem Leben auch ein zaghaftes leises Glück. Gegen alle Wahrscheinlichkeit hatte das Schicksal mir eine zweite Chance geschenkt und mir die große Liebe meines Lebens zurückgegeben, nachdem sie bereits verloren war.

Tahim lebte nun an meiner Seite in der *maison kûkurû,* und mein breites Bett erfüllte endlich seine Aufgabe. Wir vermochten die bedrohliche Welt aus unserer Zweisamkeit auszuschließen und liebten uns hemmungslos. Schließlich hatten wir verlorene Zeit nachzuholen. Tahim genoss sichtlich die neue Verantwortung in unserer kleinen Gemeinschaft.

Glücklich machte mich auch, dass Bernard mir in seiner

leisen Freundschaft zur Seite stand und dass Dieudonné sich mit den Tieren angefreundet hatte und sogar mit ihnen deutsch sprach. Bedingungslos setzte er meine merkwürdigsten Entscheidungen in die Tat um. So wehte eine weiß-blaue Fahne mit Weißwürsten und einem Maßkrug majestätisch über dem Limba-Baum und war sogar den Morgennachrichten von »Radio Luca« eine Erwähnung wert.

Während sich die Situation in der Stadt beruhigte und in meinem neuen Heim normalisierte, konnte ich mich endlich meinen Wünschen und Plänen zuwenden. Was ich mir am sehnsüchtigsten wünschte, war, Tahim eine Zeit lang ganz für mich allein zu haben, in einer Umgebung, in der es keinen Krieg und keine Verzweiflung gab. Mein Traum war es, mit ihm Lust und Vergnügen zu teilen, zu lachen und glücklich zu sein, wenigstens für eine Weile. Und auch dieser Wunsch wurde mir erfüllt: Tahim schenkte uns schließlich eine Reise nach Paris, wo unsere Liebe unvergessliche Höhepunkte erlebte.